梁晓声文集·长篇小说 14

一个红卫兵的自白

青岛出版社

自序

屈指算来,我这一本书,业已出版整整二十个年头了。

二十年来,它一直被读者认为是我的代表作之一。

我自己亦愿这么承认。

一九八七年它初版时,曾引起方方面面的关注。也曾被方方面面调审过。在当年,它无疑是一本已经写到了审查"边缘"的书,因而也可以说是一本侥幸出版的书。

不久前,它已在台湾出版,并有幸印上了台湾最权威的出版业刊物《成品》之封面,而且是《成品》向台湾读者重点推荐的大陆文学作品,好评多多。这也令我欣慰。

按说,一部对"文革"进行尖锐批判的文学作品,若出版于"文革"期间,才更有它的价值和意义。

但,那又怎么可能?

如果在"文革"期间我就居然敢于白纸黑字写下这一本书中的任何一章;如果还不幸被发现被揭发的话,那么今天我也就断不能坐在家里为它的再版写序了。

在"文革"期间,即使我不顾自己死活,为家人着想,也是没有丝毫勇气闯下那一种铁定的杀头之祸的。

二十年后的今天我自己重读它，也还是会被书中所写的林林总总的"文革"现象所震惊。尽管书是我写的；那些现象是我亲历的；而且还算不上是"文革"中最为骇人听闻的现象。

身为作家，我为我在三十七岁时写出过这样一部书尤其感到欣慰。

毕竟，作为"文革"的亲历者，我留下了我的一份文字见证。

我欣慰于我不仅仅是一个善于以"故事"娱乐大众甚或取悦于大众的作家；我毕竟还多少奉献了我的一些思想。

我欣慰于我不仅批判了"文革"；我对自己的心理剖析、言行批判，也是同样坦荡和尖锐的。

我欣慰于我不仅剖析和批判了"文革"时期的自己，还以同样的勇气剖析和批判了"文革"中的所谓"革命群众"的愚恶和邪狂……

但我还是要强调，我的这一部作品尽管具有"纪实"的色彩，但左不过就是在风格上呈现了那么一种色彩而已；归根到底，它是小说，而非"纪实"。

比如书中的"班主任老师"，并非现实生活中的我的班主任老师。"她"实际上表现出的是众多老师在"文革"中身不由己的行状。

实际上我的班主任老师孙桂珍她对我是极其关爱的。当年她作我们班主任时，仅大我们六岁。在我下乡前的许多个夜晚，特别是一九六八年冬季的许多个夜晚，我常到她的家里去，向她倾诉我内心的苦闷。那苦闷既是个人命运的，家愁的，也是关乎社会正义的，人道主义的，国家前途的……

有时我们师生二人竟至于长谈至夜里十一点多。她的丈夫赵老师对我也很关爱，每次我离开时他们都把我送到楼外，送到马路上，目送我走出很远。

从老师家到我家，要走半个多小时。踏厚雪，顶寒风，一路走，一路思想……

如今回忆起来,觉得倒有了诗意似的。

想想吧——一名已毕业两年,既不能升学也找不到工作的十八岁的中学男生,与他的二十四岁的女班主任老师,在非常年代交谈非常话题,而且每至深夜,个中忧己忧国忧民的情愫,真是一言难尽!……

在当年,我的思想自然是反"文革"的;我的许多言论自然是极其"反动"的。倘我和我老师的交谈被暗中录了音,那么我肯定被打成小"反革命"无疑,我的老师也肯定将从学校里被"扫地出门"……

但我在当年实无勇气发出公开的反对呐喊。父亲远在四川工作;哥哥患精神病;弟弟妹妹尚小;母亲体弱多病……

少年的我便崇敬沙俄时期的"十二月党人",崇敬那些敢于指出"俄罗斯病了"因而被发配往西伯利亚的俄国知识分子……

然而在"文革"中,十八岁的我却绝不敢便学我所崇敬的那些人……

是以苦闷更成苦闷。

我是当年的一个"愤青",但与今天的"愤青"大有区别。今天的"愤青"们,也许还愤怒于别人怎么就成了名人;当年的我,却是特别同情那些被"打翻在地,再踏上一只脚"的名人们的。哈尔滨市的他们中的某些人,在"文革"后期成了与我相差二三十岁年龄的忘年交……

在我的班主任老师家里,在我下乡前几天的一个夜晚,老师嘱我下乡以后,不要记日记;不要与人谈"政治思想";不要在各种会议场合主动地作率直的发言……

老师最后说:"你这个学生啊,看书太多了点儿。只看看也就罢了,还太爱想。我不担忧你任何方面,只担忧你犯政治错误……"

她的目光中既有爱护,也有理解……

同学们凑钱为我买了些生活用品,但是却没有也送我一支笔。

后来我知道,是老师不许……

此书初版面世后,老师也是看过的。因为我写了自己真实的母校,却写的非是一位真实的班主任老师——想来,我的老师她一定因而颇受过无端猜疑……

然而我的班主任老师以及她的丈夫赵老师每次到北京来，照例挤出时间与我一晤。

他们从未对我说过一句责备的话。

但与我关系亲密的几名中学同学是责备过我的——"你这家伙，怎么能那么写？"

是啊，怎么能那么写？

当年轻薄，不知文字落在纸上，一旦印成为书，再改就难了……

索性保持原貌吧。

但这点是心有忏悔的，幸而老师依然关爱我这个学生，不忍言责。

补记以上，才像个学生的样子。

至于"吴叔"，有老邻居卢叔的某些性格影子。但也只不过就是影子，非现实生活中当年的卢叔本人。当年的卢叔对我及我全家也极友善，而且是全院最喜欢和我讨论"天下兴亡"的一个长辈。书中所写的关于"吴叔"的那一种悲惨下场，是真实发生在哈尔滨市某工厂的事件。我将那事件嫁接在"吴叔"身上了……

大小二小是卢叔的两个儿子。

二小已不幸身亡——干临时工出锅炉灰不慎从跳板上摔下，磕裂了头颅。可怜我这一个邻家的弟弟，死时才四十来岁，并且在财产方面一无所有，连稳定的住处也没有……

我曾以《关于二小》一篇文章祭奠过他。

大小至今一逢难事，仍打电话或亲自到北京来向我求助。

我是一名建筑工人的儿子。在当年，我的出身属于"红五类"。

当年我已颇善文字，倘有什么野心，靠一支笔，是很可以为自己向"革命"捞到些实际的人生好处的。

然而我没有用笔那样过。

故我对自己的当年比较满意。有时，甚至比对现在的自己还满意。

这我要感激书。感激文学。感激作家。在我所感激的作家中，雨果、司汤达、哈代、托尔斯泰、屠格涅夫、陀思妥耶夫斯基、契诃夫等是我最爱。

他们是我的人性的教诲者。

正是由于有幸接受了他们的早期教诲，我虽曾是红卫兵，但从不曾凶恶过。

倘没有他们那样一些伟大的人性教诲者，当年的我也许会是另一个"张铁生"。

这就是我何以会一谈到文学，动辄十八、十九世纪西方文学的原因。

我是喝那种"奶"才成为作家的。

我对政治其实毫无兴趣；我只不过被我所接触的文学影响成了一个人道主义者而已。

我的文学理念，几乎不曾从人道主义立场移动过。

这固然肤浅，却也无害。

我只不过是一个肤浅又无害的作家而已。

我已没了再深刻点儿的可能。

最后我要说，二十年间，此书每隔五六年必有幸再版一次。这对我是勉励。

我非干部子弟，非名人之后，亦无书香血统。我是老百姓的一个儿子。呈现中国一个老百姓的儿子在"文革"时期的行为和心理的状态，是我写此书的初衷，也是它的一点点价值。

情怀渐觉成衰晚，鸾镜朱颜暗惊换。

现在的我，看我当年写的书，几乎一向是既欣慰又沮丧的——因为，总不满意……

梁晓声

二〇〇六年八月十五日于北京

再版再序

此书自初版后，究竟已经再版多少次了，我是记不清的。大概有七八次了吧。

而这一次再版，因书名之特殊，内容之敏感，出版社是决定不了的。于是须上报新闻出版总署审批。新闻出版总署也是决定不了的，于是按要求将校样转呈中央党史研究室审批。

这么一来，我便想——估计我这一部已再版过多次的书，以后将没了再版的可能吧？

然而我竟判断错了。

两个月后，出版社的责编高兴地通知我，中央党史研究室居然通过了对该书的审批。

责编高兴，我也高兴。

我用"居然"一词，是大出所料的意思。

中央党史研究室审读此书的同志，极其认真，对书中涉及的两处史实，指出了时间错误。对书中引用的一段当年《"五一六"通知》中的话，也指出了与原文的出入。并且指出，那一段话，其实非是毛泽东当年的话。

细心若此,令我感动。

这对我是一种教育,即——虽然写的是小说,但涉及重要历史事件的时间、重要历史文件的文字,那也还是应准确无误才对。

是的,该书只不过是一部小说,有仿佛纪实的品相,但绝不是严格意义上的纪实书。所谓实,只不过是学校实、城市实、时代氛围及现象实、某些片断实。而虚构的部分,也不全虚,将当年其实与"我"无关的事情,结构在与"我"相联系的人物关系中了。

虚实比例大约一半对一半。

我很钦佩中央党史研究室负责审阅此书的同志的水平。

他之审读意见的第一行字便是——"作者以小说形式写出了此书"。

这结论是正确的。

因为不能反过来认为,有一半左右较实的内容,《一个红卫兵的自白》就不是小说了。

"此书较充分地反映了'文革'发动后,人们在造反运动中心灵的扭曲和阴暗心理的暴露,但对于红卫兵代表人物后来的反思和思想觉悟过程反映不够。这是此书的一个薄弱环节。"

对于以上评语,我亦心悦诚服。

我们的出版审查尺度,对于《一个红卫兵的自白》这样的小说,持开明而包容的态度,我认为,这也是中国不在改革开放三十年后走回头路的一种证明。

而中国的希望毕竟在前方,不在回头路上。

再次感谢此书的审读者!

梁晓声

二〇一二年九月二十四日于北京

第一章

我们那个大杂院,共七户。吴家是"坐地户"。我家和其余五家,都因动迁从四面八方搬来不久。一九六六年元旦前,凑齐在那个院里了。春节,互相拜年,和睦友好的关系从此奠定基础。那一年我十七。初三。

吴叔是"院长",以"坐地户"虔诚的热情,义不容辞地担负起了管理我们这个大院的责任,晚十点插大门;早六点开大门;比较公平地划分各家各户盖"门斗"和煤棚的面积;撵走到院里玩闹的野孩子;对出现在院里形迹可疑的陌生人进行盘问;突然断电则严肃地查寻原因;不失一切时机地树立威信。

他三十七岁,比我现在的年龄大一岁。可在我心目中是长辈。曾参加抗美援朝,立一次小功。复员当铁路乘警,得意过一阵子。天生的驴脾气,动辄以保家卫国的功臣自居,为些鸡毛蒜皮的事屡屡触怒领导,结果仅仅由于一次两厢情愿的"男女问题"被开除公职。不服,研究法律。上诉。认为按照法律条文,自己是在与那女人将"入港"而未来得及"入港"之际被"捉奸"的,算不得事实上的"奸情"。上级机关批驳:开除公职,依据的并非法律,是道德。未来得及"入港"算他走运。果已"入港",就不但要开除公职,且要判罪了。那女人是他的顶头上司——一位老局长的年轻夫人。他各方奔走,到处辩白,希望获得同情。

闹腾两年,难以翻案。万般无奈,只好继承他父亲吴老麻子的衣钵,干起推手推车敲鼓收破烂的行当。用他自己的话说,枪林弹雨都闯过来了,却一个跟斗栽倒在一个女人怀里爬不起来!"他妈的不过就是怀里呀!不过就是一个女人呀!"他常与人谈到自己当年这件功倍成半极可悲的"风流韵事"。因为"就是怀里""就是一个女人",无比委屈。委屈中流露出很不上算的意思。"他妈的是她先挑逗的我!她是局长夫人,不先挑逗我,我敢勾搭她吗?他妈的事发后她倒哭哭啼啼,反咬我一口。如今还当上了科长!"他对败坏了他名誉、断送了他前程的女人恨得咬牙切齿。可每次诅咒之后,总这么说一句:"他妈的她真有股子骚劲儿,啪地飞个媚眼,谁是男人也酥半边身子!"分明还有点旧情难忘。

亏得吴婶对他极其宽大,一贯采取"无为而治"的可嘉态度,绝不怨恨。他也由这次惨重的教训得出一个睿智的经验——"家花虽不及野花香,到底是自己的,什么时候想摘什么时候摘!摘野花太不安全,太不安全。"

"破烂的换钱"虽属"下九流"的干活,收入倒比当一名乘警可观。屋里屋外,一年三百六十多天,净是一堆堆的破烂儿,吴婶从不嫌碍眼。

"管它是干什么的,花钱便当就成呗!我家那口子爱哪天开支就哪天开支,市长不是还得一个月才开一回吗?"吴婶对生活也持一种"无为而治"的达观态度。

哪天吴叔赚钱多了,她便使出一位堪称优秀的厨房夫人的浑身解数,做上七盘八碗,全家香香美美饱吃一顿。碰上吴叔犯懒不肯出门挣钱的日子,便熬一大锅高粱米粥或苞谷面粥,从早喝到晚。院里的女人们都说,吴家的大人孩子不亏一副胃肠。只有我母亲对这种初一撑死初五饿死的生活方式不以为然,却没发表过评论。

吴叔自从情感经历受挫,对"野花"再也不存半点浪漫,变成了个专一不二的丈夫。收破烂以外的剩余价值,全部体现在"酒棋"二字上。守着酒瓶子,哪怕只有咸菜条,两斤"老白干"醉不倒他,自诩是"酒太极"

的功夫。一旦醉倒，便捧着半导体歪在炕头听京戏。这是七成醉的表现，八九成醉的时候摔东砸西。十成醉的时候触目惊心，握一把菜刀或一柄斧头，站在房顶上跳跃着骂大街，扬言和张三拼命，和李四不共戴天。张三或李四，大抵会来为了什么事向他赔礼道歉。这条街上住的都是老婆孩子一大堆的人，谁愿和他拼命、和他不共戴天呢？"大哥，别生气！我那是醉话，咱哥们儿！你是我大哥！我哪能跟你拼命啊！……"他见好就收。能见好就收，证明他那十分醉也是不无水分的。

我们院的人家没搬来前，他已经获得了两个绰号。当面一个，背后一个。当面人称他"吴二爷"，包含敬畏的意思；背后提起他，则都叫他"吴二驴"。我们搬来后，他企图只对我们公开第一个绰号，保留第二个绰号。事不由己，只好左耳听愿听的，右耳听不愿听的。

母亲最初挺惧怕他，曾叮嘱我们："千万别惹他啊。惹了他，他拎着菜刀斧头闯到家里来拼命，你们爸爸远在外地，是妈能抵挡了他？还是你们能抵挡了他？"母亲的惧怕心理影响着我们。我们见了他，都赶紧低下头退避三舍。

有次他又喝到十分醉，大雪天，脱光了膀子，从他家房顶转移到我家房顶，跳跃着破口大骂某人，操一柄铁锹，舞得上三下四，崩塌了我家一大片房顶。吓得母亲和我们躲在屋里不敢出门。过后，母亲到他家去，用些为人处世的至理名言劝慰他。

他受了感动，对母亲说："老嫂子，难啊！我一个收破烂的，又是个犯过错误被开除公职的人，名分上低三分，不借着酒装驴装虎，怕受欺负呀！"第二天还买了两听罐头送过我家来，给母亲"压惊"。

母亲又这样对我们说："其实你们倒也不必怕他。他心眼儿不坏，不过是个驴脾气，得顺着毛儿摩挲。顺着毛儿摩挲他，他还是通情达理的。"

大概因为母亲深谙与他相处的科学之方法，他对母亲从此很是尊重，不叫"老嫂子"不开口。使我们渐渐对他感到亲近起来。

他棋下得确实好。没被开除公职前，曾荣获全省职工象棋大赛冠军。那是他所获得的最辉煌的荣誉。傍晚在街头电线杆下摆出黄杨木棋盘紫檀木棋子时（冠军的奖品），不可一世的样子如同拿破仑。运筹帷幄，决胜千里。举棋如山，落棋不悔。是当之无愧的马路坛主，街头棋王。所向无敌。非他自吹自擂，乃公认的事实。

和吴叔最早建立交情的是姜叔。姜叔是一个只有三百来人的大集体性质的小小制本厂的工人，吴叔的新棋友。因有幸加入吴叔的棋友行列，颇引以为荣。两人由棋友而朋友，推动两家关系过从甚密。

姜叔家的左邻是张叔家。张叔是一个区属的一个片儿的几个小商店的没有正式干部级别的"负责同志"，算我们这个大院里有点权力的人。其余几家买不到火柴、灯泡、肥皂、酱油、面碱一类东西时，少不了要走走他的"后门儿"。他乐于为众邻开这类小"后门儿"。

姜叔家的右邻是孙叔家。孙叔是当年哈尔滨市独一无二的龙江木器厂家具车间的主任——正科级。比起张叔来，在众邻眼中，身份自然又不同。他是个很有官相的人。天庭饱满，地阁方圆。他不爱说话。无论在院里还是在街上，你不主动跟他打招呼，他决不主动对你开口。邻居男女们都认为他摆科长的架子。其实是他的本性如此。

孙叔家的隔壁是窦叔家。窦叔是一个街道机修厂的车工。那个厂比姜叔的制本厂还小，八十多人。窦叔和斜对门的马叔相好，都具备那么一点点音乐细胞。窦叔有一把小号，马叔有一支黑管。晚上常合奏，都是院里的孩子们崇拜的人物。

除了我的父亲，马叔就是院里年龄最长的一个男人了。那一年五十。据说念过"国高"，又是煤炭公司的会计，坐办公室的，便成了我们院里一个知识分子形象的代表，他也难免好以知识分子自居。他有四个女儿，一个儿子。儿子和我同岁，也读初三了。

我们家是院里生活最艰难的一户，受着众邻居的许多帮助。怀着感激的母亲，对哪一家都非常卑恭。父亲虽然远在四川工作，家里却挂满了他的奖状，体现着我们这个家庭崇尚荣誉的家风。

第二章

胸怀祖国,放眼世界——这是贴在我们教室黑板上方毛主席像两侧的大红字标语。证明着我们那一代中学生思想意识中明确而又远大的使命感。

十七岁的我,刚刚经历了三年自然灾害,身体发育不良,还没长到一米六。吃野菜造成的浮肿虽已消退,对饥饿的印象却镂刻在大脑皮层上。如同纤纤少女般瘦削单薄的肩膀扛着一颗自以为成熟了的头。全中国和全世界装在里边儿。它仿佛随时会被种种热忱和种种激情一下子鼓破。

陈家全平百米世界纪录——美国四十多个州的数万公众在白宫前示威游行支持越南人民的抗美正义斗争——向欧阳海学习!——向王杰学习!——向钢铁战士麦贤得学习!——向焦裕禄同志学习!——向越南人民的好儿子阮文追学习!——向越南人民的好女儿贞姐学习!——参加反对"旧韩条约"的集会——参加庆祝越南南方民族解放阵线成立五周年的集会——参观仿造的《收租院》泥塑,虔诚地接受忆苦思甜的阶级教育——学大寨支农——学大庆支工——学军时刻准备狠狠打击敢于来犯的美帝国主义侵略者——学习李素文,争当活学活用毛主席著作的标兵……

"越南——中国,山连山,水连水,亲爱的同志加兄弟……"

"北京——地拉那,中国——阿尔巴尼亚,英雄的城市英雄的国家……"

"拉丁美洲火山爆发了,美帝国主义正在灭亡……"

"我是一个黑姑娘,我的家在黑非洲,黑非洲,黑非洲,黑夜沉沉不到头……"

或隔三天,或隔五日,我们便会有极其庄严、极其神圣的理由,引吭高歌。

城市的巨大宣传板上,画着毛主席和恩维尔·霍查同志并肩站在一起的油画;画着毛主席和胡志明主席亲切握手的油画;书写着醒目的"打倒美帝国主义""打倒苏联现代修正主义""中阿友谊万古长青""美帝必败、越南必胜""千万不要忘记阶级斗争"等标语。

阮文追、贞姐取代了我们内心里卓娅和舒拉的形象。

我和我们的共和国一起密切关注着全世界的无产阶级革命运动和反帝反修斗争的形势。一点也不介意我们的共和国每个月只发给我一张买五两肉的肉票;不介意我们的共和国规定给我的每月二十八斤半的口粮是不够我吃的;不介意从粮店买回家的苞米坯子和苞米面常常是生虫的捂了的;不介意因为一时买不到电灯泡而在蜡烛光下完成作业;不介意因为一时买不到面碱而吃又硬又酸的三分之一白面做的馒头;不介意我们的新家是"大跃进"中家庭妇女们在"一天等于二十年"的口号鼓舞之下盖成的,冬天冷如冰窖,四壁冻满银霜,夏季漏雨,墙皮返潮。不介意一切。

"忆苦思甜"在我身上发生很成功的教育效果。有《收租院》大型泥塑展示的苦比着,形象、具体、深刻。补充以其他各类"忆苦思甜"的活动,我简直没半点理由对我们的共和国抱怨什么,对我诞生在红旗下,成长在新中国的幸福怀疑什么。

　　由小学生而中学生,仿佛一下子有永远也参加不完的运动等待着我去参加,有永远也学习不完的死了的或活着的英雄人物模范人物先进人物要求我一个接一个不断去学习。我乐此不疲。认为人生的真正意义全部体现在我身上。

　　小学一年级到六年级,使我铭记不忘的运动我不过只参加了三次:大炼钢铁运动——我将家里的一口小铁锅捐献到学校去了,害得母亲以后只能用一口大锅又做饭又炒菜。实现共产主义运动——我和我的同学们组成宣传小组,在公共汽车上和试点商店中宣传无人售票售货是实现共产主义的第一步。抓住那些没有自觉将钱投入投钱箱就下车或拿了东西大摇大摆离开商店的人批评教育。我恨那些人。完全是由于他们的觉悟太低,拖了共产主义的后腿,共产主义才迟迟不能实现。不久那些试点公共汽车和试点商店便一概取消。因为我们的国民虽然乐于公共汽车上无人售票,乐于从商店里"按需所取",却很难养成在无人监视的情况下将自己的钱投入钱箱的良好习惯。尽管我们不遗余力地宣传这个良好习惯可将他们带入共产主义的理想王国,他们大多数仍不肯自觉。好端端的一次实现共产主义的机会便告夭折。我和我的同学们都为此而伤心而失望而气哭了。挖蛹运动——那是除"四害"和"人民战争"中的一场战役。全校同学排着整齐的队伍敲锣打鼓,高唱"除四害"歌,浩浩荡荡走出校园,以班级为阵容,包围一个个公共厕所,展开"歼灭战"。提出的口号响亮而具有战斗性——"挖出一个蛹,等于挖出一个深藏的阶级敌人。"这是一个伟大的口号。因为它包含着一个灵活多变的公式。如在作业本上自己寻找出一个错别字并加以改正,就等于发现了一个阶级敌人并加以消灭;或者等于消灭了一个美国鬼子,支援了越南人民的解放战争。后来初中下乡劳动时,演变为锄掉一棵杂草,也等于除掉一个阶级敌人。反之,若锄掉了一棵秧苗,自然等于在战场上走火打死了一个战友。我记得很清楚,在一次下乡劳动中,我们班的一个近视眼女同学,一锄头下去,锄倒了一片苗。同学们开她的批评会,她讷讷地替自己解释:"我不是存心的,我注意力一不集中……"同学们听了个个愤怒,七嘴八舌:"你为什么注意力不集中?你等于打死了一个排的战友啊!""你这是犯罪!你的锄头上沾满了战友的鲜血!"……致使她接连两天没吃饭,捧着那些被她除掉的干枯的秧苗,泪涟涟如雨地念叨:"我不是存心的,我对不起你们,我不是存心的,我对不起你们……"

基于此种思维方式所导致的行为,后来"文化大革命"中举不胜举。如今细想,我相信是完全可以"造就"成近乎一个模式的一代人的。谓予不信,重新闭关锁国,对一九八七年或一九八八年出生的婴儿一律实行"专门"教育,想以什么主义为教育内容都行,二十年后不"造就"出什么主义的一代忠实信徒才怪呢!

惭愧,像我这么一个非常关心国家大事和世界大事的中学生,无产阶级"文化大革命"的信息,竟是从收破烂儿的吴叔那儿获得的。

"嘿,瞧着吧,又要搞了!"

那一天,吴叔大大咧咧地跨入我家门槛,没头没脑地说了这么一句。

母亲,我和两个弟弟一个妹妹正围着小炕桌吃晚饭。桌上照例是一人一碗大坯子,一盆新蒸的窝头,一盘咸菜,一碟酱,几根葱。

母亲端着碗,抬头看了吴叔一眼,反应迟钝地问:"搞卫生?"

几天前,精神病院寄来了催交哥哥的医疗费的清单——三百余元,母亲筹措不足这笔钱,连日忧心忡忡,愁眉不展,内心焦急如焚,嘴唇起了泡。

我呢,一方面以一双中学生的眼睛关注着越南人民的抗美救国正义战争和兰考人民在焦裕禄同志逝世后重建家园的艰苦奋斗,一方面思想处在继续升学还是毕业后去干临时工,早日替家里挣钱的十字路口犹豫不决。我知道母亲毫无热情应付街道委员会每年春季都要进行的卫生大检查运动。

"老嫂子,我说毛主席他老人家又要搞运动了啊!凡天下大事,合久必分,分久必合。"吴叔振振有词,语气十分庄严,仿佛一位大政治家。

"别瞎说,让人听到该认为你制造政治谣言,扰乱民心了!"母亲善良地告诫他。

"嗨,老嫂子,我是个犯过错误被开除公职的人,还敢制造政治谣言吗?我今天收了一卷报纸,其中有一张《北京日报》,登了一大版批判文章!一九五七年那场运动不就是先从报纸上搞起来的吗?"

"唉……"母亲长长地叹了口气,心不在焉地回答:"就是又要搞,那也是毛主席他老人家应该操心的事儿。他老人家认为应该搞,就随他老人家搞呗……"话题一转便问,"他吴叔,你能帮我筹借些钱吗?你大侄子的住院费……"

"这……"吴叔沉吟片刻,安慰道,"我帮你想想办法,想想办法。别愁,车到山前必有路……我看三家村是劫数难逃哇!"

"农村又有地方受灾了?"母亲复叹口气,用一种忧国忧民的语调说,"中央那么多大干部,就没有一个人对毛主席他老人家提议提议,先别搞运动了,先救灾要紧啊!"

"不是农村又有地方受灾了,我说的三家村是吴南星那个村……"吴叔的唾沫溅了我一脸,我也不好意思擦。

"什么星?共产党不是反对迷信吗?还讲星相啊?"母亲被吴叔的解释搞得愈发糊涂,如坠五里雾中,怔怔地瞧着吴叔,以为他又喝醉了。

吴叔确是喝酒了,但我看出他没醉。

"听了半天你也没听明白!吴南星是个人,写了本书叫什么《燕山夜话》,报上批判说是宣扬资产阶级思想的书!……"吴叔努力要使我的没有文化的母亲明白而且相信,一场严峻的政治运动就要开始。

"《燕山夜话》不是吴南星写的,是邓拓写的。"我对吴叔的话加以纠正。

《燕山夜话》我读过。《三家村札记》我也读过。这两本杂文集,继秦牧的《艺海拾贝》出版后很受喜欢文学的初中生和高中生重视,争相传阅。《一个鸡蛋的家当》已在我的许多同学之间成为互讽的隽语。但我当时却不知邓拓是北京市委宣传部部长,亦不知"吴南星"是邓拓、吴晗、廖沫沙三个人的笔名。我一直以为邓拓和"吴南星"是两位作家。

"你一个小孩子掺什么言!"吴叔因为我指出他张冠李戴的错误,有几分不高兴,训斥了我一句。

我不跟他争辩,饭也不吃了,放下手中的窝头,离开家,去到他家屋前,在一堆旧报中翻找到使吴叔对我母亲发表了一通预言的那份《北京日报》。

果然,第一版的通栏标题是《关于〈三家村札记〉和〈燕山夜话〉的批判》,洋洋万言的大块文章,竟占了三个版面!

那一张报纸的日期是四月十六日。

我正急急切切、一目十行地浏览那篇文章,吴叔不知何时离开我家,已站在姜叔家窗前,高声大嗓地说:"姜大哥,读过四月十六日的《北京日报》吗?"

"《哈尔滨晚报》都没订,哪儿读《北京日报》去?"姜叔家传出姜叔朗朗的回答。

"我那儿有一份,一会儿你看看!"

"不看,没那闲工夫!"

"马大哥,马大哥在家吗?"吴叔又转移到马家窗前。

"什么事啊?你满院大呼小叫的?"马家窗前,出现了马叔瘦高的身子。

"你这大知识分子,该是个关心政治的人吧?看过四月十六日的《北京日报》吗?"

"看过了啊。"马叔不动声色。

"有何见教啊?是不是又要搞场什么政治运动了呀?"吴叔总算找到了一个可能有共同语言的人,一屁股坐上了马家的窗台。

马叔也扫了他一大兴:"无可奉告,我是个不谈政治的人。"

吴叔识趣地从马家窗台上蹦下来了。

张叔踱出家门,调侃地说:"你吴二爷怎么变得这么关心政治了呀?"

吴叔嘿嘿道:"这话问得多没水平!收破烂的就不关心政治了?我吴二爷托毛主席他老人家的福,丢了公职后还能在咱们社会主义大家庭中混口饭吃,不关心政治太没良心了吧?"

张叔继续调侃道:"你别假积极,要是再搞场什么运动,说不定就把你捎上整一整!"

"整我?"吴叔嗓门更高了,"我吴二爷如今即使算不上名正言顺的工人阶级了,总还没被开除出无产阶级队伍吧,起码谁也得承认我还算个流氓无产阶级!只要我还沾着无产阶级点边,毛主席他老人家就绝对不忍心整到我头上!"

"好!说得有理!"张叔哈哈大笑。

吴婶从屋里走到马家窗前,拽住吴叔的胳膊一边往回扯他,一边说:"你给我回去!你给我回去!灌了几口马尿,就东家西家地扯闲篇,让人讨厌不?"

吴叔被扯将回来,见我还拿着那份《北京日报》发呆,不无遗憾地嘟哝:"全院就你这么一个关心政治的!亏咱们这院还是个'四好'院!"

姜叔随后跟过来,说:"得了吧!张口政治闭口政治的,好像你是个政治局委员!你不再喝醉了酒操菜刀操斧头,登高上房,就是最大的突出政治!端棋盘来,今天我用心思和你杀几把,我就不信我赢不了你一盘!"

"赢我?你姜大哥还嫩得很哪!"吴叔精神大振,兴奋中枢顿时转移。

于是他们就下棋。

一会儿,马家传出了黑管和小号的合奏:电影《冰山上的来客》中的插曲《花儿为什么这样红》。

而我的内心充满烦愁的母亲,已和那些婶子辈的女人们坐在院子里了,向她们寻找着安慰与同情。

我仍拿着那份《北京日报》,坐在吴家那堆旧报中思索:报上这篇批判文章果真是一个信号吗?一场严峻的政治运动果真就要来临了吗?我有点不相信收破烂的吴叔的预言。四月十六日的报纸,那一天已经是四月二十一日了,这几天里不是什么都没有发生吗?

《花儿为什么这样红》吹了一遍又一遍。那是马叔和窦叔合奏得最好的一支曲子。

至于邓拓和吴晗两位"作家",我暗暗有些替他们遗憾。比较起来,我更早些知道的是吴晗这个名字。因为我还读过他编写的《春秋故事》和《战国故事》。从那篇文章看,对他们的批判是有理有据,难以反驳的。自己喜爱的两本书,原来是宣扬资产阶级世界观和生活方式的书!我的遗憾不仅仅为着他们的错误,也为着我自己的被骗。

"将!你死棋无解了!"猛然听得吴叔满怀胜利喜悦地大喝一声。

春天的晚风习习吹拂。院里那棵老榆树轻轻摇晃着满枝肥嫩的榆钱儿。月亮在人们不经意间升起来了,向我们的大院慷慨地洒下如水的月光。憋闷了一冬季的院里的男人女人和孩子,在这个美好的晚上,似乎格外不愿待在家中。

两个棋迷又重新摆开了一局,张叔不知何时凑在了旁边,喝五吆六乱支招儿。

女人中传来了母亲不很舒朗的笑声。

我很久没听到母亲笑了。

连平时不太合群的孙叔也迈出了家门,自言自语:"今晚院里好热闹!"说完,转身进屋了。一会儿搬了把椅子又出来,坐在自家门口,手捧着半导体,戴着耳塞,不知独自听什么节目。

我的两个弟弟一个妹妹和院里的其他孩子们聚在马家窗外,静听黑管和小号的合奏。

《花儿为什么这样红》的旋律在院里悠悠回荡。

当时我无论如何也想不到,那个夜晚,是我们院所有人家共同度过的最后一个和睦的,友善的,安宁的,愉快的夜晚。

那个难忘的夜晚,至今保留在我的记忆中……

第三章

我的语文老师姓庞,毕业于辽宁大学中文系,是位四十多岁身体微胖的女性。

第二天上语文课的时候,她的第一句话是:"同学们,看过四月十六日《北京日报》的举手。"

我环视两旁,无人举手。

我犹犹豫豫地举起了自己的手。

她的目光停留在我的脸上,许久没移开。她仿佛默默期待着更多同学举手。

过了几分钟,还是再没有一个同学举手。

她终于对我说:"你把手放下吧。"

她摘了眼镜,掏出手绢擦了半天,戴上后,盯着粉笔盒沉思起来。她脸上有种惴惴不安的表情。好像她预感到了某种威胁,但又不知怎样才能保护自己。

她的反常神态使同学们奇怪。坐在我两侧的同学将目光投射到我身上。

终于,她抬起头望着大家,以诚恳的语调低声说:"同学们,今天我首先要向大家作检查,承认错误。上个星期,为了指导大家学习杂文写作,我曾在课堂上向大家读过《燕山夜话》和《三家村札记》中的几篇。这两本书,现在已经受到了公开批判,是宣扬资产阶级思想的书。我给大家读过的那几篇,是这两本书中问题最严重的几篇……我……我已经向学校领导交了书面检讨……我思想觉悟不高,认识水平和批判能力太低,以至于……在课堂上间接地传播了坏思想……我感到很对不起同学们……很内疚……我欢迎大家对我进行严肃的批评……我……我保证今后再也不犯这种性质的……错误……今天的作文课,不再写杂文了,改写记叙文,文题不定……大家任选吧!……"

说完这一大番话,她脸上出汗了,又掏出手绢擦脸。

在大家埋头写作文的时候,她轻轻走到了我身旁,低声说:"你出来一下,老师有话对你讲。"

我跟她走出教室,她将教室门掩好,说:"全班只有你一个人是看过四月十六日《北京日报》上那篇批判文章的,老师的错误非常严重,你要是对老师今天的检讨还有什么意见,希望你能当面向老师提出来……"

我的语文成绩一向较好,是她喜爱的学生之一。我连连摇头,不容置疑地说:"没有,没有。"

她却说:"怎么可能没有呢?你当面向老师提出来,总比以后……提出来吧,无论提得多么尖锐,老师都会从内心深处感激你的……"

"没有!老师,真的!"我脸都急红了。我无法理解她为什么要把自己的错误看得那么严重。以后我才知道,她是个"摘帽右派"。

"也许……是老师把你想错了……"她似乎感到自己简直是逼我了,脸上浮现歉意的苦笑。

……

哈尔滨郊区农村发生严重虫害。两天后,我们全校师生到松花江北支农去了。苞谷苗长起了一尺多高,大头菜刚开始抱心儿。铅笔那么粗火柴杆那么长的青色肉虫,白天怕晒,隐蔽在苞谷苗和大头菜的叶背面,却不停止啮食。天可怜见！社员们的黄泥小屋的后墙上，无一不用白灰刷写着"农业的根本出路在于机械化""争取高产稳产，努力实现第三个五年计划""学习大寨好榜样，敢教日月换新天"之类的标语，由于两年来连续遭受水灾，粮菜未收，生产队今年竟穷到了买不起几袋农药的地步！仅有的一台破旧的喷雾器也坏得根本无法使用。只能依赖我们这些中学生帮助灭虫。办法又简单又野蛮——戴上手套，用手指捏死。一片地中，何止千万青色肉虫！幸亏中国人多，支农又是学生的义务。

同学们最初都不敢接近患地。女同学尤其不敢越"雷池"一步。一个个双手戴手套，站在地边，如同站在悬崖边，畏缩不前。老师督促，万般无奈，提心吊胆踏入地中，怀着恐惧蹲下身去，颤颤抖抖的手翻过一片叶子，那青色肉虫蓦然入眼，多到触目惊心，一个个立刻失声尖叫，仓皇跃起，奔逃开去。有的浑身瑟瑟发抖；有的脸上吓得变了颜色，冷汗淋漓。

几个平时常以勇敢者自居的男同学都不愿显示他们的勇敢了。

老师也是怕的。老师怕也只好装出不怕的样子给同学们做"示范"。"示范"无效。老师就在地头组织我们坐下来学英雄人物，学革命先烈。

老师说："大家想一想，如果麦贤得和我们在一起，会像我们这种样子吗？"

同学们都羞惭地垂下了头。

老师又说："大家再想一想，革命先烈面对反动派的屠刀，连死都不怕，我们今天却怕危害农作物的肉虫，可耻不可耻？"

大家的头垂得更低了，但仍没有一个人表示愿做榜样。

老师最后干脆说："反正这个生产队的虫害地包给我们班了，早灭一天虫，早一天回学校上课。咱们学校的课程进度已比其他中学落后了好几节，你们升不上高中可别怪老师！"

大家纷纷抬起了头。

升不上高中，对我们将来意味着什么，我们心里比老师更清楚。

于是我们默默走向那片可怕的土地。

那是人和千万条青色肉虫的"战斗"。在二十世纪六十年代,不知除了中国,还有哪一个国家以同样的方法灭虫?也不知道我们共和国九百六十万平方公里的土地上,还有多少农村穷到了买不起几袋农药和喷雾器的地步?更不知我们一代人升学的权利早已被决定取消了!许多同学吃饭的时候呕吐不止。有一个胆子最小的女同学,因为裤筒里爬进了几条虫子,没个掩身之地可以脱下裤子抖抖,吓得抽风昏厥了。

然而为了早日返校上课,每一个同学都以最大的勇气克服胆怯。

然而,无产阶级"文化大革命"步步逼近着我们。我们命中注定将受它愚弄。正如收破烂的吴叔所说的那句宿命观点的话——劫数难逃。

我们在江北农村度过了"五一"。

支农劳动结束后放了三天假。

我们重新开始坐在教室里那一天,上第一节课的铃声响过了很久,不见一位老师的影子。老师们被校领导召集在一起,开什么"紧急会议"。

忽然安装在教室门右上方的喇叭箱里传出了校长的声音:"全校同学们,经校领导和全体老师一起讨论决定,今日不上课,收听重要广播。收听后,召开全校大会!"

美帝国主义的飞机军舰又侵犯了我们共和国神圣的领海领空?越南人民的抗美救国斗争又取得了巨大胜利?赫鲁晓夫修正主义集团又掀起反华叫嚣了?蒋介石又向大陆派遣特务组织了?我国外交人员又发表什么庄严声明或强烈抗议了?……

全班同学交头接耳,猜测判断。

喇叭箱嗡嗡响了一阵,一个男性严峻的声音开始冲击我们的耳膜:"向反党反社会主义的黑帮开火——毛主席经常告诫我们:在拿枪的敌人被消灭以后,不拿枪的敌人依然存在,他们必然地要和我们作拼死的斗争,我们决不可轻视这些敌人……"

我顿时想起了收破烂的吴叔的预言——毛主席他老人家又要搞运

动了！在经历了灭虫劳动后，我变得很神经质，夜里常常做噩梦，梦见自己浑身爬满了青色肉虫，它们啮咬着我。早已将吴叔那天晚上的预言忘得一干二净了。

果然如收破烂的吴叔所料！

那个男性的严峻的声音继续着，字字铿锵，句句有力，充满浩然正气，充满压倒一切的战斗性。它使我的心怦怦跳，它使我遍体被一种不可名状的激动包围。几乎每一个字每一句话都在我内心里煽起难以平静的情绪。

"阶级敌人不仅从外部，而且从内部拼命地破坏和攻击我们。而一切反党反社会主义分子，他们攻击的矛头，总是对准我们的党和社会主义制度……

"邓拓是他和吴晗、廖沫沙开设的'三家村'黑店的掌柜，是这一小撮反党反社会主义分子的一个头目——射出了大量毒箭，猖狂地向党向社会主义进攻……

"邓拓一伙，就是在这种情况下，迫不及待'破门而出'的……

"对党和社会主义怀着刻骨仇恨的邓拓一伙……

"诽谤无产阶级专政，极力煽动对社会主义的不满情绪……狂妄地叫嚷要我们党赶快下台'休息'……

"不！你们并没有丧失立场，你们的立场站得很稳，不过是站在资产阶级的立场罢了。你们并没有放松阶级斗争，你们对阶级斗争抓得很紧，不过是对无产阶级进行斗争罢了……

"是你们早就向党、向社会主义开了火……我们一定不会放过你们，一定不会放过一切牛鬼蛇神，一定要向反党反社会主义的黑线开火，把社会主义'文化大革命'进行到底，不获全胜，决不收兵。"

广播结束，教室内仿佛弥漫着炮火硝烟。静极了。同学们都一动不动地端坐在自己的座位上。脸上失去了往常的自然神情，呈现着僵刻呆板过分的严肃，宛如一尊尊雕塑。

那个历史的日子是五月十一日。

那篇彻底揭开"文化大革命"序幕的"战斗檄文"发表在《解放军报》上。

班主任老师走入教室,她手拿一张报纸。她还没结婚,只比我们大七八岁。我从小学考入这所中学的那一年,也正是她从哈尔滨师范学院毕业后分配到这所中学的那一年。她出身于纯正的工人家庭,是中国共产党的预备党员。

"同学们,"她的声音由于激动而发抖,"一场社会主义'文化大革命'已经开始了!在这场清除资产阶级黑线的严峻斗争中,我们落后了!我们要奋勇冲上去!冲到第一线去!下面我再给大家读《解放军报》四月十八日社论——《高举毛泽东思想伟大红旗积极参加社会主义文化大革命》……"

这篇社论强调——"搞掉这条黑线,还会有将来的黑线,还得再斗争。""这是一场艰巨、复杂、长期的斗争,需要经过几十年甚至几百年的努力。""是关系到我国革命前途的大事,也是关系到世界革命前途的大事。"

后来我们才知道,这些话是毛主席的话。

"同学们,"班主任读完社论又说,"过一会儿全校师生要在操场上召开积极参加社会主义"文化大革命"宣誓大会……"她的目光向全班同学扫视了一遍,最后落在我身上,说,"梁晓声,你写一篇决心书,一会儿代表我们班发言。"说着她看了一眼手表,提醒我,"只有十五分钟的时间!不要写多长,要快!能表达旗帜鲜明、立场坚定的决心就行!今天的发言不排顺序,我们是'四好'班,一定要争取第一个发言!……"

我的思想生了双翅,驾着这股阶级斗争和路线斗争的荡宇长风翱翔,翱翔,"扶摇直上九万里",根本无法降落在稿纸上。

我唯恐自己在十五分钟内写不完一篇像样的决心书,使我们这个"四好"班在阶级斗争的"风口浪尖"丧失了第一个登台表决心的机会,正要举手推却,见语文老师走了进来。

"姚老师,"她对班主任说,"能不能让我占用几分钟时间?我有极其重要的话对同学们说!"

班主任皱起了眉头:"你想说些什么呀?"

"我……我要再次向同学们检讨自己……在课堂上读过《燕山夜话》和《三家村札记》的严重错误,不,不是错误,是罪行!我……"说话一向从容不迫的语文老师,因急切而结巴。

"这……我们的时间已经很短了!"班主任不愿意。

"姚老师,我……我恳求你!……"语文老师的语调几乎带出了哭声。

"等开完全校大会你再对同学们说吧!"班主任的态度非常坚决,不容商量。

"可我一定要在开全校大会之前说的呀!姚老师,给我一个机会吧!……"语文老师真哭了起来。

班主任不忍心又不情愿地走到窗前,算是默许。

"同学们,"语文老师一边用手绢擦眼泪一边说,"同学们,我上次对你们的检讨很不深刻!上次的检讨中,我还认为邓拓、吴晗、廖沫沙不过是宣扬了资产阶级思想,没有从反党反社会主义的本质去认识……他们是一伙'黑帮',他们反动透顶,我也是'三家村'中的一个,不,我不是,我虽然不是,但我是……但我是……"她越急于想说清楚她自己是什么,一时越说不清楚。她语无伦次起来。

我坐在第一排,离她最近。我看得很清楚,她眼中是真有眼泪不断涌出的。她手中那条小手绢已湿成了一团。我鼻子有点酸。我心里暗暗怜悯她。我知道,她绝不是存心要在课堂上读反党反社会主义的黑文章。她不过就是想给同学们读几篇范文而已。如果我当时知道她因被划过右派,丈夫跟她离了婚,并带走了她唯一的一个女儿永远不许她相见,随后她在某农场被改造了四年,两年前才摘掉右派帽子,在不少人的联名担保下方得以回归教育队伍,我想我不仅会怜悯她,也许还会对她产生同情。

为了提高我们全班的作文水平,她曾花费了多少心血啊!这是全班同学都不能否认的。

"梁晓声!"班主任猝然叫我。

我一惊,不由得站起。

"你还不快写!"班主任有几分生气了。

我又立刻坐下,从书包里翻出纸笔,一个字也写不出,头脑中混乱一片。

"庞老师,你不能再侵占我们班的时间了!"班主任的语调,与其说是不满,毋宁说是抗议了。

"我……我……"语文老师再没能说出一句完整的话。

我情不自禁地又抬起头,想再看她一眼,只看到了她的背影。她在教室门口似乎欲转过身来,要再看我们全班同学一眼,她那背影使我感觉她意识到了厄运将又一次落在自己头上,怅怅然若向我们继续解释什么,替自己辩护什么。她在教室门口站了一会儿,并没转身,缓缓地离去了。

全体同学都望着教室门口。教室里鸦雀无声。

从此她再也没给我们讲过课。

"李元昌!"班主任叫起了班长,说,"开全校大会时,你要带领咱们班同学喊口号!"

"喊……哪些口号呀?"班长讷讷地问。

"按照我写的喊。"班主任说着,走到我跟前,从我的笔记本上撕下一页纸匆匆便写。写好后,经同学们传到班长手中。

班主任又说:"李元昌,现在你立刻组织同学们到操场上集合!梁晓声,你可以留在教室里写发言稿。"

走廊上传来了一片脚步声,不知是哪一个班离开教室到操场上去了。

"快,快!"班主任着急地催促大家。

于是同学们一窝蜂地拥出教室。

走廊里又是一片脚步声。

刚刚安静了半分钟,众多的脚步声再次响起。

脚步声中,我在纸上写下了这样一行字——向反党反社会主义的黑线开火!

盯着这行字我愣了几秒钟,意识到这一行字也正是刚刚听过的报上那篇声讨文章的标题,大有"照抄"之嫌,刷刷两笔划了去,重新写下"谁反党反社会主义就打倒谁"一行字,又发愣。一句句充满战斗性的话在我头脑中飞旋,全是《解放军报》那两篇文章的话,没有一句是我自己想出来的。而且我无论如何也不能集中思路,将那些话排列在一起,凑成决心书。

整个教学楼终于彻底安静了。

我的语文老师仍占据着我的心。她刚才那样子真使我难受。

握在我手中的笔就是她送给我的。

有一次写作文时,她见我用蘸水笔写字,奇怪地问:"你怎么不用吸水笔?"

我回答:"吸水笔丢了。"

她说:"那你得买一支呀!"

我接连丢了两支吸水笔,不愿再向母亲要钱。难言之衷,也不愿向她解释,便低下头去继续写,不回答。

她见我使不惯蘸水笔,深一画浅一画的,便默默地将她这支金笔放在了我的课桌上。

下课后,我到教员室去还她笔。

她问:"听同学们讲,你家生活很困难是不是?"

我点了一下头。

她又问:"我这支笔你使着还好吗?"

我又点了一下头。

她说:"就送给你吧。我倒是用蘸水笔用惯了,用得着吸水笔的时候不多。我还有一支圆珠笔呢!"

我说:"这是金笔呀,我怎么能……"

她打断了我的话:"快拿了走吧,别耽误我的时间了。我现在要批改几篇作文……"

也许因为这支笔是她送给我的,我再没丢过……

"梁晓声,你还坐在这儿发愣呢!老师都快让你给气死啦!"

一个女同学吁吁带喘地闯入教室,嚷完了话又一股旋风似的消失了。

糟糕!全校大会已经开始了!

一阵阵口号的声浪从外面扑入教室:

打倒邓拓!

打倒吴晗!

打倒廖沫沙!

打倒"三家村"黑店!

打倒一切反党反社会主义的牛鬼蛇神!

……

虽然"决心书"除了标题还一个字没写,我也不敢再耽误一秒钟了,顾不上多想,扯下那页只有一行标题的纸,万分紧急地奔出教室,一口气从三楼跑下一楼,直跑到操场上才收稳脚。

操场上临时摆了几张桌子,算是个"台"。学校的领导们端坐"台"上,全校学生一班班盘腿坐地。一个班级的代表正一手握麦克风,一手拿发言稿激昂地大声发言。十几个期待发言的学生身体紧挨着身体排在发言者后,生怕谁"夹楔"似的。那一天刮大风,操场刚垫过沙子,沙尘笼罩着所有的人。

班主任突然出现在我眼前,极度失望地问:"你在教室里干什么来

23

着？决心书写好了没有？"

我不敢告诉她除了标题一个字都没写,撒谎说:"写好了。"

她信了,就将我推向"台"那边:"快去吧,发言时要情绪饱满!"

轮到我发言,我先喊了一通"打倒"之类的口号,接着大声疾呼:"我们革命的学生,坚决战斗在阶级斗争的第一线。我们向毛主席庄严宣誓,我们要做阶级斗争前沿阵地上的敢死队!不怕同反党反社会主义的'黑帮'战斗一百个、一千个、一万个回合!有我们在,就有社会主义的红色江山在!胜利必定属于我们,因为我们掌握着毛泽东思想这个阶级斗争的锐利武器!我们要像在农村消灭害虫一样,将危害我们党和社会主义的'黑帮'捏死!……"

这番话,是我情急之中在未轮到我发言的二十几分钟内一句句硬憋出来的。没发言稿,效果反而更好,情绪也的确饱满。因为众多的人所营造的那种同仇敌忾的战斗气氛,已使我完全开始相信,邓拓、吴晗、廖沫沙毫无疑问是一伙反党反社会主义的"黑帮"分子!除了他们,还有形形色色的反党反社会主义的"黑帮"分子尚未暴露反革命嘴脸!如若不然,毛主席为什么要发动一场社会主义"文化大革命"?《解放军报》又为什么要连续发表充满火药味的批判文章?中国人民解放军已经首先动员起来了,作出了战斗姿态,我——一个诞生在新中国、成长在红旗下,无比热爱党热爱社会主义的中学生——一个共产主义青年团员,岂能置身于这样一场关系到我们党和国家生死存亡的运动之外?!

我归到班级坐下以后,情绪仍然十分激动。发言时沙子迷了我的眼,我没顾上揉出来,这会儿眼泪就一个劲地往外淌。

班主任从后边走到我身旁坐下了,将她的手绢塞在我手里,表扬说:"很好。你的发言很好。你的感情也很对头!老师刚才有点错怪了你,别生气。"

她大概以为我的眼泪是由于内心过分激动而淌出来的。

校长在讲话中这样说:"正如初三二班代表发言所说,我们要像在农村消灭害虫一样,将危害我们党和社会主义的'黑帮'捏死! 这就是我们对党对社会主义的热爱之情,这就是我们对反党反社会主义'黑帮'的无产阶级义愤! ……"

在我们学校的历史上,校长引用一个学生的话,也算是"史无前例"的。

班主任亲切地微笑着瞧了我一眼。

我感到无比骄傲,无比自豪,好不得意!

语文老师出现在校长身旁,恭恭敬敬,虔虔诚诚地弯下腰对校长说:"校长,我曾在几个班的作文课上读过《燕山夜话》和《三家村札记》中的几篇,虽然我已经写了书面检讨,但很不深刻,请您允许我借这个机会对自己进行批判吧……"

因她说话时口也对着麦克风,我们听到了。

校长未看她,也未置可否。继续讲话:"这场社会主义'文化大革命',将必然从北京深入开展到全国,从社会深入开展到我们学校……"

语文老师就这么微微弯腰站在校长身旁,不死心地等待着校长的讲话结束。

校长直到讲完话也未看她一眼。

她又失去了在全校同学面前公开检讨和批判自己"错误"的机会。

几个同学往楼内搬桌椅和扩音器的时候,她仍怔怔地站在那儿……

口诛方罢,继之笔伐。

各班派同学到总务科领纸、墨、笔,开始大写特写声讨"黑帮"的"战斗檄文",或画漫画。

我们班首先将一条"坚决站在毛主席一边,誓死同反党反社会主义'黑帮'血战到底! "的巨大的标语贴到了校门两侧——它向全社会声明了我校革命师生旗帜鲜明的立场,也弥补了我们"四好"班没能第一个在全校表决心大会上发言的荣誉损失。

"战斗檄文"尽属"即兴创作"。

我写了一句"邓拓、吴晗、廖沫沙",有同学立刻续一句"他们三个是一家",第三句来得更快"他们反党反人民",第四句早有人想出来了"你说该杀不该杀"？

大家齐声读一遍,合辙押韵。

"结束在问号上吗？问谁呀？"

"还问个什么劲？该杀！"

"对！加上两句——该杀！该杀！！"

"再加一句——打发他们回老家！！！"

更有众多同学从旁提出商榷,补充。

于是一篇"战斗檄文"墨汁淋漓地贴到了走廊上：

　　邓拓、吴晗、廖沫沙,

　　他们三个是一家,

　　他们反党反人民,

　　你说该杀不该杀？

　　该杀！该杀！！

　　打发他们回老家！！！

不久这诗体"战斗檄文"不胫而走,从校内流传到校外,成了千万小女孩跳皮筋时唱着很顺口的"革命儿歌"。由一代小女孩传给另一代小女孩,久唱不衰,差不多从一九六六年一直唱到一九七六年……

班主任把我找到了教员室,所有的老师也在舞笔弄墨。

她问："听同学们讲,你有《燕山夜话》和《三家村札记》这两本黑书？"

我有,但不知老师所问究竟何意,出于一个中学生保护自己的本能,立刻摇头否定："没有,没有！同学们胡说八道！"

她说："你肯定有！老师要求你贡献出来,当做同学们的批判材料。"

我只好含糊地回答："也许我有……我自己也记不清了,我回家找找。"

一个正在写"战斗檄文"的老师悬腕止笔道:"姚老师,要是他能找到,先给咱们化学教研组批判用吧！我们这些教化学的老师还谁也没看过呢！"言罢,又落笔挥洒起来。

我见他写的是——《燕山夜话》和《三家村札记》这两本黑书的反动实质就在于,攻击的矛头是直指党和毛主席的……

我们学校的图书馆竟没有买《燕山夜话》和《三家村札记》这两本"黑书"。

全校究竟有多少同学和老师读过？鬼才知道！

全国当时又有多少人读过？千分之一的人？万分之一的人？还是十万分之一的人？

但工人阶级在批,贫下中农在批,解放军战士在批,大、中、小学生和教师在批,文艺工作者在批,机关干部在批,家庭妇女在批,孩子在批,老头老太婆在批,文盲也在批。全国人人轰轰烈烈地批将起来。

从学校回家的路上,几个要好的同学之间免不了互相道出几句真心话。

"我看明后天可能也上不了课。"韩松山略显忧郁地说,"耽误了这么多课程,将来谁对咱们的毕业和升学考试负责任啊？"他是我们班的数理化尖子,平常总是雄心勃勃地说:"我考不上一中、三中、六中,就跳松花江！"他要考的全是哈尔滨的重点高中。以他的聪明和成绩,没有一个人认为他是口出狂言。在哈尔滨市的学生中,当年流行着这样一句话:"考上一三六,直闯清华北大哈工大。"老师们也公认,清华北大哈工大的校门是向他敞开着的。

我的好友王文琪以批判的口吻说:"你的意思是这场社会主义'文化大革命'的来临使你受损失啦？是党和国家的生死存亡重要,还是你考高中重要？"他本是开玩笑,但因他是团支部副书记,将来肯定是毕业鉴定小组的成员,韩松山便认真起来,骂了他一句:"滚你妈的!"还脸红脖子粗地要跟他动手。搞得他十分尴尬。

赵运河透露:"据说,今年的高中和大学录取,要实行政治表现第一,分数第二的原则。政治表现的主要一条,当然要看在这场运动中的表现啦!表现不积极的,分数再高也后边'稍息'去!"他的父母都在教育局工作,大家猜测他的话可能是很有来头的,谁也不多问,可谁都分明牢记心间了。

韩松山立刻同王文琪和好如初,搂着王文琪的肩膀,亲密无间地说:"别生气啊,刚才我是跟你闹着玩呢!"

街道和马路两旁的工厂、商店、机关、学校、居民委员会,都有人在贴"声讨书""决心书""誓言"以及"致党中央毛主席的表忠信"之类。受到毛主席他老人家高度称赞和评价的大字报最初就是以诸如此类的种种内容产生的。所有的企业,所有的单位,所有的中国人,都唯恐自己在这场称作社会主义"文化大革命"的阶级斗争中被认为表现消极,漠不关心。人民随时准备声讨党中央毛主席揪出的又一伙"黑帮",口诛之笔伐之。因为人民绝对相信,党中央和毛主席是根本不会冤枉任何一个好人的,也当然不会放过任何一个坏人。基于这种"绝对相信",可以推测,如果人民从第二天的报纸上看到邓拓、吴晗、廖沫沙被验明正身,押赴刑场,执行枪决的消息,定会敲锣打鼓,涌上街头,欢呼阶级斗争的伟大胜利!人民是那么习惯于将党中央和毛主席紧紧连在一起,视为同一个永恒的信仰,极少有人冷静地关注到,这一场社会主义"文化大革命",是由首先发表在《解放军报》而不是党中央的机关报《人民日报》上的两篇文章推动起来的。人民更不可能预想到,几个月之后,毛主席将党中央划分为无产阶级和资产阶级两个司令部,让党政军各级领导者们和每一个中国人明确表态,是站在无产阶级司令部还是站在资产阶级司令部一边?

第四章

母亲终究没有筹借足那笔钱,我不得不将哥哥从精神病院接回了家。哥哥一回到家里,不但全家,全院的人都跟着感觉不安。

也许被社会所刺激的缘故,哥哥的病情发生了变化,由"阴郁型"而转为"政治狂想型"。

我从精神病院接他回来那天,就细心地观察出了他这种变化的苗头。我和他是从江桥上过江的。在精神病院关了几个月的哥哥,像被从笼中放出那样高兴。一过江桥,城市的政治喧嚣便扑面而来。锣声、鼓声、口号声,声声入耳。城市正在被大标语和大字报披挂起来。"毛泽东思想宣传车"和游斗"黑帮"的大卡车驶来驶往。打着红旗举着贴在三合板上的毛主席像到市委或省委去请愿或抗议什么的人们,才走过一批,又走来一批。大中小学的文艺宣传队在街头和广场演出打倒"三家村"的活报剧。

"这都是在干什么?"哥哥东张西望地问。

我说:"全国开始'文化大革命'了!"

拥来一支队伍,高呼:"打倒邓拓吴晗廖沫沙,誓死揪出哈尔滨市的'三家村'!"

"很好,很好!"哥哥点头不止,喃喃自语,两眼中就闪耀出一种光芒来,竟神情恍惚地跟在队伍后面走。

我费了好大劲儿才把他扯上人行道。

回到家里,哥哥见了母亲,第一句话是:"妈,我要参加'文化大革命'!"

母亲直愣愣地瞅哥哥。

母亲背着哥哥问我:"你大哥的病好些了吧?医生怎么讲?"

我说:"医生并没讲他好些了。"

母亲说:"我看像是好些了,不然他怎么也会要参加'文化大革命'呢?这可是明白人的话呀!"

我说:"路上他还要跟着人家的队伍游行呢!"

母亲说:"谢天谢地,谢天谢地,我大儿子可是没白住院啊,知道捍卫毛主席了!"满脸顿时焕发喜悦。

"妈,给我找来笔,找来纸,我写大字报!"哥哥在里屋兴奋之至地大声说。

"哎,妈听见啦!"母亲从兜里掏出一卷角钞塞给我,吩咐,"快去买。"

我责备道:"妈,你怎么能这样啊!"

母亲朝里屋瞥了一眼,随即在我胳膊上拧了一把:"让你去买你就去买!"声音压得很低,唯恐哥哥听见。

我违心地去买回了一支毛笔和几张大白纸。母亲替哥哥在一旁研墨,哥哥就将大白纸铺在床上写起来。哥哥从初中至大学一直未间断练书法,还获得过高中书法比赛的名次,字是写得很漂亮的。哥哥写一句,我念给母亲听一句。母亲越听越高兴,后来就高兴得哭了。因为哥哥写的词句都非常革命。

大字报写完,哥哥署上姓名,对我说:"二弟,你替我贴到市里去吧!"

我说:"不去!"

哥哥问道:"你为什么不去?你对我参加'文化大革命'究竟抱什么

态度?!"

母亲慌了,将我推出屋去。

我在外屋听见她与哥哥商量:"儿呀,妈看还是贴在家里吧! 贴在家里好,别人来了,就知道咱们全家是站在毛主席一边的了!"

又听见哥哥说了一个字:"行!"

母亲也走到外屋,打开粮食箱子,从面口袋里抓了一把面放在一只小铝盆里,烧起糨糊来。

母亲烧好了糨糊,将那张大字报贴在了墙上。

刚贴好,街道主任来了,说:"老梁家,下午在你们院开全居民组向毛主席他老人家表忠心的会,你老头子是正牌工人阶级,你是几代贫下中农出身,你必须得带头发言呢!"

母亲急急地说:"不成,不成,我一个家庭妇女,又是个文盲,活这么大岁数也没在什么会上发过言,岂不是作践我吗?"

"家庭妇女就不批判资产阶级啦? 文盲就不批判资产阶级啦? ……"街道主任严肃着一张脑门上拔出三个火印子的脸质问,发现我的哥哥正虎视眈眈地瞪着她,不禁吃一惊,往后退了一步。

"打倒'黑帮'!"哥哥猛地大声说了一句。

"对,对! '黑帮'嘛……当然是要打倒的……一个也不留!"街道主任一边谨慎地往母亲身后躲,一边讨好地讪笑着。

"毛泽东思想战无不胜!"哥哥又来一句。

"是的,是的……"街道主任一迭声地附和。

母亲却说:"主任您听,我大儿子的病好了,我大儿子说的不是句句明白吗?"

"明白着呢,明白着呢!"街道主任这才胆壮了些,一眼见到那张大字报,问我:"你写的?"

不待我回答,母亲抢着说:"是我大儿子写的,他也要参加文化大革命呢!"

31

街道主任看了一会儿,双手就啪地拍了一下,对母亲表示祝贺:"这可真是大喜呀!写的好着呢!干吗不贴到院子里呀?贴到院子里嘛!让你们全院人家都署上名,开会的时候也算有阶级斗争的气氛!我正犯愁哪儿去找这么一张大字报呢!字写得多秀溜哇!"

"革命无罪!批判资产阶级有功!"哥哥两眼又闪耀出特异的光芒。

"有功,有功!有大功呢!"街道主任居然斗胆走近哥哥,想拍哥哥的肩,她身材矮,够不着哥哥的肩,只好在哥哥胸口拍了几下:"真是工人阶级家庭的大学生,今后就在咱们居民委员会参加'文化大革命'吧,还正缺你这么个能写的人哪!"转而对母亲又说了一句,"这可真是大喜呀!"不知她是因物色到了一个能写大字报的人而喜,还是因哥哥的病"好了"替母亲而喜。

母亲完完全全从后一种可能理解她的话,说:"托毛主席他老人家的福呗!"有外人支持母亲认为哥哥的病"好了"的判断,母亲感到那么欣慰。

我暗想:哥哥的病果真好了,毛主席我给您老人家磕三万个响头!一辈子感激您老人家发动的这场"文化大革命"!

街道主任离开我家时,叮咛母亲:"千万别忘了把大字报贴到院里去呀!全院人家都得署上名,就告诉他们是我亲自部署的!"

小小一个街道主任也竟敢妄用"部署"二字!我认为她简直冒天下之大不韪,亵渎了毛主席他老人家!

我无心对她的亵渎行为问罪,放她去了。

街道主任"亲自部署"的事,母亲只有"坚决照办"的份儿。

我极其违心地帮母亲将大字报贴到了马家煤棚的门上,母亲就挨家挨户叫邻居女人们出来署名。

女人们非常乐意地也"照办"了。署的却不是她们自己的名,而是遵循习惯署户主——她们的丈夫的名。

哥哥从家里出来了,眈眈地注视着她们的"革命"行动。

男人们中只有吴叔这个"流氓无产阶级"在家,他赞扬地对母亲说:"我大侄子回来得真赶趟,一回来就给咱们'四好'院争了一大光!"

哥哥猛地又是一句严峻得令人惊恐万状的话:"你站在哪一边儿?!"

吴叔顿时一怔,半晌才讷讷地说:"我……我站在毛主席他老人家一边啊!"瞧瞧这个女人,瞧瞧那个女人,又补充了一句,"难道我还能站在'黑帮'一边吗?"抬手一指他那收破烂的手推车,"大家看嘛!"

装满破烂还未及卸下的手推车上,右边写着:誓与"黑帮"不两立!左边写着:誓与毛主席不二心!

"两个口号,哪个写右边,哪个写左边,我都是经过一番思考的,不是随随便便写的!"吴叔他感到受了极大的诬蔑。

"假的就是假的!伪装应当剥去!"哥哥冷冷地又向他"进攻"。

"这……这……大侄子,这话是从何说起呀!……"吴叔异常狼狈。

"哥,你回家去!"我往家里推哥哥。

吴婶往家里拽吴叔:"你认哪份真啊!他的一句话就能把你打成'黑帮'呀!"

吴叔挣着胳膊嚷嚷:"我是不是站在毛主席一边的,全院人得给我做主!"

女人们齐声说:"是,是,我们心里有数!"

母亲也赔着笑脸对他说:"你是的,你是的,要是谁来调查,咱们全院的人都给你打证言!"

我将哥哥锁在家里后,走到吴叔家去替哥哥道歉。

吴叔冤枉地嘟哝:"也怪了,他怎么单瞅着我眼眶子发青啊!"

我说:"兴许因为上次送他住院时,是吴叔你帮忙捆他的吧?"

吴叔说:"下次再送他住院,我可不帮忙啦!他要是久记着我的仇,我在他眼里不成了个反党反社会主义分子了哇!"

母亲说:"他吴叔你可千万别往心里去!他那都是些一半明白一半糊涂的话……"母亲对哥哥的病情所抱的盲目乐观,受到了挫折,神色不免忧郁起来。

"老梁家的,老梁家的你出来!……"院里忽然又传来了街道主任风风火火的叫声。

"来啦,来啦……"母亲慌慌张张地抽身离开了吴家,我不晓得街道主任的叫声为哪般带着股怒气,赶紧跟随出去。

街道主任一见母亲,跺了下脚吵吵嚷嚷地说:"你呀,你呀,你是咋着落实我的指示的呀?"

母亲一片糊涂,赔着小心问:"主任我做错啥事啦?"

"你还问我呢!"街道主任指着大字报说:"怎么都是男人们的名啊?我一个部署不周到,你们就行动上有差错!领导你们这些女人参加'文化大革命',我可真是操不完的心啊!"

院里的女人们也都闻声从各家走了出来,一个个神色不安地或瞅着街道主任,或瞅着我的母亲。

姜婶上前替我的母亲向街道主任解释:"以前这事儿那事儿不都是户主的名字才有效吗?我们是按照以前的惯例做的呀!"

"以前?以前都是些什么事儿?统计人口,发购买票儿,能和参加政治运动一样?你们的丈夫能代替得了你们自己向毛主席表忠心吗?一个户主能代替得了一家子的政治立场吗?丈夫代替不了老婆,父亲代替不了孩子,谁也代替不了谁。咱们要召开的是家庭妇女们专门向毛主席他老人家表忠心的会,公社书记还要来讲话,快找半张纸把那些个男人的名字都盖了,重写上你们自己的名字!"街道主任侃侃地说了一大套。

女人们一时都愣着。

"你们还愣着!还不快照我的话做!不想保住你们'四好'院的光荣呀?"

"我去拿纸,我去拿纸……"母亲诺诺地急步就往家里去。

我对街道主任的颐指气使很有些反感,趁母亲不在,用听起来像是告诫实则是挖苦的口吻说:"劝你以后别张口部署闭口指示的,那是只有毛主席一个人能用的词！"

街道主任大张了一下嘴，没说出一个字。好像一个嗝非打不可又打不上来似的。

母亲拿了半张大白纸，却忘了拿糨糊。我不忍让母亲走来走去的，自己回家取糨糊。

盖是难以盖全的。女人们帮着我，将大字报裁下了半张，再用糨糊贴上半张大白纸。我又回家取了一次毛笔和墨。那些女人们就依次用歪歪扭扭的字体重新写上了她们的名字。

全居民组的家庭妇女们，包括一些小脚老太太，纷纷拎着个小凳，夹着个"马扎子"，聚集到了我们院，有七八十人之多。

公社书记果然来了。他默默看完那张大字报，极为赞赏，对女人们说："这个院的家庭妇女们，就是我们全居民委妇女们的榜样！'文化大革命'，不但工人阶级、贫下中农、解放军、革命干部和革命学生们要积极参加，家庭妇女们也要以战斗的姿态参加！要把我们这个居民委的每个大院，都发动起来，巩固成为无产阶级的政治堡垒！……"

街道主任时时带头举臂高呼口号。

……

晚上，王文琪来了。

他从书包里掏出一本过了期的《中国青年》杂志，让我看封底。

封底画的是几个年轻的男女社员，肩扛锄头，意气风发地行进在金黄的麦海中。

题目——《社员都是向阳花》。

我奇怪他怎么对画发生了兴趣，又不愿扫他的兴，应酬地说："画得好。"

不料他说："好个屁！"

我这一惊非同小可，愣愣地瞅了他半天，说："文琪，这是很革命的画呀，你怎么敢说好个屁？"

"很革命的画？革他妈的命！"

我真以为他神经有点不正常了。这些日子，"文化大革命""渐入佳境"，所有的中国人都似乎在"热发昏"，包括我自己。

哥哥走到了我们跟前，也盯着《社员都是向阳花》看。那种目光不像是在看画，倒像看一件刚用来杀害了人沾着血迹的凶器。

我抬起头，接触到哥哥的目光，不禁从心里往外打了一个冷战。

我又注视着我的好同学的眼睛，觉得他的眼神和哥哥的眼神并不相同，才镇定了些。

"你研究我干什么？研究研究这画呀！"他急了。

"拿枪的敌人被消灭以后，不拿枪的敌人依然存在！"

哥哥没头没脑地说了这么一句，冷笑着走开了。

我说："这画到底有什么好研究的？我看不出名堂来！"

"这画反动到家了，画中藏着一条反标！"

"反标？！……"我目瞪口呆。

"蒋、介、石、万、岁！"他大声地一字一句地说。

"你疯啦！"我低声吼道，"开着窗户哪，你想给我家惹是生非呀！"

他微笑着从容不迫地说："看你吓得那样儿！这画里藏的那条反标是——蒋介石万岁！"

幸好哥哥到另一间屋去了，否则他那分裂了的神经一定会为之万分冲动的。

我拿起那本《中国青年》，瞪大眼睛一个细部一个细部地研究，可还是看不出半点反标的蛛丝马迹。

"唉，你这双眼睛呀，剜掉算啦！"我的好同学忍不住一个字一个字地辨析给我看，"瞧这些麦穗儿，横着呢！为什么横着？"

我说："风吹的嘛！这姑娘的短发不也是快被风吹得飘横了吗？"

他说："错！麦子是什么？草本植物！象征草字吗！蒋介石的'蒋'是什么字头？草字头嘛！再瞧这些麦秆儿，这代表一竖，这又代表一竖，加上这片麦叶儿,竖弯钩儿! 上边这两片麦叶儿,一撇儿,一捺儿! '介'字,对不对? 你敢认为不对?"

虽然他在"组合"给我看,我还是觉得把那些麦穗儿、麦秆儿、麦叶儿硬说成是字,总有点骗人骗己似的。

"怎么说也不太像啊!"我自言自语。

"你还说不像,还说不像!"他将画倒了过来,继续指指点点启发我,"再看这把锄,锄头是个口字,锄把儿是口字上面那一横⋯⋯"

"横下那一撇儿在哪儿? 在哪儿? 没撇儿算吗?"

"一笔一画也少不了! 撇儿在这,这小红布条儿! 锄上扎个小红布条儿干什么? 你见过哪个农民锄上扎红布条儿啦?"

"姑娘扛的锄嘛! 扎个红布条也是可能的。画嘛,允许浪漫主义的! 有了这一红布条,画面的色彩才产生对比效果呀!"我竟充起内行来,全不顾自己已是站在"反动"的立场上替作者进行辩护。

"你怎么偏要和所有的人扭着劲儿思考问题呢? 我警告你,这些话你别再对旁人说啦! 否则旁人会怎么看你呢?"轮到他以研究的目光注视我了。

我沉默了半天,问:"是你发现的?"

他说:"我有这么敏锐的眼光吗? 中央大街的宣传板上,都将这幅画放大几十倍作为阶级斗争教育的实例啦! 我也是经过启发才看出来的啊! ⋯⋯"隔了一会儿他又说,"咱们头脑中阶级斗争这根弦绷得是不够紧,太缺乏识别能力啦!"

我感到惭愧,说:"是啊是啊,幸亏你今天晚上来告诉了我。要不然,我蒙在鼓里,哪天到中央大街去,兴许还会在宣传板前与人辩论呢! 那可就后悔也来不及了啊!"

因为哥哥回到了家里,也因为"停课闹革命"了,我十几天没到学校去。我恐怕自己落后于迅猛发展的"文化大革命",将来的毕业鉴定中被写上"不突出无产阶级政治"一条,便同他约好,明天一块儿到学校去。

当天夜里下起了大雨。全家正睡得酣,突然被一阵敲窗声和喊声惊醒了。

"二哥,二哥! 快出来帮我爸忙! 院里的大字报得遮盖遮盖呀! ……"是吴叔的小儿子的声音。

"小二,你快先起来! ……"母亲立刻把我捅了起来。

一种近乎神圣的责任感使我只穿着裤衩就光脚跑到了院子里,雨下得可真大! 哗哗哗像从天上倾倒的。院里积满了半尺深的水。

吴叔和我一样,只穿裤衩,双手撑开一块塑料布护在大字报前,任凭雨鞭抽打光脊梁,一动也不动。

我慌忙到吴叔家找锤子、钉子、木条什么的。他家已灌水了。我本想先帮吴婶堵住门槛。她却对我说:"别顾我家灌水了,先去帮你吴叔保护大字报吧! 你哥写的那些大字报可是咱院的一件圣物了啊!"

我和吴叔就着马家的棚檐搭了个简单的框架,用塑料布围严,将大字报罩在里边。

吴叔抹一把脸上的雨水,似乎对我,又像是对自己说:"究竟站在哪一边儿要看一个人的实际行动,这就是行动。"

我手背上被锤子砸了一下,这会儿才感觉疼。冒雨忙了半天,我忽然不能理解其中意义。吴叔证明自己的愿望显得那么荒唐可笑,而我是他的盲从。

这场"文化大革命"中站在毛主席一边儿真够不易的啊!

第五章

学校的运动如火如荼，其势不可阻挡。从一楼至三楼，走廊两面墙壁贴上了几层大字报，厚得可当纸板用。空中拉了数道绳子，绳子上也挂满了大字报。人只能侧着肩膀通过走廊，仿佛迷宫。

批判"三家村"内容的大字报已不复见。学生开始利用大字报揭发老师们，老师们也开始利用大字报互相揭发。姓名还没被写到大字报上的老师所剩无几。一位姓艾的数学老师有三个儿子，取名艾国、艾民、艾党。被另一位政治老师的"政治头脑"一加分析，意在"爱（艾）国民党"，把蒋介石反攻大陆的复辟美梦寄托在自己的后代身上。这张大字报旁，几个班的几十名学生联名写的一张大字报，又对那位政治老师进行批判："请看一个完全资产阶级化了的灵魂！"——因为他经常穿西服，抹发蜡，有一辆漆光夺目的崭新的"飞鸽"牌自行车。每逢周末，"便车后座上驮着打扮得花枝招展的臭老婆去跳舞"。办公桌的玻璃板下，"居然不压毛主席的像，压着他那臭老婆化了妆的着色照片"。结束语——"这样的人，能继续留在社会主义的学校里吗？能教好无产阶级的政治课吗？能与学生共同用马列主义毛泽东思想占领社会主义学校的红色课堂吗？"

又一张大字报仅三行字。每个字都有大号饭碗那么大。写的是：杨玉芬，你为什么要经常往自己身上喷香水？郑重勒令你回答！回答！！必须回答！！！署名——革命学生。此革命学生似乎有意给被"勒令"的教师留下了半张纸。被"勒令"的教师也似乎明白其意，就在那留下的半张纸上用秀丽的小楷体写道：我很羞愧，因为我患"腋臭"，出于为同学们着想，所以上课前要往身上喷些香水儿。也许因为这张大字报在风格上区别于其他的大字报，尤其引人注意。空白处便写了一行行的铅笔字，钢笔字，毛笔字。

我站下细看：

"理由充足，情有可原。"

"腋臭的臭味对我们来说并不可怕，你带入课堂的那股香水味对我们来说才是真正可怕的。"

"批驳得好极啦！"

"这张大字报哗众取宠！"

"注意，别泼冷水！小心站到运动的对立面去！"

"要时刻把握运动的大方向，反对在枝节问题上纠缠！"

"小是小非也要辩个清楚！"

我看得手痒难耐，从上衣兜取下了钢笔。

王文琪问："你要干什么？"

我说："也来它一句。"

便写了一句是："全都吃饱了撑的！"正想署名，王文琪一把将我拽走，说："傻瓜蛋！你署了名字，要不遭到围攻才怪呢！"

我不在乎地说："我是响当当的'红五类'，谁敢把我怎么样？围攻我就是扭转斗争大方向！"嘴上这么说，心里却有些发虚。回头看了看，见身后无人，才镇定下来。

那天学校里人不多，我问王文琪怎么回事。他说都到社会上"煽风点火"去了。他陪我从一楼到三楼，从三楼到一楼，"走马观花"地看了一遍大字报。

我想起语文老师,问:"庞老师怎么样?"

"怎么样?数她的性质严重!学校已经将她的材料上报市教育局运动领导小组了!现在她戴罪劳动呢!"王文琪刚说完,我见一个人从厕所走出来,正是庞老师。穿了一双水靴,一手拿着笤帚,一手拎着水桶。她同时看到了我们。

说不清为什么,我站住了。

王文琪也站住了。

我们默默地望着她。

她默默地望着我们。

她忽然又转身进入了厕所。

王文琪扯了一下我的衣角:"快走。"我俩贼似的慌忙从厕所前溜过。我俩谁都不得不对自己承认,心里有些慌。慌什么呢?怕她吗?她平时并不严厉,何况落到那种地步!总之是说不清的。怕得毫无道理。

走出教学楼,见操场上聚集了几十名同学,正准备出发到什么地方去。有认识我俩的,朝我俩喊:"快来加入我们的行列!"

我俩走过去后,王文琪问:"你们要到哪儿?"

"公安局!"

"公安局?……去煽风点火?……"王文琪显出了几分犹豫的样子。他的心理和我一样,既不愿比别的同学在运动中表现得落后,也不愿滑到"革命"行为与"反革命"行为的边缘。

"我发现了一条反标,组织同学们到公安局去,强烈要求公安局逮捕现行反革命!"初三五班绰号叫"少根弦"的一个同学洋洋得意地说。

"反标?在咱们学校发现的?"我又吃一惊。

"不是,在我家里!"

我愈吃惊,以为他要揭发他的爸爸妈妈或家里的其他什么人,博得个"大义灭亲"的美名。可看他那种过分得意的样子,不太像。

"在我家的月历牌上！"他说着从书包里抽出一个月历牌给我俩看。

月历牌上画的是白胡子老头教一个五六岁的小女孩学拼音。字母卡拼的是"毛主席万……"四个字。

"为什么不拼出'岁'来？""少根弦"审问似的问我。

我耸了一下肩膀。我哪知道作画者为什么不多画两张字母卡拼出个"岁"来？只"万"而不"岁"，我也认为对于伟大的领袖无论如何解释总归有点大不敬。可看那画面，没空间再多画两张字母卡了。或许能算个不成立的理由？

"为什么？……""少根弦"又问一句，咄咄地盯着我的眼睛，倒好像我是作者。

"作者画的时候没想那么多吧？"我很不自信地说了这么一句。

"否！""少根弦"可非常自信。随着"文化大革命"的步步深入，同学们的口语也发生了变化。"勒令""正告""最后通牒""是可忍孰不可忍""司马昭之心路人皆知矣""狼子野心何其毒也""醉翁之意不在酒"等等这些以前只有在造句和作文中才用的语句，动辄脱口而出。许多同学似已耻于说"不"，习惯于说"否"了。

"你先别讲，让我看！"王文琪以为他有研究过《社员都是向阳花》的宝贵经验，准能识破"庐山真面目"，胸有成竹地从"少根弦"手中夺过月历牌。

可他长的也不是一双"火眼金睛"，横看竖看，研究了半天，并没看出个眉目，只好羞愧地将月历牌还给"少根弦"。

"哼，不是小瞧你，就你那双眼睛！""少根弦"轻蔑地说，"问题在这儿哪，你看这小女孩辫子上扎的头绳结！这是一横，这是一竖，这里绕过来，难道不是个连笔的'打'字吗？"

又像，又不像。没人启发我像，我自己是根本不可能朝一个"打"字去联想的。经人一启发，我简直不敢说不像了。

"是像！是像！"王文琪急切表态。

我含糊地"嗯,嗯"着。

"光有一个打字,也说明不了什么问题吧?"王文琪接着提出了疑义。

"还说明不了问题?打毛主席还不够反动,非得把毛主席打倒才算反动吗?!"

"这家伙对毛主席一点感情都没有!"

周围的同学纷纷表示出了对王文琪的愤慨。

"我可没那个意思!我可没那个意思!我的意思是……我什么意思也没有!……"王文琪惶惶然。

"少根弦"抬了一下手,制止众人的七嘴八舌,很有政策水平地说:"我们有些同学由于长期以来头脑中缺少阶级斗争这根弦,所以总是面对严峻的阶级斗争现实也怀疑。让他们在运动中自己教育自己吧!"

我不禁暗暗钦佩他不知何时开始头脑中多了一根弦。从别人对他的态度中,我看得出,这个头脑迟钝连续两年的留级生,由于发现了一条别人不易发现的反标,居然颇受尊敬起来。

我也有些暗自嫉妒。

"少根弦"拍了拍王文琪的肩:"'倒'字是有的。因为你头脑中没有,所以你的眼睛看不到(我当时觉得他这句话很有哲理)!让我指出给你看吧!在这儿,这小女孩的发线,多么清楚的一竖,这绺头发,为什么非得稍稍卷回去?单立人的一撇嘛!这边儿这几缕头发,一横,一竖,竖弯钩……"

我一边瞪大眼睛盯着他移动的手指,一边拼命发挥我贫乏的想象。却如同把中国地图上的黑龙江省想象成展翅高飞的天鹅,只能说那种想象是浪漫主义的,不是现实主义的。

"文化大革命"中革命群众的政治热情闪耀着史无前例的浪漫主义的万丈光辉!

"'打'字指给你看了,'倒'字也指给你看了,你还有什么话可讲?"

"少根弦"盛气凌人。

"我没什么可讲的……你干吗冲我来呀，又不是我画的！……"王文琪那样儿好不紧张。

"少根弦"被他逗乐了，将月历牌收入书包，像收起一件大发明的专利权，继而一本正经地说："都是革命同学，兔子不吃窝边草，别紧张。应该自觉自愿跟我们一块儿到公安局去了吧？"

"我去，我去！……"王文琪瞧瞧周围注视着他的态度的同学们，连连点头说去。岂止"自觉自愿"，还简直有点"受宠若惊"呢！

也许只有我才看得出来他是多么违心。

他又对我说："你也去吧！革命行动嘛！多一个人是一个人啊！……"请求的语调。

我不忍心让他一个人跟去"革命"，便爽快地说："我当然也是要去的！"

"少根弦"一挥手："出发！目标——市公安局！"

我们一支队伍雄赳赳地离开了学校。

《社员都是向阳花》中藏着一条反标是"蒋介石万岁"，月历牌上藏着一条反标是"打倒毛主席"！阶级斗争的现实何其尖锐复杂！不由人头脑中不绷紧一根"阶级斗争"的弦。

"利用小说反党，是一大发明。"我自然而然地想到了毛主席他老人家这句谆谆教导。现在看来绘画也应该包括在内。

后来我到北京接受毛主席的检阅，参观了中央美术学院的大字报，证明我当时的想法是有现实根据的。不少画家都是因画而被打成反革命的。

再后来到了一九七五年，历史更加证明我是对的。"人民大会堂反动黑画案"又一次告诉人们——利用绘画"反党"，也是一大发明。

黄永玉画的猫头鹰，一眼睁一眼闭，不是就被指出隐含着"面对现实，不忍目睹"的"反动寓意"吗？

黄胄画的两匹毛驴,尽管标着一个革命的题目——任重而道远,不是就被指出隐含着"瞻望前途,不见出路"的反动寓意吗?

还有谁谁画的"虎虎有生气",不是也被指出"以草为林,三虎为彪",替林彪扬幡招魂吗?

一路所见运动的种种蓬勃形势,无须赘述。

路过区委,但见革命群众正在大字报专栏前批斗一个人。那人耷拉着脑袋,一会儿被揪过来,一会儿被搡过去,分明已被斗多时,半死不活,勉强站立。

大家就停下来观看,看了一会儿,听了一会儿,恍然大悟。

原来批斗他是为了他身后大字报专栏上的十几幅画。他画的。

画的是《新编西游记》。看去画得极认真,也是极下了番功夫的。一丝不苟,图文并茂,工笔白描。大意是:"今日欢呼孙大圣,只缘妖雾又重来。"美猴王与反党反社会主义的各路魑魅魍魉、牛鬼蛇神斗,无数回合难以取胜,便去至圣至尊无量佛祖阿弥陀佛那里取到三卷真经,深得斗争策略,于是"金猴奋起千钧棒,玉宇澄清万里埃"。

内容似乎革命。其中一幅画的是:大肚子阿弥陀佛高居莲花宝座上,金色光圈罩着一颗硕大的头,将三卷真经委以重任地交于美猴王。每一卷的书脊上都写着"毛泽东选集"五个金光闪闪的字。

"你这是假革命之名,行丑化毛主席之实!"

"你狗胆包天,竟将我们伟大领袖毛主席画成哈哈佛! 真是罪该万死!"

"你以为革命群众都是愚氓,看不出你的反动寓意吗?!"

群情激愤,其怒难平。

那人无论被如何批来斗去,就是不开口。

又一起利用绘画反党的阶级斗争实例!

我又一次在内心深处思索——革命群众眼明心亮,不是已经在阶级斗争的实践中飞速成长吗?你这个现行反革命呀,你不正是"机关算尽太聪明,反误了卿卿性命"吗？

活该！谁让你狗胆包天丑化毛主席！

王文琪却在我耳边悄悄说："也许他还真是出于一片革命热忱,有苦道不出呢！"

"你怎么能说这种话？不瞧瞧在什么地方！"我瞪了他一眼。

一上午的眼见耳闻,使我头脑中阶级斗争的观念大大加强,产生了飞跃,轮到我教训别人了。

"都别看了！有什么好看的？看到过那么多了还没看够哇？快走吧！快走吧！……""少根弦"召集着分散了的队伍。

我们重新排成队向公安局前进。

刚走到中央大街街口,迎面被一伙陌生人拦住,一个个低头看我们的鞋,看得我们好不纳闷儿。

"你！……"为首的一个用手一指"少根弦",命令:"把鞋脱下来！"口气严厉得好像稍不服从就要揍人。

"干什么？你们想干什么？我们也是革命派……""少根弦"依仗着我们比对方人多,桀骜不驯地乜斜着命令他脱鞋的那个人。

"少废话,叫你脱鞋就脱鞋！……"

"不脱又怎么样？"

"敢不脱！你鞋上有反标！"

鞋……上?!

鞋上也出了反标!!!

反动气焰如此嚣张！反革命之手段无所不用其极！

我们一时间都蒙了,齐刷刷将目光投射到"少根弦"穿的那双鞋上。

他是我们校的"候补"篮球队员。穿的是一双"回力"牌高级海绵底篮球鞋,推向市场不久的新产品。

"少根弦"自己更是如受当头棒喝,人定定目呆呆像个泥胎。

"快脱！"对方不耐烦起来。

"你们胡说！……""少根弦"口中挤出一句强硬的话。

"这小子不听调教！……"

"革命有理！"

对方的两个伙伴,一边说,一边捋胳膊挽袖子,那架势要坐地将他掀翻,从他脚上硬扒下一双鞋。

几个赤脚的高大汉子走了过来,其中一人对"少根弦"苦笑道:"连我们省篮球队的都乖乖脱了,小伙子你还拗个什么劲呀? 这会儿不脱,在别的街口你也要被拦住。早晚要脱,晚脱不如早脱啊！"

省篮球队员们从我们身旁跳跳跃跃而过。正午炎热的阳光当头罩顶。柏油马路被晒软了。有些地方的沥青已被晒化了。省篮球队员们身后,留下了几个跨距很长的大脚丫印。

"我数三个数,过后你还不自觉脱,别怪我们不客气！" 对方为首的那个向"少根弦"发出了"通牒"。

"……"

"脱吧,脱吧！……"

"快脱呀,还愣着！……"

王文琪带头催促"少根弦"。

"光着脚我怎么走路? ……""少根弦"嘟嘟哝哝。

"二……"

对方的"三"刚喊出口,"少根弦"倏地蹲下身去,急急忙忙开始脱鞋。

我们都暗暗替他在关键时刻的明智舒了口气。

"拿去！""少根弦"将一双鞋拎在手中,悻悻地朝对方一递。

"扔在地上！"对方不屑一顾。

"少根弦"的胳膊平伸着僵了一会儿,手慢慢松开,两只鞋同时落地。

对方的一个人蹲下身拿起一只鞋,寻一处化软了的地方,像盖钢印一样,双手用力将那只鞋一按,按出了一个鞋印,仰脸瞧着"少根弦"道:"叫你心里明白,鞋底儿上有个'毛'字！"随后,从兜里掏出打火机,往两只鞋上各滴了几滴汽油,点着了。

他们的"革命"行动完毕,扬长而去。

我们都默默地瞧着那两只鞋在当街升腾起浓烟,蹿跃起火苗。一股胶皮燃烧的臭味徐徐飘散开去。

"少根弦"丧气地低垂着脑袋,仿佛在一个人的火葬仪式上沉痛致哀。

他家里的生活条件并不比我家高多少。我理解他内心里会多么惋惜那双鞋。他肯定穿了还不到三天。那种鞋的价格当年在我们中学生看来是很昂贵的——十二元以上,属于"豪华"档次。

两只鞋烧成灰烬,大家围住那个鞋印儿一圈蹲下去,争论算哪个"笔画",不算哪个"笔画","毛"字才更像些。那是一种奇怪的心理。人人在心中首先已确定了鞋印上无疑是有个"毛"字。然后再去想象组成一个毛字的那些笔画。想象的天才一旦得以充分发挥,一切有形的都成介物。具体的可疑,抽象的可信。在似与不似之间,是与不是混沌一片,界线朦胧分不清了。

"他妈的,像个屁!""少根弦"咒骂了一句。

大家的头刹那间全抬起来了。大家的目光从不同的角度全盯在"少根弦"脸上了。大家的神情变化得那般迅速那般冷峻!

毛主席的"毛"字——他说像个屁!

一根弦在我们每个人的头脑中都条件反射地绷紧了一下。

"少根弦"某种情况下到底还是比别人少根弦!他自知失言,惊慌失措,讷讷强辩:"我没说!我没说像个……反正我刚才没说那个字!……"与他在学校里给我和王文琪指出月历牌上的"打"字和"倒"字时的洋洋得意判若两人。

他那样子叫人心疼。

王文琪打圆场道:"谁也没有证明你刚才说了一个什么字呀!但你小子以后说话可得留意点啊,说每句话前先拨一下脑子里那根弦……"

"少根弦"变可怜的样子为一副衔君之恩、誓心以报的样子,诺诺连声……

几天前,为了"兴无灭资",据说在繁华的街道拦截过穿高跟鞋的女人们。鞋也是当街烧毁。使男人们看到不少女人赤足过往,大饱眼福。同样的报应轮到了男人们身上,一些女人们看到光着脚行走的男人们时的那种目光,是很值得心理学家今天从心理学方面研究研究的。

前面的两条街道上在进行大规模的焚烧。浓烟升过了三四层楼房。难闻的焦臭味儿令我们掩鼻。

问人,说是从一家专卖鞋的商店里,搜出了刚进的尚未拆箱的大批那种鞋底儿上有"毛"字的"反动"的鞋,几百双,全部浇上汽油烧了。

"那还能不烧?别说才几百双,值多少钱?就是值一亿元钱也要烧!总不能允许千万人每天都将毛主席踩在脚下吧!"

一个匆匆的行人站下,发表了这番言论,匆匆地走了。

那一天我们没到市公安局去……

"少根弦"从此再也没提过从他家月历牌上发现的那条反标的事儿。每天甚至每个小时的新闻层出不穷。他自己不再提,别人也把那事儿忘了。

那一天我回到家里,已下午四点多。母亲刚刚将窝窝头蒸上锅,双手的苞谷面还未洗,告诉我,邻居的婶子们,将我和吴叔深夜冒雨保护革命大字报的事迹反映到公社去了。公社汇报到区委。区委已派人专门来了解过。因为我不在家,找吴叔谈了一阵子。还说要汇报到市里,可能会作为无产阶级"文化大革命"中的"新人新事"登报表扬。

母亲告诉我这些的时候,憔悴的脸上洋溢出高兴的笑容。

从昨天晚上王文琪到我家起,我的神经受着许多强烈的刺激和冲击,亢奋到了疲竭的状态。听后一言未发躺到炕上,闭了双眼就想睡过去,却无论如何睡不着。一个通红通红的大日头在我的脑海中升起着,升起着。万道霞光穿透着我的脑壳。恍惚之中,感觉屋子变成了一个大熔炉。一种动荡不安的情绪,在我心中聚集着,聚集着。如决堤之水,又一下子涌入到我身体的每一根血管,澎湃着,澎湃着。我真想猛地跃起来冲出家门,疾呼些什么,呐喊些什么,砸碎这世界上的一些什么,做出些惊天动地,令鬼哭神泣的事情。好像只有那样痛痛快快地发泄够了,我的头脑才能重归平静……

"二啊,醒醒,你吴叔来了!"

我一动也不愿动。

"听见没有?这孩子!你吴叔有话对你说!"母亲的声音严厉了。

我只好爬了起来。

吴叔在炕边儿坐下后,从兜里掏出烟,吸着一支才问我:"你妈告诉你啦?"

我点了一下头。

"我把他们问我的话,和我回答他们的话,原原本本对你重复一遍。"吴叔异常庄重地说。

我说:"别重复了,我妈不是告诉我了吗?"

他说:"你妈告诉不了你那么详细。我还是重复一遍好,免得今后我们之间因为这件事产生什么误会。"

我不明白他的话,便由他说,一言不发地听着。

"来的是个女同志,是区运动领导小组的。"他吸了一口烟,不知为何,手有些发抖。"她问我当时是怎么想的,就是用塑料布遮住大字报那一会儿。我说,这张大字报是我们'四好'院的光荣。是我们'四好'院的全体家庭妇女,也包括吴淑珍同志,我老婆向毛主席他老人家表决心的革命立场。公社书记同志白天刚刚在我们院作过号召家庭妇女们投入到'文化大革命'中的动员报告,把我们院树为全街道的榜样,我咋能让一场大雨把它淋得一塌糊涂呢?我这么回答还可以吧?"

我说:"可以。回答得很好嘛!"

他看了我一眼,再吸一口烟,接着说:"她又问我:'为什么对毛主席有这么深的感情？'我说,同志您千万别认为这件事是我一个人做的,是两个人。还有一个人是我们院的中学生。为了保护这张大字报他的手被锤子砸伤了。我们的行动如果应该受到表扬,那也应该同时表扬我们两个。我们两个为什么会对毛主席有这么深的感情呢？因为没有毛主席就没有共产党,没有新中国嘛！我原话就是这么说的,一字不差,信不信由你。当时街道主任在,你不信可以去问问她……"

母亲在厨房切菜,这时探进半截身子,说:"他吴叔,小二哪能不信呢！"

原来如此！吴叔非要亲自对我重复一遍,闹半天是怕这件事果真登了报,只见他的姓名不见我的姓名,或表扬他多表扬我少,我心里会把他看成一个"贪天之功为己有"的小人。

我说:"吴叔,事实上我也是在你的带动下嘛！功劳首先应当归你！"我说的是真话。因吴叔对区委运动领导小组的人特别强调还有我一份功劳,十分感激他。

吴叔谦虚之至地说:"其实呢,最大的功劳,倒是应当归你哥……"

小屋里传出一阵呼噜声,我的哥哥正酣睡。不知母亲给哥哥吃了多少片安眠药？

"我也真是没想到这么一件小事可能还会登报。我一个被开除过公职,现如今收破烂的人,姓名上了报……嘿嘿,那别人从此再也不敢瞧不起我了,是不是……"吴叔笑呵呵地问我。

我看出他内心很激动,所以夹烟的手才微微发抖。

我说:"那当然！谁再敢瞧不起你,就是瞧不起真正的无产阶级革命派……"

"梁嫂！梁嫂！"姜婶神色紧张地闯入我家。急急切切地问,"你家那个锅帘子呢？"

母亲问:"要借？"

"哎呀！我不借,来了一伙人,要挨家挨户检查有没有一种锅帘子！

已经检查到前院啦！我听我闺女一比划，就是你家有的那一种铁片编的呀！那上边编着个毛字！你可不敢上锅蒸呀！人家来了痛痛快快交给人家……哎呀天，我那锅里还炒着菜！"姜婶话未说完，转身往外便跑。

"这些个反革命可是该死不可啊！变着法儿想谋害毛主席！踩在脚底不解恨！还要上锅蒸……"姜婶跑入自家之前，将这几句话撇在院子里。

母亲乱了方寸，瞅着冒蒸汽的锅发呆。

吴叔说："快揭锅吧！……"

母亲说："没熟哪，刚上来一阵气呀！"

吴叔说："这个节骨眼的时候，你还生啦熟啦的！他们要是来了我先照应几句，快揭锅！"便也急急跨了出去。

"先从这个门儿开始，挨家挨户地查！"

院里一阵骚乱。那伙人来得真快！

"妈，你还不揭锅，别让他们闯进家了，看见……正在锅上蒸着呀！"我急了。

母亲这才揭开锅盖，顾不得团团蒸汽噓手，双手从锅内拔出帘子，左看右看，一时无处隐藏，情急之下，见水缸敞着缸口，连窝头一块儿将帘子沉入了缸中，盖上水缸盖，又将切好的一菜板小白菜倒入锅内，操起铲子在锅底水里机械地翻着。

蒸汽刚刚散尽，三四个人闯了进来。

"你们家的锅帘子呢？交出来让我们看看！"

"旧的扔了，新的还没买哪！"

母亲连头也不敢抬，不停地用铲子翻锅。

"真的？"

"这还值得撒谎吗？"

三四双眼睛在小厨房内寻视。

"什么出身？"

"我是贫下中农,当家的是工人阶级。"

"打扰了!"口气缓和,先后离去。

"我们这院,'四好'院!家家户户都属于无产阶级!你们瞧这儿,全居民组的第一张革命大字报!我们怎么能穿有反标的鞋,用有反标的锅帘子哪!"院里,吴叔在向那些人保证。

"向'四好'院的革命群众学习!向'四好'院儿的革命群众致敬!"

他们真诚地喊了几句口号,终于走了。

母亲进入里屋,坐在炕边儿,双手按着胸口,脸色灰白。

我不安地问:"妈,你怎么了?"

"我……心跳得慌……这要是让他们从缸里搜出来了,把毛主席又蒸又淹的……这罪名这么担得起呀!"母亲低声说。

母亲的双手烫起了水泡……

第二天,"打倒牛乃文"的大标语铺天盖地。

牛乃文者——哈尔滨市委宣传部部长。

"哈尔滨"香烟不可思议地脱销了。不吸烟的人也争先恐后抢着买。买到手,便拆开烟盒,将"哈尔滨"三个字倒过来,再翻过来,朝向阳光观看。红太阳的光辉照透烟纸,就可以看出"哈尔滨"三个字的拼音却原来是——"牛乃文主"。

于是自然而然地使人联想到在鱼肚子里塞着写有"陈涉王"的布条作起义暗号的这件历史上的事。

"历史的经验值得注意。"中国历朝历代只能有一个皇帝。中国的老百姓只能将一个皇帝视为"真龙天子"。

新中国当然也只能有一个领袖。牛乃文——什么东西!"牛乃文主",毛主席往哪儿摆?

大字报揭发,牛乃文还对许多下级说过诸如此类的话——"你们要好好工作。你们所做的工作,我都会看在眼里,记在心里,任何时候也忘不了你们。"

于是一些"革命"的知识分子又告诉广大的革命群众，陈涉起义前也对其追随者们说过——"苟富贵，毋相忘。"

于是广大革命群众深信，一个"牛乃文反革命武装起义集团"肯定存在！要"顺藤摸瓜"，将他们一个个揪出来，暴露在光天化日之下，踏上千万只脚！

"文化大革命"距今已整整二十年了。其间许多事情，我渐渐明白。中国人当初认识问题分析问题的方式方法和思维逻辑，多么的荒唐可笑自不待言。严肃认真的态度，又使当初那荒唐可笑涂了一层黑色幽默的艺术的绚丽异彩，也给当今的中国文学提供了无比丰富的素材。唯有一点我仍不能明白——中国人比较普遍地发现"问题"的敏锐的目光，究竟应该从生理学方面还是从社会学方面作出解释呢？千思万想总归不明白。故而我怀疑中国人的视网膜的结构，肯定是与全世界各人种不同的。不谈高级海绵底篮球鞋底儿上的那个"毛"字，也不谈铁片儿编的锅帘子上的那个"毛"字，专说"哈尔滨"香烟盒上"哈尔滨"三个字的拼音字母被发现是"牛乃文主"吧！怎么发现的呢？翻面，倒过来，朝向阳光——三次"程序"才能有所发现啊！偶然的？十万百万甚至千万中也未必产生这样一个偶然啊！只翻过来而没有倒过来是发现不了的；只倒过来而没有翻过来也是发现不了的；又翻过来又倒过来了却没有朝向阳光，还是发现不了。唯有在三个偶然同时"结合"的情况下才能发现！这样的情况太少太少了啊！不错，人类中有过这样的例子，苹果掉在科学家头上，科学家发现了地球引力。科学家在梦中梦见奇特图像，于是醒来受到启迪，联想到科学上的什么什么，发现了"链式结构原理"。但也都不过是自人类有史以来的一次偶然性啊！倘苹果不但须掉在科学家头上，还须在一个晴朗的日子的几点几分掉在一个秃顶的科学家的头上，如此偶然不成"天方夜谭"了吗？必然的？意识明确的？是什么人头脑中忽然产生主观判断——"哈尔滨"香烟盒上有反标！难道是特异功能？

不知这种特异功能在中国人身上目前还有没有了？是否通过遗传基因也传给了下一代和下下一代？

写到这里我不禁想起了鲁迅先生的那句话——救救孩子！

……

我在王文琪的鼓动下，和他在市内到处逛了两天，到处看"文化大革命"的热闹。"文化大革命"最初几年所以"轰轰烈烈"，除了中国人的政治热情起作用，还有中国人爱看"热闹"的心理也起作用。不，不仅仅是中国人，全人类都有着爱看"热闹"的心理。

雨果曾说过这样的话——"群众有等候观赏公开行刑的习惯。"

当伽西莫多在巴黎格雷沃广场受酷刑时，雨果这样写道：

> 这些观众看见四名军警从早上九点钟就站在刑台的四角，预料到将要执行什么样的刑罚，即使不是绞刑，也会是笞刑、割耳或别种苦刑。人群很快聚拢来，最后那四个军警被挤得太厉害，便只好不止一次地用马屁股和鞭子把他们"赶开"……
>
> 群众爆发出一阵哄笑……
>
> 小孩们和姑娘们笑得格外厉害……

从《巴黎圣母院》的第二百五十八页起读一读吧！雨果写道：

> 人民，尤其是中世纪的人民，在社会上就像孩子们在家庭里一样，他们长久停留在原始的无知状态里，停留在道德与智力的幼稚阶段，可以用形容儿童的话来形容他们——在这种年龄是没有怜悯心的。

书中的某些文字稍加变动就可描写出我所见到的那些热闹场面：

人群里没有谁有理由或者觉得有理由去怜悯圣母院的可恶的驼子——人群里没有谁有理由或者觉得有理由去怜悯一个"走资派""右派""反动学术权威""阶级异己分子"……

他刚才所受的酷刑的悲惨景象,不但没有使他们心肠变软,反倒给他们提供了一桩乐趣,使他们的厌恶情绪表现得更为恶毒。

只改"酷刑"二字为"批斗"足矣!

"当'公诉'执行完毕,就轮到千万种私人的报复了"——当批斗执行完毕,就轮到千万种私人的报复了。

在"文化大革命"的种种批斗场面中,我没有看到也没有听说出现过一个"艾丝美拉达"。

不知道法国的群众是否至今仍有等候观赏公开行刑的习惯?

中国人的这种习惯却是保持到今天的。前不久还从报上看到:北方某大城市的一条街上,一个少女被剥得赤身裸体,围观者数百人,围观时间长达两小时。

中国人不欣赏的是"脱衣舞",但对女人的裸体是很爱"观看"的。

某些习惯使"群众"和"人民"有时比豺与鬣狗还可怕。

看了两天"热闹",觉得"公开批斗"对人似乎不那么可怕。更加可怕的倒是"闪电式批斗"。

你正在摩肩接踵的马路上走着,或者你正在许多人中间看大字报,猛然听到有人高喝你的名字,随后是一句极其威严的话——"你这个资产阶级的狗崽子!"或者诸如此类的话,于是仿佛你身带十二万伏的高压电,你周围的一切人,刷地一齐四散开去,先是对你避之唯恐不及,将你一个人孤零零地暴露在光天化日之下。继而渐渐形成一个包围圈,一束束目光投射在你身上,视你为披着人皮混迹人群的妖魔鬼怪。

也许你确系一个"资产阶级的狗崽子"。也许你根本不是,而是一个响当当的"红五类"。但你那时那刻,竟不敢相信自己出身的良好了。你会不由自主地对自己产生这样的怀疑:我是"红五类"吗?我真是万无一失的"红五类"吗?说不定我的出身并不像我自己所认为的那么红吧?否则何以被叫做"资产阶级的狗崽子"呢?

而那个这样猛然怒喝你的人,可能是你的仇人,可能虽谈不上是你的仇人,但平日与你有什么积怨,不过想要出其不意、猝不及防地报复你一下,使你在广众之中狼狈狼狈,出你的丑。

甚至也完全可能是你的朋友,恶作剧,刺激刺激你的神经和心理,寻开心。

他可能猛然怒喝一句后就溜了,你用目光四面八方寻找,寻找不到你所认识的人。你以为被叫做"资产阶级狗崽子"的,不是你,是一个和你同名同姓的人。你不过替别人在光天化日之下在广众之中"亮相",一场虚惊。你想毫不在乎大大方方从容不迫地一走了之。但你被群众包围着,没有第二个人也在那儿"亮相"。你敢毫不在乎大大方方从容不迫地走掉吗?万一真是你呢?万一你刚要走,又听一句怒喝:"你想往哪里走?!"你不是还得站在包围圈里吗?走,岂不是证明你"不老实"吗?

你可能觉得荒唐——老子是"红五类",谁他妈的跟老子开这种玩笑?你想笑,想用笑表明对自己是一个"红五类"的自信。但在包围圈中,在众目睽睽之下,你敢笑吗?你周围的每一张脸都是严峻的,起码也是严肃的。最温和的脸恐怕也只能说是没有表情的脸。连惊愕的表情也没有。他们打量你,研究你,审视你,盯着你。看他们那样子,都是暗暗希望紧接着就开你的批斗会,给你剃鬼头,戴高帽,挂牌子,抹黑脸,逼你弯腰、下跪、请罪……也许他们和你一样,也正是想看到什么"热闹"的!那样一种氛围压迫着你,使你对自己是一个"红五类"根本自信不起来,你还敢笑吗?

你想怒。但你不敢怒。你不敢走,不敢笑,你只能呆呆地站立在包围圈之中,心虚地、惶惑地、惴惴不安地期待下文。如果你还能够努力稳住自己,不乱方寸,证明你是个很有意志的人。你若是个意志薄弱的人呢?你若不是"红五类",确是个"黑五类"呢?在遭到如此这般的突然袭击之后,在身陷重重包围的情况之下,你还能稳住自己吗?你还能不乱方寸吗?如果你不能,你则必定不由自主地显出一个"狗崽子"的本来面目了。你不由自主地脸色变得灰白,不由自主地垂下双臂,低了头,弯了腰,预备"老老实实"地被摆布,于是包围住你的人们,便看出你就是一个"狗崽子"了。他们会很高兴开始批斗一个"狗崽子"的。他们会很高兴在没有什么"热闹"的情况下发起一场"热闹"的。对一个"狗崽子",随时随地都可以批斗一番。反正也没什么更高级的"热闹",就先拿你来"热闹热闹"吧!他们的行为和行动是受保护的——因为你是一个"狗崽子"。他们是在"革命"。就是打你,也是在"革命"。

"好人打坏人活该!"——敬爱的林副统帅说的。

你的模样那么可怜,你当他们会可怜你吗?你痴心妄想!他们根本不会可怜你的。他们刚才没有什么明确含义的目光这会儿有了明确的含义。他们刚才没有什么真实表情的脸这会儿有了真实的表情。你从他们的脸上和他们的眼里得出了结论——你不是一个人。你别想企图维护住你的尊严。他们向你投射出摧毁你尊严的目光。他们向你作出不承认你有尊严的表情。于是你的双腿开始发抖,支撑不住自己了。

可能并没有下文——这对你还算是幸运的。三分钟,五分钟,十分钟甚至二十分钟内,没有谁再对你严厉喝喊什么,周围鸦雀无声。渐渐地,包围住你的人们散去了。不过就是一个"狗崽子",小角色,他们没多大兴趣摆布你。人们散去了,你还不知道。因为你弯着腰,低着头。你暗自奇怪周围为什么毫无动静?为什么没人呼口号,为什么没人从背后扭你的胳膊按你的头!你怯怯地抬起脑袋,这才发现人们已经散去,于是你仓皇逃窜掉。你逃回家中,仍惊魂未定。你明白了,像你这样的"狗崽子"还是躲在家里足不出户较安全些。

你明明是一个万无一失的"红五类",你对自己出身的怀疑却从此产生了。你心里从此有了一个"鬼"。你反复盘问你的父母是否历史清白无瑕,并由你的父母盘问及你的祖父母外祖父母。他们诅天咒地向你发誓,你的血管里流的是地道无产阶级的血液,绝不会有一滴非无产阶级的血液掺杂其中。你也不会轻易相信。你的怀疑必定大大影响了他们,大大动摇了他们一贯对自己历史和出身的良好性的自信。使他们也像你一样,对他们自己产生了怀疑。即便他们不怀疑他们自己,也会像你怀疑他们一样,怀疑起他们的父亲母亲来。于是一种无可救药的怀疑,从此弥漫在你们家的成员之间,扩展至一切亲朋好友。于是你再也不敢出门,生怕在光天化日之下,大庭广众之中,重演前一天的遭遇。躲在家里足不出户你也惶惶不可终日。你害怕你听到过的那声音,某一天某一时某一刻,猝不及防地又震动了你的耳膜。

几次目睹这类由一个人突然发起的,由无数"革命群众"即兴参加,推波助澜的"闪电式批斗",我也不免怀疑起我自己的出身来了。

我是万无一失的"红五类"吗?我的父亲,我的祖父,我的曾祖父,乃至曾祖父的父亲祖父,肯定都是劳动人民吗?

我的一个姓孔的同班女同学,全班最老实的女同学,也是一个"红五类",父亲是工人,母亲也是工人。忽而有一天被揭发,原来其祖父属于"孔家店"的第多少多少代旁系子孙。还在"满洲国"时期发表过不少尊孔赞孔信奉孔子的文章。解放后一直是历届市政协委员。人虽然早已死了,但写的那些文章还在。白纸黑字,铁证如山!于是这个女同学成了不少女同学的"活靶子"。女同学批判女同学是比男同学批判女同学男同学批判男同学更铁面无私的。女性一旦非常"革命"起来就有些可怕。女性一旦也有爱看"热闹"爱造成"热闹"的心态,则比男性要危险几倍。何况"最高指示"鼓动着她们——革命"不是绘画绣花,不能那样雅致,那样文质彬彬,那样温良恭俭让……"何况她们大抵都是学校中历次"政治活动"的踊跃者,都很能够"叱咤风云",根本就不屑于"绘画绣花"的。也从来不"雅致"、不"文质彬彬"、不"温良恭俭让"。更何况

"文化大革命"不是一次"活动",是关系到"人变不变修,党变不变色,社会主义江山能否万代永红"的"运动"!那个姓孔的女同学不敢到校了。她们不肯轻易放过她。组织起来,到她家里去,给她剃了个光头。还为她特做了一个小白牌,上写"孔丘后裔"四字,勒令她必须佩戴。直把她搞到精神失常,她们的"革命"目标才转移到别人身上。

有天傍晚,弟弟妹妹不在家,我和母亲单独进行了一场严肃的对话:

"妈,我爸的成分一点没有问题吗?"

"没有。当然是没有的。"

"那么我爷爷呢?"

"更没有。雇农。比贫农还低一档。"

"那么你呢?"

"我?"

"对,我姥爷那一……边儿……"

"我……算是中农出身吧!"

"算是?往贫农这边儿算,还是往富农那边儿算?"

"这我也说不清楚……"

说不清楚……我的心里便灰暗起来。

又问:"我们家,跟梁启超……没什么瓜葛吧?"

"梁启超?干什么的?"

"改良派。妥协分子。"

"没听你父亲提起过有这么个亲戚呀!是亲戚,也肯定五服之外!"

"那么……跟梁中书呢?"

"这个人又是干什么的?"

"《水浒》里边那个梁中书!杨志不是因为给他押送的花石纲被劫了,才逼上梁山的吗?"

"那我怎么知道呀?那得扯到几辈子以上去呀!"

我想了一会儿,想不到再有什么当代的或历史上的姓梁的是当代或历史上的"反动派"一边的,可能会跟我家有点什么氏族渊源,心情安定了些。

不料母亲一句话又如当头一盆冰冷的水!

母亲吞吞吐吐地说:"你父亲……也不是一丁点历史问题都没有。他……信过'一贯道',就参加了两次布道场……'一贯道'没定为反动会道门之前……他就不信了!"

一贯道!天啊天!反动透顶的会道门!

我的头脑一下子晕了!

"梁晓声!你这反动会道门信徒的狗崽子!混入'红五类'的坏种!低下你的狗头来!"

这声音一句接一句,一声比一声高,震得我两耳嗡嗡响。我两眼发直地瞅着母亲,半晌说不出话!

从那一天起,不,从那一刻起,我心中隐藏了一个鬼!

我不敢再到学校里去了。我怕被那些绝对万无一失的"红五类"们揪出来,揭穿我假"红五类"的真相。我怕"闪电式批斗"。怕极了怕极了。

那是别人对你的灵魂突然发起的袭击!

可是我又没理由总不到学校去。停课是为了"闹革命"。我得"闹革命"。不"闹革命"不行。不"闹革命"将来"革命"成功我不会有好鉴定。好鉴定是非常非常重要的!无论升学还是找工作,它都是非常非常重要的!一个人是否积极参加这次无产阶级"文化大革命",是衡量一个人真革命还是假革命的分水岭。毛主席的红色司令部是这么发出号召的。

分水岭啊!

我不敢再到学校去,但还是天天都到学校去。参加各种各样的批斗会。振臂高呼"打倒"这个,"揪出"那个,"火烧"某某,"油炸"谁谁。一边振臂高呼,一边提心吊胆。

"梁晓声,你这个反动会道门信徒的狗崽子!你……"

多少次我似乎真的听到这么一句喝叫!

我的两耳开始产生幻觉了。

只有在与别人一齐振臂高呼"打倒""揪出""火烧""油炸"之类口号时,才仿佛能够将隐藏在我心中的那个鬼制服。

但它是那么难以制服。你按倒它一次,它爬起来一次。你又按倒它一次,它又爬起来一次。它每爬起来一次,都使你更加感到要战胜它是根本不可能的!

我便喊得比别人更响亮,更愤怒,以向别人证明我是心中没鬼的。

几天后收到了父亲从四川寄来的信。信很短,歪歪扭扭的半页纸写的是:

今去信不为别的是(事),只为告书(诉)你们,我被九(揪)出来了。因我入过一官(贯)道。我要老是(实)认罪,你们也要替我老是(实)认罪。决(绝)对不许你们对扛(抗)运动。最后让我们高乎(呼)敬住(祝)毛主席他老人家万受(寿)无江(疆)!

我将信念给母亲听后,母亲仿佛一下子被零下二百七十度的极限冷度冻僵了。

母亲虽不认字,却夺过那封信瞪大双眼看,刷白了憔悴的脸,反复说:"不对抗,不对抗,不对抗,妈不对抗,你也别对抗,咱家要是有一个人对抗,你父亲的罪就更大了!"

无需母亲说,我也是万万不敢对抗的。

我心中隐藏的那个鬼,我再也按不倒它一次了。它在我心中顶天立地! 无时无刻不张牙舞爪地扒我胸膛!

我每天还得壮着胆子,硬着头皮,伪装出响当当的"红五类"的"革命豪情",继续"闹革命"。一切"文化大革命"的"热闹",对我来说,不再是"热闹"了。

幸亏父亲远在四川，有关他被"揪出来了"的消息，传不到学校。

我便仍卑鄙地混迹在"红五类"的队伍中，倒也没谁怀疑过我。

在工作组的主持下，我的语文老师已被批斗过了几次。

学校揪出来的老师不算多，每次开全校批斗会，一一押上台，不过才站两排，三十几个人而已。虽然占我们全校教师的一半，但据说如果放在全国看，仍是百分之五。有的学校揪出了三分之二，也是百分之五。那百分之九十五在哪儿呢？似乎不存在。似乎又确实存在。再者说啦，谁被揪错，谁就当成是在"阶级斗争的大风大浪"中经受一次考验呗！无数革命先烈为了革命抛头颅，洒热血，坐老虎凳，被往手里钉竹签子，都表现得忠贞不屈。一个人要是真革命，今天被揪错了，被批斗几番，又算什么呢？

本着这样的一个原则和这种彻底"革命"的认识，同学们希望能在没被揪出的老师中以什么罪名再揪出几个。尚未被揪出的老师之间也相互心照不宣，相互琢磨。也希望再揪出几个，当然是别人，不包括自己。早早地宣布剩下了一支纯而又纯的革命教师队伍，自己在其中，从此可以高枕无忧，心安理得，免除后患，满怀激情地只革他人的命。那样的革命才来劲儿啊！

一番番批斗被揪出来的三十几位老师，从他们身上没有新的罪状发现，他们一个个的罪名就使我们革命学生感到有些陈旧起来，革他们命的热情渐渐低落。许多同学都希望有一天可以将校长也拎上台去戴高帽，挂牌子，剃鬼头，抹黑脸，无所顾忌，痛痛快快地批斗。轰轰烈烈地参加了一次"文化大革命"，居然连区区一位中学校长也没揪出来批斗批斗，未免太向毛主席他老人家交代不过去！我们自己也太缺少骄傲的资本了！可是工作组信任着校长。不但信任着他，而且还依靠着他。每次开全校批斗会，他总是坐在台上。左边坐的是工作组正组长，右边坐的是工作组副组长。工作组是代表党中央的，他仿佛被两位护法金刚庇护着，我们想奈何也奈何不得他。

我们要保持革命的热情不至一日比一日低,便只好将革命的热情转移向社会,希望这种转移,能够在自己旧的热情之上燃起新的热情。

革命的热情非常之需要崭新的革命之目标的刺激,不断地有着这种刺激,革命的热情才会不断地高涨。丧失了这种刺激,就影响了革命的热情。彻底丧失,彻底影响。要不我们的国家会搞了一次政治运动,又搞一次政治运动吗?要不我们的党内会进行了一次路线斗争,又进行一次路线斗争吗?我们的人民之所以永远有着不衰退的革命豪情,正是因为永远有着崭新的革命目标!后来"文化大革命"革到实在没有什么目标可以继续革的地步,就号召革命的人民群众都革自己的命了。曰:"灵魂深处爆发革命。"每一个人民群众都必须狠斗自己心中的"私"字"一闪念",狠挖自己心中"私"字的丑恶根源,并且由人民群众自己总结出许多革人民群众自己的命的理论。诸如:"私字像臭豆腐,闻起来臭,吃起来香""是真革命还是假革命,首先要看敢不敢革自己的命""革自己的命要有股子刺刀见红的精神,不是你死,就是我亡"。这类话后来在各种斗私会上精练为:"敢于和自己动真格的,白刀子进去,红刀子出来!"于是就涌现出许许多多很敢于跟自己"白刀子进去,红刀子出来"的真猛士。因为自己用公家的信纸写私人信件这样的事情,将自己说成是大贪污犯大盗窃犯的一丘之貉。痛哭流涕,悔不欲生,恨不得当众扇自己的耳光子。只痛哭流涕不行,只悔不欲生不行,只当众扇自己的耳光子骂自己个儿狗血喷头也不行。要不但自己对自己敢于上纲,还要善于上纲,说出令人信服的道理来。比如:我一个人一个月内如果平均用公家的信纸写五封信,每封信平均两页,那么一个月就用了十页公家的信纸。一年呢?一百二十页。十年呢?一千二百页。全单位的人都像我这样呢?全国七亿之众都像我这样呢?十年内又该用掉公家多少信纸?折合人民币多少?如果买机器能买多少台?这一台机器十年内又该生产多少产品?如果买的不是一般的机器,是医疗器械呢?将用来给多少人治病?起到多大的救死扶伤的作用……

谁这么对自己分析起来，都会感到自己简直罪该万死，十恶不赦！也只有善于对自己进行如此这般的分析，或曰"解剖"，才会令别人感动，承认你自己对自己"动真格的"了！

于是斗私的理论从群众中来，再到群众之中去，理所当然地是号召人民群众"宁为公字前进半步死，不为私字后退半步生"。

于是才有金训华，用私人的生命保住了公家的一根木材。

总之是要不断地，有革命的目标刺激着革命的激情。我们的广大人民群众，用什么样的革命内容都是可以调动起充沛的革命激情的。因而毛主席才教导我们："要相信群众，信任群众，依靠群众，放手发动群众。"因而毛主席在天安门城楼上检阅百万"文革"大军时，从这一端走到那一端，从那一端走到这一端，频频向百万"文革"大军挥手不止，三次高呼——"人民万岁！"

社会上也没有新的目标预备着专等我们去革命。一些我们极有兴趣批斗批斗的人物，要么正受着工作组的庇护，要么是批斗得"体无完肤"了，已被别的革命群众打翻在地，踏上过千万只脚了的革命对象，我们颇不屑于再踏上一只脚。跟在别人后面的革命行动有损于我们的自尊心，也没多大意思。革在一切人前才来情绪啊！

破"四旧"吧，该破的，别的革命群众已先于我们很彻底地破了。

一些外国风格的建筑物上的雕饰全凿掉了。

几座"喇嘛台"里的神父修女们全被批斗过了。

新华书店、图书馆、阅览室被查抄过了，凡属封资修的书统统被烧了。

秋林公司已改名为红卫商店。

亚细亚电影院已改名为护东电影院。

"八杂市"已改名为人民商场。

桃花巷——道外区一条解放前妓院集中的巷子，已改名为"欢乐巷"——仍使人联想到嫖客妓女寻欢作乐方面，于是第二伙革命群众二次革命,再改为"风雷巷"——带有警告的意味。

外国一道街至十二道街,已改为革命一道街至十二道街。体现着毛主席"不要以为进行了一次或两三次革命,革命就基本上成功了"的伟大思想。

连社会上也没剩什么"四旧"可破了,大家就很扫兴。

我忽然想到我们家住的前后几条小街,分别叫"光仁街""光义街""光理街""光智街""光信街"——仁、义、礼、智、信,孔子所宣扬的封建士大夫的"五大法宝",前边都加一"光"字,分明有发扬光大的意思,难道不该破一破吗?

都说太应该了!

于是大家又冲动起来,带了笔、纸、墨、糨糊桶,随我动身前往。

不料革命又迟一步。早晨我经过那几条小街时,它们还没被"破"过,才近中午,却被人先于我们"破"过了。红纸黑字贴住了街牌儿。——写的是:光明街、光辉街、光芒街、光耀街、光华街。

人人沮丧,无精打采,又回学校。

有一同学头脑格外机智,不知他哪根思维神经受到什么启发,竟想到了红绿灯方面。

他说:"红色象征革命,那么绿色呢?当然是象征反革命了!一切车辆见了红灯必停,岂不意味着停止革命,不再前进吗?绿灯亮了反倒通行,岂不意味着听反革命的指挥吗?应该纠正过来,绿灯停止,红灯通行,对不对?"

面面相觑了一阵,一想,有道理啊!

于是再次冲动起来,带了纸、笔、墨、糨糊桶,就去革红绿灯的命。

可是在第一个红绿灯下,便受到交通警察的无理阻拦,诬蔑我们蓄意制造交通事故。不许我们革命?!要跟他展开革命的大辩论的!于是吸引了许多革命群众。有支持我们的,也有支持那交通警察的。交通警察被我们包围住,无法继续指挥过往车辆,一辆大客车和一辆大卡车迎头撞上。幸亏两位司机都反应敏捷,两辆车只不过受了点轻伤。无非乘客们惊慌了一阵。他们在旧的轨道上生活惯了。一旦革命到来,必然惊慌。

从交通大队开来了一辆小汽车。车上下来一位干部模样的人,和和气气地向我们传达周总理的指示,大意是:红绿灯要不要破? 我看不能破。这是有科学根据的。在夜间,红灯更容易发现。小将们的思想是革命的,但要尊重科学。公路交通的红绿灯不能破,铁路交通的红绿灯更不能破……

连红绿灯,其他人也先于我们想到了!

既然是敬爱的周总理的话,我们听。

于是我们只好向后转,一个个怏怏然而又悻悻然。本是要革命的,却落得一些人的讥笑,自觉有些没趣。还好,总理的话很给我们革命小将留面子。

大家一路走,一路说。都认为没什么对象可去革命,没什么"四旧"可去破除了,"文化大革命"可能也就该结束了吧? 于是纷纷谈起毕业、升学、找工作、鉴定方面的话题。每个人都认为自己的鉴定中理所当然地应有这么一条——积极投身于无产阶级"文化大革命",坚定地站在党中央毛主席一边,同一切反党反社会主义分子和旧思想旧势力进行过无情的斗争。

回到家里,母亲神色惊慌地告诉我,哥哥趁她不注意,离家而去,三个多小时了还没回来。

我二话不说,反身便去找。偌大个城市,哪里去找? 到处盲目地找了很久,未找到。再回家时,哥哥已在家中。我问他哪去了,他古怪地对我一笑。母亲朝我直丢眼色,我便不再问。

十点钟,全家熄了灯,正都要入睡。外面一道强烈的光柱射到窗子上,院里响起了喇叭声,原来一辆小汽车开到了院里。接着听到吴叔轻轻地敲窗声,在外面问:"梁嫂,梁嫂,睡了吗? 快出来一下……"

母亲惶惑地在黑暗之中坐起,匆匆穿了衣服走出去。我也穿了衣服跟出去。

院里站着三个陌生人,其中之一是位白发老者。

吴叔向母亲介绍道:"他们都是市公安局的,这位老同志是市公安局局长……"

一听说是市公安局的人,连局长也来了,母亲紧张得发抖。

公安局长开口说:"真对不起,这么晚了还来打扰。您的儿子在我们公安局门口贴了一张大字报,说我们公安局内部有一个蒋帮特务组织,起初要收买他。收买不成,又对他动用了美国的先进间谍机器进行迫害,吸引了几百人现在仍在看他那张大字报啊!还扬言要砸烂公安局……我敢保证,我们市公安局内绝对没有蒋帮特务组织,也绝对没有对他进行过任何迫害……"语气相当和缓,流露着因打扰了别人而感到的歉意。

母亲说:"都怪我,都怪我,怪我没看住他。我儿子他是个精神病啊!"

老公安局长说:"那么请您到公安局去一趟吧,坐我们的车去,立刻就去,对那些不明真相的……单命群众解释清楚,他们就会散了……"

"这……这……"母亲怯怯后退。

母亲是个胆小的女人。我知道,母亲害怕革命群众。害怕许多革命群众聚集在一起的场面。如果那些革命群众全都是陌生的,激动的,想要采取什么行动的,非常之革命的,她就更害怕了。父亲来了那封信之后,她分明暗自认为她已不再属于革命的家庭妇女之列了,随时作着精神准备,从某一天某一时刻起,被真正的革命群众们划入"另册"。

我勇敢地说:"我去!"

"你?"老公安局长看了我一眼,沉吟着。那意思是,你一个小孩子去解释,能解释清楚吗?革命群众会相信你吗?

吴叔从旁支持我:"他行!他比他妈行!要是他妈去,面对那么一种场面,只怕是连一句话也说不出了呢!"

"那……好吧……"老公安局长点了一下头。

院里的邻居们也都被惊动出来了。不知发生了什么事情,互相悄悄询问着。一个个欲走近母亲,有三个陌生人的存在,不敢。

老公安局长让我坐前座,他们三个挤在车后座。小汽车在我们的大院里调转头,呼地驶出去了。

我心里因为哥哥而无比内疚和羞惭,同时感到我此去的责任无比重大,过分紧张地端坐着,一言不发。我有什么可说的呢?

那是我生平第一次坐小汽车。

老公安局长可能猜透了我的心理。也许是为了消除我的紧张,主动找话跟我说,问我哥哥为什么得的精神病。当我告诉他哥哥是唐山铁道学院的学生,因为三年自然灾害时期,家里生活太困难,负担不起一个大学生,整整一学年没给他汇过一分钱,他每月只靠十四元助学金生活时,老公安局长同情而惋惜地叹了一口气。

仅仅因为他叹这一口气,就使我对他产生了好感。

他又问,哥哥为什么不住院?

我回答说交不起住院费。

他对他身旁的一个人说:"你们明天跟民政局和精神病院研究研究,负责将他哥哥尽快送去住院,要认真办这件事!"

我内心里对他充满了感激。

不久以后他还是劫数难逃,被打倒了。看到那些将他的名字倒写着,画了"×"的大字报,大标语,我也还是不相信他是人民的敌人,当然从来也没敢跟任何人争论过。

小汽车开到了市公安局门口停住。革命群众的人数比老公安局长说的有增无减。哥哥的大字报贴得很长,七八张大白纸上写满了字。字字潇洒,行行整齐。有的革命群众挤左挤右在看,有的革命群众专心致志在抄。

潜伏特务跟踪　测谎仪器折磨

我朝大字报瞥了一眼,只见如此一行标题。

我僵坐在车内,心里顿时又是一阵紧张。

老公安局长已下了车,他替我打开前车门,我才不得不钻出车。

一些人发现我们,将我们团团围住。

有人高叫:"王化成来啦!公安局长王化成来啦!叫他老实交代呀!"

更多的人围住了我们。

"闪开!闪开……"那两位公安局的同志使劲推开人们,替我和他们的局长开路。

我和他费力地走上了公安局的台阶。

"别怕。"他低声对我说,又面向革命群众大声说,"我是公安局长王化成。关于这张大字报,这个孩……这……位革命小将,会向你们讲清真相的……"

抄大字报的不抄了,看大字报的不看了,所有的人都仰起脸望着我,黑压压的一大片人!这么多人啊!

我鼓足勇气,嗫嚅地对人群说:"这张大字报是我哥哥写的,他是一个精神病患者……"

我的声音太微弱。只有最前边的几个人才听到了。可是看他们一个个那种并不想离去的样子,似乎不相信我的话。

"大声说!我们听不见!"人群中发出了一声喊叫。

"这张大字报是我哥哥写的!他是一个精神病患者!"我大声又说了一遍,几乎是在嚷。

革命群众骚乱起来。

"难怪我越看越觉得简直像小说……"一个人嘟哝着转身往外挤。

另一个人揣起了小本本,也转身往外挤。

更多的人却仿佛没听明白我的话,或者说希望我再多讲点什么。骚乱了片刻,安静下来,期待地继续仰起脸望着我。

不知为什么后面的人忽然无缘无故地往前拥,前面的几个人差点栽倒。

我被人群逼得倒退着又上了一级台阶。

"胡说!这张大字报怎么可能是一个精神病患者写的?!"

"问得对!这是不可能的!革命的同志们,这张大字报哪一句写得词不达意,颠三倒四?!"

"喂!你有什么证据证明你是写大字报的人的弟弟?"

"拿出证据来!"

革命群众中,几条嗓子对我吼。

证据……

我拿不出任何证据来,证明我是我哥哥的弟弟,我哥哥是我哥哥。

"大家静一静!你们不能这样对待一个孩……一位革命小将!"老公安局长企图维持住局面。但刚才那片刻的安静,一过去就再难维持。

"住口!没有你对我们发号施令的权力!"

"革命群众们,大家不要散,这可能是一个大骗局!"

"阴谋!"

"从哪儿弄来这么个孩子骗我们!"

"想要把水搅浑,达到蒙混过关的目的吗?办不到!"

"革命群众们,千万不要上当呀!"

"要警惕阶级敌人的缓兵之计得逞呀!"

革命群众中,几条嗓子喊叫不止。

我呆了。我望着那些革命群众,忽然悟到一点,在这个闷热的夏夜,他们中一定有些人,回到家里也睡不着,是想要看到什么"热闹"的。正如我和我的同学们,前几天在整个城市到处转悠,为的也是要看到"文化大革命"的什么"热闹"一样。他们未必是不相信我的话。他们是不愿相信我的话,也不愿别人相信我的话。因为如果所有人相信了我的话,他们就没什么"热闹"可看了。他们就会感到扫兴。他们就会觉得白白在公安局门口泡了几个小时,白白装出愤怒的样子,白白用自己的情绪去影响着和煽动着别人的情绪了!太不上算了!所以他们岂能容我一个孩子几句话就轻易地将人群打发散?

而更多的人,对我的话,拿不准是应该相信还是不应该相信。相信,似乎有应该相信的道理。不相信,似乎也有应该不相信的道理。正如《社员都是向阳花》中的"蒋介石万岁"、月历牌上的"打倒毛主席"、鞋底上的"毛"字、锅帘子上的"毛"字、"哈尔滨"香烟上的"牛乃文主",似是而非,因而最正确的态度也就应该是似信不信。似信不信,便欲去不去。每个人都欲去不去,全体革命群众便还是聚而不散。

我对人群中那几个喊叫的人恨极了。正是由于他们的喊叫,我的使命才难以完成。不但难以完成,反而倒像给这种场面增添了更加复杂更加丰富人想象力的色彩!

我差点完全失去理智,对那几个喊叫的人破口大骂:"操你们妈!"

幸亏老公安局长这时将一只手按在我肩上,从容镇定地望着人群对我又说了一句:"别怕。"

怕?这会儿我什么都不怕了!我是对眼前这黑压压的一大片革命群众恨极了!恨得咬牙切齿!

于是回想起来,我们的国家,我们的民族,不正是因为有着太多太多如此之热衷于革命的革命群众,"文化大革命"才搞了整整十年吗?

十亿人都成了批判家和政治家,十亿人头脑中都绷紧着一根阶级斗争和路线斗争的永远紧而永远不断的弦,国家怎能不亡?!民族怎能不衰?!天下怎能不乱?!

经历过"文化大革命",我认为我对"人民"和"群众",有了比从前深刻得多的理解。当他们推翻一个制度重建一个制度的时候,他们是伟大的。当他们虔诚地拜倒于某种宗教式的图腾的时候,他们是渺小的。

当他们被一种脱离实际的理论随心所欲地摆布时,他们是可悲的。当他们甘愿被摆布而且还要摆布同胞时,他们是可憎的。他们可憎的时候是可怕的。人民就是千百万亿人。千百万亿人永远可能是两种力量。只有挣断了古代的或现代的封建迷信的铁锁链的人民才是真正伟大的人民! 到那时每一个人民的儿子才会从心底里呼喊——人民万岁!

一瓶墨水和一支笔递到了我手里。那两个公安局的同志中的一个低声对我说:"你写个声明吧,也只有这样了!"

我毫不犹豫地用那支笔饱蘸墨汁,就在我哥哥的大字报上,挥臂写开了:

郑重声明

我的哥哥是一个精神病患者,他写的每一个字都是荒唐的!

××中学初三二班梁晓声

"不许破坏大字报!"

又一声喊叫。

我猛地转过身,高高举起了墨水瓶。

革命群众一片哗然,乱了。

我狠狠将墨水瓶摔在水泥台阶上。它粉碎了,墨汁溅到很多人身上,脸上。

他妈的这几百名革命的群众!

我冲下台阶,挤出人群,往家里猛跑,猛跑,猛跑……

泪水从我两眼涌出。

耻辱……

一个十七岁的少年的耻辱……

人民的耻辱……

第六章

"文化大革命"并不像我和我的同学们所预想的那样——处于结束的后期了。恰恰相反,它甚至可以说还没真正开始。我们所进行了和参与了的种种"革命行动",以及我们所闻所见令我们激动、冲动、头脑发昏、热血沸腾的种种"热闹",或曰"轰轰烈烈",其实只不过是它大幕拉起前的加演小节目,是为正剧开演营造气氛的一阵紧锣密鼓。

《"五一六"通知》发表后,"中央文革小组"成立。

由陈伯达任组长,江青任第一副组长,康生任顾问。

在他们的怂恿之下,各地学生造反组织如雨后春笋,"天下"由而全面大乱。

林彪在中央政治局扩大会议上作了"极为重要的讲话"——"根据毛主席关于社会主义时期阶级和阶级斗争的理论,根据党内两条路线斗争的严峻事实,根据国际无产阶级专政的历史教训,特别是苏联赫鲁晓夫修正主义集团篡党、篡政、篡军的教训,对如何巩固无产阶级专政,防止反革命政变和反革命颠覆的问题作了系统的精确的阐述。"

他"揭露"了彭、罗、陆、杨"四家店"的"反党罪行",指出:"四个人的问题,是有联系的,有共同点。主要是彭真,其次是罗瑞卿、陆定一、杨尚昆。"

他说:"罗瑞卿是掌军权的。彭真在中央书记处抓了很多权……文化战线……思想战线的一个指挥官是陆定一。搞机要、情报、联络的是杨尚昆……他们几个人问题的揭发、解决,是全党的大事,是保证革命继续发展的大事,是巩固无产阶级专政的大事,是防止资本主义复辟的大事,是防止修正主义篡夺领导权的大事,是防止反革命政变,防止颠覆的大事。这是使我国前进的重大措施,是毛主席英明果断的决策。"

毛主席指出:中央和中央各机关,各省、市、自治区,都有一批资产阶级的代表人物。"是一批反革命修正主义分子,一旦时机成熟,他们就会要夺取政权,由无产阶级专政变为资产阶级专政。这些人物,有些已被我们识破了,有些则还没有被识破,有些正在受到我们的重用,被培养为我们的接班人,例如,赫鲁晓夫那样的人物,他们正睡在我们的身旁……"

于是北京首先出现了打倒"中国的赫鲁晓夫"的大标语。

而国家主席刘少奇,在经过改组的新北京市委两个月后召开的大专院校和中等学校"文化大革命"积极分子代表大会上说:"革命怎样革?我老实回答你们,我诚心诚意地回答你们,我也不晓得。我想党中央其他许多同志也不晓得。"

他当然更不晓得,"中国的赫鲁晓夫"所指正是他。虽然身为国家主席,他的个人悲剧从毛主席讲了这句话开始,就劫数难逃了。即便他晓得,仍然劫数难逃。

"党中央其他许多同志也不晓得",这无疑是一个事实。但党中央的其他许多同志,在不晓得的情况下,也只得听从着毛主席的一切部署。

党中央亦然如此,全国人民的态度更加坚决。

于是全党、全军和全国人民,"必须高举无产阶级文化革命的大旗,彻底揭露那批反党反社会主义的所谓'学术权威'的资产阶级反动立场,彻底批判学术界、教育界、新闻界、文艺界、出版界的资产阶级反动思想,夺取在这些文化领域中的领导权"。

于是从北京到各省、市、自治区的各行各业各级领导机构中,揪出了形形色色、大大小小的"赫鲁晓夫式"的人物。

于是文化领域各界,全部开始被无产阶级革命派们占领了和进行着占领。

于是中国的一切学者、专家、教授、文学艺术家,一切的知识分子和一切的文化人大难临头。

《人民日报》发表重要社论,指出:"你是真赞成社会主义革命,还是假赞成社会主义革命,还是反对社会主义革命,必然要在怎样对待无产阶级'文化大革命'这个问题上表现出来。"

除了"赫鲁晓夫式"的人物们,除了"走资本主义道路的当权派"们,除了"地、富、反、坏、右"们,除了"资产阶级学术权威"们,谁不想谁不愿用实际行动证明自己是"真赞成社会主义"的?

真赞成吗?那你只能有一种"表现",一种选择——去揪出,去批判,去打倒,去占领。除此而外,你别无选择。

全党全军全国人民都作了"真赞成社会主义"的选择。于是全中国"四海翻腾云水怒,五洲震荡风雷激"。

于是中央"文革",热情支持北京大学哲学系七人贴出的大字报《宋硕、陆平、彭佩云在文化革命中究竟干了些什么?》,并且立刻向全国全世界广播这张大字报。

于是毛主席八月五日在中南海大院里写下并贴出他的大字报——《炮打司令部》,指出以"中国的赫鲁晓夫"刘少奇为首的"反革命"的"资产阶级司令部""站在反动的资产阶级立场上,实行资产阶级专政,将无产阶级轰轰烈烈的文化大革命打下去……自以为得意,长资产阶级的威风,灭无产阶级的志气,又何其毒也!"

于是全党全军全国人民"舍得一身剐,敢把皇帝拉下马"!"要扫除一切害人虫、全无敌"!

于是全中国"天翻地覆慨而慷"!

"史无前例"的"文化大革命"势如破竹,疾风卷地,狂涛拍岸,江河决堤,一泻千里。它的发展之迅速、之迅猛,使我们这些中学生——共和国的第一代儿女,喊着叫着跳着跑着追着冲着,也还是不免有身落其后之羞。我们本能地以十倍于前期的狂热,百倍于前期的"造资产阶级的反的大无畏精神",虔诚地表现着自己证明着自己是"真赞成社会主义"的……

首先,我们从学校里赶走了工作组,不消说,是将他们一个个批得"遗臭万年"之后才赶走的。

同时,我们终于将校长押上了我校的政治审判台,牢牢地钉在了"耻辱柱"上!工作组执行的是"资产阶级的反动路线"。工作组所信赖、支持和依靠的校长罪责难逃!仅凭这一点,他就已经是"反动"的了!

我们的辉煌的阶级斗争和路线斗争的成果啊!我们终于又捕捉到了一个新的革命对象,而且是我校"最大"的!儿童们得到的最新玩具,总是玩起来爱不释手。我们捕捉到最新的革命对象,革起他的命来也有一种新鲜感。儿童们早就想要玩弄玩弄的东西,受到大人们的警告,非但不许玩弄,而且连碰一下也不允许,那么某一天他们拿到手的时候,那种玩弄的兴趣是潜含着对大人的报复的。仅仅从政治上忘记了也应该从普遍的心理上来分析"文化大革命"、解释"文化大革命"是不够全面的。

校长被我们戴上了最高的高帽,挂上了最大最沉重的牌子,剃了鬼头,抹了黑脸,痛痛快快地批斗了几番。

在一次批斗中,有几位革命同学的"革命"激情高涨到了以批斗的方式所难以"表现"的程度,便将校长打翻在地,踏上了几只脚。

"你是不是反动的?!"他们踏住他喝问。

"是!"他伸开四肢,像只龟似的趴在地上,只能抬起头,用一种心悦诚服的语气大声回答。

"踏得有没有理?!"

"有理!"

有理——又踏上了几只脚!

在他被打翻那一瞬间,台下相应地寂静了瞬间。这一瞬间说明了什么,每一个经历过这种场面的人,可能今天会谈出许许多多他们当时并不敢流露的思想。这样的一瞬间,我在类似的场面感受过几次。这样的一瞬间后来曾使我联想到《法国革命史》一书中的一段描写:当十二个保皇党被押上断头台,要在行刑前被扒光衣服羞辱一番时,他们轻蔑地昂首望着群众,高呼:"国王万岁!"

愤怒的法国革命群众一瞬间寂静了……

作者评述:在这一瞬间,真正的胜利者,其实不是人民,而是保皇党。

不,这种评述并不正确。在这一瞬间,胜利了的也不是保皇党,而是人性和人道。

十二个保皇党人,在那寂静的一瞬间之后,并没有遭到被扒光衣服的羞辱。

法国人民和人性、人道一起获胜了。尽管十二个保皇党人的头,照样一颗接一颗滚落断头台下。

我们的校长被打翻在地并踏上了七八只脚的寂静的瞬间之后,广播器传出了一个女同学铿锵有力地朗读《"五一六"通知》的内容:

> 无产阶级对资产阶级斗争,无产阶级对资产阶级专政,无产阶级在上层建筑其中包括在各个文化领域的专政,无产阶级继续清除资产阶级钻进共产党内打着红旗反红旗的代表人物等等,在这些基本问题上,难道允许有什么平等吗? ……我们对他们的斗争也只能是一场你死我活的斗争……绝对不是什么平等的关系……例如所谓平等关系……仁义道德关系等等。

有人振臂一呼，于是响起一阵冲上云天的革命口号。

于是将校长踏住的那几个同学，受到这一阵冲上云天的革命口号的怂恿、鼓励、煽动，仍觉革命情绪宣泄得不够彻底，便用一根绳索，拴在校长的脖子上，将他像狗一样牵下台，勒令他在操场上学狗爬，学狗叫。

他便老老实实，认认真真学。

也许因为他根本就没有表现出一丁点抗议，所以也就再没有寂静的瞬间发生。

如果当时剥光他的衣服，并问："有理吗？"他可能也会回答："有理！"

因为他从"反动"的本质上有别于法国革命时期那十二个保皇党人。

此情形后来使我联想到了某些儿童虐待小动物的不正常的心理。他们折磨小动物时获得一种快感。越是样子看上去丑陋的，下贱的，被大人们或被他们自己认为有害的小动物，他们折磨起来的手段愈残忍，愈心安理得。比如耗子，一只或许带有传染病菌的小猫，一只疯了的小狗。这可能就是在"文化大革命"中为什么先把人从形象上变成"牛鬼蛇神"，再加以种种羞辱的普遍的心理根源吧？在没受过人性和人道的良好教育的心灵里，必然潜伏着残忍性。"文化大革命"以它的"你死我活"的阶级斗争的理论，调动起了千百万人心灵里潜伏着的恶。所以将极其沉重的牌子用极其细的钢丝挂在女人的乳头上一类的事，举不胜举。

而另一方面，将一位位专家、教授、学者、作家、诗人、艺术家和演员，有才华的男人和漂亮的女人，打翻在地并踏上一只脚，使成年人的嫉妒心理得到空前的安慰。在这种安慰中寻找心理平衡是简单而有效的。某些男人和某些女人，之所以被许多男人和许多女人斗来斗去，百斗不厌，并非因为他们确实罪大恶极，十恶不赦。也许仅仅因为他们比许多男人有才华，她们比许多女人漂亮。使每一个人都从内心里承认男人的才华是人类的智慧，女人的漂亮是人类的诗意，需要耐心的，细致的，长期的，艰苦的教育。至今许多男人仍有敌视有才华的男人，许多女人仍有敌视漂亮的女人的近乎本能的恶习。

我们的班主任也劫数难逃。因为她是市级教育模范，是校长的"大红人"。工作组时期，是教师中的"'文革'积极分子"。

在将校长打翻在地的同一天的批斗会上，她被一些人怒喝到了台上。

"同学们，我声明，我不是……"她站在台上的时候，想解释什么。

不允许她解释。

"你不是什么！"一顶高帽戴在她头上了。一个大牌子挂在她脖子上了。她脸上被涂了墨。

她顿时垂下双臂，弯下腰去了。

将人变成"鬼"是非常之简单的事。

许多人在那被"变成"的短短时刻内，大抵也就自悟到自己已然是"鬼"不是人了。从此就只能像"鬼"那么言行、那么处处卑下地存在着了。

因为被揪上台的人多，她站在台边上，站在语文老师身旁。

语文老师向别人靠得更紧，给她腾出宽余的地方，还伸出手将她向自己拉了一下。怕她掉下台去……

工作组时期被"揪出"的某些教师纷纷上台控诉"资产阶级反动路线"对他们的迫害，重新获得了站到革命队伍中来的权利。他们都激动得热泪盈眶。

工作组时期被信任、依靠和重用的某些教师，一个接一个被喝吼着姓名揪到了台上，不得不加入了"黑帮"的行列，被戴高帽、挂牌子、涂黑脸。他们都不明白自己为什么昨天还被称为"革命派"，今天突然也变成了"鬼"。

两位教导主任、一位副校长早被打倒，如今校长也成了本校"最大的赫鲁晓夫式的人物"，校党支部便被宣布"彻底烂掉"了。

于是由革命的教师和革命的学生中之最革命的人，组成临时权力接管小组，继续领导本校"文化大革命"运动。

临时权力接管小组在热烈的掌声中诞生并通过。

我们每一个同学都感到对我们的国家和我们的民族肩负重任。"革命尚未成功,同志仍须努力!"

大专院校的革命学生们,则开始"火烧"市委,"炮轰"省委,接管出版社、杂志社、报社及一切文化艺术单位。

从北京传来了彻底改组"一贯拒听毛主席的话"的《人民日报》的"喜讯"。

改组后的《人民日报》第二天就发表重要社论《横扫一切牛鬼蛇神》。一分钱币那么大字的通栏黑体标题,仿佛明白地告诉全国人民知道,对于"牛鬼蛇神"之类,无论怎样"扫"之,都并不算过分。

社论指出:"有了政权,就有了一切。没有政权,就丧失一切。"

第三天,在第一版以醒目标题《北京大学七同志一张大字报揭穿一个大阴谋》,全文发表了北京大学响应中央号召的大字报,并发表评论员文章《欢呼北大的一张大字报》及重要社论《触及人们灵魂的大革命》。

第五天,发表又一重要社论《撕掉资产阶级"自由、平等、博爱"的遮羞布》,并公布改组北京市委的决定。

第六天社论的标题是《做无产阶级革命派,还是做资产阶级保皇派》,指出:"究竟站在哪一边,每个人都必须做出自己的选择。"

其后的几天内,《解放军报》《红旗》杂志、《人民日报》接连发表重要社论《高举毛泽东思想伟大红旗,把无产阶级文化大革命进行到底》《毛泽东思想是进行无产阶级文化大革命的望远镜和显微镜》《无产阶级文化大革命万岁》《革命的大字报是暴露一切牛鬼蛇神的照妖镜》……

平均几乎每隔一天,便有一篇印有黑体字的毛主席关于无产阶级"文化大革命"伟大指示的重要社论发表,曰"最新最高指示"。鼓励人民"造反有理",号召人民将"文化大革命"的高潮推得更高更猛。

这时毛主席并不在北京,而在"视察"大江南北,并畅游长江一个多小时,游程三十华里。

《参考消息》登载,许多外国医学专家给毛主席检查了身体,认为毛主席的身体这么好,肯定至少可以活到一百五十岁。

于是又召开了一次全校"庆祝"大会。

会上有同学流着滚滚热泪登台表示,要将自己年轻的、富有生命力的、绝对没任何疾病的心脏敬献给毛主席他老人家。为的是让毛主席他老人家活得更健康更长久。

"一石激起千层浪。"于是许多男女同学纷纷登台,表示也要将自己年轻的、富有生命力的、绝对没任何疾病的心脏献给毛主席。呼吁发起成立"向毛主席敬献心脏"特别委员会,呼吁革命的医学工作者早日攻克心脏移植手术难关。流泪是具有影响性的。于是台上台下许许多多同学都流出了滚滚热泪。我也禁不住流泪。我也无比冲动地跃上台去。但想到自己不是一个很纯的"红五类",就又暗暗感到不配,趁人不注意从台上溜了下来。

有人忧虑地提出疑问:我们这些中学生的普普通通的心脏,若移植给毛主席,会不会直接影响毛主席的伟大思想?

这无论如何不能不说是一个十分严肃的疑问。

于是我们这些生理知识极其贫乏的中学生,展开了热烈的浪漫的科幻式的议论和争论。

最后还是不了了之……

第七章

"北京来了红卫兵!"

"红卫兵?穿什么军装?"

"不穿军装,戴红袖标。今天要在三中进行革命演说!"

王文琪一大早就到我家,兴奋地告诉了我这个消息。

我顾不上吃饭,揣了一个窝头就随他直奔三中。

三中校园里坐满了三中的和来自各个中学的学生。演讲已经开始。我们想挤近台前,看看那些北京来的红卫兵都是什么样,可有人维持秩序,不许乱走动。我们虽觉遗憾,也只有坐在最后边竖起耳朵聆听。

北京来的红卫兵知道那么多我们根本不知道的阶级斗争和路线斗争的"内部情况"!

如:刘少奇在写给江渭清的信中"大肆攻击"学习毛泽东思想是——教条主义,"现在党内把毛泽东思想当做教条的大有人在"。江渭清是什么人物?我问王文琪,他也不知道。

毛主席把三十九个文学艺术批判资料发到县一级,其中包括《海瑞罢官》《燕山夜话》等,作为发动无产阶级"文化大革命"的准备,中宣部却对这个指示拒不执行,企图抵制。

罗瑞卿到林彪同志处，在谈到干部问题时"别有用心"地说："病号嘛，就是养病，还管什么事！病号！让贤！不要干扰！不要挡路！"——"妄想逼林彪同志把军权交给他这个反革命野心家！"

邓小平去大庆参观，工会领导向他汇报大庆狠抓阶级斗争时，他说："你们大庆同别的地方不同，阶级斗争不是你们的主要矛盾。"

邓小平亲自"赤膊上阵，为反革命修正主义分子们打气"，说"欣赏彭佩云的发言"，并夸奖陆平的"反革命发言"——"态度是好的，意见是正确的。"

刘少奇在华东局、上海市委负责人汇报工作时说："上海可以搞个'托拉斯'。"伙同薄一波"不断贩卖修正主义黑货，鼓吹资本主义托拉斯制，企图取消党的领导，推行垄断资本主义经济体制"。

周扬召集文联各协会和主要报刊负责人谈话，布置对文化艺术界群众性大批判的"急刹车"。

刘邓攻击一九六四年以来文艺战线批判"资产阶级权威"的运动搞"过火了"，妨碍了"创作自由"，是"爆破组""文海战术"。

邓小平带头对一九六四年以来的"文化大革命"反攻倒算，说："现在有人不敢写文章了，新华社每天只收到两篇稿子。戏台上只演兵，只演打仗的，电影哪有那么完善的？这个不让演，那个也不让演！有些人是想靠批判别人出名，踩着别人的肩膀自己上台，对人家一知半解，抓着小辫子就批半天，好自己出名！学术观点、教育观点不一致不要紧嘛！各种观点可以长期共存嘛！"

邓小平还说："学物理的，整天背《雷锋日记》、毛主席语录，不能算又红又专！""对青年人，主席著作的一些基本东西是要提倡学的，但一年四季都这么搞不行！""工会工作、青年工作要把知识面搞得宽一点。""不是说毛主席发展了马克思主义吗？别的书你都不读，你知道发展了什么？""学习毛主席著作要推行'自愿原则'，不能卡得太死，不能千篇一律，不要搞形式主义，不要形成社会强制……"

北京来的红卫兵们真是演说家啊！从五十年代一直讲到六十年代，讲到目前"文化大革命"的发展形势。一部党内阶级斗争和路线斗争史，完全装在他们的头脑中！

几千听众无比敬佩地仰望着他们，人人都在记录。

阶级斗争和路线斗争，原来比我们想象的更尖锐，更复杂，更激烈啊！

"赫鲁晓夫式的人物"们原来就睡在毛主席他老人家身边啊！

"打倒刘少奇！"

"打倒邓小平！"

愤怒的口号一阵阵响起。

我们对北京来的红卫兵们的革命演讲，报以热烈的掌声，经久不息的掌声，雷鸣般的掌声。

忽然大批大批的工人们冲入校园，怒斥革命学生们在呼喊反革命口号！于是我们高呼口号回敬——"受蒙蔽无罪！反戈一击有功！革命的工人们要和革命的学生们联合起来！"于是就武斗。会场大乱。

北京来的红卫兵们，在革命学生自愿组成的"护送队"的护送下，登上了返回首都的列车。

他们从车窗探出身，挥手洒泪誓别："战友们！我们还会在阶级斗争和路线斗争的第一线重逢的！"

"护送队"也挥手洒泪："我们和毛主席心连心！和北京的革命战友心连心！只要毛主席一声令下，我们就杀向北京城！为了保卫毛主席，杀他个人仰马翻！"

列车缓缓开动，车上车下，紧握的双手依依难松……

我们学校的第一个红卫兵组织不久便也宣告成立了！

那一天学校里红旗飘扬，锣鼓喧天，鞭炮齐鸣。气氛高涨而肃穆。

第一批加入红卫兵的，当然个个都是万无一失的"红五类"。红榜悬名。我的名字也在其上。

一个女同学站在台上，以嘹亮的声音宣读给毛主席他老人家的致敬电："伟大的首都北京，不但是中国革命的心脏，而且是世界革命的心脏！伟大的领袖毛主席，不但是中国人民心中的红太阳，而且是世界人民心中的红太阳！我们宣誓在毛主席的统帅下，与全世界的帝、修、反血战到底！只要毛主席一声令下，我们敢下五洋捉鳖，敢上九天擒龙！敢向全世界的帝、修、反发起最后的冲锋！砸烂巴黎、踏平纽约、解放伦敦、光复莫斯科！将克里姆林宫的红星夺取到北京来，悬挂在天安门城楼！将列宁的水晶棺夺取到北京来，安放在天安门广场！用我们的满腔热血，染出一个红彤彤的新世界！"

没朗读完，话筒被其他学校前来祝贺的代表——一个剪短发的英姿飒爽的女学生夺了过去，指责说通篇充满了"革命输出"主义，必须重写！

组织会议的人怒斥："你是什么出身?！"

"我叫乌云琪格！是在师范学院进修的蒙古族学员！"

"为什么姓乌云? 姓就不是好姓！不管你是哪个民族，问你出身?！"

"农奴！"

她屹立在台上，使我想起了电影《保尔·柯察金》中，保尔的亲密女战友安娜屹立在台上的难忘镜头。

农——奴！

还有什么样的出身能比"农奴"更令人肃然起敬！

农——奴——啊！高贵无比的出身！

她如果说她是一位国王或总统的女儿，我们也不会那般敬慕地仰望着她！

农——奴——啊！红到绝顶的出身！嫉妒死人！

她在我心目中顿时变得高大起来。

全场为之一震，人人噤声。

"那么你的话完全证明你已背叛了你的阶级，我郑重宣布你为不受欢迎的人,请吧!"主持会议的同学义正词严地下了"逐客令"。

她轻轻放下话筒,昂首离去。

大家的情绪受到意外的挫伤,气氛不如先前那么热烈了。后来事实证明这个农奴的女儿也许是对的。因为洋洋万言的致敬电发往北京后,却始终没收到毛主席他老人家的回电。也许毛主席他老人家不乐意我们将克里姆林宫的红星和列宁的水晶棺一并夺到北京来?也许毛主席他老人家认为发动一场世界革命的条件还不成熟?

幸而接下来授红卫兵袖标,良好的革命气氛又恢复了。

升国旗。奏《东方红》歌——没乐队,只好放录音,违心降低规格。

一个个万无一失的"红五类"在全校同学们的注视之下走上台,双手接过红袖标。

"梁晓声!"

坐在我身旁的王文琪推了我一下:"你!"

我心怀"鬼胎",有些惴惴不安地上了台,双手刚欲接过红袖标,耳畔猛听一声喝:"你这个反动会道门信徒的狗崽子!"

一声怒喝,将我牢牢定在台上,伸出接红卫兵袖标的手,仿佛顿时冻僵了,欲收不能。

授袖标者,见我那样子,就将袖标套在我伸出的手臂上了。

"看啊,他是多么多么激动!他心中此刻肯定有千言万语要向毛主席表达!他却激动得一句话也说不出来!红卫兵——这是我们'红五类'至高无上的荣誉!也是'红外围'们应该努力争取加入的保卫毛主席的组织!"

一个女同学富于感情色彩的、朗诵般的声音,通过扩音器传扬。

我这才意识到,并没谁对我怒喝,完全是我自己幻听到了那句使我惊心动魄的话。

苍天可怜我,幸而是幻听!

我真的万分激动起来了!

我激动到了必须有所表达的程度,但那又是不能直接表达的一种激动。

我转过身,惊魂甫定,颤抖着双唇高呼:"毛主席万岁!毛主席万万岁!"

台上台下,跟我喊成一片。

"毛主席万岁!"

"毛主席万万岁!"

扩音器里不失时机地飘荡出了那个女同学的歌声:

抬头仰望北斗星,

心中想念毛泽东……

台上台下,跟她唱成一片。

主持授红卫兵袖标仪式的同学,一边唱,一边走到我身旁,用他戴红卫兵袖标的手,紧紧握住了我戴红卫兵袖标的手,共同举起了我们的手。

于是又一阵掌声,一阵口号:

"红卫兵万岁!"

"红卫兵攻无不克!战无不胜!"

那状况,那气氛,将军授衔,也未必能达到那么一种情绪的高潮!

我仿佛一个小戏子,生怕一下了台,就失掉红卫兵袖标带给我的八面威风,万分自豪。

红卫兵袖标,简直是光宗耀祖的"铁十字"!

而这对于我又是随时随地都可能失掉的。一旦失掉了,也就意味着我将同时失掉充当一名"红外围"的资格,一扫帚被扫到"黑七类"一堆去。也许永远。也许牵连到我的儿子和孙子们。

这想一想都够使人万念俱灰痛不欲生的。

我又激动又害怕。

我相信,如果当时中国也像中世纪的西方国家一样,花一笔大钱便可买到一个贵族称号,准有无数人宁肯倾家荡产,甚至卖儿卖女,无儿无女便卖自己的鲜血自己的眼睛,也要买一个红色出身。

一个贫农的出身该值多少钱呢?

一个农奴的出身该和买一个公爵什么的贵族称号等价吧?

而教授、学者、作家、艺术家之类的家庭出身或社会身份,准扔满大街,被千千万万的人踢来踢去没谁捡。

中国经济学家本就不多,掰着一只手的手指头数起来都绰绰有余的几个,全被打倒了。就没谁从经济学的角度向新组阁的中央"文革"领导小组提建议——颁布家庭出身和家庭历史买卖特别法,定出一个贫农或一个工人阶级的出身多少多少钱,一个五代或八代以上的纯正的无产阶级的家庭历史多少多少钱。有公价的,有议价的,可一次性付款,也可分期付款。在历次政治运动中表现好的,可奖赏优待券。那是多么的好呢? 一面实行买卖,一面继续在历次政治运动中划出"反动的""资产阶级的"一大"撮",岂不"买卖兴隆通四海,财源茂盛达三江"了吗? 国库得以源源充实,"革命"就无后顾之忧。那是多么理想呢?

我竟不知自己是如何下了台,如何走回到王文琪身边的。

我刚坐下,他就说:"从此你可以趾高气扬了!"

我看他一眼,见他满脸羡慕,甚至可以说满脸嫉妒。他是团组织委员,我的入团介绍人,如今政治地位屈尊我下,我完全理解他的嫉妒。但这是无可奈之何的事——他的爷爷解放前做过几年小买卖。据说在讨论他可不可以加入红卫兵的时候,一个头头认为:解放前中国的劳苦大众,是不可能到大买卖家买东西的,只能到小买卖家买东西。他的爷爷无疑直接剥削过中国的劳苦大众。这种分析不无道理。但鉴于他本人在"文化大革命"中表现还算积极,平素人缘也不错,和头头们都有点交情,所以对他大大开恩,没干脆将他划入"另册",保留他在"红外围"的次红的行列。

我对他说:"'红外围'也是红嘛,努力争取吧,总有一天你也会加入红卫兵组织的!"

他做我的入团介绍人的时候,也对我说过类似的话。

红卫兵袖标剩余了十多个,头头们在台上凑一起唧咕了几分钟,宣布要当场批准十多个人加入红卫兵组织。

台下顿时肃静极了。

所有的"红外围"们,都翘首望着台上,侧耳聆听。将被当场批准的红卫兵,自然是产生于他们之中的。

他们谁不希望这种幸运降临在自己的头上?

根本不关"黑七类"的事,但他们的表情也都变得异常起来。有的似乎存在什么非分之想,有的神态更加冷漠。

台上宣布一个名字之后,头头们领先鼓掌。于是台下的红卫兵们跟着鼓掌。

"红外围"们却没有一个鼓掌的。他们都凝神敛气,一个个悬在希望与失望之间,没情绪鼓掌。意外地被批准为红卫兵的,自是一番惊喜,一番激动。有的竟淌出眼泪,像我一样在台上高呼:"毛主席万岁!""誓死保卫毛主席!"下了台"春风得意马蹄疾",径直走到红卫兵们坐的行列中。于是就引得那些"红外围"们向他们齐刷刷投去和王文琪看着我走下台时一样的目光。不过比王文琪的目光羡慕更少,嫉妒更多。

四百多"黑七类"在操场上坐成方阵。"红五类"方阵的左边、"黑七类"方阵的右边是"红外围"。阶级阵营分明。

"黑七类"不呼口号。"毛主席万岁!"这类口号也不呼。因为有一次他们跟着呼这类口号时,"红五类"怒斥他们:"你们也配呼这样的口号吗?!难道毛主席是你们心中的红太阳吗?!"从此他们就不敢跟着呼这一类口号了。但"打倒""油炸""火烧""炮轰"之类的口号,他们是必呼的。且要呼得比"红五类""红外围"们更其响亮!这是有原因的:一次开批斗会,台上领呼:"打倒资产阶级的孝子贤孙!""打倒地主的狗崽子！""黑七类"们接受教训，都不呼。引得"红五类""红外围"们怒不可遏，纷纷咒骂他们：

"你们狗胆包天，为什么不呼口号？"

"革命的口号使你们内心难过了吧？！"

"呼打倒你们自己阶级的口号，你们不舒服吧？！"

"我们呼一遍，你们必须呼三遍！"

接受了正反两次教训，他们才懂得该呼什么，不该呼什么。

后来我们学校的红卫兵组织由一个分裂成两个、三个、四个、五个了，单单对他们呼口号方面的要求也就各立规定。有的红卫兵组织认为他们没资格也不配呼："毛主席万岁！""敬祝毛主席万寿无疆！"一类的口号，有的红卫兵组织恰恰认为他们尤其应高呼这类口号，以表明他们在毛主席像前是罪过深重的。还为此争议展开全校大辩论。公说公有理，婆说婆有理。到底也没辩出个孰是孰非。害苦了"黑七类"。他们参加什么会之前，得问个清楚明白，是哪一红卫兵组织召开的？否则，恰恰是要求他们必呼口号的红卫兵组织召开的，他们中谁如果不举臂高呼，便没好果子吃。反过来呢，恰恰是要他们闭上他们的"狗嘴"的红卫兵组织召开的，他们举臂高呼，被视为公开对抗，也是没好果子吃的。一个红卫兵，一般只参加本组织召开的什么会。一个"红外围"，一般只参加想要加入的那个红卫兵组织召开的什么会。一个"黑七类"，却是哪一个红卫兵组织召开的会都得参加的。不参加，则意味着他们蔑视那一个红卫兵组织。一个"黑七类"若蔑视一个红卫兵组织，几乎同奴隶社会中一个奴隶蔑视一个奴隶主的罪一样大。若两个红卫兵组织同时开会，预先便要经过一番协商，将"黑七类"们分成两"小撮"，数量上或半对半，或三分之二对三分之一（以红卫兵组织的大小为分配原则），"各事其主"，遵旨听命。在各类会上，他们不是作为一些具体人而存在，是作为与无产阶级相对立的阶级的象征而存在。少了他们的存在，只一些红卫兵和"红外围"们在一起开会、喊口号、游行，怪单调怪乏味儿的。

那一天据说"黑七类"全到齐,一个不少。连请病假的也没有。四百多"黑七类"坐成的阵容,在红卫兵和"红外围"们坐成的阵容所时时掀起的激动、兴奋、呼喊的衬托下,显得愈发死气沉沉。

最初,当这种"阶级"阵容刚刚划分出来,"红五类"和"红外围"们并不习惯,心理上也都觉得很别扭。本是同班、同座、一个学习小组、原先上学放学结伴而行的同学,甚至在小学就是同学,忽然有一天被"阶级"划分在两个对立的阵营里,就好比象棋,红黑本装在一起,是一盘的,却被分开来装在两个袋子或盒子里了,只有"你死我活"的时候才摆在"政治"的棋盘上,隔着"楚河汉界"。对于中学生们来说,总不是他们乐意的事。

第一天,一个"红五类"还肯和一个被划入"另册"的同学同路回家,但话题则比以往少多了。彼此都谨慎地避开与"政治"二字有关的人和事。第二天,双方都受着某种心理的支配,借故不再同路了。第三天,在学校见了面,也许还打招呼说话。已少了平日的亲近。第四天,明明互相看见了,也侧转脸装作没看见。第五天、第六天,似乎陌生了。第七天、第八天,就都明确地意识到,过去的关系不复存在,如今是"红与黑"的关系了。以后,"红五类""红外围"们,接受种种阐述阶级和阶级斗争的最高和最新的指示的启迪,便由不习惯而习惯,由别扭而理所当然了。再以后,就像家狗和野狗碰到一起一样了。

尤其那些容貌姣好的,伶俐的,受众多老师喜欢的,家庭生活条件优越的(非常遗憾,但凡这样的家庭,大抵不够红。不是资产阶级、小资产阶级,便是不同等级的"走资派"),本人气质又很高傲的女生(也挺遗憾,她们的气质大抵都多少有点高傲),和那些一向被老师们、同学们视为学习尖子的男生(尖子本身便是罪过),一旦划入"另册",是挺让"红五类""红外围"们解恨的。越苦的家庭历史和越穷的家庭生活现状越成为无上的光荣,那么必然导致普遍的对较优越(其实也只是较优越而已)的物质生活水平的极端仇视。这种仇视进而导致类乎阶级报复的心理。

这种心理进而导致冷酷的行为。

以家庭出身够不够红，家庭历史够不够清白，本人在"文化大革命"中的政治表现够不够"革命"，来决定一个中学生有没有资格升入重点高中，从而进入高等学府的"无产阶级的教育方针"，深受大多数中学生的拥护。戴上了红卫兵袖标，几乎意味着同时拿到手了初中毕业证书和高中录取通知书。而据说红卫兵的头儿们，是可"以革命的名义"保送进重点大学，将来培养为党和国家各级领导的接班人的。"革命"比数、理、化、文、史、地都考取好成绩是轻松得多痛快得多的事。所以除了"黑七类"们，没有不从心眼儿里拥护如此"教育改革"的。砸烂"资产阶级"的"智育第一"的教育路线，何乐而不为之？

接下来是红卫兵们集体宣誓。

我也不得不从王文琪身边站起，要走向红卫兵们的阵营。我本该从台上下来后，便径直走向红卫兵们的阵营。怕王文琪嫉妒我，才回到他身旁坐下，他是"红外围"，一个红卫兵坐在"红外围"身旁并不犯忌。他若是个"黑七类"，那我断断不敢走到他身旁坐下。只好随他嫉妒去。即使他因嫉妒而产生杀我的意念，我也他妈的没法儿照顾他的情绪。

"走吧走吧，别以为我嫉妒你！"王文琪这么说，看也不看我一眼。

我从他的话里听出，他分明就是在嫉妒我！想想这种嫉妒也怪有情可原的——都属"红外围"，都他妈的红，都他妈的不彻底红，为什么谁谁可以当红卫兵而吾不能？虽说"革命不分先后"吧，凭什么他先吾后呢？能服气吗？而且，就说那几个头儿吧，某些"红外围"保准心里会这么想——你们不就是家庭出身、家庭历史比我们高半档吗？凭什么你们当了头，就能够决定我们能不能当红卫兵？"文化大革命"中的形形色色的群众领袖，之所以能够成为群众领袖，在于他们某一阶段拥有了某一权力。而他们后来不是成为"文化大革命"的阶下囚，便是成为真正的"历史的罪人"，除了他们的"小将"的"使命"已经完成，却不能明智地认识到应该"功成身退"这一政治因素而外，另一个主要原因便是——他们不明白他们注定了只能也只应该成为群众的精神领袖,只能也只应该从精神上"影响"群众。正因为他们不明白这个道理,他们要做掌握某种权力的领袖,他们也企图用权力开始制约群众,他们便同时站到了两个对立面上——伟大领袖的政治部署的对立面和一部分不甘愿受他们权力制约的群众的对立面。他们便注定了只能走向悲剧的结果。

伟大领袖曾经说过——"现在是轮到你们小将们犯错误的时候了!"这句话是在该打倒的都被"小将"们打倒了之后说的。"小将"们偏不理解,反而认为"文化大革命"的舞台上缺少了他们,"文化大革命"的最后胜利简直是不可思议的。不晓得自己从始至终不过都是"群众角色"。将"群众角色"当"一代天骄"来演,这在舞台之上叫"夺戏",在电影中叫"抢镜头",是令导演们恼火透顶的事儿。于是后来"小将"们只好被打发到"广阔天地"去了。

王文琪不知抽的什么"羊角风",突然间跃起,蹦着高,振臂狂呼:"毛主席万岁!毛主席万岁!毛主席万万岁!"

他这种激动不已的情绪是迸发式的,迅雷不及掩耳。

全体红卫兵和全体"红外围"们反应迟钝了半分多钟才跟上他的趟,于是也就只得齐呼:"毛主席万岁!毛主席万岁!毛主席万万岁!"

喊两句就得了吧?他不,他喊起没完!

他在喊万岁,别人能不跟着喊吗?敢不跟着喊吗?

"万岁!万万岁!"之声响彻校园。

台上红卫兵头儿们也不能不跟着他喊啊!接连不断只喊一句口号,就算是天下第一革命的口号吧,喊上十几句,不仅使跟着喊的人感到单调,嗓子更吃不消啊!我也不能不跟着喊啊!不敢比他少喊半句。我一边喊,一边看他,见他脸上那种表情,与其说是激动,莫如说是发泄了什么的快感。我真怀疑他是打定了主意,豁出自己的嗓子,要将全体红卫兵和"红外围"的嗓子都搞哑!

可是他周围的人谁也不敢制止他别喊了。他喊的是"毛主席万岁",

有谁敢对他说："你别喊了吧！"什么意思？他不爱听？不爱跟着喊？"少喊两句吧"也不行！你嫌我喊多了?!

只有跟着他喊的份儿。

坐在我们前边的一些人，一边振臂高呼，一边纷纷扭回头看我俩，以为我和他内心里有着同样的激动！

我他妈的激动个鸟！

台上的头儿们，看一个个那样子，那神态，也有点被他喊得不耐烦了。不耐烦而又无可奈何。无可奈何而又分明地暗暗气恼非常。气恼非常也得跟着他喊。跟着他喊且得喊得正儿八经的。敢不正儿八经的吗？他们在台上，无数双眼睛注视着他们呢！

就在两阵"毛主席万岁"的口号声那几秒钟的间隙，"红外围"中突然有一个人站了起来，大嚷："报告！我听到有人骂了一句反动透顶的话！"

一束束目光投射到那个人身上。

连王文琪也不再喊"毛主席万岁"了，转身去看那人。

一个头儿站在台上，指定那人喝问："骂的什么？"

"我……我不敢说……"

"我命令你说出来！"

"说！"

"说！"

"说！"

一片吼声。

终于从"万万岁"中解脱了出来，正需转移兴奋点，就产生了新刺激，岂能放过机会？

那是个看去非常老成不会扯谎或哗众取宠的男生，他左顾顾，右盼盼，仍不敢说。

台上一个头儿，抓走麦克风，警告道："你再不说，就是有意制造混

95

乱！"

"我说！我说！我听到有人小声骂了一句……他妈的……"

全场大哗。一阵骚乱。

大家喊"毛主席万岁"的当儿，居然有人敢骂——他妈的！

骂谁？……狗胆包天啊！

"查出来！"

"一定要查出来！"

"查出来当场打死！"

"打死无罪！"

红卫兵们、"红外围"们群情激怒。真正的激怒！因为那一句骂人话里，包含着更多的成分，显然是对众人喊"毛主席万岁"时那种虔诚的亵渎、轻蔑和侮辱！也许绝大多数人内心里并不虔诚。不是也许，甚至可以肯定地说并不虔诚。就算跟着王文琪喊第一句第二句时十分虔诚，喊第三句第四句时还有六七分虔诚，喊第五句第六句第七句第八句，似乎要不得已地没完没了地喊下去，十分虔诚也便被糟蹋精光了！而公众的心理，无论对什么事从来是这样——在他们不虔诚了的时刻，恰恰不能忍受被认为已经不虔诚了。

会场气氛异常严峻。

几个头儿都从台上走下来了。走到那个告发者身旁，将他团团围住。

一个头儿对他说："你要是无中生有，饶不了你！"

他紧张得结结巴巴："我……我就是听到了嘛！我怎么敢、敢无、无中生有……"

另一个头儿大声说："都坐下！谁也不许动！谁离开谁就有最大嫌疑！"

刚才由于冲动而纷纷站起来的，立刻都坐了下去，谁也不敢乱动。

红卫兵中有人大声建议："需要成立临时纠察队，包围现场，严防咒骂伟大领袖的现行反革命制造混乱，趁机溜走！"

这个建议理所当然地被头儿们采纳了。

告发者是"红外围",坐在靠红卫兵们最近的那一排。他可能是左耳听到的,也可能是右耳听到的。因此全体红卫兵们和"红外围"们中的每一个人,都不能排除是怀疑对象。只有全体"黑七类"是不受怀疑的。他们离告发者太远,小声骂的告发者耳朵再灵也听不见。大声骂的就会不止一个人听见。

于是临时纠察队只能由"黑七类"担当了。"黑七类"包围红卫兵和"红外围"们,太有点不成革命之体统。但为了揪出现行反革命,红卫兵们和"红外围"们也只好委屈委屈了!何况一个现行反革命就隐藏在红卫兵组织和"红外围"之中,于"文化大革命"后患无穷啊!这么多红卫兵和"红外围"中的每一个,以后都将成为咒骂过毛主席的嫌疑分子,不查个水落石出,对他们都太严重了啊!起码都太不愉快了啊!

"黑七类"们,因能充当临时纠察队的角色,无一不感到受宠若惊。有的脸上竟然流露出了幸灾乐祸的表情。他们一个个挽起手臂,在操场上围了一个大圈,将红卫兵和"红外围"们围在中间,像铁丝网围住一群待审的罪犯。

一个头儿问那个告发者:"你,哪个耳朵听到的?!"

严厉审讯的口吻。

"好像……好像左耳朵听到的……"

"左边的,全体起立!"

一排排"红外围"们驯服地站了起来。

几个头儿,穿梭似的在他们之间走来走去,以捷尔仁斯基那种鹰一般的目光,盯视着认为最可疑的人的脸。或者说,每个头儿,都自认为自己的目光是像捷尔仁斯基的目光一样无比犀利,完全能够穿透被盯视者的灵魂。

"你们每一个人都听着,坦白从宽,检举有功,抵赖从严!"

经久,无人自动坦白。

"那么你们今后谁也别想加入红卫兵!"

"我有话说!"

"原来是你!"

"根本不是我!我要说的是——我向毛主席他老人家发誓,我没骂他老人家,我的心是绝对忠于他老人家的!若有半点不忠,天打五雷轰!"

"我也向毛主席他老人家发誓!"

"我也发誓!"

"我也发誓!"

"红外围"们顿时嚷成一片,一个个都要向毛主席他老人家发誓。

一个声音突然高叫:"冤枉哪!我没骂呀!"

话声方落,哭声骤起。

"冤枉啊!我也没骂呀!"

"毛主席啊毛主席,只有您老人家才能给我做主了啊!"

"毛主席啊毛主席,要是我骂的,我全家不得好死呀!"

"毛主席啊毛主席,我也冤枉呀!"

"我真的没骂您老人家呀!"

于是一片嚷声引起一片哭声,一片号啕。

都是十七八岁的中学生,如何担待得起咒骂毛主席他老人家的杀一百次头也不足以平民愤的罪名?不哭又待怎的呢?

在这一片发誓的叫嚷声和冤枉的哭泣声的作用下,告发者对自己的听觉产生怀疑了。说不定还对"红外围"们产生了侧隐。

"我……也可能是……是右耳朵听到的……"他嗫嚅地嘟哝。

怀疑之网又撒向了红卫兵们。

红卫兵们更被激怒了!

"这小子,刚才还说是左耳朵听到的,现在又变成右耳朵听到了的!"

"存心陷害我们红卫兵战士!"

"是可忍孰不可忍!"

"他妈的,揍他!"

"揍他!"

"揍他!"

……

头儿们也一时没了主张,面面相觑。

"你究竟是左耳朵听到的还是右耳朵听到的?!"

一个头儿揪住了告发者的衣领。

"我……我也没敢肯定是右耳朵听到的呀!我说的是可能……可能……"告发者淌下了汗,"也许左边右边都没骂,是我……幻听……"

他也幻听!我对他有点"同病相怜"了。看他那样子,分明是因为陷入了自己挑起的严峻事件中,唯恐自身难保,也怕成为众矢之的,想要摆脱困境了。

"他妈的,闹了半天他是幻听!"

"什么幻听!是别有用心!离间计!"

"红外围"们又嚷嚷起来,也纷纷要揍他。

马上他要陷入"灭顶之灾"。

蓦地,教学楼后响起一阵敲铁轨的当当声,紧接着是一片嘈杂的喊声:

"着火啦,大家快来救火呀!"

"刨花堆着火啦!"

"木材堆着火啦!"

教学楼后,一道木板墙将学校和小木材厂隔开。

浓烟霎时升起。

几个头儿们怔了片刻,显然头脑之中都在进行严肃的思考——是先救火要紧?还是先揪出那个咒骂毛主席的现行反革命要紧?

红卫兵和"红外围"们被"黑七类"包围着,一个个望着浓烟呆愣。

还好,头儿们没有被一句咒骂闹到见火不救的地步。

"红卫兵、'红外围'们,那个咒骂毛主席的现行反革命,总有一天会暴露出原形! 现在,考验我们的时刻到了,向着浓烟烈火冲啊!"

于是红卫兵、"红外围"们冲出"黑七类"的包围圈,争先恐后前去救火。

"黑七类"们意识到临时纠察队的短暂的"历史"使命已经完成,便也争先恐后去救火。

幸亏有我们那么多人赶去救火,火很快被扑灭,只烧了一堆刨花和两堆木材。

但是小木材厂方面并不感激我们,反而向我们提出了索赔一千多元的强烈要求——因为火是我们会前放的"二踢脚"引起的。

我们当然没有答应他们的"无理要求"。

头儿们振振有词地反驳:"这个要求你们向中央'文革'小组去提吧! 我们认为,我们红卫兵在'文化大革命'中的一切过失,理应获得豁免权! 别说两堆木材,就是两座大楼又怎么样?"

第八章

臂戴红卫兵袖标的我和对我心怀万分嫉妒的王文琪同路从学校往家走时,他用大有弦外之音的话问我:"哎,你在台上的表演挺出色呀,什么时候学会的?"

什么时候学会的?

无师自通!

我皱起眉回答:"别用'表演'这个词好不好?是表现,一个人的表现不是学的。"

"就算是表现吧!自我表现!不是学的,那么天生的了?"

我愈发觉得不顺耳,郑重地说:"一个人的表现要同这个人一贯的阶级立场和思想感情联系起来判断。"

他从鼻孔嗤出一声,嘲笑道:"真的假的?"

我反唇相讥:"那么你没完没了地喊'毛主席万岁',又是真的假的?"

他顿时一本正经起来:"别乱猜疑啊!能是假的吗?"

我也一本正经地说:"己所不欲,勿施于人!"

他便不再说什么了。

我们默默走了一会儿,他长叹一口气。

我瞧着他那种失落的样子别扭,不明白他为什么没能第一批加入红卫兵竟至于到了唉声叹气的程度,一针见血地问:"你是不是因为我今天戴上红卫兵袖标,你没戴上,有点嫉妒呀?!"

他回答:"嫉妒极了!"

我万万料不到他如此坦率,一时又觉无话。

他却说:"你不知道啊!我们院里的几个中学生,都当上了红卫兵,唯独我不是。你没见到他们在我面前那种耀武扬威、趾高气扬的派头呢!好像我们家有什么严重的历史问题似的!我爷爷不就是解放前做过小买卖吗?我真怕他们往后会欺负我们家的人啊……"他说着又唉声叹气,忧心忡忡。

我说:"你是'红外围'!他们不敢欺负你!"

他说:"我告诉过他们呀,他们哪里相信呢?"

我们走到该分手的路口,他站住,低着头,斐然无语。那样子有点不愿就这么跟我分手。

我说:"你何必耿耿于怀呢?'红外围'是红卫兵的预备队,等于预备党员的性质,你当成对自己的考验期长一点就得了呗!"

他说:"今天你把袖标借我戴吧!"

我说:"那怎么行啊!那我犯政治错误,你也犯政治错误啊!"其实,今天我也很希望戴红卫兵袖标走进我们大院时受到格外注意。

他说:"没事儿!我戴着,你先跟我到我家去。我戴着进了家门再还你,并不影响你以一个红卫兵的身份回家嘛!"

他真够狡猾,一眼就看穿了我心里在怎么想。

我犹豫一阵,不忍回绝,说"照办"。

正是中午时分,他们那个院里静悄悄的,没见个人影,想必都在吃午饭。

"要是晚上多好,全院的人都会在院里乘凉。"王文琪小声对我说。达不到目的,他有些扫兴。

我说:"让你妈高兴高兴也好嘛!"

他突然喊起来:"院里怎么有股焦味啊! 谁家烧什么烂布破衣服了啊!"

他这一喊,各家各户的人全出屋了。

"我怎么没闻到?"

"我也没闻到啊!"

"哎呀,我家的被垛靠着火墙!"一个女人又慌慌张张地跑入家中,隔会儿跑了出来,宣告:"我家平安无事! 我还以为是我家被子着了呢!"

人们纷纷嗅鼻子,四面闻,都说没闻到什么可疑的烟味。

我知王文琪在耍诡计,欲笑不敢笑。

王文琪又装模作样地抽了几下鼻子,说:"怪了,我一走进咱们院的时候,明明是闻到一股烧布的烟味嘛!"

一个老太太说:"防火是件大事,注意点好,注意点好啊!"

而另外一些人的目光,已经投射到他戴的红卫兵袖标上了。

他大言不惭地说:"我们红卫兵,不但要做'文化大革命'的闯将,也要做防火防盗的模范嘛!"

人们纷纷点头,表示拥护他的话。

我在一旁察言观色,发现人们果然对他刮目相视。真是想不到,红卫兵袖标如此受人青睐。

他母亲从他家出来了。老太太一眼就看到了儿子今天是臂戴袖标的,高兴得合不拢嘴,接连说:"我儿子也是红卫兵啦! 我儿子也是红卫兵啦!……"

此前全院的初中或高中学生们都是红卫兵了,唯独她的儿子不是,她曾承受着多大的心理压力啊!

王文琪却说:"妈,我是'红五类',我不是红卫兵,那不成政治笑话了吗? 我早就是,只不过今天我们才发袖标罢了!"说着,对我使个眼色,我附和道:"对,对!"便跟着往他家走。

"这下更好了,咱们全院的孩子都是红卫兵了!一片红了!"

"是啊是啊,刚才我还在寻思,你们家文琪怎么不是红卫兵呢?"

"文琪他妈,你心里也该踏实了吧?"

人们对他的母亲,七嘴八舌地说。

"我心里可压根儿就没不踏实过!我们家历史清白着呢,我心里有数,不踏实个什么!"

他的母亲这么说。

我和他刚进屋,他的母亲也跟进了屋。

老太太当然发现我没戴袖标了,用试探的语气问我:"晓声啊,你这批没入上?"

我说:"大娘,我申请书交晚了几天,只能等下批了!"

老太太又问:"你爸爸……在四川没事吧?"

她问得无心,却恰恰问在了我的心病上。我搪塞道:"没事儿!来信说身体好极了!"

"没事儿就人喜呀!文琪,你已经是红卫兵了,下批再发展的时候,得替晓声多说几句好话呀!早入一天,当父母的也早安了一颗心啊!"老太太很仁义地嘱咐。

王文琪更是用一种甘为朋友两肋插刀的口吻说:"那当然啦!那当然啦!"

老太太因为被骗而高兴,非留我吃午饭不可。

王文琪因为成功地骗了自己的母亲和众邻居而高兴,也非留我吃午饭不可。

母子俩的盛情难却,我只得留下吃。

吃罢午饭,王文琪一直把我送到路口,从兜里掏出袖标,还给我,感激地说:"在我家真委屈你了,够意思!"

我说:"这点小忙还能不帮吗?"

他说:"天知,地知,你知,我知。"

我说:"我绝不会帮了你的忙又出卖你。"

他说:"咱俩是最好的朋友,今后什么事儿我也不对你隐瞒。告诉你真情吧,我父亲还当过一年多国民党兵呢!后来开小差啦。这是有一天晚上我父亲悄悄告诉我母亲时我偷听到的。不一定哪天我就可能成为'黑七类',那时你还把我当朋友吗?"

我万万想不到我的入团介绍人的父亲会有如此严重的历史问题。万万想不到他对我会如此信任,将这么可怕的家庭秘密泄露给我!

我一时呆愣住了。

把自己的红卫兵袖标提供给一个其父曾当过国民党兵的地地道道的"狗崽子"戴,为其冒充红卫兵创造条件——这性质太严重了啊!

我内心里暗暗感到害怕,觉得他把我卷到危险事件之中了。

我在那一瞬间的心理活动,显然又被他窥破了。

"如果你怕以后受我牵连,从明天起,我主动疏远你就是了!这年头,有谁不替自己着想啊!我完全可以理解。"他低声说,凝视着我的眼睛。

王文琪啊王文琪,你为什么长了一双能看到人内心里去的眼睛呢?

这革命的年头啊,为什么人人都变得无比革命又无比自私呢?

他的话使我内心里感到非常凄楚。他的眼睛使我不忍也没有勇气对视。

我当时的表情,可能告诉了他比我的内心活动更多更复杂更自私的闪念。

他一言不发地转身走了。

他走出十几步,我才从种种自私之中挣扎出来。喊了他一声,追上他,信誓旦旦地对他说:"文琪,你永远都是我的朋友。"

他苦笑了一下。

"真的!"我内心涌起一股友情的热血,说,"我也有件同样严重的事告诉你！"

我想告诉他，我的父亲在四川被"揪出来"了！似乎只有告诉了他这一点，才觉得能和他对我的信赖相对等。

"我父亲曾参加过……"最后几个字，在我舌尖打了一个滚，又咽下去了。就像一条鱼刚浮出水面又潜入水底一样。

他平静地望着我，期待我说出"同样严重的事"。

"我父亲曾参加过……地下党……"

我说出的竟是这样一句话！

一个弥天大谎！

我的脸发烧得像要着火！

"你告诉我的这件事怎么能说是与我告诉你的那件事同样严重呢？"他几乎是恶狠狠地说，眯起眼睛，用怀疑的对我丧失了信赖的目光望着我。

他那种目光使我感到被他扇了一记耳光似的。

我胡诌八扯，进行徒劳无益的抵御："你别那样瞧着我嘛！我告诉你的可是件绝密的事呀！我父亲是直接受公安部领导的，至今因工作性质需要，不能公开党员身份！我不但是百分之百的'红五类'，还应该算是特级'红五类'呢！"

"哈哈哈哈……"他蓦然爆发一阵大笑。笑罢，冷冷地说，"特级？走吧走吧，从明天起我不和你来往了，免得牵连了你什么！"

"我……"

"我个屁，滚你妈的蛋！"

我转身逃掉。

……

在一条街的街角，我差不多每个月都要去理一次发的那个理发店门前，赫赫醒目地贴出一张大红纸的《告革命群众书》：

"独有英雄驱虎豹,更无豪杰怕熊黑!"为了紧密配合无产阶级文化大革命,本店不理背头、中分头、一寸以上任何非无产阶级发式。不备头油、发蜡、香脂。男同志一律不留鬓角,不吹风。女同志一律不烫,不卷。

落款是:"花枝俏"理发店,它原以街名为店号,不知何日起改成了这么个浪里浪气的店号。

两位穿着衣襟肮脏的白色工作服的女理发员,一位三十来岁,一位四十多岁,一左一右,背倚门框,交叉双腿,二鬼把门似的,悠闲无事地聊天,大扯闲篇。

理发店内很清静。

引用毛主席诗词中的骈句,已成革命之时髦文风。但此"告革命群众书"引用得虽有拔山盖世的气魄,却实在风马牛不相及。使人觉着那里不是理发店,应是斗兽场。

理发店对面的小饭店,原也是以街名为店号的。不知何日起,牌匾上也重书了五个字——落幽燕饭店。不无伤感的意味。"落幽燕"也出自毛主席诗词,那种伤感自觉就受着革命的庇护了。

我驻足理发店门前,正思想得渐入迷津,但见"落幽燕"处呼啦啦拥出七八"只"雌雄"鸿鹄",敲锣的敲锣,打鼓的打鼓,热热闹闹地跨过马路来。

一左一右斜倚理发店门框的两位女理发员,这时就向店里呼叫:"来啦!来啦!人家过来啦!"她们并非根本无事,担任着望风的任务。

于是众多男女理发员旋即拥出理发店,大鼓其掌。

饭店的服务员们来到理发店前,七手八脚,将一张大红纸贴在《告革命群众书》旁,墨迹未干的"支持"二字跃入我眼。

我怀着十二分的好奇心扫视一遍,大意是支持革命的"花枝俏"理发店的革命的理发员们的革命之工作条例云云。

双方相向高呼："向革命的理发员同志们学习！"

"向革命的饭店服务员同志们学习！"

"向革命的理发员同志们致敬！"

"向革命的饭店服务员同志们致敬！"

吸引得许多过往行人纷纷站下围观。

我无心寻趣于"花枝俏"门前，怀着种"世人皆醉我亦醉"的心情，抑郁匆忙地跨过马路去，猛见"落幽燕"的一面墙上，也贴着两张大红纸。本不想看，按捺不下好奇心，又驻足看起来。

第一张大红纸，是"落幽燕"们《告革命群众书》，龙飞蛇舞写的是"收拾金瓯一片，分田分地真忙。本店为促进广大革命顾客的世界观改造，从即日起，不擦桌子，不洗碗筷。服务员非顾客奴仆，饭店应办成顾客之家。顾客自己为自己服务，方显出社会主义人人平等的优越制度……"

我兜里从来没有足够在饭店吃顿饭的钱。"落幽燕"即使认为顾客该吃他们的剩饭剩菜才符合社会主义优越性也与我无关。我一向只理平头或学生头，而且一向只理不洗（为了节省一毛钱）。"花枝俏"的革命决定丝毫不损伤我什么利益。她们一个个郑重其事的模样，倒是令我不免地暗自肃然起敬。心想我们的社会主义搞了和我的岁数相等的时间，竟原来什么什么都没搞正确，连"为人民服务"的思想也须重新辩证辩证，也真够叫人扫兴的！不免替我们的共和国深感遗憾。

我怀着这种遗憾继续往家走。经过大黄楼，又见楼前围着一群人在批斗谁。

大黄楼临马路。我家住楼后的一条小胡同。它是省作家协会和省歌剧舞剧院合资盖的一幢宿舍楼，居住的不是作家便是演员。贴在楼墙上的大字报一日三换，厚得可以当三合板用了。那些大字报比别处的大字报对于过往行人更有无限的吸引力。也为住在楼后胡同里的平民百姓提供津津乐道的谈资。

作家某某流氓成性，女演员某某原来是个"大破鞋"，女歌唱家某某和什么什么人物通奸……一些文学艺术界人士确有其事的隐私和无中生有的"丑行",以大字报的形式被公开披露,一般市民备觉开心。口传笔抄,乐此不疲。

"大黄楼又贴什么好大字报啦?"

"快去看吧,×××的生活作风问题也被揭发出来了!"

"是吗?!那吃了晚饭可得去看!"

"正有人在贴新的大字报呢,你吃了晚饭再去看,兴许就看不到了!"

"那我不吃饭了!"

我们那几条胡同的家长们,不止一次揪着耳朵扯着胳膊,将他们的小学的中学的儿子女儿们拽回家狠揍一顿,警告儿子女儿们不许再看大黄楼的大字报。生怕儿子女儿们从那些大字报里学坏。揍也不顶事。当儿子的当女儿的挨过揍后还是"恶习难改"。

我每次经过大黄楼前,总是要站住看那些大字报。十七岁的我,对男女间的事朦朦胧胧,似悟非悟,感到既神秘又羞怯。潜意识中蠢蠢然心向往之。那些男女间的事因为不是写在小说里而是写在大字报上,那些男人女人因为不是小说中人物而是居住在大黄楼中的人物(并且只要我乐意,在他或她出入楼时,可以肆无忌惮地喝住他或她,往他或她脸上啐唾沫),使我心理上乃至生理上的冲动获得间接地满足。我常看得脸热心慌。

当年的我迷上了写诗。少年的诗往往和他们的梦一样,大抵都可以从中引出弗洛伊德性心理学说的佐证。我一心幻想将来成为大诗人。我已开始对美丽的女性产生倾慕之情。日记中写下过不少一吟三叹的患单相思症般的诗句。

我崇拜的一位本省的中年诗人住大黄楼内。他的两册薄薄的三十六开的诗集我都买了。他以写情诗而在本省小有名气。现在看来,他肯定深受"走西口""大车调"和"花儿"一类民歌风的影响,情诗写得颇有点"野"。最近我读"白雪遗音",更认为他的情诗近于此格。

一天,大黄楼的楼墙上也出现了揭发他的大字报。将他与妻子恋爱时写给她的十几首情诗以隶书体抄录出来,冠以醒目标题——《请看一位"诗人"的丑陋面目》。

这十几首情诗都未经发表,其中几行,于今我仍记得:

　　我愿变一把弦琴,
　　每日靠在你怀中,
　　让你温柔的指儿,
　　时时将我拨弄。

　　我愿变一双鞋子,
　　每日穿在你脚上,
　　在你甜睡的时候,
　　我独熬夜深更长。

　　我愿变一件小内衣,
　　每日穿在你身上,
　　在你寂寞的时候,
　　我无言地贴着你的乳房。

如果我是姑娘,今天一位诗人用这样的诗句向我表达爱情,也许会感动我,但同时却会败坏我对诗的欣赏。可当年正是这样一些平庸的诗句,使那位诗人在爱情上大功告成。

那一天多少人在抄啊! "乳房"两个字下面,用红墨水画了粗横道。提示人们,"丑陋面目"并非无稽之谈。我也抄。也在"乳房"两个字下画横道。以后的许多天内,"乳房"两个字时时出现在我头脑中,由文字而演化为形象。再见到某些女人,我的目光便无法不朝她们胸上扫。

从此我不再崇拜那位诗人，却常偷偷看从大字报上抄的他那些诗。一种崇拜消亡了，我心理上一点也没感到失落，倒是觉得有几分莫名其妙的畅快。

后来我在马路上碰见他一次。他已全无了诗人风度，神色很颓唐。他从我身旁走过，我高喊他的名字。他站住了，转回身，迷惑地望着我。我也轻蔑地望着他。仿佛我是一位出了名的诗人，而他是个梦想成为诗人的中学生。

他迷惑地怔了片刻，明白了我是在恶作剧，那样子就有些自卑，继续走。我呢，接连高喊他的名字。他越走越快，竟至于跑起来了。望着他逃跑似的背影，我笑了。如果当时有面镜子，我对着镜子照自己，一定会吃惊地发现，我那笑是冷笑。也许还有几分残忍。

人类有两种较普遍的心理——自己树立崇拜偶像的心理和自己毁灭他的心理。无论低级的崇拜抑或高级的崇拜。前者印证较普遍的精神上的奴性，后者体现较普遍的意识上的妒性。

……

"剪她的头发！剪她的头发！"

大黄楼前，人群中一个女人的声音在叫嚷。这声音像拴在狗脖子上的绳索，将我拽向人群。

被批斗的是个女性。没挂牌子，没戴高帽，我无法知道她的姓名。从那苗条的身材判断，她绝不会超过三十岁。批斗者们不是红卫兵，也不是文艺界的造反派。而是大黄楼的一群女主人。从三十多岁到六十多岁，一群母亲、祖母或外祖母们，呐喊助威的是她们上中学或上小学的儿子、女儿、孙子、孙女、外孙、外孙女们。这是一场我早已司空见惯的无组织无主持的自发性大批判。

两个少女将被批斗者的胳膊朝后拧着，一位做了母亲的中年妇女一手揪着被批斗者的乌黑秀美的长发，一手握着一把大剪刀，咔嚓咔嚓剪得正来劲儿。

　　一个挺着大肚子,起码怀孕六七个月的女人,双手捧腹,饶有兴趣地看着,对身旁一个戴顶草绿军帽的老太太说:"结了婚也不烫头,还要留那么长头发,有时还扎成条大辫子,不是想装扮成个大姑娘勾引野男人才怪呢! 看她以后臭美不臭美啦!"

　　于是那老太太就朝剪头发的女人叫嚷:"再剪短点! 再剪短点! 小狐狸精! 骚货!"

　　咔嚓! 咔嚓! 咔嚓!

　　一绺绺乌发落地。

　　几个小孩子去抢。抢到手的,一绺绺往鼻孔塞,装长须老汉,做出种种怪模怪样。逗得女人们嘻嘻哈哈一阵笑。

　　那女人的一头秀发,转眼间被剪得比平头还短。高低参差。

　　"长起来,还给你剪! 往后要天天给你剪! 月月给你剪! 年年给你剪!"剪她头发的女人,用一根手指在她额上狠狠戳着说。

　　拧住她胳膊的两个少女,终于松开了她的胳膊。

　　她缓缓抬起她那颗被恣意作践够了的头,目光不望别人,只望着戴单军帽的老太太。望着而锁唇不语,眼中渐渐涌出泪来。许久才说出一句话:"妈,我毕竟是您儿媳妇呀!"

　　戴单军帽的老太太立刻回答:"我叫我儿子明天就跟你离婚! 我不承认你是我儿媳妇! 小狐狸精! 我儿子不是因为受你们家海外关系的牵连,能入不了党吗? 今天能也挨批判吗?!"

　　崭新的草绿色的单军帽戴在老太太那颈后扎了个鬏的头上,使她的样子显得十分滑稽,十分可笑。然而围观的人们似乎并不觉得。她对自己儿媳妇说的每一句话中都发泄出她内心里歹毒的仇恨。以至于我当时不可理解——如果仅仅是因为她的儿子入不了党,也挨了批判,她何以竟对儿媳妇恨到那样一种地步?

　　"呸! 你们家还养了两缸金鱼!"孕妇双手捧着大肚子走上前去,将一口黏糊糊的唾沫啐在被批斗者脸上。

她的手臂抬了一下,想要擦,却没擦。

唾沫在她脸上缓缓地淌。

"端出来摔了!"刚才剪她头发的那个女人,又亢奋起来。

"我去!谁跟我去?"

"我跟你去!"

于是两个孩子首当其冲,率领五六个孩子奔入楼去。

"别……别……"戴军帽的老太太急了,对孕妇说,"随便怎么批斗她都行,可就是别毁坏我们家的东西啊!"

孕妇翻了老太太一眼,阴阳怪气儿地说:"哟,你们大伙听见没有?刚才她还不承认这个儿媳妇呢,一口一个'小狐狸精''小骚货'地骂着,这会儿又和她儿媳妇是一家人啦!她背着你儿子胡搞了那么多男人你不知道吗?"

被批斗者又一次望着老太太,凄凉地说:"妈,你就信啊?"

"小狐狸精!我愿信便信!"

"你连你儿子的话也不信了啊?"

"我儿子……"老太太见孩子们从楼内端出了两缸金鱼,慌忙上前阻拦:"好孩子们,别摔,千万别摔啊?鱼缸可是八块多钱一个买的呀!这几尾金鱼更值钱呀!"

孕妇大声说:"摔!这老太太,又划不清界限啦!"

仍拿着剪刀的女人也说:"摔!"

其他女人乱嚷嚷:"摔!摔!干吗不摔!"

所有看热闹的孩子跟着起哄:"摔啊摔啊,听响喽,听响喽!"

两个鱼缸被两个孩子举起,同时摔碎在水泥地上。

十几尾名贵的金鱼在水泥地上蹦跃。张嘴开腮,作垂死前的挣扎。

老太太傻眼了。

被批斗者似乎怜悯金鱼胜过怜悯自己,目不忍睹地闭上了双眼,垂下了那颗遭到作践的头。

"还蹦呢,一脚一个踩死算啦!"又一个女人的声音在怂恿。

孩子们便争先恐后去踩金鱼。顷刻,十几尾名贵的金鱼在孩子们无情的脚下变成一团团鱼酱。

"还养两缸金鱼!看你往后养不养啦!"孕妇非常解恨地说。仿佛她觉得自己恨得蛮有道理——养两缸金鱼。使人不由得不作如是想——也许只养一缸,她则不会这么恨。

一个十三四岁的男孩举起一只手说:"你们看,这也是她家的!"他指上挑着一件艳红色的薄而柔软的衣物。

拿剪刀的女人夺过去看。

孕妇也凑上前看。

几只女人的手抻着那件衣物看。

那是一件胸罩连着裤衩的织花的床上衣物。

女人们啧啧连声,神情异然,仿佛一致认为那是很淫邪的东西,惊诧于如此淫邪的东西怎么可能是女人穿的;同时用她们的神情向孩子们进行无言的证明和教育——只有极淫邪的女人才穿这种东西。

她们的上小学或上中学的儿子女儿,孙子孙女,外孙外孙女,一个个也异然了,也仿佛一致认为自己不幸见到了世上淫邪透顶的东西;用他们的神情向女人们表示,他们对淫邪的东西是具有很坚强的抗拒能力的。

然而我从女人们的啧啧声中,分明地听出了欣赏和妒忌的意味。

"瞧瞧,从上到下是用手工绣花连着的,一件得费多少工啊?"

"哟,多透,什么都能见得了,穿了还不是跟没穿一个样!"

"价钱贵死了吧?"

"反正咱们这样的是买不起!"

"买得起也不穿!正经女人谁穿这个?"

被批斗者漠然地听着她们的议论,脸却早已绯红了。对她来说,被别人公开展示自己的一件床上衣物,无疑比被剪了鬼头更羞耻。她在以最大的克制力忍受着。

一个女人走到她跟前,啪啪打了她两记耳光,咒骂:"臭不要脸的!你睡觉还穿这个!"

"难道你们就从没戴过乳罩从没穿过短裤吗?"她终于发出了变相的抗议。

啪啪! 又挨了两记耳光。

"臭不要脸的! 正经女人谁穿这种样子的?! 还绣花!"

"这是我出国访问演出那年大使夫人送给我的!"

"闭上你的臭嘴! 我连江沿一年都去不了几次,你还出国! 往后你再也不用想出国了!"

"你是中国女人啊还是外国女人?!"

"外国女人就是没有一个正经的!"

女人们愤慨起来。

"给她剪啦,给她剪啦!"

"'大使夫人送给我的',你们听把她得意的!"

"剪啦,剪啦! 剪成条条片片!"

"不就是天生一副好嗓子,便成了咱们楼里一个人物吗? 今天非让她身败名裂! 遗臭万年!"

于是几个女人抻着扯着,拿剪刀的那个女人咔嚓咔嚓一剪刀接一剪刀狠剪不止。那狠劲比刚才剪被批斗者头发时更甚。

戴单军帽的老太太,鱼缸摔了之后,神态便有些痛惜。这会儿不知又被触怒了哪根敏感的神经,歇斯底里起来,扑向儿媳妇,连抓带挠。

有几个围观的男人,看不下眼去,上前将老太太拉扯开了。

老太太躺在地上打滚,一边滚一边呼号:"可不得了啦,明天要抄我们的家啦! 我们家里的东西可不都是那小狐狸精的呀! ……"

拿剪刀的女人,完成了她的第二项使命后,低下头对老太太大吼:"起来! 谁说要抄你们家啦? 我们要抄的是她的东西! 这点政策性我们还能没有吗？"

老太太不起来，躺在地上说："她的东西，有许多也是我儿子给她买的！她那些衣物、鞋，统统都是我儿子给她买的！花的是我儿子的钱呀！"

"凡是你儿子给她买的，你挑出来就是了嘛！"拿剪刀的女人恩典地说。

"就是，我们还能和你多么过不去吗？"

"我们斗争的大方向是她！"

"快起来吧！你再这么闹下去，就是干扰我们大方向的罪！"

众女人七嘴八舌。

老太太这才爬起，捡了落地的单军帽，又扣在头上。

一个少女，觊觎地瞧着遍地红叶般的乱条碎片，又诡诈地瞧瞧女人们，见没谁注意她，猝然奔过去，从地上抓起一把便跑。

这一行动似无声的号召，所有的少女和小姑娘们一齐奔过去，你抢我夺，顿时厮扭成一团。

"干什么？干什么？不许抢！"

"这些孩子！疯啦?!"

"抢这个有什么用?!"

女人们一边喝叱，一边将厮扭成一团的少女和小姑娘们拉扯开。

"我……做头菱……"

"我也是……"

少女和小姑娘们不肯扔掉抢到手的乱条碎片。

被批斗者漠然地望着、听着……

我缓慢地回到家里。

那件艳红的女人的床上衣物，总在我眼前闪来闪去，不分明地衬托着一个女人白皙的躯体，以各种姿态躺在床上。

还有那把剪刀……

咔嚓！……咔嚓……

剪断的女人的胳膊,女人的腿。

咔嚓!……咔嚓……

一条条,一片片,是剪碎的那件女人的床上衣物……又不是,像是人肉,鲜血淋漓……

第九章

　　王文琪终于加入了红卫兵。他"大义灭亲"地在学校里揭发了他父亲当过国民党兵的罪恶,并带领一批红卫兵到他父亲的单位,将他父亲批斗了整整一个上午。他父亲单位的人,没有一个在他去揭发前知道他父亲当过国民党兵,都认为他父亲是个苦大仇深、历史清白如洗的人。"工人赤卫队"还希望他父亲能给全单位的人做一次"忆苦思甜"报告呢!他的揭发一棍子将他父亲打入了"黑帮"之列。

　　他对他父亲的带头批斗结束之后,他父亲单位"工人赤卫队"的头头对他说:"你用你的革命行动证明,你已经与你父亲划清了界限。我们长期以来受你父亲蒙蔽,受蒙蔽无罪。我们要向你学习,用我们的革命行动,证明我们也同你父亲这个混入工人阶级队伍的'黑帮'划清界限!我们下午要接着批斗他。你转告你家里的人,从今天起,我们不许他回家了!要对他实行监督劳动,隔离审查,以便使他彻底交代当国民党兵时犯下的罪恶!"

　　那一天,我也跟随他去了。我本不愿去,不想看到他带头批斗他父亲的情形。

　　可不知为什么,他当众对我说:"你一定得去。"

我不解其意,问:"为什么我一定得去?"

他冷笑着说:"我希望我揭发我父亲的时候,你喊口号给我助威。"

我又问:"谁喊口号不一样?"

他仍冷笑着说:"因为我将我父亲当过国民党兵的事第一个告诉了你,所以我认为你有义务跟去给我喊口号助威。"

我觉得出他是在强迫我,想反驳他那套听起来似乎振振有词的道理,一时又寻找不到适当的话反驳,只好违心地跟了去。

给他父亲挂的牌子,是他在学校里亲自选的,最大最沉的一个,校长被批斗时曾经带过的。他重新糊了一张大白纸,亲笔写下了"揪出历史反革命王宝坤",并亲笔在他父亲的名字上画了"×"。

我真没想到,当时他对他父亲会那么冷酷无情。

也是他自己亲手将那大而沉的牌子挂到他父亲脖子上的。

"王宝坤,跪下!"他对他父亲怒吼。

他父亲看了他一眼,一声不响就跪下了。

"王宝坤,低下你的狗头!"

他父亲又看了他一眼,一声不响就低下了头。

紧接着,他将有一天夜晚,他父亲怎样怎样对他母亲说自己当过国民党兵,他怎样怎样装睡,全部听到了的情形从头至尾讲了一遍。随即喝问他父亲:"王宝坤,是不是这样一回事?!"

他父亲不回答。

"你的狗耳朵聋了吗?你想抵赖不成吗?"

他父亲仍不回答。

他便上前狠狠踢了他父亲一脚。

"是……"他父亲终于开口,却没抬一下头,自然也没看他一眼。

"王宝坤,竖起你的狗耳朵听着!从今天起我不承认你是我的父亲!我要和你一刀两断!我要将你打翻在地,再踏上一只脚!"

我到过他家里无数次,他父亲从未拿我当外人看待过。每次都对我

119

很和气,很亲近。学校里开展民兵训练活动那学期,他父亲做了两支木枪,一支给他,一支给我。在我心目中,他父亲是个好父亲。不像我的父亲,是一个令我惧怕的父亲。当他的儿子带头批斗他的时候,我实在不忍心给他的儿子喊口号助威。我喊不出口啊!他在儿子的喝令下跪了下去之后,我是更喊不出口了。

我们"班师回朝"的路上,王文琪凛凛地质问我:"你为什么一句口号也没喊?"

我回答:"我这几天嗓子发炎了。"

他冷笑着说:"你不够意思。"

我没吱声。

他的冷笑那么怪异,仿佛在告诉人,他有一颗冷酷的心。我以前从未见他那样子笑过。他说我"你不够意思",我横想竖想想不通。

一回到学校,他就撇下众人,径直闯入"红卫兵司令部"。刚闯入,又出来,一句话也不说,拽我和他一块儿再次闯入。

"你们问他!"他指着我,对那些红卫兵头头们说。

"问他什么?"红卫兵头头们诧然。

"问他,我揭发我父亲的时候,无情不无情?"

几个红卫兵头头就将目光集中在我身上。

我如实证明:"无情。"

他对我这样简短的证明不满意,说:"你讲具体点!"

我不得不进而证明:"他亲手将牌子挂在他父亲脖子上,他还喝令他父亲跪下了,骂他父亲是狗。另外……另外还踢了他父亲一脚……"

他接着我的话对红卫兵头头们说:"如果你们不相信他一个人的证明,可以再多向几个人了解。"

红卫兵头头们纷纷表示完全相信我的话。

"那么,现在你们可以批准我加入红卫兵组织了吧?"他脸上又呈现出了那种怪异的冷笑。

几个红卫兵头头便互相用目光交换着态度。

其中一个头头向他伸出一只手，极其庄严地说："王文琪，你迫切要求加入红卫兵组织的革命心情，我们十分理解。你的革命行为，充分表明你完全有资格加入红卫兵组织！红卫兵组织，是具有高度原则性的以保卫毛主席他老人家为宗旨的组织，我们对你的考验，希望你能正确理解。我们热情欢迎你加入红卫兵组织！不过，迫切要求加入红卫兵组织的不只你一个人，包括你，我们以后举行仪式，正式批准一批好不好？"

他看着对方的那只手，并没有伸出自己的手去握。他紧抿着嘴唇沉默有顷，以比对方更庄严的表情和语气说："等到那一天我再握你的手吧！我只能以你的红卫兵战友的身份跟你握手！"

他一说完就转身急速地走出去了。

那个头头有几分尴尬地放下了手臂，问我："他这是为什么？"

我说："还用问吗？不早些批准他加入红卫兵组织，他可能会疯的！"

……

几天后，王文琪住到学校里来了，借宿在一个孤身老校工阴暗潮湿的地下室栖居处。因为，他的父亲自杀了！他的母亲受到这一严重刺激，瘫在炕上。全家人都恨透了他。他哥哥几次想操菜刀砍死他操斧头劈死他。他不敢也无法继续住在家里。现在，他轻易不从地下室出来，像一头见不得阳光的怪兽。

一个红卫兵的头头问他："你亲眼看到了你父亲的死，你心里难过不难过？"

他当时正捧着一册《毛泽东选集》，似乎在默读，样子虔诚。我却一眼就看出他根本心不在焉。他的目光虽落在书上，但并不移动，是凝滞的，活像一个捧着书本做读书状的睁眼瞎。

听了问话，他才放下《毛泽东选集》，大声说："不！不！不！"接连说了一串"不"，声音高得近乎叫嚷。语调是那么愤怒，仿佛对方的问话严重地侮辱了他。

几天不见,他变得脸色苍白如纸。头发不梳拢,很长很长。他使人觉得像个关押在地牢里的拒绝忏悔的囚徒。

那个红卫兵头头说:"好!你的回答很好。一个字足够了。要的就是你这样干脆的回答!我现在告诉你,明天你就可以戴上红卫兵袖标了!"

出乎我意料的是,他脸上的表情竟丝毫不变,使人无法捕捉到他内心里半点真实的活动。

他说:"我在思想上和立场上早已加入红卫兵组织了!"说完即坐下,又捧起《毛泽东选集》,低头凝视,复做默读状。

那个红卫兵头头极受感动,用表扬加勉励的口吻说:"你这么刻苦学习毛主席著作,应树为我们每一个红卫兵的榜样啊!"

"读毛主席的书,听毛主席的话,照毛主席的指示办事,做毛主席的好战士!"他和尚念经似的回答。身子一动未动,连头也没抬一下。

第二天,在红卫兵新战友宣誓大会上,他终于戴上了红卫兵袖标。其他新加入红卫兵组织的人,都是与给自己戴红卫兵袖标的"老"红卫兵握握手就算了。唯独他,跟这个握完了手,立刻又跟那个去握手。在台上走来走去,握遍了每一个"老"红卫兵的手。一边握手一边说:"造反有理,造反有理,造反有理……"

下得台下,见了戴红卫兵袖标的,不论认识不认识,仍然主动伸出手去,口中念念有词的仍然是那么一句:"造反有理,造反有理,造反有理……"表情严肃得可畏。许多人被他那种样子搞得庄亦不是,谐亦不是。

见了我,他的表情变得尤其严肃了。统帅接见士兵似的,伸出手的姿态有些傲岸,有些矜持,甚至可以说有些居高临下。

"造反有理!"对我也不例外,不肯多说一个字。

我畏缩地握了一下他的手,立刻松开。又不得不说句什么,我就这么说了一句:"衷心祝贺你也加入了红卫兵组织。"

自从戴上了红卫兵袖标,他才不做地下怪物,白天更多的时间开始出现于地面,活动于地面,"造反"于地面了。

我和他虽然成了红卫兵战友,却并没有恢复从前的好朋友关系。他以冷淡的态度对待我。而我却打心底里可怜他。想要接近他,与他恢复从前的关系,他竟一次又一次以冷淡的态度拒我于千里之外。他分明因为什么事恨我。我进行反省,扪心自问,始终不知自己有什么对不起他的地方。后来我渐渐观察出,他并不仅仅是拒我一个人于千里之外,而是拒所有的人于千里之外。他仿佛恨所有的人,仿佛尤其恨红卫兵战友们。我甚至怀疑,他那么迫切地想要加入红卫兵,戴上红卫兵袖标,也许正是为了可以公开表示不再把所有的红卫兵放在眼里,可以蔑视他们,可以在心理上获得一种与他们每个人(当然也包括我在内)平等的意识。他在没戴上红卫兵袖标之前,肯定因为丧失掉了这种意识而感到沉重的屈辱。当他重新获得了这种意识之后,他便以享受般的方式充分体验这种意识带给一个人的快感。

但他真的体验到了什么快感吗?

而且他付出的代价太惨重了!

一天,我独自在一间教室里刻写要求我第二天上午必须刻写完的传单蜡纸,忽听一阵玻璃被击碎的哗啦声,紧接着又是一阵哗啦声,一阵接一阵。

我奇怪地循声走到走廊尽头的一间教室,见教室里只有王文琪一个人,一手握着一根椅腿,正举起来,欲向一块教室玻璃击下去。

"文琪,你这是干什么?"我上前制止他。

"干什么?"他眯着双眼,睥睨地瞧着我,冷笑道:"造反有理!"

我气愤了,说:"你这不是无故破坏吗!"

"破坏?破你妈的坏!"他胸中显然早就憋闷着某种无处发泄的恶劣情绪了,一掌推开我,咬牙切齿地说,"就算是破坏吧,你能把我怎么样?谁又能把老子怎么样?你们早破坏够了是不是?你们敲碎了多少玻璃？你们砸散了多少课桌椅？这扇教室的门是谁破坏的？是你们！不是我！老实告诉你，革命不分先后，如今轮到老子过过瘾啦！老子如今不是也戴上了这个吗？"他指指自己的红卫兵袖标，接着说，"老子从此任谁也不怕了！造、反、有、理！"

椅腿又被他高高举起，猛然落下。

哗啦！……

我站在他身旁，知道自己根本不可能制止得了他，甚觉难堪。

哗啦！……

哗啦！……

整个教室的全部玻璃被他从容不迫地一块接一块都敲碎了。

我干瞪眼瞧着。

一位老师出现在教室门口。

王文琪转过身，厉声问："你干什么?!"

"我……不干什么，没事儿，随便瞧瞧……"那位老师被他的凶相威慑住了，慌忙赔个笑脸，低声下气儿地回答。

"有什么可瞧的？滚！"他大吼一句，椅腿砸在黑板上，黑板被砸了个大窟窿。

那老师心惊胆战地溜了。

几个不是红卫兵的男女同学也闻声跑来看究竟。

他若无其事地望着他们。

他们看明白了，谁也没开口说什么，先后默默离去。

接着又有几个红卫兵战友走入了教室，其中一个看看满地碎玻璃，又看看王文琪，问："是你小子干的？"

"是我。"他坦然回答，仍是一副若无其事的样子。

"你实在闲得没事儿干了，去把那些'黑帮'集合起来跑步好不好？"

"老子现在不愿意！"

"你这小子，要是砸得来情绪，那你就接着砸吧！"

"你小子心里不痛快吧？可别入邪火啊！"

几个红卫兵战友戏谑了他几句，也同时离去了。

王文琪脸上又浮现出那种我已见惯了的冷笑，像一位征服了全世界的英雄，岿然不动地站在那里。

最后老校工闻声来了，说："到了冬天，一时镶不上的话，挨冻的不是你们自己吗？"

大概因为他借宿在老校工处的原因，他没有顶撞老校工。

"你呀你呀，你算哪一行的英雄呢？"老校工叹口气，摇着头走了。

我走到王文琪跟前，很想对他说几句理解他的话。可他看也不看我一眼，好像教室里根本不存在我这么个人似的。

我觉得他简直变得不通人情了，愤然而去。

我回到我刚才在的那个教室，才坐下去，拿起铁笔，继续刻了还不到一行字，玻璃被击碎的响声又传来了！

哗啦！……

哗啦！……

这响声干扰得我一个字也刻写不下去了。我心烦意乱，双手捂住耳朵，它透过手往耳中灌。

王文琪，你他妈的凭什么恨我？我究竟有什么对不起你的地方？我愈前思后想愈加恼火。

哗啦！……

我觉得自己胸中也憋闷着一种亟待发泄的情绪。这种情绪像一只大蝙蝠，在我胸中东扑西撞。我的整个胸膛被它搅得乌烟瘴气。

我忍不住双手拿起钢板，举过头顶，也朝窗子抛去。

哗啦！……

两块玻璃同时碎了。

破坏的情绪，发泄的心理，对普遍的人来说，正如难以感化的劣童，你一旦对他失去了管束力，他便肆无忌惮地胡作非为。

我无法控制自己,跃起来,扑向墙角,操起拖把,向两扇窗子一阵乱击。

哗啦! ……

哗啦! ……

我从发泄中体验到一种快感。整块整块的玻璃变为满地碎片。那情形使我陷入一种机械的亢奋。那声音具有了足可代替音乐的诱惑性,使我听了还想听。

哗啦! ……

哗啦! ……

直至两扇窗子被我捣得一块玻璃不剩,我才气喘吁吁地住手。

不知何时,王文琪来到了这个教室,他站在教室门口,无动于衷地望着我。

我也虎视眈眈地望着他。

他当时只要说一句刺激我的话,或者作出一种哪怕是微小的刺激我的表情或举动,我便会扑向他,与他展开一场生死搏斗,继续发泄。

他就是那么无动于衷的样子而已。

他扔掉了他手中的椅子腿儿。

我也随之扔掉了手中的拖把。

他觉得没趣儿地走了。

我呆呆地站了一会儿,也觉得没趣儿,也离开了教室。

我找到地下室,在潮湿、黑暗的地下室走廊里,我听到了他的恸哭声。

那哭声令我心悸,充满了惊天地泣鬼神的怨恨之气。

"别哭了,别哭了,唉,我知道你心里不好受,生身之父,养育之恩,你还没报答他,就坑害死了他,你这不是罪孽嘛! 哭有什么用? 哭能哭活他?"老校工在劝慰着。

"不! 我不是哭他! 我不是哭他!"王文琪声嘶力竭地喊叫起来。

"那你哭谁？"

"你管不着！"

他哭得更令我心悸了。

忏悔是各种方式的。

我不愿被他发现，赶快悄悄离去了……

第十章

　　各中学的红卫兵组织,为了扩大和巩固势力,无不与各大专院校的红卫兵组织实行联合。如同战国时期,小国为了不被消灭而附属于大国。

　　我们的红卫兵组织,决定作军工学院"红色造反团"的"嫡系"。两个头头带领着我们十几个红卫兵,主动到军工学院"朝圣""红色造反团"。

　　中学红卫兵组织比起大专院校的红卫兵组织来,真是小巫见大巫。"红色造反团"的司令部,就足以使我们肃然起敬,膜拜顶礼的了。它设在一幢气势雄壮的主楼,楼门一侧的牌子,有三米多长,一尺半宽,白底红字,刻的是正楷,醒目而庄严。我们的司令部,不过是设在一间教室里,并且没有牌子,字是写在红纸上的,纸是贴在走廊墙上的,更没有卫兵站岗。他们司令部的楼门口左右,各站四名身穿军装的卫兵(他们的校服就是军装,我们可没处搞到一套军装)。只是他们的卫兵不戴领章帽徽,却荷枪实弹。如果也戴领章帽徽,说是某正规军或城防卫戍区司令部也不会有人怀疑的。

　　楼顶上,两只高音喇叭,向四面八方播放着他们自己谱写的《红色造反团团歌》:

我们是红色造反团，

毛泽东是我们的红司令，

造反有理，一反到底，

我们摧枯拉朽，

不可阻挡，

我们是泰山是长城，

我们使帝修反胆战心惊……

军乐伴奏的进行曲速度的歌声，豪气贯长空，在校园里久久回荡。

我们这些以为自己是"一代天骄"的中学红卫兵，竟一个个畏畏缩缩地不太敢贸然踏上"红色造反团"总司令部的台阶了。

我们的一个头头在大家的催促下，总算鼓起了勇气，怀着十二万分的虔诚敬意踏上了神圣的台阶。

"站住！"一个卫兵厉喝。

他嗫嚅地说："我们是来进行革命联合的……"

"你们是哪儿的？"

"二十九中的。二十九中的红卫兵。"

"二十九中的？我们不与中学红卫兵进行联合！"

"那……那你们为什么与一中的红卫兵联合了呢？"

"一中的红卫兵是全市第一个起来造市委省委反的！我们在一起浴血奋战过。我们联合他们，是红卫兵的战斗友谊所决定的！"我们的那个头头，只好沮丧地退下了台阶。

大家围住他，七言八语，一通毫不客气的埋怨和指责，认为他没有努力争取，用诚挚的语言打动对方。

他生气了，说："你们一个个都觉得比我聪明似的，你们自己怎么不去打动打动他？"

大家沉默了，面面相觑。

另一个头头忽然说："我们一块儿哀求他，只要放我们进去，给他下跪也行！"

只有这样做了。

军工学院"红色造反团"，当时已是威震全国的红卫兵组织，在北京设有联络站，驻有特派员。与清华、北大等全国几十所重点大专院校的具有"大无畏造反精神"的红卫兵组织发表过《联合公告》。他们的司令到北京去都有卫兵跟随，坐软卧乘飞机。出入中央"文革"办公室如出入家门一样。不同他们联合，我们同谁联合？同任何一所大专院校的任何一派红卫兵组织联合，都不可能比与他们联合更加证明我们的红卫兵组织是中学红卫兵组织中最革命的响当当的组织。而我们恭恭敬敬地拜上门却没有实现这一目的和愿望，如若被别的中学红卫兵组织知道了，我们的红卫兵组织将从此威风扫地，一蹶不振了。即使只有我们自己知道，我们的自尊心也将从此被瓦解，造反的锐气大减。

这是何等严重的后果！

想到这些，我们个个都不怕也被碰一鼻子灰，甚至受到无礼的讥讽和奚落了。我们一拥而上，同时苦苦哀求：

"让我们进去吧，我们是诚心诚意来联合的呀！"

"只要能与你们联合在一起，从今以后，你们指向哪里，我们就冲向哪里！"

"我们是非常需要你们作我们坚强后盾的呀！"

"造反不分先后嘛，我们的组织虽然成立得晚了些，但造反精神一点也不比一中的红卫兵们差嘛！"

"你不让我们进去，我们可要在楼前请愿静坐啦！"

……

一起苦苦哀求到底发生了作用。对方终于说："你们去到传达室填会客单吧！"

还有传达室! 得填会客单!

我们对这幢神圣的大楼肃然起敬的心情又加十二万分!

我们走入楼内,填了会客单,但见楼厅正中,矗立着巨人似的毛主席塑像,两侧红旗静垂。楼厅左右墙下,悬挂着巨大的毛主席语录板。一边写的是:"马克思主义的道理,千头万绪,归根结底就是一句话,造反有理。"另一边写的是:"谁是我们的敌人,谁是我们的朋友,这个问题,是革命的首要问题。"

走廊两侧,各个房间的门上方,都有标牌:组织部、宣传部、通讯部、对外联络部、理论研究部、作战部署部……

那些标牌使我们目瞪口呆。

"你们看,还有作战部署部呢!"

"嚷嚷什么? 不怕挨训呀?"

一个箭形标牌,指向楼梯口,写着——司令部在四楼。

"你们看,二楼楼梯口堆着沙袋!"刚因这幢神圣的楼内有"作战部署部"而大惊小怪的伙伴,又讶然地叫了起来。

"嚷什么!"另一个伙伴立刻训斥他:"墙上不是贴着标语吗?"

正对楼梯口的走廊上,一条标语写的是——时刻提高警惕,谨防"八八团"偷袭我司令部!

"八八团"是军工学院的另一派红卫兵组织。为何叫"八八团"? 我们谁也不清楚。它与"红色造反团"在军工学院分庭抗礼,旗鼓相当。名声却远比不上"红色造反团""革命"。虽然也创下了几桩造反的业绩,却始终甩脱不掉"保皇"的帽子。它究竟保什么人,究竟与"红色造反团"在大方向上有什么分歧,我们也不得而知。

"要是他们太瞧不起咱们,咱们离开这幢楼就找'八八团'联合去!"我们的又一个伙伴大声说,语调流露出自卑。

"在这种地方不许你开口!"进了军工学院大门就没说过一句话的另一个头头,当胸给了那个伙伴一拳。

那个伙伴自知在这种地方说了万万不该说出来的话,闪到我背后,一时噤若寒蝉。

两个头头带领我们,仿佛刘姥姥进了大观园似的,一边东张西望,一边走到"对外联络部"门前。

一个头头刚要推门,另一个头头打落了他的手,瞪他一眼,低声说:"敲门!"

这地方太使我们受到一种无形的压迫感了! 自从我们每个人戴上了红卫兵袖标后,几乎就没了敲门的礼貌。

那个被提醒在这个地方应具有敲门的礼貌的头头,退后一步,惴惴地说:"你在前吧!"

"我在前就我在前!"另一个头头勇气十足地说道。于是,身先士卒,敲了几下门,敲得很轻很轻。

良久,里边没反应。

他又敲了几下,里边仍没反应。

他不知如何是好地回头瞧我们。

我说:"你敲得太轻啦!"

他说:"那你来敲!"也退后了。

我犹豫片刻,啪!啪!啪!接连在门上拍了三掌。

里边却还是没有反应。

"没人?"我自言自语。

"有人!听!"

我们一个个屏息静气,侧耳聆听,里边一阵轻微的响动,果然有人。

我又要举掌拍门,里边传出了问话:"谁?进来!"

我高声回答:"门插着,进不去!"

我的话音刚落,门开了。一个很英俊的卢嘉川似的人物出现,神色颇不自然地问:"你们……哪的?"

"二十九中的。"

"怎么进来的？"

"走进来的啊！"

"我问经过门卫允许没有？"

"不经过门卫允许我们想进也进不来呀！"

"有什么事？"

"来与你们联合！"

"联合？……填会客单了吗？"

"填了填了！"我们的一个头头这时才推开我，将会客单交给"卢嘉川"。

"卢嘉川"认真过目后，逐个审视了我们一番，有几分不欢迎更有几分不情愿地说："进来吧，最多只能给你们十分钟的谈话时间！"

没曾想室内还有一位"林道静"——短发，面庞清秀，脸色桃红（如穿旗袍，更像林道静矣），神色亦不大自然。端端地坐在桌旁，拿着一份传单，似看非看的。她连瞧也不瞧我们一眼。不是显示傲慢，大概是因有缘故的羞涩吧！

"卢兄"对我们可是不够礼貌，也不请我们坐。他不请我们坐，虽有足够我们全坐下的长椅，我们也不敢擅自落座。

"说吧！""卢兄"自己倒坐在"林道静"对面了。

"我们……我们想接受你们'红色造反团'的指挥。我们……我们就是为了这个目的来的……"我们的两个头头，用目光互相鼓励了一番之后，其中一个讷讷地说。

"接受我们指挥？""卢兄"摆弄着一支红蓝铅笔，以纠正的口吻回答，"为什么要接受我们指挥？全国的每一个红卫兵，都应该接受毛主席的指挥！"

"对，对！我的意思是，与你们联合起来，我们才更能在'文化大革命'的风浪中不迷失方向，紧跟毛主席他老人家的伟大战略部署啊！"

"'文化大革命'是一场政治斗争。政治斗争是复杂的。""卢兄"谆谆教导我们,接着又说,"联合是可以的,也是必要的。但我怎么知道你们是真造反派还是假造反派呢?红卫兵组织中鱼目混珠的情况也是有的!如果你们是'保皇'派呢?比如'八八团',不就是假造反派之名的'保皇'派组织吗?"

我们的另一个头头有些急了,辩驳地说:"我们学校就我们一个红卫兵组织,没有第二个!"

"那对你们提出的问题我们就更要进行严肃认真的了解,才能答复你们!""卢兄"尖锐地指出,"真正的革命造反派,是在斗争中存在,在比较中获得公认的!如果没有'八八团',我们'红色造反团'怎么会树立起强大的威望呢?"

"这……这……我们要是'保皇'派,为什么不去与'八八团'联合,而来与你们'红色造反团'联合呢?"

"那我们也不能轻信你们!""卢兄"说着站了起来,"如果我们与一个'保皇'派红卫兵组织联合了,那将是我们军工学院'红色造反团'的耻辱!我们就谈到这里吧!你们要真有与我们联合在一起的革命诚意,回去把你们的宗旨写明白交给我们,我们研究后再说!"他说完,摆出"送客"的样子。

这位"卢兄"也忒目中无人了!显然是在将我们当几个红小兵想尽快打发掉!真是对我们的侮辱!"林道静"参加革命的时候,不是革命思想也稚嫩得很吗?"卢嘉川"可并没有像他对待我们这样对待过"林道静"!

"让我们见你们的部长!我们要和他谈!"我冲口而出地说了一句。

"对,让我们见你们的部长!"

"我们要和你们的部长谈!"

"我们不和你谈了!"

伙伴们纷纷附和我。

"卢兄"很有涵养地等我们吵嚷过了一阵后,从容不迫地说:"我就是

'红色造反团'对外联络部部长。"

我们都怔了。

这时,那位"道静"造反派大姐娴娴地站了起来,慢开尊口,劝道:"他真是我们的对外联络部部长,我不骗你们!他对你们讲的话都是有道理的。我们'红色造反团'与谁联合,不与谁联合,支持谁,反对谁,打击谁,关系到我们革命的最高原则最高立场。你们听他的话,回去把你们的造反宣言和宗旨拿来让我们看,以便我们对你们这个中学红卫兵组织有所了解啊!"

"道静"的话虽然比"卢兄"的话使我们感到听起来顺耳些,但那意思是同样的,无非也是要尽快打发掉我们。

我心中暗骂:"他妈的当面贬低我们的'红色造反团'!"

我们的两个头头几乎同时对我们下达命令:"咱们走!"

于是我们愤愤离去。

在走廊里,我们的一个伙伴回头瞅瞅,见除了我们几个,再无他人,迅速从上衣兜取下圆珠笔,往一条标语的"红色造反团"几个字前大横大竖地写上了"打倒"二字。并且将"红色造反团"几个字画了"×"。

我们谁也没阻拦他,都为他瞭眼风。

他刚罢手,我们的两个头头又同时一声令下:"快撤!"

我们一秒钟也不敢多停留,潜逃似的溜出了那幢楼。

我们进去之前对它肃然起敬,离开之后对它满怀敌意。

"咱们敲门敲得不是时候!"

"怎么不是时候?"

"你们没发现那个女的脸多红吗?"

"关我们什么事儿!"

"当然不关我们的事儿啦!可我们那时候敲门,兴许人家正在干什么事儿哪!"

"干什么事儿?"

"你们自己想去呗!"

"一男一女,关上房门,他妈的能干什么好事儿吗?"

"难怪那位部长先生一开门就没好情绪对待咱们,原来全因为咱们冲了他们!"

"活该!"

"'红色造反团'嘛,壮大有人,就得继往开来啊!"

"哈哈哈哈!……"

大家一齐笑。在笑声中将一肚子霉气爆发出来。

忽然,远处一幢楼顶上的大喇叭响起了集合号。

其后是一个女广播员的广播声:"'八八团'的战友们,立刻到操场集合,立刻到操场集合,进行每日军训,进行每日军训……"

不一会儿,十几支队列,从四面八方跑步而来,汇聚一起,足有千人。他们在大喇叭发出的统一口令下操练。一方阵一方阵,雄赳赳气昂昂的。尤其正步走时,英姿飒爽,步伐威武,无一错乱。

我们这几个站在操场外的旁观者看得眼神发直,羡慕不已。

后来他们又跑步。一边跑步一边呼喊口号:"锻炼身体,加强斗志,时刻准备,接管政权!"

"看来'八八团'也挺强大的嘛!我们何必非与'红色造反团'联合呢?"因说这种话而受到我们头头训斥的那个伙伴,面对"八八团"的阵容,被他们的精神状态所感召,又一次由衷发表有亲"保皇"派之嫌的言论。

"你再胡说八道,我揍你!"

"你小子太没志气,我们无论如何也不能与'保皇'派联合!"

"根据什么就断定'八八团'是'保皇'派呢?还不是听信了'红色造反团'的宣传!"

"就是,'红色造反团'又不是中央'文革'!他们将'八八团'推到'保皇'派的立场上,还不是想单方面接管大权啊?"

"我看他们未必能实现这个野心,明摆着,'八八团'的人数也不少啊!"

"'八八团'也在北京设联络站驻特派员呢!"

那个伙伴的话,引起了我们之间的一场争论。

两个头头却没有参加争论。他们只是听着。听了一会儿,互相丢个眼色,走到一旁嘀嘀咕咕商议什么去了。

几分钟后,他们统一了认识,回到我们这里。

一个说:"'红色造反团'不但瞧不起我们,而且还当面无礼贬低了我们!因此,我们两个提议,与'八八团'进行联合!"

另一个补充说:"我们这个红卫兵组织,是充分发扬民主的。民主是巴黎公社的原则,也是我们这个红卫兵组织的原则。我们俩虽然是头头,但此时此刻,仅代表我们自己。不过我们希望你们都赞同我们的提议!"

立刻有一个伙伴提出质疑:"学校里还有一个头头呢,预先没征求过他的意见,他事后如果坚决反对怎么办?"

"三个头头,我们两个已经统一了,少数服从多数!"

"既然如此,我投你们一票!"

"他妈的'红色造反团'太不仗义,我也投你们一票!"

"我弃权!"

"弃权算怎么回事?你要心里反对就干脆说反对!"

"我不反对啊……好吧,我也同意!"

由于"红色造反团"的冷淡,大大伤害了我们每个红卫兵的至高无上的尊严。由于面对"八八团"的威武阵容,转变了我们对"八八团"的成见,刮目相看起来。所以几分钟之后,我们就全体统一了态度——我们是为投靠"红色造反团"而来的,最后决定要去找"八八团"实行联合。

东方不亮西方亮。各路诸侯,我们总得联合一方!管他妈的造反派还是"保皇"派呢,谁瞧得起我们,谁的势力足以作我们的后台,为我们撑腰,弟兄们就投靠谁!

"八八团"与"红色造反团"对待我们的态度截然相反,热情得使我们受宠若惊。其实,一个中学的红卫兵组织,派出两个头头,带领一行七八人,跨过大半个市区,"诚心诚意"来与他们这个被斥为顽固的"保皇"组织联合,对他们也有点"受宠若惊"呢!不过这一层,我们当时却想不到。如果想到了,我们准会少一些垂首折腰,多一些趾高气扬的。

"八八团"对外联合部的人,不但当即爽快地"恩准"了我们的联合愿望,而且主动引我们去"谒见"他们的领袖。表达他们对这一联合的极端重视。

"谒见"一个名闻全国的大红卫兵组织的领袖,尽管是他妈的"保皇"组织的领袖吧,也使我们感到荣幸之至了!

"保皇"领袖("八八团"也满市到处贴打倒刘少奇、打倒邓小平、打倒省市委及政府各级"走资派"的大标语。我们真是想不明白他们保的是哪一位称得起"皇"的人物)和蔼可亲,同我们一一握手,让座沏茶,向我们询问各种他感兴趣的情况。

我们毕恭毕敬地记取他的教导和指示,一个个憨笑着,觉得前途光明,任重道远。

"八八团"司令将我们从楼上送到楼下,送出楼门外,在台阶上与我们一一握手道别。

大家心里高兴地蹦下台阶,不绝口地说"八八团"的好话,说"红色造反团"的坏话。

又经过"红色造反团"司令部,一伙伴朝那个起初不放我们进楼的卫兵大喊:"哎!把门儿的傻大个儿,告诉你,老子们与'八八团'联合啦!以后再进你们楼的时候,就是占领了你们司令部,活捉了你们司令的时候!"

"他妈的小'保皇'派!毙了你们!"

对方猛一拉枪栓,枪口对准我们,做预备扫射状。

我们吓得喊爹叫娘,撒丫子就跑。

身后传来一阵哈哈大笑。

我们这才站住,人人发窘,个个尴尬。

一个头头说:"咱们这不叫胆小如鼠,这叫好汉不吃眼前亏!"

另一个头头说:"正确!历史老师不是讲过韩信钻人家裤裆的故事吗?咱们只不过是被吓得跑,没被吓得坐地跪下嘛!"

我说:"可也算被吓得抱头鼠窜了!"我因跑得急,心口窝怦怦乱跳。

当年,十七岁的我,对于死亡有一种过分敏感的恐惧。哪怕是最壮丽的死亡。我崇拜英勇就义,视死如归的精神。可我非常非常怕死。所以,当我们一行人离开军工学院走在路上,伙伴们被已经成为"八八团"盟军的心理所驱使,勇敢无畏地撕下"红色造反团"贴的大字报、大标语,或用粉笔在"红色造反团"前面写上"打倒""砸烂"之类字;将"红色造反团"画上"×"时,我总是站得远远的,让伙伴们以为我是在为他们望风,其实是本能地左顾右盼,前睃后瞻。唯恐哪里隐藏着一支握在红色造反团的人手中的枪,枪口正瞄准着我自己。

后来"文化大革命"的形势证明,我的恐惧并非神经脆弱——死人的事经常发生了。也正是这一点,后来使我对自己不得不参与,不能够不参与的这一场"大革命"产生了根本的也是肤浅的厌恶思想……

不久"八八团"交给我们一项任务——替他们守卫一处离我们学校不远的"查抄物资存放仓库"。

头头派给我二十名红卫兵战友,命我担任小队长。王文琪也在这二十名红卫兵战友之中。

那里原来是某工厂的车库。头头将钥匙交在我手里时,揶揄地说:"开开眼界吧,那里除了没有美女,什么都有!"

当我带着二十名部下,打开仓库门,开亮了灯时,我呆住了。

我的部下们也呆住了。

不是两盏普通的灯,是为夜晚便于看守而安装的两盏小太阳灯。封窗的仓库,被照耀得每个角落都能看得一清二楚。

果然什么都有！

贵重的家具、衣物、艺术品，一张红松木八仙桌上，堆满了金银首饰。一个角落全是各种各样的我只有在电影里才看见过的钟表。有的还在走着，表弦发出高低不同的音响。而另一个角落，是成百上千册书。

一个部下轻轻拉开一张桌子的抽屉，失声惊叫："天啊！"立刻推严，魂飞魄散似的呆望着大家，仿佛抽屉里有颗人头！

我走过去，重新拉开，也差点叫出一声"天啊"！

钱！十元的，五元的，一元的，一捆压着一捆，摆了满满一抽屉。

部下全围上来看。全都目瞪口呆。我们做梦也不可能梦见那么多钱。

我梦见过钱。但梦见过的是铜币，一片一片遍地散布，俯拾即是。从没梦见过一捆一捆的拾元的钱。一捆一捆的一元的钱也从没梦见过！

我轻轻推严了这个抽屉，觉得那一时刻我血管里的全部血液凝固了。我曾体会过无数次没有几毛钱或缺少几毛钱而看不成一场非常想看的电影，买不起一本非常想买的书那种特大的遗憾。也十分理解母亲每次要向邻居借钱时那种十分的为难。而钱对人所造成的足以打垮一个人的最高信仰的力量，我却还是第一次感受到。

许多许多许多钱就是一种物质力量。

占有许多许多许多钱的人无疑是具有某种力量的人。那个沉重的抽屉当时使我头脑中产生了这样的崇拜思想。思想上的崇拜是比占有欲更加彻底的征服！十七岁的我生平第一次被这个世界上的一种物质彻底征服了！

无论什么，多便是一种征服力。

蚂蚁多了也会使人类跪下的。

我又轻轻拉开第二个抽屉——也是钱。一捆一捆。满满一抽屉。

第三个抽屉——仍是钱。

第四个抽屉——还是钱。

仓库里静极了。我的部下们好像一个个都停止了呼吸。

经久,不知是谁低声问:"能有多少?"是一种喉咙干渴的声音。

"十万!只多不少!"同样是喉咙干渴的声音。

我自己的喉咙也忽然变得干渴极了。我使劲儿咽下一口唾沫。

"元宝!"

一声惊呼。一个部下拉开了另一张桌子的抽屉。

我和其他人同时围了过去。

一抽屉黄澄澄的元宝。大的,小的,却并不闪闪发光。还有金条。长的,短的,也并不闪闪发光。

元宝和金条,只不过使我们感到好奇而已。没有像钱那样对我们产生直接的强大的震慑力。因为在当时,一个人有元宝和金条,会使他不安的。当然不是怕盗贼,是怕造反派。而一个人如果异想天开,用元宝和金条换取什么吃的,穿的,日常用的东西,将会引来横祸盖顶。所以在我们看来,那不过是稀少而没多大实际价值的金属。甚至是不祥之物。

"一、二、三、四、五……"一个部下认真地数着。

"快来看这儿!"

我们立刻又围向另一张桌子。所有的抽屉里都是表。手表、怀表、镀金的、镀银的;带日历的、镶钻石的;方的、圆的;厚的、薄的。各式各样。

一只手伸向抽屉,拿起了一只。

"放下!"我喝了一句。

他却没放下:"戴着玩玩嘛!"

"对,戴着玩玩,戴着玩玩!"

"我也来一只!"

"给我选一只带钻石的!"

"我不要带钻石的,我要带日历的!"

"他妈的!这是女表!老子换一只戴!"

转眼间,我的部下,每人腕上都戴了一只名贵的手表。有的一手戴一块。有的腕带手表,兜挂怀表。互相瞧着,都变成了颇有身份的人物似的。

"头儿,你也来一块戴,过过瘾嘛!"

六十年代,手表是高档商品。我们全家七口,只远在四川的父亲一个人有手表,从寄卖店买的。我的部下的父母,大概也只能戴得起上海表。谁的父母如果戴一块进口表,那是很值得吹嘘的。他们各自戴上的镀金的镀银的手表,镶钻石镶宝石的手表,他们的父母准和我的父母一样,连摸也没摸过。

戴一戴对我们每个人来说的确是很过瘾的事。

于是我为自己挑选了一只比较大的,方形的,表壳表链都镀金的,看样子是老式的手表。像一个第一次穿新衣服的人似的,有些不好意思地戴在腕上。

表链凉森森的,使皮肤很舒服。

我严厉地说:"只许戴着玩,不许偷走!这里的东西肯定全登过记的,缺少了什么我们每个人都背黑锅!"

"头儿,别一本正经了,这一点你不说我们也知道!"一个部下走向堆衣物的角落,选了一件咖啡色西服在身上比量。

被人称作"头儿",尽管是二十个人的"头儿",也是种特殊的愉快。

"弟兄们,瞧我怎么样?"那个试衣服的部下转过身。

"嚯!……"

"真派呀!……"

大家一阵"友邦惊诧"。

但见他,不知何时脱掉了自己的衣服,换上了一套笔挺的西装,还系了领带(用系红领巾的系法)。头上,一顶呢礼帽端端正正,帽檐儿卡着眉毛。手臂煞有介事地横在胸前,悬挂一根漆木手杖。

俨然一个年轻绅士站在我们面前。

我和众人又奔向那堆衣物,开始脱衣服,脱裤子,脱鞋,各随其意,装扮自己。几分钟后,我们都不再是中学生红卫兵了,都变成少年绅士了。一个个走来转去,都自以为风度翩翩,潇洒俊逸得不得了。互相打趣,嘻嘻哈哈笑个不停。

我忽然联想到了《阿里巴巴和四十大盗》的故事,真希望我们不是什么鸟红卫兵,而是一伙海盗,这仓库就是"芝麻芝麻开门"的神秘山洞。那他妈的我们可就发了个"乞咻枯吃"啦!

这儿真是什么都有!

就是没有美女。

也没有好吃的东西。

王文琪悄没声地从一个立柜后闪出来了。

他竟穿了一件绿色旗袍!露着两条精瘦的汗毛浓密的腿!还不知从哪个角落翻到了假发套在头上!细长的脖子挂上了四五串项链。

他妈的谁也想不到他会将自己打扮成这样!

他活像个街头妓女似的对大家做出种种卖弄风骚的表情和勾引嫖客的丑态。

"好一个婊子呀!"不知是谁怪叫一句。

"他妈的你那双腿像长了汗毛的鸵鸟腿!给他找双丝袜!"

"再翻翻那几个没翻过的抽屉,看有没有口红香粉什么的!"

"有喂,弟兄们!"

"丝袜也有!"

于是众人包围住了他。有的对付他那两条腿,有的对付他那张还不算难看的脸。高跟鞋一双接一双在他脚上试着大小。

众人散开,我根本认不出他了。他那张脸像一块"白酥皮儿"点心。嘴唇红得吓人,仿佛刚吃过什么鲜血淋漓的东西。

他怪模怪样地笑着。眼神儿游移着任别人作践自己的欲望。

"我的!"一个伙伴跳过去,紧紧挽住了他的胳膊。

"你不配,老子的!"又一个伙伴跳过去,要把挽住他的伙伴拉扯开,自己"霸占"他。

"他是我的情妇,我要和你决斗!"

"决斗就他妈的决斗!"

于是那两个各自操起两根手杖,噼噼啪啪斗得激烈。

"谁霸占了就归谁啊!"其余的人一哄而上,争夺王文琪。

"小娘们,亲个嘴儿!"

"小脸蛋真细粉啊!"

王文琪被推倒在衣堆上,恰似一头被群狮扑倒的牝鹿。谁都想直接压在他身上。

哗啦一声,两个为他而决斗的部下打碎了立柜的镜子。一个击落了另一个的"剑",将另一个逼在墙角,"剑"尖对着心窝,喝问:"是死,还是承认'她'归我?"

"死!"

"他妈的!"

"哎呀!"

我却没听到王文琪在众人身下发出一声咒骂或叫喊。

"不许胡闹!"

我火了。也操起一根手杖,在部下们身上乱打。打得有人嗷嗷直叫。

压成一堆的部下们,终于被我的手杖一层层"剥离"开了。

"你小子值得发火吗?"其中一个揉着脑袋嘟哝,"弟兄们无非一时开心,过过瘾嘛!"

过过瘾……

这他妈的是过过瘾!

"你过什么瘾?啊?过什么瘾?他是人!是我们的红卫兵战友!不是一块表!难道他如果是女的,你们真要轮奸了他不成?!"我又挥起手杖,想揍那小子。

"你敢再打我一下,我对你不客气!你他妈的算什么东西?也配在老子面前指手画脚！老子让你一把，是给你面子！"

那小子不甘示弱。论打架，我知道自己根本不是他对手。

我举起的手杖，缓缓落下了。

"你们俩犯得着吗？他不是男的吗！他要是女的我们敢这样吗？"一个部下从我手中夺去了手杖。

这个仓库里有够武装三个班的各式手杖。

王文琪四仰八叉地躺在衣堆上不起来。满脸红白相混。旗袍被扯开了线。那副丑恶的样子仿佛被轮奸了一百次，惨不忍睹。

我狠狠踢了他一脚："你起不起来？你要果真是个女的，我看你会心甘情愿当婊子！"

我话音刚落，他猝地一跃而起，狼狗似的扑向我，将我摔倒在地，骑到我身上，双手掐我的脖子。

他的脸扭曲了。他的眼神里透出冷酷和凶残。

众人以为他在继续跟我闹着玩，都想再寻一次开心，谁也不拉他。

我被他掐得喘不过气儿来了。

他是真想掐死我！

大家看出不对劲儿，慌慌乱乱地将他拉扯到一边去。

我在地上躺了半天，透过一口气，才相信自己仍活着，并没被他掐死。

大家意识到再胡闹下去实在没趣了，个个变老实了，一声不响地撸下手表，扔进抽屉。脱下衣服，抛归衣堆。

王文琪却并未"卸妆"，他走向另一个墙角翻书堆去了。

我从地上爬起来，恶狠狠地说："王文琪，等着瞧，我忘不了你这一把！"

他扔下刚刚拿起的一本书，转身又欲扑向我，被众人拦住，推坐到书堆上。

我真是不明白他究竟有什么理由那样仇恨我。而我从那一天起开始仇恨他,寻找机会想对他进行报复——他要掐死我啊!

这大仓库旁还有间小屋,可能原先是车库值班员的住处,现在却空空荡荡的了,什么也不存在。我们将几条地毯弄到小屋,厚厚地铺了几层,各自找本自己想看的书,横躺竖卧,谁也不理谁地看。

书真不少,三四千册,却挑不出一本绝对"革命"的书。《红岩》——曾列为我们的"精神教科书",已被批判成"为叛徒"树碑立传的"黑书"。《青春之歌》——歌颂的是小资产阶级。《红日》——反动!《红旗谱》——反动!《创业史》——反动!一切翻译小说,不是反动的便是修正主义的。

我和部下们明知那一堆书里挑不出一本"无毒"的书,却挑来挑去的。究竟都要挑本什么样的书看呢?谁都不说出来。谁的手都是最先将纸页发黄的书拿起来翻看。在这一点上我和他们的潜意识完全一致。时不时两只手同时伸向一本纸页发黄的书,两人便都有些不好意思。

我发现了一本纸页很黄,硬皮精装的厚书,在别人的手没有伸向它之前,迅速拿起——原来是《苏维埃联共布党史教材汇编》。目录中大部分是列宁和斯大林的文章。五十年代初由中共中央马列主义研究室编辑,教育出版社出版。大概仅仅因为苏联共产党已经成为中国共产党主义上的政敌了吧,尽管其中大多数是列宁和斯大林的文章,它还是劫数难逃,不知从一位什么人物的家里被抄走后归于这一堆"黑书"之中了。

我对它一点也不感兴趣。不仅仅对其中"假马列主义"那一部分不感兴趣,对其中真马列主义的那一部分也同样不感兴趣。虽然真"假"马列主义的纸页都一样发黄了。

最后我挑到了一本保存得很好的《十日谈》,终于满意。我看过《十日谈》,"文革"前哥哥从别人那里借回家中几天。没看完,就被哥哥还走了。

挑选到了这本书,"阿里巴巴的山洞"中尽管没有好吃的东西,我却不觉得饥饿,面朝一个墙角,背对大家,任时间悄悄溜走。

也不知过了多久，我忽然觉得周围静得奇怪，扭回头一看，部下们和我一样，仍都在孜孜不倦地看书呢！不过他们可不是一个人看一本，而是几个人凑在一起，脑袋组成花瓣儿，分四伙，在看四本书。

我问一个伙伴："什么书。"

他回答："很一般的一本小破书。"

"有意思吗？"

"没多大意思……你看的什么书？"

"我？……也是很一般的一本书。"

"你不声不响看了那么半天，一定挺有意思吧？"

"没多大意思……解放战争的事儿……你们饿吗？"

"不，都没说饿。你呢？"

"我也不饿。"

"你看你的吧！"

"你们饿了吱声儿！"

他等不及我的话说完，已将头转回去了。

我敢与最有权威的社会心理学家进行一场公开的大辩论，用不胜枚举的例子证明，我们那一代，当年个个都是精神压抑者和性压抑者。政治家们只牢记不忘当年红卫兵们的造反行径，却不敢或不愿承认，社会从我们的童年到我们的少年，对我们实施了何等严重的"异化"教育！它几乎抽掉了我们的性别，视我们为中性。"三好学生""毛著标兵""优秀团员"，除了在这类方面，十八岁到二十五岁之间的男女青少年可以互相证明自己是强者，互相以强者的形象吸引对方而外，几乎再没有另外的什么方式能够使他们向异性显示自己突出于别人的个性。因而他们本能地将"文化大革命"当做一次天赐良机。他们的一切个性，一切才情，一切精神，一切自我表现的欲望，便都从同一个被巨人的大手提起的社会闸口冲决而泻了。在仓库里，我严厉地说："这些破书，一本也不许带出这个地方。这是纪律。"

一个部下说:"放心。"

另一个部下说:"我们已经扔回书堆了!"

我让他们回家吃饭之后,走到书堆那里,东翻西找,想找到那四本"没多大意思"的"小破书",却找不到。

我猜测他们准是藏在什么地方,避免让我发现。这更加强了我的好奇心。我根本不相信那是四本"没多大意思"的"小破书",他们藏起那四本"小破书"的原因,正是我自己也迫切要看那四本"小破书"的原因。

我在书堆中没找到,又在别的地方找。越是找不到,我越是下决心非找到看一看不可。我竟找得急躁起来,满头出汗。

最后终于被我找到了——在几层地毯之间压着。

很小的开本,比《新华字典》大一点儿。书页不但黄,而且发脆了。四本的封面都用纸裱过了,无法知道书名。我走到窗前,一本一本地将封面朝向阳光仔细看。从这一本的封面模模糊糊地推断出一个字,从那一本的封面模模糊糊地推断出半个字。四本书的封面研究了十几分钟,不太自信地推断出书名可能是"肉蒲团"三个字。

于是我便舒舒服服地躺在地毯上,将一条地毯卷起两尺当枕头。四本"小破书"以一年四季分册。"春"当然该是第一册,就从"春"看起。前几页是"序",半白话半文言,看不出太大的"意思",翻过去不看。要从中寻找到我所要寻找的"意思",比从《新华字典》中查到一个不认识的字还容易。除了"序",每一章都有那个"意思"。每一章写的都是那个"意思"。隔几页便出现几行。

将洁本《金瓶梅》删去的文字加以渲染,装订成册,便是那四本"小破书"的基本内容。如果评价得略高些,那是"性文学"的样板。

《十日谈》被丢弃一旁,遭到了我的冷落。

我被一行行一段段一页页用粗俗得近于肮脏的文字对性对色情所进行的直接的可以认为是"感觉派"的描写完全征服了。一方面我因自己竟入迷地看这样的书而羞耻,一方面我根本无法抗拒它对我的征服力。

我担心部下突然闯进来，使我陷于狼狈，就将两道门都插上，将窗子用几件衣服挡住，然后躺下接着看。

我又想到部下们回来时，也许我连一册《春》还没翻看完呢。《夏》《秋》《冬》连翻都没来得及翻，岂不太遗憾了吗？便放下《春》，翻看另外三册。放下《夏》，拿起《秋》，放下《秋》，拿起《冬》，放下《冬》又拿起《夏》。如是轮换不止。

忽然有人敲窗有人踢门。外面一条正处在变音阶段的嗓子大喊大叫：

"开门！开门！关门挡窗的干什么?！"

是几个部下回来了。

我一跃而起，连忙将那四本"小破书"压到地毯下。

外面敲窗声踢门声喊叫声更紧。

我一想，他妈的，你们回家去了，还藏起来不让我看！我也藏起来，让你们再想看也寻找不到！就又从地毯下取出，四册分开，藏在四个不易被他们发现的角落。

开了门，他们一进来，就一个接一个向我发问："你插上门干什么？"

我说："你们走后我睡觉来着，怕丢东西呗！"

"你挡上窗干什么？"

"遮阳光呗！屋里暗睡得实啊！"

"你怎么这么半天才给我们开门？"

"我睡得太死了，开头没听见什么动静。"

他们用不信任的审视的目光盯着我，想从我身上看出什么破绽。

我伸了个懒腰，打了一个大哈欠，又靠墙一屁股坐下去，自言自语："怎么这么困啊，还想睡！"

一个部下走到抽屉里放有钱的那张桌前，拉开一个抽屉，观察了一会儿，又拉开另一个抽屉。他将所有的抽屉都一一拉开，认真观察过了，什么可疑的迹象也没观察出来,就不说话了。

原来他们朝这方面怀疑我!

我觉得又好气又好笑。皇天后土,我连想也没想到去动那些元宝、金条、名贵的项链、首饰和成捆成捆的钱。我是完全迷幻荡乱在《春》《夏》《秋》《冬》之中难脱难拔了。也可能还因为这里的东西巨细无遗都是登了记的这种潜意识在起作用吧!

我不满地问:"你看钱干什么?"

那个部下回答:"不干什么,就是想看看!"

我不再说话。他们互相瞧瞧,也不再说话。都走入小耳室里坐下了。

他们坐下后,其中一个开口道:"咱们四个人,《春》《夏》《秋》《冬》一人一本,精读精读!"

"对,趁那几个小子没回来,咱们精读!"

他们互相说着,便一齐动手掀地毯。

我又捧起大厚本的《十日谈》装模作样。

他们当然是一无所获啦。

"怪事,咱们走的时候是不是压地毯下了啊?"

"是呀!"

"没错儿,我看见你们压在地毯下的嘛!"

我偷眼瞧他们,见他们一个个都正盯着我。

我问:"什么《春》啊《夏》啊的? 你们临走时不是对我说扔回书堆去了吗? 还在地毯下翻个什么劲儿?"

"你别明知故问!"

"小子,你别装糊涂!"

"交出来! 你要看等我们看完了让你看个够就是!"

他们说着围住了我。

"交出来? 什么交出来? 我没揭过地毯一个角儿!"

四人中的一个,一把揪住了我的衣领,将我提起来,吹胡子瞪眼地说："别惹我生气！书是我从书堆挑出来的！现在交出来没事儿，否则，一会儿大家全回来了，没你好儿！"

我见他们一个个急了，自知抵赖不过，却又不想痛痛快快告诉他们藏处，索性威胁道："放手！我不许你们看低级下流的黄色书！"

揪我衣领的恶狠狠地问："你看没看！"

我说："没看！"

"没看你怎么知道是低级下流的黄色的？你小子存心想要占为己有是不是?！"

"我……"我一时语塞，答对不上。他没说错，我想要占为己有，以后自己"精读精读"。

"咱们踹他！"

于是他们四个一齐动手，将我按翻，拽住我的四肢，接连使劲儿踹我。

我被踹疼了屁股，求饶，说出了藏着《春》《夏》《秋》《冬》的地方。

于是四册"没多大意思"的"小破书"又归到了他们手中。

其他人全回来后，他们又分为四伙，以上午那种专注的精力看起来。

以后的几天内，那四册"小破书"便是我的部下们在这个"阿里巴巴的山洞"中的"精神食粮"。靠了这种"精神食粮"，他们并不感到憋闷，也不感到无聊，忘掉了这个仓库以外的世界正进行着史无前例、天翻地覆的"文化大革命"。而文化堆在墙角，不被他们理睬。我自己，则只能"见缝插针"，才会得到时机看上一会儿。非常想"精读"，却轮不上。我们都读，却都矢口不谈这四册"小破书"。一个字也没互相交谈过。更没谈论过爱、女性这一类话题。我们所受到的教育，使我们认为，在我们这个年龄，谈及那一类话题，是很可耻的。仿佛大家的头脑里都连闪也没闪过这类话题。我感觉到，我们之间，都从心底里互相瞧不大起了。每个人首先瞧不起的是自己，然后才是瞧不起伙伴。这种发自心底的轻蔑自己亦轻蔑他人的心理，倒在我们之间造成了一种特殊的很值得心理学家研究研究的平等意识。好像有一个看不见的上帝存在于我们之间,时时有仲裁的声音提醒我们——"不要再做出品行端正的假模假样了!你们的灵魂深处其实都同样渴望着堕落。你们都是一路货!"这种人与人之间的关系,使每一个人都因知道自己在伙伴们眼里是个下流坯而自尊不起来,又都因别人在自己眼里同样是个下流坯同样自尊不起来而幸灾乐祸。倘我们之中有谁说了一句听起来高尚的话,不管说话的人多么虔诚,也会立刻有人挖苦一句:"别他妈的装孙子。谁不知道谁啊!"于是对方就会红了脸,低下头去,反省自己是否真的在"装孙子"。这似乎倒也好。反正你在你自己心中在别人心中注定已经是个下流坯了,也就不必因自己更下流了一点而忏悔,也就不必因想要表现得高尚一些而煞费苦心了。

学校里派人来报信,说是某中学的红卫兵组织,因缺少经费,策划来抢这个仓库。我们颇紧张了几天,做好了种种进行武斗的准备。即使在那几天内,大家仍然手不释"卷"。并且互相叮嘱,一旦真的发生武斗,《春》《夏》《秋》《冬》要分开揣在身上。人在书在。而对那些金条元宝,我们并不放在心上。白白紧张了几天,却没人来抢这个仓库。

不久,"八八团"亲自派人来,让我们将仓库里的一切物品都重新登记一下。

我奇怪地问:"难道你们没登记过吗?"

那个人说没有。

他看看这里,看看那里,拉开装钱的抽屉,拿出一捆拾元的钱,在手中抛了一下,有点舍不得地放了回去。又拉开装元宝和金条的抽屉,一手拿元宝,一手拿金条,两手同时抛了一下,也有点舍不得地放了回去。我们看不出他那种舍不得的样子,是假装的,还是真的。

他望着我们,问:"谁是头儿?"

我说:"我是。"

他又问:"你们谁也没有往家里偷过什么东西吧?"

我说:"查出来我承担罪名!"

"也没有分钱吧?"

"要是分了,罪加一等!"

他说:"那我要祝贺你们没犯这样的错误。我相信你们!"走到我们跟前,郑重地向我们伸出一只手,又说,"我代表'八八团'感谢你们。"

那一时刻,自尊重新归复到我们心里了。我们都觉得,我们每一个人,原来并不像我们自己和我们互相认为的那样,都是下流坏子。

他一一握过我们的手,接着说:"两天后,要来卡车,将这里的一切东西都运走。"

我问:"运到哪去? 做你们的经费吧?"

他说:"不,上交国库。我代表'八八团',每人发给你们二十元钱,算是你们这二十几天来的午餐补助费。"

自尊一旦归复到我们身上,我们又都想表现得更具有高风亮节了。我们都说不能收。收了,我们就都变成"低级趣味"的人了。都说我们是"八八团"的"盟军",我们所做的,乃是红卫兵的天职,乃是应为"盟军"尽的义务。

他很受感动,说我们有这种认识,证明我们每一个人都不愧是毛主席的真正的红卫兵。为了嘉奖我们在金钱和财宝面前秋毫无犯的品格——他强调说这种品格是很高贵的,我们不但应该受之无愧,他还应再给我们每人加十元。

他这么说,就这么做,取一捆钱,当着我们的面儿数了一些,抽出来放在桌上。

"以革命的名义。每人三十元,一会儿你们自己分。"他将剩下的钱放回抽屉,两只手拍响了一下,举起让我们看。

"我没往自己兜里揣吧?"

我们默默望着他,纷纷摇头。

"我走了!"

他就走了。

他走后,大家的目光移向桌子,注视在我们的午餐补助费上。

三十元!

数目不小的一笔钱啊!

当年我父亲每个月的基本工资,才六十八元零几毛。

忽然大家扑向桌子,好像有谁下达了口令。

片刻大家离开了桌子,桌面儿上只剩下了三十元钱。十元一张,三张。

我知道那是属于我的了。我也急步走到桌前,一张一张拿在手里。崭新的钱,新得发出摩擦声。我将钱对折起来,谨慎地揣入衣兜。

我衣兜里第一次揣过三十元钱。

那个"八八团"的人又回来了。

他说:"我拿走几本书。"随后又补充了一句,"当反面教材,供批判用!"

我说:"那当然可以。"

于是他走向书堆去挑选。我们也跟过去想帮他挑选。他说不用我们帮他挑选,因为我们不知道他要对哪些书进行"研究批判"。

我们就站在旁边看他自己挑选些什么书。

他挑选出了《怎么办》《静静的顿河》《猎人笔记》《别林斯基选集》《普列汉诺夫论艺术》《我们的心》《美国悲剧》……

他一声不响地挑选了三十多本。

他终于停止了挑选,说:"真想再多挑选几本。"

我说:"那你就再多挑选几本嘛。"

他笑了笑:"再多自行车带不了啦!"

我们找来绳子,帮他将那三十多本书捆好,拎出去,又帮他捆在自行车后座上。

他拍拍书,最后说:"这些书,一段很长的时期内,将在中国绝版了!"

我们默默望着他跨上自行车骑远。

那一天中午,我们用"午餐补助费"饱饱地吃了一顿面包和红肠。

下午,便开始清点,分门别类,注册登记。只有那堆书,因为太多,没有登记。

王文琪那几天不知为什么没来。有人提醒也应该给他三十元。我虽然心里记恨着他,但认为不给他"午餐补助"是不公正的。便当着大家的面儿,从抽屉里取出一捆拾元的钱,抽出三张,让一个部下转交给他。我也学"八八团"那个人的样,将那捆钱放入抽屉后,拍了拍手,举起来一会儿。

我问:"那四册'小破书'呢?"

没人回答。

我警告说:"在谁那里,谁交出来! 只要有一个人带出去一册,就可能为我们大家招惹是非!"

我的警告起了作用,四个部下从他们的背心内拿出了那四册"小破书"。

有一个人说:"烧了!"

部下们不知都怀着一种什么心理,一致支持烧了。不待我同意,他们就扔在地上烧了。

我觉得那火苗对我们每个人来说都是具有一种难以抗拒的邪恶的魔力的。

"太他妈的黄了!"

"写这本书的人准是个色鬼!"

大家又骂了一通。

第三天,开来了两辆大卡车,一些"八八团"的人,将"阿里巴巴的山洞"搬运一空。

我们又回到了学校……

在抄家运动中,究竟有多少金钱和财宝,从一代红卫兵们手中而过？这是无法计算的。但是我敢断定,从中占有的红卫兵,是为数极少的。他们抄,他们毁坏,他们以"革命的名义"闯入一个个富有的家庭,如同强盗。但他们的目的不是为了掠夺,不是为了占有,他们相信那是很"革命"的行动。"文化大革命"也怂恿和鼓励他们的行动。说到底,他们还是为了表现自己,表现自己的"革命"性。而在他们的"革命"行动中,他们努力想要表现出的,乃是他们认为自己优秀的可贵的一面。但他们的行为和行动映照在历史的"哈哈镜"中,使他们的整体形象不可能不是扭曲的,堂·吉诃德式的,甚至是丑陋的,野蛮的,令人痛恨的。

第十一章

我们红卫兵组织的三个头头之一,因为另外两个头头未经他同意,便决定了与"八八团"实行联合,写了一张措辞强烈的"声明书"宣告退出组织。

核心成员召开紧急会议,研究对策。不知是谁出了一个"高招",在他的"声明书"旁,也贴了一张"声明书",宣告他为张国焘式的人物,将他永远开除出我们的红卫兵组织,并历数了他分裂我们这个红卫兵组织的几大罪状。这虽争回了一些面子,却将他推到了与我们势不两立的境地。他恼羞成怒,索性另立山头,独树义旗,网罗士卒,成立了另一个红卫兵组织。名曰"大无畏战斗队",扬言与我们血战到底。

后来发生了一件在全市造成极大震动的事——几个流氓光天化日之下,将一个中学女红卫兵劫持到一处建筑工地轮奸了。

全市不分中学和大学,不分"保皇"派组织和造反派组织的红卫兵,义愤填膺。当天,全市大、中学校的各红卫兵组织,不约而同,不联而合,举行了一次声势浩大的示威游行。

"实行红色恐怖!"

"铲除流氓阿飞!"

"红卫兵战士不可辱！"

"为被侮辱的红卫兵战友报仇雪恨！"

"对流氓阿飞展开毁灭性的还击！"

红卫兵们气冲霄汉，口号声一阵阵在城市上空回荡。讨伐流氓阿飞的大标语铺天盖地。

据说，一些流氓阿飞，恶棍歹徒，那一天胆战心惊，魂飞魄散，连家门也不敢迈出一步，惶惶然不可终日。有的天黑后潜往车站，想乘火车逃窜外地。但红卫兵"纠察队"早已在车站布下了天罗地网，能够侥幸外逃的不多。

第二天，在全市范围内对流氓阿飞进行围剿。这是一次使每一个红卫兵都最感到理直气壮，最没有道义障碍，也最痛快的行动。这次行动主要是中学生红卫兵们的行动。而取得一份写有流氓阿飞住址或工作单位的名单，再容易不过。公安局、派出所、街道委员会，没有任何理由不向红卫兵提供情况，没有任何理由不对红卫兵的行动表示支持。

我们的红卫兵组织获得了一份区公安局刑事处提供的名单。有些全市出名的流氓阿飞在这份名单上。我们派出一支百人"纠察队"，路上拦截了几辆卡车，按名单到处抓人。

"白洋蜡，滚出来！"

"黑狼狗，滚出来！"

……

昔日不可一世的地头蛇，流氓团伙的"大兄弟""二兄弟""三狼四愣""九虎十三鹰"之类，一个个面如土色，瑟瑟发抖，被我们押上了卡车。男的女的加一块儿，抓了三十多人。

"红色恐怖"的狂飙扫荡全市！

市民们亦拍手称快，亦忐忑不安。

"红色恐怖"直搅得全市"鸡鸣狗跳鹅飞罢"！

抓了，当然要审讯，要惩办，要叫他们"尝尝红卫兵战士的厉害"！于是私设公堂,拷打,逼供。供了便信,信了便抓,抓了便审,不供便打。打了又供,供了又信,信了又抓,越抓越多。

于是有些中学的地下室变成了监狱、集中营。

于是仅与流氓阿飞有过些一般来往,甚至一般认识,甚至根本没来往也不认识,只因与流氓阿飞曾有过同学、同事、邻居、沾亲带故的关系的无辜的好人,也被关入了某些中学的地下室,在红卫兵的皮带下皮开肉绽,惨声喊叫。

红卫兵"文革"前就普遍恨透了流氓。他们中不少人可能曾受过流氓的欺负但当时敢怒不敢言,甚至不敢怒也不敢言。所以今天那些昔日凶恶的流氓成了他们的阶下囚时,他们手下无情。

轮奸女红卫兵这种残暴的罪行,尤其在女红卫兵们心中激起报复的愤怒。她们对那些流氓比男红卫兵更手下无情。因为她们是中学女学生的时候,怕他们如畏虎狼。瞧着那些半年前远远地一看见就使她们少女的心中充满恐惧,唯恐避之不及的出了名的,她们认为是无法无天为所欲为的大流氓大恶棍一排排双膝跪在她们面前,战战兢兢,个个如犯了杀头之罪跪在女皇面前引颈待死的奴才一样,她们体验到一种惩恶除暴的女豪杰般的救世气概和复仇雪恨的满足与痛快。

对那些女流氓,她们倒还恻隐些个。她们不容许男红卫兵们过分作践女流氓们的人格,善良地阻止他们的皮带太惨重地伤害女流氓的身体,使女流氓们免受许多皮肉之苦。因为男红卫兵们对女流氓们的审讯、羞辱和拷打,常使她们自己也特别尴尬。她们所维护的,倒不是女流氓们,而是本能地维护着女性的普遍的尊严。

审讯、羞辱和拷打女流氓,与审讯、羞辱和拷打男流氓相比,在男红卫兵潜意识中造成可以从弗洛伊德理论中寻找到根据的特殊的快感。无疑地,他们憎恨女流氓绝不亚于憎恨男流氓。但这种憎恨的心理根源,乃是因为从外表看起来她们个个都颇有姿色。某些女流氓的容貌甚至可以说是美好的。美好而堕落,端庄而无耻。他们憎恨这样一种令他们万分遗憾的对立统一。她们尽是那些男流氓们的姘头。有的一个人是几个男流氓的姘头——而大抵又是对男人最具有女性的种种吸引力的一个。男红卫兵们既受到"美丽的囚徒"们的诱惑,又发自内心地鄙视她们。这是一种欲念和观念强烈冲突造成的痛苦。为了演变他们无法理解的社会现象对他们造成的无法摆脱的潜意识中的痛苦,他们便只有反复地对"美丽的囚徒"们进行审讯、羞辱和拷打。当然是要寻找种种借口奉劝女红卫兵战友们回避的。

被我们抓到学校里关在地下室的女流氓中,有一个是"九虎十三鹰"的一"鹰",据说是年龄最小的一"鹰",和我们的年龄不分上下,也是最漂亮的一"鹰"。又据说"十三鹰",鹰鹰是美女。

这只"雏鹰"直接被我们从"虎穴"中抓来的。她原是"宏光"中学的学生。"宏光"中学是非正式中学,专收没考上中学的小学六年级毕业的学生。她后来因"臭名远扬",连"宏光"中学本来很低的声誉也大受其败坏,将她开除了。从那以后,她加入了流氓团伙。

我们闯入"虎穴"时,她和那只"虎"正拥睡在床,只穿短裤,连乳罩也没戴。我们只将一件"虎皮"披在她身上,就扯到外面,举起来扔上了卡车。至于那只"虎",当场被我们打趴在地。

她被抓到学校后,一个原先和她是小学同学的女红卫兵,给了她一条长裤,她那两条迷人的白腿才有了归宿。

第一次对她进行审讯的时候,她一副满不在乎的神气。一双媚荡的大眼,一会儿乜斜这个,一会儿睥睨那个。那件"虎皮"的衣扣也不扣,抿着衣襟,交叉着手臂,还问:"有没有烟?"

审讯者们看出了她是要蛊惑红卫兵战士,感到受辱,皆怒(那倒是真的),一顿皮带,抽得她哀声哭叫,抽掉了她的"痴心妄想",拖回地下室,掼在冰凉的水泥地上。

第二次审讯她时,她变得乖多了。淫荡之相,一扫而光。可怜之态,溢于言表。审讯者中有谁瞪她一眼,她就浑身打一哆嗦。问她什么,她回答什么。惧怕心理使她连半点羞耻也不顾了。

"你和几个男流氓乱搞过？"

"五六个。"

"到底是五个还是六个！！"

"五个……不,六个……让我想一想……还有一个,七个……"

"都被我们抓来了没有?！"

"被你们抓来了三个……"

"那四个在哪儿?"

"我也不知道……"

"不老实!"

"我……"

两次审讯她,王文琪都站在一旁看。他的左眼眶紫青紫青的。有人告诉我,他回过一次家,跪在他母亲的病床前痛哭,却被他哥哥暴打一顿,打出了家门,追到街上打。

他只能仍和老校工住在一起。老校工开始还有些同情他,如今因他变得古里古怪,令人琢磨不透,厌烦他了。

我让人转交给他的三十元钱,他买酒买肉,胡花光了。他向好几个同学借过钱了。借了不还。埋藏在他心底里的那种不知根由的仇恨,也始于我而犯及众人。他谁都恨。跟他素无交往的人他也无缘无故地恨。有一天因为老校工说了一句他不愿听的话,他竟然要动手打老校工。同班的同学,同一派的红卫兵战友,都渐渐对他产生了恶感,不理他的人越来越多。他似乎根本不在乎这一点。

只对一件事他是非常在乎的——爱惜他的红卫兵袖标。常洗。没脏也洗。有一次他撬开了"总部"的锁,溜进去偷东西,被当场抓住。

问他想偷什么?

他不回答。

搜他身上,怀中搜出了好几条崭新的袖标。

"你偷这么多袖标干什么？"

"换着戴。洗了这条，戴上那条。"

他言之有理地回答，并不感到羞耻。

对他无奈。又因"家丑不可外扬"，怕"大无畏战斗队"得知后，借题发挥，对我们进行诽谤性的攻击，不声不张地放掉了他。连从他身上搜出的那几条袖标也索性就给了他。

于是他更有洗的了，洗得也更勤了。衣袖上，没有一时一刻不戴着袖标。所戴袖标永远是新的一样，没褶没皱的，红底黄字，比别人的袖标显得醒目而高贵。

可以说他在学校里无所事事。某些行动并不因他就住在地下室而通知他参加。他有时也感到无所事事的无聊，经常到校外去"单独活动"。衣袖上戴着红卫兵袖标，衣襟上别着毛主席像章，在经常贴出大字报的地方和经常进行大辩论的地方，瞧瞧，听听，东走走，西站站。他的全部"单独活动"的内容也就是如此而已。

自从学校里抓来了那些男女流氓，他有具体的事情干了。动辄拎着皮带，单独闯入分别关着男女流氓的地下室，也不审，也不问，阴沉着脸，一言不发，闯进去就抡起皮带，不分张三李四，劈头盖脑一顿抽。抽够了，拎着皮带，扬长而去。而这种事，常常发生在夜里。别人不知，唯老校工一人知道。后来老校工实在听不得那些男女流氓的哭喊哀叫，告诉了头头们。

头头们起初并不在意——反正他打的是流氓。结果有一个女流氓不堪忍受，企图自杀，这才引起了头头们的重视。而且，他的"单独行动"，使头头们认为他蔑视了红卫兵组织的纪律性。

"谁允许你深更半夜一个人去打他们？"

"你们可以打他们，为什么我不可以打他们？"他振振有词。

"我们？我们是经过了审讯的，对那些罪大恶极，作恶多端的，给以必要的惩罚！我们是区别对待的！"

"你们有什么样的权利,我也有什么样的权利! 红卫兵的权利平等!"

头头们恼怒了。

"你如果再打他们,就将你开除出红卫兵组织,剥夺你红卫兵的一切权利!"

头头们对他提出了严厉警告。

这样的警告对他起了作用。似乎也只有这样的警告对他才起作用。

他以后果然不敢再擅自单独闯入地下室了,但进行审讯时,他总是要站立在一旁看。尤其审讯女流氓时,他更是不请自到。没人理他,他也丝毫不觉得自己多余。好像一个被熟人带到电影制片厂摄影棚或剧院排演厅的好奇者,阴沉着脸对最乏味的"戏"也观看得意领神会。他那种样子使她们不敢朝他瞥一眼。他那阴沉的脸色无疑使她们比对审讯者们更加害怕。他似乎无时无刻不在想要伤害她们。她们根本无法理解,究竟为什么这一个人比所有的红卫兵都更加仇恨她们。正如我根本无法理解,究竟为什么他仇恨我一样。有几次我暗暗观察他,从他那冷酷的目光中,我得出结论,他对这种审讯也是心怀仇恨的。也许因为他自己希望而又没有机会坐在审讯桌后对她们进行审讯吧? 我只能这么猜疑。

想要抓的差不多都抓到了,想要惩罚的都严厉地惩罚过多次了。体现在审讯过程中的报复心理也获得满足了。男女流氓们被红卫兵们教训得一个个如同绵羊般驯服了。"红色恐怖"的狂飙也就从红卫兵们的心头啸过去了。

于是各中学红卫兵组织召开联合会议,向全市宣告,"红色恐怖"运动完成了它在无产阶级"文化大革命"中的历史使命,已经过去。市民们心理紧张的日子也终于过去了。

红卫兵们,凭着他们的理想主义信徒式的热情,要筹集抄家财物为资金,建立"感化院",将男女流氓个个改造成社会主义新人。在"监禁"

163

过程中表现好的或较好的,有单位的交给原单位的革命群众进行改造。没有工作单位的,敦促所在街道委员会负责,限期解决工作。表现不好的,强迫参加建立"感化院"的义务劳动。"感化院"落成后,收容第一批感化对象。

于是对被抓来的男女流氓们进行了一次集体"感化教育",因为曾羞辱过他们用皮带抽过他们向他们赔礼道歉,承认错误,并当场宣读了将要被释放的人的名单。这些人被"感化"得热泪盈眶,阵阵高呼:"红卫兵万岁!"他们原以为自己不会活着回家了呢!他们对"红色恐怖"领教了,谈虎色变。

红卫兵也是"开后门儿"的,这一点又足以证明他们都是很有人情的。

"九虎十三鹰"那一"鹰"的小学同学,恳求我们的头头们,看在她这个红卫兵战友的面子上,释放那个"美丽的囚徒"。还要以一个红卫兵的神圣名义,担保"美丽的囚徒"改邪归正。

我们这一位女红卫兵战友,是我们这一派的"毛泽东思想文艺宣传队"队长,与其中一个头头并肩造反之前,不仅同班,而且同座,感情笃焉。许多人都深信不疑,他俩将来准成对。

她这个面子,他当然是给的。

他已给了面子,另外几个头头,也便送起顺水人情来。

她得了面子,很是高兴,告诉他们,她和"美丽的囚徒",小学曾一块儿在市少年宫学过舞蹈。"美丽的囚徒"能歌善舞,不乏文艺细胞。因没考上中学,受父母责骂,被兄弟姐妹冷淡,坏人乘隙勾引,离家出走,身不由己,才一步步走向堕落泥沼的。

头头们听了,个个惋惜不已。有的说,使她重新做人,首要的一条,须帮助她解决职业。有的说,她果真改邪归正了,只要愿意,也可以加入红卫兵嘛——这符合毛主席"既要革命,就要团结一切可以团结的力量"的伟大教导。有的甚至还说,加入"毛泽东思想文艺宣传队"也欢迎。

一个女流氓被红卫兵改造为一个"毛泽东思想文艺宣传队"队员,更能证明红卫兵不但有改造全中国的气魄而且有改造全中国的胸怀。

于是我们的"毛泽东思想文艺宣传队"队长,亲到地下室将"美丽的囚徒"提出,陪见几个头头。

头头们一个个变得"温良恭俭让",各自将说过的话又对"美丽的囚徒"当面重说一遍,继而好言安抚一番。

那"美丽的囚徒"扑通一声跪倒在地,痛哭失声,珠泪横流,发诅天咒地之誓,若辜负所望,死于非命。

头头们亦颇受感动,自不消说。

"美丽的囚徒"无颜独自回家,我们的"毛泽东思想文艺宣传队"队长,将她安排在自己住过的图书室旁的一间小屋,答应明天亲自送她回家,告诫她的家人,不得再歧视她……

然而谁能想到,悲剧就发生在那天夜里。

第二天上午,我们的"毛泽东思想文艺宣传队"队长一推开那小屋的门,尖叫一声,昏晕过去。

"美丽的囚徒"被害死了!

死者赤身裸体,一丝不挂地仰躺在水泥地上。面盖一块枕巾。从室内凌乱不堪的情形判断,她死前与凶手拼命反抗过。阳光照射在她的身体上。身体因失去了生命的缘故,异常白。周围却无血迹。

有一个胆大的,上前揭掉了死者脸上的枕巾。只见死者面目被砸得血肉模糊,惨不忍睹。

女同学们捂着眼睛从屋里往外跑。

那个胆大的,立刻又用枕巾盖住了死者的脸,心惊肉跳地退后一步。

男同学们一个个仿佛被定身法定住了。

戴袖标的,不戴袖标的,那一时刻,都感到被一种凶残的罪恶的氛围包围住了。

不知是谁肯定地低声说:"王文琪!"

这三个字仿佛一句命令,男同学们一个个由僵转活,一齐朝地下室跑。走廊里回响着嗵嗵的脚步声。

王文琪正在洗红卫兵袖标。

他见大家冲入地下室,停止了动作,拿着滴水的袖标缓缓直起腰,用心怀仇恨的目光望着大家。

大家也冷冷地盯视着他。

突然大家全扑上去揍他,将他打翻在地,踢、踩、跺。

却没听见他发出一声叫喊。

凶手果然是他。

那天夜里,他企图强奸她。她不从。他便用台灯底座砸死了她。然后用枕巾盖住她血肉模糊的脸,扒光了她的衣服,强奸了她尚柔软温暖的尸体……

老校工说什么也不愿再住地下室,提前退休回乡下老家去了。临走他对人说,他捡了一条命。他认为王文琪早晚是要杀一个人的。即使不杀死那姑娘,哪天夜里也会趁他熟睡之际杀死他。

"可惜了啦,正是黄花一般的年龄,长得体体面面的,死得惨啊!她是替我老头子做了鬼啊!"

他噙泪离开了学校。

我一回想起王文琪有时看着我那种仇恨的目光,就不禁浑身汗毛林立。我相信老校工的话。也许他还想杀死我,只是没寻找到机会吧?

为什么?

我不知道。

而当时所有在现场的同学,又为什么一经有一个人说出他的名字,就都断定凶手肯定是他呢?难道他们内心里都有过他早晚必定要杀一个人的预感吗?

我更应有这种预感,可我却没有过。

他究竟是因为无端的仇恨(我们都不怀疑他心底里是早埋下了这样

一种仇恨的）而杀死了她,而奸污了她的尸体呢? 还是因为受到她那成熟了的妙龄女性的肉体的吸引和诱惑而痛苦,才产生了一时冲动的罪恶念头,以至于失去了人性和理性呢?

没有一个人能说清楚。

我回到家里,默默翻出小相册,从中找到我与王文琪合照的一张二寸照片,连同底片塞进了炉火中。

深深的悲哀使我心里难过得想哭一场。我承认我暗暗爱上了那个"美丽的囚徒"。爱,我相信首先是一种物质力量。心灵美引起敬意,但难以唤起爱情。爱一颗美好的心其实是大不真实的感情。爱是与形象的美所激起的被诱惑的迷乱同在的。其次才是心灵问题。这就是每当她被审讯时我总在场的原因。除了第一次审讯她时我没阻止得了别人对她的拷打,第二次第三次审讯她时,我都以巧妙的方式保护过她。我忘不了当我将一双自己的旧解放鞋扔给她时,她怯怯地看我一眼那种感激的目光……

我一心希望她能改邪归正,有个工作,某一天也有资格戴上红卫兵袖标,幻想着她以后加入了我们的"毛泽东思想文艺宣传队"……

"王文琪凶杀案"震惊全市!

红卫兵们蒙受前所未有的奇耻大辱。

成千上万群众拥向市公安局,呼吁严惩杀人凶手。他们的呼吁之声表达了他们对"红色恐怖"行动的强烈不满。如果说人民还能忍受任何形式的"革命",却不能忍受任何形式的恐怖。

几天后,全市到处张贴了判处刑事犯罪的布告。

红卫兵袖标不能保王文琪的命。虽然他有好几条。

他与那些强奸了一个女红卫兵的流氓同时判处死刑,同一天执行。

"红色恐怖"的最后一击,落在了红卫兵自己头上。

在许多红卫兵组织的联合请求下,为了顾全红卫兵的声誉,没有召开公审大会。布告上也没有印出"红卫兵"三个字。

行刑那一天,刑车从市区驶过,千万人围观,交通为之堵塞。

我们的组织内因有这样一个令人发指的杀人犯,名声扫地,红卫兵成批退出,三天后只剩几位光杆司令,不攻自散。

"大无畏战斗队"耀武扬威地接管了学校大权。

许多同学蹬着自行车,跟在刑车后,一直跟到黄山嘴子,亲眼目睹了行刑。

"这小子还没吓瘫,是自己从刑车上跳下来的!"

"喝令他跪下,他就乖乖跪下了,倒怪听话的!"

"他看见我了!"

"他死到临头,哪还有心思看你呀!"

"他是看见了我嘛。看见我之后,才低下头去的!"

"举枪的时候,他还回头看了一眼呢!"

"对,他是回头看了一眼!"

他们纷纷如此议论。

据说,他家没人去收尸。他的尸体被运到一所医院,做解剖用了……

第十二章

大串联开始了!

这一运动中之运动的"先驱"者们,也许应首推某海运学院的一批红卫兵。他们高举"长征队"的旗帜,从城市徒步出发,历时近百日,风餐露宿,沿途宣传毛泽东思想,宣传"文化大革命"的必要性和迫切性。他们抵达北京后,受到首都人民和红卫兵的热情欢迎。受到中央"文革"成员和毛主席的接见。

两报一刊发表联合社论,高度评价红卫兵小将们的"长征精神"。指出这一精神,在"文化大革命"中必然起到"宣传队"和"播种机"的作用。

从社会心理学角度分析,"长征队"尤其是红卫兵的"宣言"方式——如果历史需要,我们也可以创立前人创立过的一切丰功伟绩——其实并不是精神继承,而更是初萌于一代人潜意识的精神挑战。更是红卫兵革命理想主义涅槃中升华了的自我证明和自我检阅的激情。

古往今来,任何一个国家,任何一个民族,任何一个时代的青年人,只要是处在温饱线以上的,他们最不能忍受的是什么?——是平凡。他们总希望自己应该是为了惊天地、泣鬼神而生存的。并且总相信自己完全能够惊天地、泣鬼神。他们是不甘于仅仅做前人的辉煌历史的阅读者和英雄纪念碑的瞻仰者的。这是全人类的普遍的心理。正是这种心理煽起青年的一切超历史的欲望。减少他们面对某页伟大的历史感到无所作为的痛苦。

一代红卫兵可以说几乎都是在英雄主义的梦想中成长起来的。这种梦想在三年自然灾害时期被饥饿破坏过。那无疑是很可悲很严重的破坏。而一旦苞谷和高粱又可以填饱胃了,英雄意识也便又开始在他们的头脑中活跃了。何况红军所进行的长征就像是昨天的事。那一页历史太新了。创造那一页历史的伟人和英雄们也不算太老。文学、电影、话剧、歌曲、回忆录、陈列馆、纪念碑……一切可能的手段,一切可能的方式,一切可能的途径,都被调动起来,运用起来,目的是那么明确,缩短再缩短这太新的一页历史与我们共和国的第一代青年人之间的距离,仿佛要永远永远使他们在它面前高唱颂歌,膜拜顶礼,做它那光荣的精神奴隶。

于是在他们预见可能会得到赞扬而非压制的情况下,他们便满怀豪情地进行自己的"长征"。希望自己的"长征"也被载入史册,也使后人同样对之高唱颂歌,膜拜顶礼。事实上,我们今天称之为一代人的"逆反"心理,完全可以追溯到"文化大革命"发动前的年代。不过这种"精神挑战"被肤浅地误解为"精神继承"罢了。倘若当年有人指出一代红卫兵心理上的"逆反"和"挑战"意向,恐怕连他们自己也会感到是诽谤因而愤怒起来的。

前不久,我从一本杂志看到一则实事报道:在苏联的某座城市,有一条街道,以在反法西斯战争中为保卫这座城市而英勇牺牲的红军战士的名字命名。五十年后的今天,人们才知道,他仍活着,并且就在这一座城市,每天无数次地经过那一条以自己的名字命名的街道,常常看到青年人在街头他的半身塑像前致敬,默哀,献花圈。然而五十年来,他没有对任何一个人说过——那塑像就是我。后来在要把他的某些"遗物"陈列到英雄纪念馆时,他才不得不"暴露"自己的身份。

记者问他:"那是莫大的光荣,不是耻辱,你却为什么不愿代替你的塑像当之无愧地接受呢?"

已成老耄之人的他回答:"在非常岁月,每一代人都能创造光荣,产生英雄。这是很寻常的事。"

杜鲁门的外孙,直至上小学一年级,才在课堂上知道,自己的外祖父原来当过美国总统。回到家里,他问母亲,为什么从没告诉过他?

母亲回答:"这也值得你骄傲吗? 美国人中能当总统的人很多很多呀!"

一位苏联老红军战士和一位美国总统的女儿也是美国儿童的母亲的话,提供了人类在心理素质方面已经进步的参照例证。

新中国成立以后到"文化大革命"前,我们共和国对它的儿女们所进行的一切的,包括愿望最良好方式最有效的"革命历史传统教育",或多或少都带有一代人向下一代人炫耀丰功伟绩,为自己树碑立传的意味。历史一旦拿它来作精神统治的教科书,它的伟大和庄严实际上便开始丧失了。所以"怀疑一切,打倒一切"的口号,正中一代红卫兵下怀。所以下一代人的挑战——以"长征队"的升华了的行动体现的和以"造反有理"的彻底走向反面的行动体现的挑战,甚至可以说是不可避免的。所谓物极必反。

而林彪妄图篡改历史,取代"井冈山会师"中的朱总司令,其愚昧恰在于竟以为能够靠了一页光辉的历史来巩固自己在当代的地位。这是人类在心理素质方面没落的参照例证。

长征是宣言书,它向全世界宣布,红军是英雄好汉。

"长征队"也是宣言书,它向全中国宣布,红卫兵也是"英雄好汉"。

"一石激起千层浪。"全国各地的红卫兵"英雄好汉"们,纷纷开始了他们自己的长征。他们擎举起自己的旗帜,高唱着对自己的颂歌,满怀英雄主义的豪情,大踏步地走向延安、韶山、遵义、北京。沿途大破"四旧",大立"四新",进行革命大串联,播下一堆堆无产阶级"文化大革命"

的熊熊火种,以为如此等等的作为,也算是"丰功伟绩"了。以为自己也肯定将会彪炳史册了。以为自己在使全中国人民"免受二遍苦,二茬罪"的历史的严峻关头,也都不愧是一场大革命的弄潮儿,人民将来可能也会称他们为"大救星",像感谢上帝一样感谢他们。当然,绝不是每一个红卫兵"长征队"队员都作如是想。目的也根本不在于投机,仅只是一种自我表现,自我证明,一种潜意识的"精神"挑战而已。如果历史客观地公平地发言,那么它应该承认也应该证明,红卫兵在"文化大革命"最初的一切行为,一切行动,都只不过是自我表现,自我证明而已,掺杂着压抑长久的充分的发泄,走向极端的英雄主义,对历史的变态的挑战意识,扭曲到妄想地步的社会责任感。他们还根本没有考虑到有什么投机的必要性,也还根本没有学会投机。

两报一刊又发表社论,敏锐地指出,红卫兵"长征队"的不断涌现告诉一切革命"左"派,进行全国范围的革命大串联是革命"左"派们的一项任务,势在必行。

中央"文革"的首长们发表讲话:红卫兵和一切革命"左"派,全国各地都去去,欣赏欣赏大好河山也是理所应该的嘛!

毛主席发表最新指示——革命大串联好得很。

百万千万份传单,将中央"文革"首长们的讲话,毛主席的"最新指示",以及毛主席对广大革命人民群众、红卫兵小将和一切革命"左"派的想念之情公告向全国。

毛主席想念我们,我们更想念毛主席!

以徒步长征的速度去到北京,去到毛主席身边,使毛主席他老人家感到,红卫兵小将和一切革命"左"派与他老人家是心心相连,息息相通的,显然太迟太迟太迟了!

于是他们在东西南北各条铁路线的各个车站拦截列车,强行登乘,都怀着十万火急的心情奔赴北京。"长征"在半途中的,也卷起了"长征队"的旗帜,改乘列车抵达北京后,再重新招展他们的旗帜,精神抖擞,飒爽英姿地行进在北京的大街上。反正也没人盘问他们究竟是走来的还是坐火车来的。

于是毛主席登上天安门城楼检阅,频频高呼:"红卫兵万岁!""人民万岁!"

如今,已很难考证那些中央"文革"的首长们的讲话,毛主席的"最新指示"的真伪。但我为了写这篇"自白",从各种各样的人们那里借到的,求索到的当年的传单或小报上,白纸黑字、的的确确印着以上那些讲话,那些"最新指示"。而伟大领袖口中呼出的"红卫兵万岁""人民万岁"两句话,则是我亲耳听到的。

一次次长久地站在天安门城楼上,毛主席还不断地从天安门城楼的这一端走到那一端,那一端走到这一端;还频频挥手;还时时以自己的声音回应千百万人"毛主席万岁万万岁"的声涛。还要乘敞篷车(当然也是站着)来到千百万人中间。白天检阅过了,夜晚还要满足千百万人"我们要见毛主席"的强烈愿望。仅白天的检阅,往往就延长至四小时。这对于七十多岁的老人家的身体,不能不承认是危害健康的。

中央"文革"开始替毛主席的身体忧虑和不安了。

先后八次声势浩大的检阅中,有幸陪同者几乎次次更换。某些人第一次检阅时还手持红宝书,第二次检阅时便不知"君今何往"了。要么上了"百丑图",要么被报纸宣布为又一个"赫鲁晓夫"式的人物。

红卫兵和一切革命"左"派的政治嗅觉变得异常敏感。今天一份"无产阶级司令部"和"资产阶级司令部"的图表式传单刚刚散发出去,明天又一份在紧紧急急地赶刻赶印。党中央两个司令部大分化大改组的动荡局面,似乎永远都处在变更之中。

中央"文革"向全国发出紧急通告——全国各地涌向北京的红卫兵人数日益增多,虽然连街道委员会的居民也动员起来了,首都的接待工作仍力不胜任。希望红卫兵谅解首都的难处,心疼毛主席的身体,顾全大局,暂缓赴京。

紧急通告并未起到作用。

实际上，大串联已经演变成免费的旅游。对于千百万人来说，大串联是一次获得大功利的机会。吃、住、行一文不花的旅游，乃是新中国成立以来最体现社会主义优越性的美事。当年的中国人能到过一次北京，比今天的中国人能到过一次纽约或巴黎还倍感荣幸，觉得是天赐良机。"开开眼界，见见世面。"这是今天出国的人们挂在口头的一句话。当年的红卫兵绝不说这样的话。但这样的目的毫无疑问是存在的。甚至是压倒抽象的革命目的之目的。至于新闻电影中保留下的那些热泪横流的特写镜头，那些口呼万岁抬头仰望的动人场面，仅是大串联的一个侧面而非全面。何况眼泪和狂热情绪是具有感染性的。倘若当年也像如今一样，记者可以持着话筒现场采访，许多热泪未干的人很可能会如此回答："别人哭，我也哭，眼泪是不由自主流出来的。"

从历史上看，从总体来说，汉民族恰恰是很缺乏信仰的民族。所以，仅仅认为大串联是崇拜心理和热爱之情的必然结果，实在是过于理想化过于浪漫化的评价。倘吃、住、行需自己破费，当年到北京去的人可能连大会堂还坐不满。

我们那一派红卫兵组织解散不久，我很快又参加了另一派组织。我总得参加某一派红卫兵组织。我总得是一个红卫兵。这对我大大的有利。

那一天我们组织起来，到火车站拦截开往北京方向的每一次列车。我们在火车站各处，包括列车上刷标语。标语写的不外乎是——"听从中央'文革'的话，心疼毛主席他老人家！""见到毛主席是莫大的幸福，毛主席的健康是我们更大的幸福！"等等。

已经登上了列车的各校各派红卫兵，任我们如何晓之以理，动之以情，没有一个下来的。但也不与我们辩论。因为真理在我们这一方。他们与我们进行"战略对峙"。

于是我们便纷纷卧轨，在铁路上一趴下去就是两三个小时不起来。那一天细雨蒙蒙。趴在湿漉漉的枕木和冰凉的铁轨上并不是件舒服的事儿。现在回想起来,那也完全是凭着自我证明自我表现心理支撑的执拗行为。起码我自己是这样。心疼毛主席——是很值得自我证明自我表现一下的。证明自己表现自己热爱毛主席的机会很多,证明自己表现自己心疼毛主席的机会却难得。机不可失,时不再来。

今天,社会学家和政治家们,在对"文化大革命"进行全面的批判和否定时,一般都将"个人崇拜"的恶果过分夸大了。中国人的崇拜心理,尤其是汉民族的崇拜心理,其实有一定的虚伪性。

我和我的伙伴们在绵绵秋雨中卧于湿漉漉的枕木冰森森的铁轨上,我心中知道我那天的行动绝不会没有意义。我预想着"文化大革命"结束后,这一行动肯定是我的政治鉴定上很"革命"的一笔。我认为值得。证明自己表现自己的强烈欲望在我心中一小块酸碱性土壤上,悄悄生长出投机的芽叶,嬗变为更加不可告人之目的。大家的衣服全湿透了。一个个冷得瑟瑟发抖,又都饿了,有人就爬起来要回家。

"不能走哇!"我大喊,"坚持下去就是胜利!谁想走就是对毛主席他老人家的最大不忠!"

爬起来的纷纷又卧下了。

我们的一个伙伴,举着手提话筒,在站台上走来走去,对列车上的红卫兵们动员:"下来吧!真正听从中央'文革'首长的话,真正热爱毛主席的红卫兵战友,请你们下来吧!毛主席能活一百五十岁,我们总会有机会见到毛主席他老人家的!留得青山在,不怕没柴烧……"

他最后两句话的意思,分明是只要毛主席健康长寿,还怕今后没有见到毛主席的时机吗?

列车上的部分红卫兵,正一字一顿、极有节奏地喊着:"我们想见毛主席,我们要见毛主席!"车厢内还传出几个女红卫兵缠绵悱恻的"小合唱":"抬头望见北斗星,心中想念毛泽东……"他们也只有以这种方式向我们表示令人怜悯的抗议。

但是我们那个伙伴的话,却使他们抓住了把柄。他们正没什么把柄可抓呢,终于抓住了,岂肯错过？千不该万不该,我们那个伙伴不该说"留得青山在,不怕没柴烧"——他犯了造句修辞的严重错误。说出的话,泼出的水。

"他妈的,你们听这小子将我们心中最红最红的红太阳比作什么啦?"

"比作木柴,揍他!"

"你们诽谤,我是将毛主席比作青山!"我们那个伙伴大声替自己辩护。

"比作木柴!"

"比作木柴!"

一张张愤怒的脸从车窗探出来。

"比作青山!"

"比作青山!"

问题太严重了!比作青山还是比作木柴,这可属于大是大非,政治性质!卧着的我们,纷纷爬起,帮我们的伙伴辩护。

"比作青山也不行!只能比作最红最红的红太阳!"

"就算比作青山,山上的一草一木是什么?是毛主席的头发!不怕没柴烧又意味着什么?"

"简直反动透顶!"

"谁敢动毛主席一根毫毛,谁就是我们的死敌!"

局面急转直下。他们处于优势,我们处于劣势了!

"揍他!揍他!"

"他们拦截列车,阻碍铁路交通,罪该万死!"

"揍他们呀!揍他们呀!"

于是许许多多男红卫兵纷纷从窗口跳下列车,由"战略对峙"而"战略反击",对我们施展老拳狠腿。

他们人多,我们人少。他们几个十几个围住我们一个,大打出手。

我们有的被打得抱头鼠窜,有的被打得呼爹叫娘;有的英勇无畏些,面对强暴,大义凛然,一味挨揍,不抱头鼠窜,也不呼爹叫娘,只是高喊着:"毛主席万岁!毛主席万岁!为了毛主席粉身碎骨也心甘!"表现出视死如归的气概。

在他们纷纷从列车上跳下来的时候,我情知不妙,灵机一动,一头钻入车厢底,钻到车厢那边去了。我躲藏在车厢那边,耳听伙伴们的哀嚎,鄙视自己的胆怯也庆幸自己逃得快,用"好汉不吃眼前亏"这句至理名言自己宽恕自己。

伙伴们被打散了。那些"抬头望见北斗星"的红卫兵大获全胜。仿佛"扫除一切害人虫,全无敌"似的,一个个趾高气扬地又登上了列车。

列车长鸣一声,喷出一阵白雾,缓缓开动了。

又一批红卫兵到北京去了……

我在铁道旁呆呆地站了一会儿,觉得我所参与的这很神圣的行动,有点滑稽可笑。像一幕正剧,又像一幕闹剧,更像一幕以英雄们的失败而告终的悲剧。当年我还没听说过什么"黑色幽默"或"荒诞派"。如今想来,那一行动更具有此类色彩。

可我毕竟没挨揍,没额青唇肿,没掉牙,没流鼻血。半点伤也没有,与我们那些一个个都挨了揍的伙伴相比,我是个地地道道不折不扣的临阵脱逃者,也不知是否被我的哪一个伙伴发现了。倘真的被发现了,我他妈的就完了!我将在男红卫兵中无地自容了!我将在女红卫兵中难以保持起码的自尊和人格了!而今后我无论再表现得如何如何"革命",也难以重新获得红卫兵伙伴们的信任了!这太严重了!我心中不安到极点。不堪设想的后果比刚才拳舞脚飞的打斗场面更使我害怕。

我灵机一动——又是灵机一动(在"文化大革命"中我觉得自己变得聪明了许多),决定自己在自己身上制造个伤口,弄出点血来。我必须有个伤,我必须流点血,否则我说不清楚,向我的红卫兵战友们也向"革命"交代不过去!

地上正巧有截一尺来长的带钉子的木条,我捡起了它。

我曾看过一本小人书——《打严嵩》。内中有个情节,就是严嵩为向皇帝诬告别人打了自己,手持方砖,以袖裹之,自己向自己面门连砍三下,砍得鼻青脸肿,鲜血淋漓。兵法书上,叫"苦肉计"。周瑜打黄盖,也是此计,所谓"真打真挨"。可那奸相严嵩,是被寇准老儿捉弄,想以"苦肉计"诬陷别人而又上了别人"苦肉计"的当。兵法书上,叫"计中计""连环计"。周瑜打黄盖,打得狠,四十军棍,两股皮开肉绽,那才真叫"苦肉计"。还有《岳飞传》里的那个"苦人儿",为了到金营去对双枪小将陆文龙进行劝降,竟断臂。严嵩也罢,黄盖也罢,"苦人儿"王佐也罢,为了诬陷的目的,为了军事上的胜利,为了大宋抗金,苦一下"肉"都是值得的。而我呢,似乎也很值得又似乎他妈的一点儿也不值得。不苦还明摆着是不行的!

罢,罢,罢!该流血的时候就得流血!以"文化大革命"的名义!

"苦肉计"不是高明的计。我左手拿着那木条,举起了几次,想朝自己右臂来一下,却来不成。

我闭上眼睛,咬咬牙,狠狠心,终于打了下去。

我感觉到钉子扎进了皮肉,倒不怎么疼。睁开眼睛,臂上却没伤。我以为是打下去了,还是他妈的没有打下去!

那时我才认清了我自己,那么缺少勇气!我想我恐怕永远做不出英勇的行为了。我很替自己悲哀。

又闭上眼睛,又咬咬牙,又狠狠心……

嘿!

低低地吼出了一声。

这下成功了。因为我感到了实实在在的疼。

我并未立刻睁开眼睛——手臂上只弄出个钉子孔儿算什么伤?也淌不出几滴血呀!

再咬咬牙,再狠狠心,钉子本没拔出,事倍功半。"一不做,二不休"

吧！使劲一拽木条，疼得我哆嗦了一下。

臂上划出一个大口子，二寸余长，皮肤豁开着，鲜血如注。尽管疼，很满意。伤口像个伤口的样子，血也淌得够刺激的。

想了想，撕掉半截袖子，裸出血淋淋的左臂，为了使我的红卫兵伙伴们一眼可见，触目惊心。

我任凭血流不止，心说他妈的流得越多越好。

右手托着左臂，像个挂了彩的战士似的，蹒蹒跚跚、孑然一身地走出了火车站。

伙伴们正聚在站外。以为我肯定是在混战中被绑架到列车上了。那可就生死未卜了。一个个都忐忑不安。几个女红卫兵伙伴还哭了。

他们一见我，顿时大喜。围住我，七言八语：

"哎呀，你怎么受了这么重的伤？"

一个女红卫兵伙伴立刻掏出条洁白的手绢替我包扎。

我淡淡一笑，无所谓地回答："没事没事，不过被他们用小刀划了一下。"

手绢马上被血染透。

那女红卫兵伙伴柔声问："很疼吗？"她深情地望着我的眼睛。那是一种倾慕英雄的目光。我猜如果只有我俩在一起，她也许会亲我，可惜人太多了。

我的虚荣心获得了极大的满足。

"还动刀啦？我们要把全团的人拉来就不至于吃这么大的亏！"

"那也肯定吃亏，哪一节车厢都挤得像豆芽罐头似的，这一列车起码三四千人！我们不过才是小股游击队，他们是大兵团！"

"你没看清动刀那小子的袖标是哪个学校哪派组织的吗？"

"今天这仇一定得找机会报！"

我的伙伴们，包括女红卫兵伙伴，也都轻重不同受了各种伤。

我说："算啦，今天的事儿过去了就过去吧！他们想念毛主席的感情也挺值得理解的。"

我这句话使伙伴们都生气了：

"那我们呢？我们心疼毛主席的感情为什么就不被理解？反而挨揍？"

"他妈的他们想念毛主席是假，一分钱不花去逛北京是真！"

"毛主席他老人家又不得不接见他们啦！他们一去倒是捞到了光荣的政治资本，我们为心疼毛主席挨揍，中央'文革'的首长们知道吗？毛主席他老人家知道吗？"

"就是！两报一刊还会大登特登，又一批日夜想念毛主席的红卫兵，幸福地受到了伟大领袖毛主席的检阅！"

伙伴们的话语中，流露着极大的愤愤不平、极大的委屈、极大的"太不上算"的意味。

我说："我们心疼毛主席，是出于对他老人家发自内心的深厚感情，我们今天的行动是对毛主席最具体的最大的忠，挨顿揍、流点血算什么？大家的怨言是不应该的！"

伙伴们便都不言语了。看得出来，他们都被我的政治觉悟所折服。

几个用纸团塞进鼻孔止血的男红卫兵伙伴纷纷附和我的话：

"对，对，心疼毛主席是应该的，中央'文革'的首长和毛主席虽然不会知道，但我们今天的行动将要写入红卫兵史！"

"谁来写？"

"我们自己呗！留取丹心照汗青！"

于是大家也就似乎因为挨了一顿揍，受了些个伤，流了血，荣耀起来，自豪起来，感觉自己的形象都高大光彩起来了……

回到家里，母亲捧着我那受伤的胳膊，心疼得要哭，这家找"二百二"，那家讨消炎粉，生怕我得破伤风。

她叨叨着："谁想念毛主席就让谁到北京呗！毛主席都非常乐意让他们到北京，你们又何苦拦火车不让人家去呢！"

我说:"妈,你这话就不对了! 毛主席他老人家那么大年纪,一次次检阅,身体还不被折腾垮了呀? 他老人家的身体要是真被折腾垮了,中国的革命航船靠谁来指引方向? 全中国人民靠谁领导着走向共产主义? 世界上三分之二的受苦人还处在水深火热之中呢。毛主席也是他们的大救星啊!"

母亲听我说了这番话,点头道:"可也是的,家家户户都贴着毛主席像,角儿八分地就能买一张,想念毛主席的时候,对着毛主席像看上一阵子,连他老人家下巴颏上那颗长寿痣都看得一清二楚,不强过千里迢迢地到北京去,只能远远地看到他老人家站在天安门上的那个身架? 一次次检阅,一次次辛劳他老人家,不是天大的罪过吗?"

母亲言罢,转脸朝我家正墙上那张毛主席像瞥了一眼。那目光分明带着几分讨好的意味。仿佛那不是毛主席的像,是毛主席本人,也仿佛她的话不是说给我——她的儿子听的,而是说给毛主席他老人家听的。

像上的毛主席对我们永恒地微笑着。

第十三章

三天后,我也和一批红卫兵伙伴登上了开往北京的列车。

有一个伙伴说:"别人都不真心疼毛主席,我们何苦那么听中央'文革'的话?中央'文革'的话毕竟不是毛主席自己的话,也许毛主席希望到北京去接受他老人家检阅的红卫兵越多越好呢!我们光傻乎乎地心疼他老人家倒可能是违背他老人家的真正心愿呢!"

大家一致认为这个伙伴的话很有道理,于是就决定去北京。对于我们三天前拦截开往北京的列车的革命行动,人人都讳莫如深,只字不提了。每个人挨的那顿揍,受的那些伤,流的那些血,也就算是"好人打好人误会"了。

有一批红卫兵,是由几所学校的红卫兵组成的"劝说队",像我们三天前一样,也卧轨拦截我们登上的那次列车。

那次列车也被拦截了三四个小时之久。情形也和三天前一样。车上的红卫兵与卧轨的"劝说队",先是"战略对峙",后是"战略反攻"。因为"劝说队"中的一个,也劝说了愚蠢的话——"红卫兵战友们,北京是我们首都,首都需要安定。毛主席指挥全国的'文化大革命',日理万机,我们不应该再去北京给毛主席他老人家添麻烦!"

"胡说！毛主席教导我们：'天下大乱并不可怕，乱就是无产阶级造资产阶级的反，就是革命，无产阶级只能在乱中打退资产阶级的猖狂进攻，取得"文化大革命"的伟大胜利！'你他妈的知道毛主席发表了这条最新最高指示不？"

"北京是阶级斗争和路线斗争的激烈战场，我们不去谁去？首都需要安定纯粹是'保皇'派蛊惑人心的口号！你们别有用心！"

"你诬蔑我们到北京去保卫毛主席是给毛主席添麻烦，简直反动到家！"

由"战略对峙"而"战略反攻"，正是兵法书上的"后发制人"。"后发制人"差不多总是会大获全胜的。行动似乎不那么有理的时候，就"按兵不动"，让对方尽说尽说。对方总会说出一两句容易被抓住把柄的话，一旦抓住，就要"攻其一点，不及其余"，使对方变优势为劣势，使己方变劣势为优势，一鼓作气，击败为止——这是"文化大革命"中两个人进行论战或两派进行论战的一条产生于"革命"实践的宝贵经验。兵法书上叫做什么，就不得而知了。倘并无记载，当补充之。

光辩论往往是不解决问题的。"批判的武器不能代替武器的批判，物质力量只能靠物质力量去摧毁。"这是马克思的名言，已被红卫兵们背得滚瓜烂熟。

红卫兵那时还没有掌握"枪杆子"，"常规武器"是拳头和脚。武斗方式还在原始水平，不壮观却也值得观赏。

于是"劝说队"如同三天前我们的遭遇一样，在一片喊打声中，他们拦截列车的"防线"，被跃下列车的一批简直无往而不胜的"物质力量"所彻底"摧毁"，八方遁去，作鸟兽散。

列车在"钟山风雨起苍黄，百万雄师过大江，虎踞龙盘今胜昔，天翻地覆慨而慷"的毛主席诗词的雄壮歌声中前进，前进……

每节车厢都至少超载一倍以上的人。车厢像罐头盒，人像凤尾鱼。你我他互相之间，不是紧挨着，不是紧贴着，是挤得紧紧"粘"在一起。

有些根本无插足之地的人,只好站在座位的靠背上,手抓行李架才不至于掉下来。而行李架也坐满了人,太低的空间,不容他们坐直,一个个弓背勾头,姿态都像猴子。两人的座位坐四人。三人的座位坐六人。那也不是"坐",是半蹲半立,彼此搭架在一起。如同演兵场上搭架在一起的枪支。不,搭架得没那么松散。更似农民收割时搭架在一起的麦捆或稻捆。身体都起码倾斜成七十度。肩和头互相抵着。他们比过道里的人更可怜。过道里的人毕竟能将身子站直。车窗都打开着,空气还是污浊得要命。口臭味汗臭味令人想停止呼吸。

一分钱不花到北京去见毛主席并非那么美好的事。

我站在过道上,和我背靠背的是男是女,列车开出了几个小时还不知道。因为我要转一次身都无异于异想天开,光左右扭头看不到。估计他或她也不知我是男是女。那背多肉,我靠着怪舒服。肯定是个胖子不是个瘦子。谁管是男是女,靠着舒服就很不错。我的背可没那么肥厚的肉,不免觉得有点愧对人家。这是没法儿选择的事儿,谁摊着谁靠谁呗,算那个背吃亏。

和我脸对脸,胸压胸的是个女红卫兵。从没见过,可能不是我们校的。九月底,穿的都是单衣。她背靠着一位大高个的背。她那丰满而柔软的胸部压得我喘不过气儿来,却又令我心猿意马,神迷魂荡,觉着十分受用。不久前我又看过那几册海淫的《肉蒲团》,头脑中不由不产生种种被道学家斥为"邪念"之想。

她的容貌谈不上好看,却也绝不难看。属于既不算漂亮但挺讨人喜欢那一类。圆圆的苹果脸蛋儿,弯眉细眼的。短发齐耳,雪白的脖颈无遮无掩,脸却绯红。可能热的,也可能因为和我那么紧紧地胸压胸不大习惯。我尽管觉着十分受用,其实也不大习惯。和女孩子如此这般地亲密无间,在我是生平第一次体验。或曰享受。只是彼此陌生,觉得十分受用而又十分别扭。陌生的别扭却并不能排除我头脑中想入非非的种种邪念。所以我自己也是面红耳热。她的身材和我的身材差不多一般高。

我的脸和她的脸凑近得不能再近了。再近一点点就耳鬓厮磨脸儿贴着脸儿了。脸是凑得这么的近,又怎么能不眼睛对着眼睛呢?眼睛对着眼睛,我就唯恐她从我的眼睛里看出我心中的"邪"来。"胸中正则眸子明",无奈我胸中不"正",眸子如何,自己没法知道。为了不使她看出我心口的"邪",便将眸子斜向旁处,以斜护"邪",避免与她正视。

车厢转弯时一晃,我靠着的肥背向我一倾。我的脸贴上了她的脸。一贴就是几分钟,她想闪躲也没门。我想不贴也办不到。直至列车转过了弯,全车厢的人又集体向后一倾,我的脸才离开了她的脸。她的脸却又贴上了我的脸。这种贴,在我,绝不是德行问题。皇天后土,都是惯性作用。正中我下怀也是怪不得我的。在她,是又害羞,又嗔不得。"趁火打劫"地和男孩子贴贴脸儿(十七岁的我,外表也不乏讨女孩子们喜欢之处),我甚至怀疑未必不同样正中她的下怀。

列车的晃动终于停止后,她将脸儿朝后仰了仰,那双眼角儿细长的眼睛瞅着我,难为情地笑了,说:"这么挤着你,真对不起。"

我也报以一笑,随即神色庄重起来,此地无银三百两:"没什么没什么,刚才……我可不是故意的呀!"

我的话逗得她扑哧笑出了声儿:"我并没说你是故意的呀,你辩护什么?"

我发窘地说:"倒不是辩护,是声明一下。"

"在这种情形下,有必要吗?"她问得十分认真。我却看出她那认真是故意装的。

我也故意装出十分认真的神态回答:"你认为没有必要,我就心安理得了。"

我们说话时,胸压着胸,脸都尽量朝后仰着。那是很累脖子的。胸压着胸是没法子的事儿。尽量朝后仰脸是互相表示尊重的唯一措施。比起我们的脸来,更难"处理"的是我们的双手。我们的双手都被夹在自己和别人的身躯之间,动也不敢动。一动,则大有可能被对方认为是别有用心的非礼触碰。

忽然几只"猴子"从行李架上掉了下来。

"哎呀,砸断我脖子啦!"

有人尖叫起来。

车厢里一阵混乱。

她问:"你那么朝后仰着脸,累不?"

我回答:"累。"

我的脖子朝后仰得发酸,便恢复正常状态,学她的样儿左右晃头、放松脖筋。

"行吗?"她又低声问。一双热乎乎的小手搂抱住了我的腰。

"可以,可以。"我讷讷地说。

我也很想用自己的双手搂抱住她的腰。我的手臂已被夹得麻木了,那样我们都会感觉舒适些。我却又不敢那样。仿佛有条神圣不可违犯的戒条禁止我,违犯了会遭祸殃似的。

"你没手吗?"她揶揄地说。

我不那么笨,听得出来这话是鼓励,犹豫了一阵,便也双手搂抱住了她的腰。

我们脸儿对着脸儿,胸压着胸,互相搂抱着对方的腰,像一对儿亲亲昵昵的情侣。

她的腰那么苗条!那么柔软!

"这样好多了。"

"是好多了。"

她的样子是那么纯洁,那么天真无邪,我因内心对她产生的种种淫色的念头而暗暗诅咒自己。

接着她主动和我交谈起来。她是哈女中的,父母都是军人。家中的独生女,从小被视为掌上明珠,娇生惯养。

"我是偷着从家里跑出来的,只留了个纸条,告诉爸爸妈妈我到北京去了！我从小是在北京奶奶家长大的,爷爷奶奶可疼爱我啦！长到七八岁我才离开他们。我别提多想念爷爷奶奶了！我突然出现在他们面前,他们准高兴死！"

她仿佛觉得自己仍是个小女孩,仿佛把我当成一位比她大许多岁的哥哥,仿佛我们之间根本不是刚刚才开始熟悉似的,干脆将头也靠在我肩上,嘴贴着我的一只耳朵,喁喁地尽说尽说。

"到了北京你干脆也和我一起住我奶奶家吧？我就对爷爷奶奶说你是我同学,他们一定会热情招待你！北京我熟极了,哪都去过！我带你去军事博物馆参观,去历史博物馆参观,去八达岭、香山……"

她真好！

我暗暗感激上车时把我和她硬挤到一起的那些人。

在大串联中乘列车给我留下难忘印象的,除了挤,还有渴。始终见不到个乘务员的影子。没人给赴京去接受毛主席检阅的"造反有理"的红卫兵送水。也没法儿送水。连厕所里冲粪便的水也喝不上一口。每一节车厢的厕所都被反锁了,聪明的人将自己关在里边,乘"单间"。到站了也没人报站名。途经大站小站,都没有卖吃食的。好像红卫兵是红胡子,抢掠成性。连卖冰棍的也没有。串通一气想将毛主席的这一批红卫兵渴死似的。某些站有水龙头,但紧靠车门口的那些红卫兵才敢于跳下去解解渴。嘴对着水龙头争先恐后喝上几口,慌慌张张地就往回跑。不是紧挨着车门口的,想下去也下不去。真下去了便休想再上来。

互相紧紧"粘"在过道里的我和她,不敢存非分之想,从车窗望着跳下去的那些人,像机械化养鸡场的鸡一样,半蹲着身子,引颈仰脸,拥挤在打开的水龙头下,大张着口咕咚咕咚咽水,只有用舌尖舔嘴唇。

到长春站,已至深夜。几百名身着全套无领章军装,臂戴半尺宽袖标的红卫兵肃列站台之上,手持大棒,头扣柳盔,造成一片腾腾杀气。站台上还停着一辆广播车。威风凛凛的一个铁血男儿的声音从大喇叭发出:"我们是长春公社的战士,从昨天起,我们接管了火车站。现在,你们必须明确表态，支持天派，还是支持地派？"

显然，如果我们这次列车上的人回答错了，这次列车就休想通过长春站了。

可是车上似乎没有一个人知道："天派"怎么回事？"地派"又怎么回事？导致两派分歧和对立的原因以及"长春公社"究竟站在"天派"一边还是站在"地派"一边？"长春公社"的鼎鼎大名我们是早有所闻了。他们曾动用据说整个吉林省仅有的一辆十节云梯式救火车，不过不是为了救火，而是为了攻占一所高校的大楼。传单上描绘的那种"战斗"场面是很惊心动魄的。用今天的话说，相当够"刺激"。结果两败俱伤，那辆造价数万元的救火车被火烧毁，那所高校的四层大楼也被火烧毁……

可从何日何时起又分为"天派"和"地派"了呢？哈尔滨与长春是离得最近的两座城市了——"文化大革命"一旦进入了"武装革命"的阶段，势如云涌星驰，梦中依稀闻汉乐，城头变幻楚王旗。真可谓：今天是"张大帅"打"李大帅"，明天是"李大帅"打"张大帅"，后天又是"张大帅"与"李大帅"联合起来打"赵大帅"，简直就使那些被啐之为"变色龙"的人物们，有时也来不及"变色"，来不及"弃暗投明"，来不及"反戈"。

哪一节车厢也无人回答。

那辆广播车，像狮踞的斯芬克斯，黑夜中，车灯如同"她"的一双巨眼，单等我们回答错，便扑向列车，将一节节车厢撕碎。而那几百名手持大棒，头扣柳盔的"武士"，尤其使我们胆战心惊。他们是"精兵良器"，我们是手无寸铁的"乌合之众"。而且，我们是离开了"本土"，在他们的"境内"。一旦冲突，他们则可迅速纠集起"千军万马"，我们若不被"歼灭"才怪呢！

我们那节车厢鸦雀无声，人人更往一块儿挤了。估计其他车厢里的人们，也绝不会"临危不惧"。

连列车都似乎吓得不敢喷气了！

"你们必须明确回答，支持'天派'，还是支持'地派'？限你们三分钟时间！三分钟过后还不回答，我们将迫使列车退出长春站！……"

"斯芬克斯"没耐心地厉声警告。

她说："为了咱们这次车开过长春站，你带头回答一声！"

我说："回答什么呀？我又不知道他们'长春公社'是'天派'一边的还是'地派'一边的！"暗想，这个"头"让别人带吧！

她说："你别正面回答嘛，你喊坚决支持'长春公社'的革命战友！"

我说："你还没听明白吗？他们要我们明确回答！明确的意思你不懂吗？"

她嘟起了嘴唇："你直说你胆小怕事得了呗！"

我坦率承认道："我就是怕嘛！"

她进一步鼓励："你怕得没必要嘛！照我的话喊，他们还会把你揪下车去？"

我想了想，觉得若照她的话喊，的确是不会遭到什么危险。却不甘服她的理，反问："那你自己怎么不喊？"

这句话使她生气了，她嗔着脸，不再说什么，搂抱着我后腰的那双热乎乎的小手也费劲儿地抽到前边来了，隔在我和她的胸间，还用力朝后推我，她自己的身体也用力朝后抵，企图与我分开哪怕是半寸的距离。"蚍蜉撼树谈何易"？真真自不量力！我暗觉好笑，一时竟忘了车厢外存在着"斯芬克斯"和几百名赳赳武夫的威胁。

突然，列车猛烈地动了一下，开始缓缓向后倒去。

车厢里仍是鸦雀无声。

"完了，我们都别想去北京了！"她瞪着我，自言自语，似对我有无比的怨气。

那一时刻我终于勇敢起来，提高嗓门儿大喊一句："坚决支持'长春公社'的革命战友！"

随之，整车厢里的人都大喊起来："坚决支持'长春公社'的革命战友！"

整列车的人也都大喊起来："坚决支持'长春公社'的革命战友！"

站台上，一个"长春公社"的战士，挥动了一下信号灯，列车又停住了。

大有希望啊！

我便接着喊："向'长春公社'的革命战友学习！"

"向'长春公社'的革命战友致敬！"

"誓死与'长春公社'的革命战友战斗在一起！胜利在一起！"

"'长春公社'顶天立地！'长春公社'横扫千军如卷席！"

"'长春公社'万岁！万岁！万万岁！"

极尽阿谀奉承，讨好卖乖之词。

整车厢，整列车的人跟着我喊。

局势发生了根本性的转变。

刷！刷！刷！

手持大棒，头扣柳盔的几百名"长春公社"战士，像听到了无声的口令，齐步向列车走近三步，动作一致地举手致军礼。一时间，他们仿佛又变成了专来保卫我们的"禁卫军"或专来欢迎我们的"仪仗队"。

"斯芬克斯"又"开口"了，也由刚才那个威风凛凛的铁血男儿的声音，变换了一个激情沸沸的巾帼英雄的声音："最最亲爱的红卫兵战友们！感谢你们对'长春公社'的支持！感谢你们对'长春公社'的声援！革命的正义在我们一边，也在你们一边！马克思主义的真理在我们一边，也在你们一边！你们赴北京接受毛主席他老人家的检阅，也带去了我们忠于毛主席他老人家的一颗红心！是革命的大串联，在这个夜晚，在这个时刻，将我们的心紧紧贴在了一起！'红雨随心翻作浪，青山着意化为桥！''沉舟侧畔千帆过，病树前头万木春！'现在，让我们共同高呼口号。"

"革命的大串联万岁！"

"一切真正的红卫兵派联合起来，将无产阶级'文化大革命'进行到底！"

"打倒'天派'！打倒打倒！坚决打倒！"

"打倒'地派'！打倒打倒！坚决打倒！"

"……"

好险！原来他们既与"天派"势不两立，也与"地派"势不两立！如果我带头喊的口号喊错了，我们的命运无疑将会是"借问瘟君欲何往，纸船明烛照天烧"了！一个长春市，不久前还是"长春公社"的大一统天下。现在却是三雄鼎立，要"天翻地覆慨而慷"！说不定等我们接受了毛主席他老人家的检阅回来再经过时，它早已是"春秋战国"的局面了！

激情沸沸的巾帼英雄带领我们呼完口号，那些赳赳武夫们弃了大棒，从各个窗口向我们散发传单，叮嘱我们替他们带到北京去，撒遍北京全城。并且和车窗口的人亲亲热热地握手，表达出一种"送战友，踏征程"的依依不舍的心情。

"替我们祝福毛主席他老人家万寿无疆！"

"替我们将这'长春公社'的袖标戴在毛主席他老人家臂上！"

"请将我们坚如磐石的战斗意志转达中央'文革'的首长——'长春公社'的战士誓与长春市共存亡！"

那是些挺动人的情形。那是些挺动人的话语。"文化大革命"中的红卫兵，尤其还是稚气未退的少男少女的中学红卫兵，他们的极真诚的情感，三分钟内就足以变化；五分钟内就足以达到高潮；七分钟内就足以燃烧到炽点。像计脉器，只要有只手，不管是什么人的手，不停地捏那充气的橡皮球，水银柱便不停地往上升。而刚一松手，水银柱便会落下去。

"'长春公社'的战士们，全体——立正！——敬礼！""斯芬克斯"的两只雪亮的巨眼注视着列车，向"她"的"禁卫军"们发出了命令。

列车终于又开始缓缓向前了。

"红卫兵战友们，再见啦！'海内存知己，天涯若比邻！'让我们为你们播放《红卫兵之歌》吧！"

十几分钟前似乎要把我们这次列车撕碎的"斯芬克斯"，这会儿多么富有人情味啊！

列车在《红卫兵之歌》高亢的进行曲旋律中长吐了一口气，加快了速度。

> 我们是毛主席的红卫兵，
> 大风浪里炼红心，
> 毛泽东思想武装我们，
> 永远战斗向前进！……

每一节车厢都飞出了歌声。

列车刚开出长春站，一个手攀行李架，两条鹤腿叉立在座位靠背的男红卫兵大声说："大家静下来！大家先别唱！'长春公社'的传单，一份也不能留在我们的列车上！因为下一站就是沈阳了，我们无法预料在沈阳站等待我们的将会是什么局面！如果沈阳的那一派是'长春公社'的死对头，而且恰恰也接管了火车站，从我们这次车上发现了大批'长春公社'的传单，那我们就倒霉啦！"

大家都认为他的担心不无道理，便将"长春公社"千叮万嘱我们带到北京去，撒遍北京全城的传单，互相收集起来，统统从窗口扔进黑夜之中了。

"他们委托我们给毛主席他老人家戴上的这'长春公社'的袖标如何处理？"

"那还用问，更得扔了！"

"不太好吧？"

"有什么不太好的！"

"扔了！扔了！"

"同意！同意！"

于是也从窗口扔进黑夜之中去了。

"我还有话没说完哪！"那个一手攀行李架，两条鹤腿又立在座位靠背的男红卫兵又开口道，"在长春站是谁带头喊的口号？是……你吧？"他的目光朝下寻视着，最后盯在我脸上。

"是我。"我颇有几分不安地承认。生怕我"拯救"这一列车人于危难之际，他们过了"险关"，将所受的那一场惊惧变为愤怒，煽动起一股可怕的情绪发泄在我身上。那他们可是太忘恩负义了！

"是他又怎么样？我怂恿他喊的！"重新搂抱着我并被我抱着的她，显然也替我感到几分不安了，仗义执言。我觉得她将我搂抱得更紧更紧了，仿佛万一我陷入"围剿"，她这样就可以保护了我似的。我感到她那颗心，在她那丰满得像暖水袋般的胸脯内，呼呼地跳动。

"那么，也有你一份功劳！"鹤栖众头之上的红卫兵大声说，"不是他俩，我们过不了长春站！我们起码得对他俩有点什么表示是不是？"

"对！对！"

"让我们鼓掌吧！"

于是全体鼓起掌来。

叱咤风云，"老子天下第一"的红卫兵，并不是毒、霸、狠的混世魔王，他们身上有时体现出的人情味，也是极可爱的。真的。

在掌声中，我红了脸，不禁笑了。

她也笑了。

她笑时两只鱼尾长长的眼睛眯成两钩弯月似的，很甜，很魅人。我是越来越觉得她那张苹果脸漂亮了。

别的车厢里的红卫兵也在寻找我俩。一张张折起的或没有折起的各式各样的纸，简短地写着一句或密密麻麻地写满了表达着感激、敬意和亲热的语言，从前后车厢传到我们这节车厢，再经一只只手传给我俩。多得我俩接不胜接。更看不过来。最后索性连看也不看。她往我两只衣兜里塞。我往她两只衣兜里塞。那完全可以说是很幸福的时刻。如今回想起来,接受毛主席检阅的时刻,并没能在我心中造成比那更大的幸福感。

一只瓷缸不晓得经过几节车厢多少人的手传到了我手中,里边有小半缸水。

水!水啊!

我的舌头都干渴得舔不湿嘴唇了。

我让她先喝。

她笑盈盈地瞧着我,摇摇头,用很低很温柔的语调说:"你先喝。"

我坚持道:"你不先喝,我一口也不喝!"

她顺从地仰起了脸儿,微微闭上眼睛,半张开了嘴。

我将瓷缸轻轻贴在她嘴唇上,缓缓地倾斜。

她只喝了一小口,含在口中,舍不得咽下去,睁开眼睛,对我固执地晃着头。

那一时刻她的脸更加红了。我认为绝不仅仅是车厢里闷热的缘故。从她那双眼睛里,我看到了我长那么大从没在任何一个目不转睛地一眨不眨地瞧着我的姑娘的眼睛里发现过的眼神儿。

她那种眼神儿使我的脸感到火热!

她从我手中接过瓷缸,也像我对她那样,将瓷缸轻轻贴在我嘴唇上,缓缓地倾斜。

我则也像她那样,仰起了脸,微微闭上眼睛,半张开了嘴。

已经毫无凉意可谈的水注入了我口中。但那毕竟是水啊!在这样一次列车上,它比茅台酒要可贵得多。

我也只喝了一口,含在口中,舍不得咽下去。

我睁开眼睛,见她正注视着我。她那种眼神啊,我一辈子也忘不了!如今,整整二十年过去了。我由十七岁而三十七岁了。"文化大革命"对我来说,却如发生在昨天一样。尤其是在大串联中,在列车上我认识的那个哈女中的,有着一张苹果脸的少女的形象,仿佛是刻印在我心上了,在我记忆的底片上怎么也抹不去。对于一个人的情感经历来说,最可珍贵的,当然是爱。但那种不足以被认为是爱的,朦朦胧胧的,全凭别人观察不到唯独你自己才充分理解的眼神儿和极微妙的心灵感应所传达的情感波段,事实上具有比爱更永久的美好光彩。爱是一旦说出便开始死亡的东西,是一旦明白便没有了诗意的东西;它却如缭绕在两座山峰之间的迷雾,如蓝天上的游云,雾奇而山秀,云淡而天高。

她成了我心中的"文化大革命"纪念馆内的一件陈列品。我和她口中都含着水,都舍不得咽下去,都用眼睛彼此说些我们自己也不甚清楚别人不甚感兴趣研究的话。

如果车厢里不那么拥挤,我们的一举一动未免太"明目张胆"了。而不但我们,所有那些男的女的,认识的或不认识的红卫兵,互相"亲密无间"的样子都和我们差不多。那是一种"无间"造成的"亲密"。所以也就没有谁特别瞧着我和她之间的样子不顺眼。

她将瓷缸递给了别人。

"谢、谢、妈!"那人来了这么一句,接着唱道,"临行喝妈一碗酒,浑身是胆雄赳赳……"

车厢里一阵哈哈大笑。

我和她都忍不住笑得将口中的水喷了出来。她口中的水喷了我一身,我口中的水喷了她一头。

蹲在左右两排行李架上的一只只"猕猴猢狲"们,居高临下,看得真切,快活得起哄。

我重新举起刚才接瓷缸的那只手,想抚去她头发上的水珠。

"喷口水好,似乎凉快了点。"她用她肘弯支在我肩上的那只手握住了我的手,将我和她的手,像插楔子似的,强插入我们和别人的身体之间。

她那柔软的小手五指叉开着。我的手也五指叉开着。我们的手五指交错地握着。

列车从一个个小站呼啸而过。

车厢里渐渐安静下来。睡觉的极高超的技巧是无须训练的。行李架上的"猕猴狲狲"们,朝着列车前进的逆方向,一溜儿倾斜着,一个歪在另一个身上,像孩子们玩撞砖游戏一溜儿连锁撞倒的那种样子。有的竟然打起了鼾。

鹤立座位靠背上的,也在睡。睡中一只手或两只手仍紧抓着行李架。身体随着车厢的晃动而晃动。他们仿佛在耍杂技。

我和她,一只手互相握着,另一只手互相搂抱着对方的腰,都将头枕在对方肩上,难免是耳鬓厮磨。

她倒的确睡着了。我却睡不着。很困。硬是睡不着。不经意间,我的嘴唇触着了她的脸蛋。我情不自禁地吻她那光洁的脸蛋——眼睛是闭着的,像个贼似的偷品"禁果"。

我感觉到那只与我的手握在一起的小手紧握了我的手一下。她的脸微微向一旁侧,似乎在睡中躲避着我的吻——使我的嘴唇吻到了她那比脸蛋更光洁更细嫩的脖颈。同时她的身体更放松地偎在我怀里。

我暗暗睁开了一下眼睛。我见她眼角挂着一丝很甜很纯洁的笑意。她似乎睡得极酣。

但她那只小手又紧握了我的手一下。

车厢里很静,很静。

我在她的领口窥见了她双乳之间那动人的部分,和淡粉色乳罩的花边儿。

我立刻闭上了眼睛。

我心中想到了一间安宁的小屋,想到了一张舒适的床,想到了一个少女的裸体——是她,也不是她。有一个少年跪在床前,遍吻着那少女的裸体。那少年是我,也不是我。这一浮现在我头脑中的图画般的情境,可能产生于我自己的意识。也可能根本不是我自己的意识,而仅仅是残存在我头脑中的记忆——某本外国小说中的描写。肯定是外国小说中的描写。绝不会是中国小说中的描写。在我当年所读过的中国小说中，类似的描写差不多总与淫乱和邪恶连在一起。革命者和英雄们的爱，在六十年代前的中国作家们的笔下是那么圣洁！并且根本不会和性相关。在他们，爱是吻，拥抱，握手。

后来过了许多年，我重读《牛虻》，终于弄明白了当时的我自己。亚瑟在认出了琼玛后，在一个心灵和肉体都痛苦到极点的夜晚，就曾跪在和他同居的那个吉卜赛姑娘的床前——神经质地发抖着，长久地吻她的手。她非常爱"牛虻"，"牛虻"却不爱她。不爱她而有时需要她的肉体，需要像一个孩子似的被她爱。那真是一个英雄人物的极端的残酷和自私。

在那个大串联的夜晚，在那一次开往北京的列车上，当年的我，要比"牛虻"高尚一百倍！因为我的一切"不轨"行为和"邪淫"的念头，完全由于我是渐渐地非常喜爱那个偎在我怀里的少女——那个剪齐耳短发的，苹果脸的，有着一双鱼尾很长的明澈眼睛的女中学生红卫兵。

我不承认我的行为"不轨"。我永不忏悔。但我承认我当时对她产生的念头，的的确确是"邪淫"的。它并未局限在一间安宁的小屋，一张舒适的床，一个少女的裸体和吻的"画框"中。它肆无忌惮地"发展"，一下子粉碎了那"画框"，与千姿百态的性的狂乱冲动无章无节地联系在一起。那好比一个色情狂的剪辑师的"大杂烩"。《肉蒲团》中一段段色情描写，在我闭着的眼前一幅幅影像化了……

如今我才知道，我和我的十几个红卫兵战友，在那一堆被抄的书籍中偶然发现并如获至宝人人都"精读细读"过的那四本纸页发黄的小册子，竟是中国的所谓"四大性文学"之一。

与我对她所产生的那些念头相比，我对她的举动简直是拘谨到了"坐怀不乱"的地步！对一个十七岁的少年——若是像我一样，"有幸"在"文化大革命"中"精读细读"这中国"四大性文学"之一的少年，若是像我一样，紧拥着一个鲜樱桃般的少女，而她分明地对我的亲昵不仅不嗔怒，反而感到某种愉悦，那行为的痛苦是十倍百倍地强大过念头的罪恶的！

我更紧更紧地握着她那只热乎乎的小手。更紧更紧地搂抱着她那柔软的苗条的腰。我的胸更紧更紧地压住她那丰满的富有弹性的胸。

假如我的身后没有一个人的肥背像堵墙似的可以依靠，我想我一定承受不住那痛苦的猛烈袭击而晕倒了。假如车厢里只有我和她，我想我会像强盗一般夺走她的贞操——如果她企图反抗的话。

让我谈一谈性。谈一谈"文化大革命"中，一代红卫兵反对性的伦理观念和道德准则。

在全国大乱的情况之下，在红卫兵被江青捧为毛主席的"小太阳"，成了"一代天骄"的岁月，在对红卫兵们来说几乎没有法的那些已属历史的日子里，中国最传统的对性的伦理观念和道德准则，依然如被十二道魔符封住的最坚硬的合金铸就的罐子里的东西！任凭"四海翻腾云水怒，五洲震荡风雷激"，它几乎未遭到什么损坏。它完完整整地保存在一代红卫兵的思想中。即或有谁对性产生了渴望和称得上是"罪恶"的念头，大抵也会像我一样，灵魂战栗地将这"罪恶"念头压制下去，并对自己进行严厉的宣判。将一个什么权威打翻在地时他们是盖世英雄，却没有谁有胆量将手探进一个自己喜爱也喜爱自己的姑娘的胸衣。那仿佛是无须审讯就可以拖到刑场上去枪毙的弥天大罪！红卫兵们在这一点上对自己的战友们也是铁面无私的。在红卫兵的威名最辉煌的日子里，除了我的同学王文琪果真被枪毙了外，我再未听说过与"红卫兵"三个字有关的带有些桃色性质的事件。

试想想，曾有多少男女红卫兵，走遍中国进行大串联促膝而坐，靠身而眠的时候比如今点头握手的机会还多，所谓"越轨"的事却是极少发生的。我不知红卫兵们在这方面对自己的恪守教规般的压制，与他们的日益高涨的"革命热忱"有没有必然的联系。

但有一种现象却是事实：一方面，红卫兵们在造反，在如痴如狂地进行"文化大革命"；另一方面，那些被红卫兵们打击过一阵子而又逐渐结成团伙的流氓阿飞，恣意尽情地发泄他们的性欲。"文化大革命"越是"深入发展"，红卫兵们越是分散不出"革命的精力"扫荡他们了。某些被"文化大革命"的炮火硝烟所焚毁的楼房，成了流氓阿飞的"安乐窝"。只有他们是无须关心也根本不关心"国家大事"，根本不对"文化大革命"负有任何使命的。在他们那些"安乐窝"里，他们昏天暗地，巫山云雨，颠鸾倒凤。被红卫兵们砸烂了的"旧公检法"早已失去了往日对他们的威慑。尤其在大、中、小城市，一方面"革命"在高涨，一方面性欲在横流。一方面红卫兵们仿佛是根本没有装配性爱感应的机器人，誓将"文化大革命"进行到底；另一方面，人类的崇高本能，恰恰在那些人类的渣滓身上被穷欢极乐到闻所未闻的地步。

后来，红卫兵们将那个被十二道魔符封住的最坚硬的合金铸就的罐子完完整整地带到了"广阔天地"。罐子里装的依然是他们的一切"原则"之上的"原则"。他们害怕它如同人类的始祖们害怕天火。他们中有谁被发现是贼，他们可以像雷锋说的那样，以"春天般的温暖"去教育，去感化。但如果有两个发生了性关系，无论是彼此真心相爱的两个还是一时冲动的两个，都注定被视为是带有药物不可防疫的病毒传染者。往往遭到全体一致的孤立和轻蔑。他们需要具备很大的生活勇气、很坚强的性格才能战胜被抛弃，被孤立，被冷漠，被鄙视的厄运。一代红卫兵在性观念方面更是他们自己的上帝，对他们中的"亚当"和"夏娃"往往比《圣经》中的上帝更严厉更无情。一些"亚当"一些"夏娃"因为偷尝了"禁果"而付出生命的代价。我并不想用弗洛伊德的学说对此加以解释。这在今天显得过分时髦。我只想指出——最激进的革命理论和最封建的性观念，像两股绳子拧在一起，拧成红卫兵头脑中的一根"弦"。

我下乡不久，我们连队附近的一个连队，曾发生过这样一件事。有两个高二毕业的男女知青，同班同学，哈五中"打鬼队"的红卫兵战友。

下乡前,他们的家长互相见了面,共同为他们送行,同意了他们的恋人关系。他们的家长认为,他们是到北大荒屯垦戍边去了,他们将是北大荒的一对夫妻了,千叮万嘱他们要互相关心,互相爱护。希望他们在条件允许的情况下,早日结婚,组成个小家庭,和和睦睦地过他们自己的生活。那他们的家长也就省得对他们牵肠挂肚,能够对他们放心了。他们的衣物行李都是打在一起托运的。

到了连队,自然要分开。连队的种种条例,和知青们所自觉营造的那种严肃有余、活泼不足的军旅生活的氛围,使他们没有勇气公开他们的恋人关系。

一天之内,他们见面的次数只有一次——早操。遥遥相望锁唇舌。他们幽会的时间,仅能在吃过晚饭以后——如果没有什么集体活动。

距连队半里路,有条河,叫公比拉河。河边是他们幽会的地点。

要叫人不知,除非己莫为。此话真不假。尽管他们的幽会地点选择得很隐蔽,联络方式也相当机敏,最终还是被善于察言观色者看出了"问题",被暗暗监视,被盯梢,被跟踪,发现他们在幽会地点拥抱亲吻,被作为"腐化堕落"行为汇报到了连部。

监视者、盯梢者、跟踪者、汇报者,皆知识青年,他们在校时的红卫兵战友,是"叱咤风云"的日子里共同打过"鬼"的。并未受谁指使,更没谁交给这项任务,也都不是卑鄙小人。他们这些战友认为,他们是两个红卫兵的道德原则的"叛逆"。在红卫兵的观念中,"革命青年"似乎应该是中性的。情爱是性的诱导意示。性与"革命"水火不能相容。

连部当然十分重视两个知识青年的"腐化堕落"行为。"资产阶级"的作风和情调一旦在广大知识青年中泛滥成灾,后果"不堪设想"。

于是监视者、盯梢者、跟踪者、汇报者受到表扬。

于是一对恋人受到批判。

批判是严肃而且严厉的。幽会、拥抱、亲吻,这些词使女知青低下头去,本能地表现她们的圣洁;使男知青激昂慷慨,本能地证明他们的高尚。使一对恋人羞愧难当,觉得自己比两个贼更应感到可耻。

于是,一桩知识青年的"丑闻"不胫而走,最先传到了我们连队——因为我们连队与那一对恋人所在的连队隔河相望。不久,"丑闻"扩散到附近其他几个连队。又不久"丑闻"遍播全团各个连队。

于是,无论一对恋人中的哪一个出现在什么地方——只要是有知识青年的地方,仿佛衣上都写着"红字"。

于是一对恋人陷入了公众道德舆论的灭顶之灾。

当地的老职工们,对此"丑闻"大多数倒不以为然,抱着极宽容的态度,甚至同情他们,甚至怜悯他们。"公众"的含义则是他们的知青伙伴和当年的红卫兵战友。

时至今日,我常在思索这样一个问题——为什么中国的最封建也最虚伪的性观念,在最"革命"的一代红卫兵身上,自动地发展到了禁欲主义的地步? 为什么他们在自己心灵里最应该开放出五彩缤纷的情爱之花的年龄,他们简直可以说不是在痛苦地忍耐着禁欲主义的精神酷刑,而几乎是在自觉地奉行着禁欲主义的"清规戒律"? 他们对于同代人的情爱的敌视和践踏,是否是连他们自己当年都不能明白的潜意识的挣扎? 将此归结为传统文化的束缚似太牵强附会。归结为红卫兵式的忠诚也似太形而上学。也许他们命中注定了就该是一方面要打倒一切一方面要虐待自己的一代? 像黑塞笔下的"荒原狼"一样?

"荒原狼"——黑塞笔下的"荒原狼",我认为这正是中国一代红卫兵的较恰当的别称。他身上体现的人性,正是体现在一代红卫兵身上的如狼似虎的"革命性";他身上体现的狼性,正是体现在一代红卫兵身上扭曲了的人性。一切刚好反了过来。"似神非神,似人非人。"黑塞对"荒原狼"的评语,完全可以借用来对一代红卫兵作概说。红卫兵希望自己是拯救全人类的神兵神将,可他们的脐带连着红尘,挣也挣不断。红卫兵也希望自己是七情六欲俱全的真正的人,可"文化大革命"将他们举到了高空,他们已迷津在自己的神话涅槃中难以降落了。使他们自悟到做一个平凡的人普通的人更好些,比劝说"浪子回头"还难。这一点已经是他们自身所无法实现的了。只有靠历史后来帮助他们复归。

我所讲的那一对恋人的结局是很悲惨的。女的靠了父母的"后门"调往大庆去了,但她抹不掉心灵上的"红字",终于精神分裂,从医院二楼的窗口跳下,企图自杀,却没死成。脊骨粉碎数截,至今仍活着,不过成了活死人,身体插着些管子。

那男的,在她调走前,便由排长而贬为普通战士,分到食堂干杂活。在她调走后,每日阴郁着脸,神志恍惚,失魂落魄,沉默得像块石头。

秋收时连里又来了一批北京知青。其中一个女孩儿也分到食堂。他和那女孩常一块儿合作。他用杠子压面,她揉馒头。彼此却极少交谈。他已变得不愿与任何人交谈。他那样子使她有些惧怕,不敢主动与他交谈。

有天夜里,他们一块儿值夜班——给拖拉机手和康拜因手们做饭。

他一边闷声不响地用杠子压面,压得面案子摇动起来,像要把它压塌。而他的眼泪,一滴接一滴掉在面案上。他收到了家信,知道了女友发生的不幸。

那北京来的女孩惑然了,惶然了,小心翼翼地问他:怎么了?

他便伏在面案上抱头痛哭。

于是他对她讲述了他的爱……

于是她对他产生了深深的同情……

那个夜晚他找到了一个能够理解自己的人。他是太需要一个理解自己的人了……

他将他的日记送她看。他的日记中写着他的爱,爱带给他的耻辱,耻辱带给他的内心里对许多人的恨……

他和北京来的女孩儿从那个夜晚好起来了。也仅仅是好起来了而已。关系中除了需要理解和给予理解,需要同情和给予同情,需要怜悯和给予怜悯,没什么更复杂的成分的彼此渗透。在他,一个善良的女孩儿的理解、同情、怜悯，是赖以活下去的支点。在她，明白了自己对一个人的理解、同情、怜悯对这个人多么重要，以其善良的天性，非常乐意地扮演圣母玛丽亚的角色。

人前他们仍不怎么交谈。一个压面，一个揉馒头的时候，他们暗暗塞给对方纸条。一方在纸条上写些安慰的话。一方在纸条上写些感激的话。如此而已，仅仅如此而已。

他们之间的"暧昧"关系，又被观察到了，又被注意了，又被监视了，又被汇报了。

于是连里的领导首先找她谈话，指出他是一个"作风不良"，犯过"生活错误"的人。迫使她揭发检举他。她无可揭发无可检举，他们就对她进行"艰苦"的思想工作和"治病救人"式的批评。她哭了，不得已交出了他的日记，他写给她的那些纸条……

在全连大会上，他的日记被当众宣读。日记中所谓"腐朽没落的软绵绵的资产阶级情调"，绝不比今天电视节目中，各种联欢会演唱会上歌坛新秀们所唱的流行歌曲更软绵绵。

但在当年，那便是铁证如山的思想罪，足以将任何一个人变成"灵魂丑恶"的"下流坯子"。

她则当众交代了自己被他"拉拢腐蚀"的过程……

他的"圣母玛丽亚"就这样出卖了他……

连里领导们的做法我们是不必加以评说了，而对这个连里全体知识青年——也即他在校时"并肩战斗"过的红卫兵战友们的态度，却极有必要昭示读者——他们愤慨到了顶点。他们认为他简直思想"堕落"到了不可救药的地步。他们认为他使"红卫兵"三个字蒙受了奇耻大辱。他们对他的批判之猛烈不亚于当年批判"走资派"。事实上那已不是批判，而是声讨，而是口诛笔伐。

正是在那些当年与他"并肩战斗"过的红卫兵战友们的强烈要求下，连里当众宣布了对他的"记大过"处分……

同一天下午,在食堂门口,他用劈柴的大斧,劈死了那个北京女孩……

兵团军事法庭判处他死刑……

在我的连队,一个上海女知青,有天午休时,悄悄对她的邻铺说:"这会儿要是能躺在一个小伙子怀里该多好啊!"

此话当然也被汇报了。

当然也对她召开了批判会。

以后男知青们见了她,都不愿正眼看她一眼了,更不愿跟她说一句话。鄙如弃履。我也是这样对待她。

可我心里像她一样,劳动之余,疲乏的身体往自己的行李卷上一靠,常想:"这会儿要是有个姑娘躺在我怀里多好啊!"

一种真实的渴望。

每当这样的想法不由自主地产生,我便对自己灵魂深处的"堕落"感到极度的恐惧。便诅咒自己思想的"肮脏",鄙视自己像鄙视那个上海女知青一样。

一种真实的鄙视。

这不是心理分裂,恰恰相反,是两种真实的统一。所谓心理分裂,必有一种心理倾向是虚伪的或病态的。红卫兵们头脑中的禁欲主义的霉雾,是他们理想追求中的一朵五彩的云,是一代人自觉的"超我"意识的模式。与这一模式相悖的"原罪"意识,当年倒是真的渐渐从他们身上消退了,衰亡了。如果不是历史后来发生了一连串戏剧性的转变,他们则可能在"似神非神,似人非人"涅槃中了却终生,成为千百万头被阉割了的"荒原狼"。推而广之,当年全中国人的头脑中,是都笼罩着禁欲主义的霉雾的。它是全中国每一个从内心里真正要培养自己成为"革命接班人"的自觉的"超我"意识的模式。人性的诗意和"原罪"的冲动,当年只能体现在那些缺乏"革命理想"的人的身上。

"九一三"事件首先从政治上唤醒了绝大多数中国人。"革命理想"

一旦破灭,禁欲主义的霉雾随之荡散。一代红卫兵从半高中跌落尘埃,惊醒了一场"文革"幻梦。他们终于开始从人的角度重新审视他们狂热地身不由已地卷入的这一场原认为具有史诗价值的运动了。他们这才明白,不是靠了他们自己的神力升入了半空中,而是靠了"文化大革命"的巨大氢气球将他们吊入了半空中。当他们从"人马"腹中血淋淋地挣扎出人的灵魂,人性的诗意和"原罪"的冲动才使他们重新明白了做人的重要是重于一切的。后来在某些"知青氏族"中发生的性关系的混乱,性道德的丧失,正体现了他们对"革命理想主义"的原始的挑战,对禁欲主义的报复,对他们感到亏损了的人欲的匆匆而为的自我补偿……

好了,让我这个当年的红卫兵今天的自白,也从性的粉色的灰色的层层围墙中突围出来,回到当年开往北京的那次大串联的列车上吧!

列车抵达沈阳站,另是一番景象。也不知哪一派的红卫兵,在站台上搭起了三排长案,面包、饮料、水果堆集其上。他们一个个手提话筒,向每一节车厢喊叫:"红卫兵战友们,你们辛苦了! 前方铁路发生障碍,本次列车将停一小时之久! 请下来吃点东西、喝点水、带走点东西吧! 一切免费供应。希望你们吃饱喝足,精神抖擞地接受毛主席他老人家的检阅! ……"

面包、饮料、水果正是我们车上每一个人所需要的。我们是早已渴极了也饿极了。

"红卫兵战友们,下来吧,请下来吧! 我们还为你们预备了毛巾、香皂、牙膏、牙刷,多接了十几排水龙头,你们可以洗得干干净净,清清爽爽,散散步,活动活动筋骨再上车! 我们保证你们下来多少人,开车前上去多少人! ……"

这些话,对车上的女红卫兵们,是更甚于面包、饮料、水果的强大诱惑。汗已使车上每一个人的身体都散发出盐碱味了。用手抚摸一下自己的脸,脸是黏手的。叉开五指,指缝藏污纳垢。毛巾、香皂、牙膏、牙刷……多么周到! 简直是在犒劳和慰问凯旋将士!

沈阳的红卫兵太好了！太令我们感动了！太……

我们热泪盈眶！与长春站开始那种杀气腾腾相比，能不热泪盈眶吗？

"沈阳红卫兵万岁！"

"沈阳红卫兵是我们的亲兄弟！"

"沈阳红卫兵是我们的亲姐妹！"

"毛主席第一亲，沈阳红卫兵第二亲！"

"走遍天涯和海角，不忘沈阳红卫兵！"

车上的人从车门，从窗口，一边呼着感恩戴德的口号，一边争先恐后往下挤，往下跳。扑向三排案子，扑向有水龙头的地方……

我和她根本没用怎么动，就被簇拥着"流"到了站台上。

她要先去洗脸，上厕所。

我说我得赶快去为我俩抢到点吃的喝的。

一路上我们已成了不可分离的一对儿。

男女厕所外的情形，比电影中倒闭了的银行外的情形更可观。人头攒动。挤出来一个，有十个恨不得挤进去。

可怜的是那些女红卫兵。有的在厕所外被尿憋得哇哇大哭。有的等不及进入厕所已然尿了裤子，窘态毕露，自己对自己不知所措。年龄大点的，聪明些的，六七个十来个在一起的，就围成个人圈儿，背朝里，面朝外，中间围住一人，将站台权当了"公共厕所"。起初一些男红卫兵不知她们在搞什么名堂，也围上一圈儿看。自然是看不到什么的。女红卫兵们矜持地维护着她们的尊严，羞于启齿解释，便索性做出不屑于解释的高傲模样。待被围在中间的女伴低声说："完了。"她们才扬长而去。男红卫兵们瞧见地上的"水"，恍然大悟。不免感到惭愧。不免感到没趣儿。增长了这点儿见识，再看到仿佛若无其事地围成一圈儿的女红卫兵，便马上将目光转移向别处，照顾着她们的体面，也表明着自己是正人君子。

突然之间,闹不清究竟是从哪里,只能说是从四面八方,冲出了几队红卫兵,如几股洪水,奔往各个车门、窗口,攀爬而入,蜂拥而上。那些"亲如兄弟姐妹"的犒劳者慰问者们,也趁乱捷足先登。

原来沈阳的红卫兵对我们这次列车上的红卫兵要了个"调虎离山"计!

这很有点像小学语文课本上那则寓言——《狐狸和公鸡》。

他们那些甜言蜜语,恰如狐狸对公鸡唱的歌:

> 公鸡公鸡多漂亮,
>
> 大红冠子绿尾巴,
>
> 你到窗口瞧一瞧,
>
> 请你吃把玉米花!

被骗下车的,如大梦初醒,发觉上当,却为时晚矣!

我丢掉了抢到手的两个面包和一瓶汽水儿,来不及多想什么,如一头狂犬,不顾一切地奔向列车,推、挤、钻、撞,不择手段,使出浑身解数,总算又幸运地上了车。

大多数被骗下车的人,来不及再上车。每一节车厢内他们腾出的空间,早已被"亲如兄弟姐妹"的沈阳红卫兵占领了。他们想再上车比登天还难了!

他们一个个后悔莫及,愤怒之状,无法描述,无法形容。汽水瓶和面包,如枪林弹雨,击向列车。

几节车窗的玻璃被汽水瓶砸碎。有人的脸被碎玻璃划破了。有人的头被汽水瓶击中,鲜血尽流。完整的汽水瓶一飞入车厢,便有许多双手,像抢篮板球似的,抢着接住。接住者眉开眼笑,如获至宝。

比起"长征队"来,乘列车大串联一点也不浪漫。简直可以说是忍饥受渴,险象横生。不花一分钱就想到北京去,就想见伟大领袖毛主席一面,绝不是什么占国家大便宜的事儿。而国家仅仅为此损失了多少钱呢?几百万?几千万?天晓得。不过当时是没人敢细算这笔经济账的。

列车几分钟后便在乐曲声中开动了……

重新上了车,我才想到我那个她。毫无疑问,她是被列车抛在沈阳站了。

我却不知她叫什么名字。没问。她也没主动告诉我。

兜里没有一分钱,也没个熟人在一起,她会再挤上哪一次列车到北京吗?她会再碰到像我这样一个伴儿吗?她肯定会急哭了。一想到她肯定会急哭了,我不禁替她忧虑而且替她难过了。我鼻子一阵发酸,自己差点哭起来。

和我脸对脸,胸压胸挤在一起的,又是一个女红卫兵。他妈的一个沈阳女红卫兵!

她看了看我的袖标,搭讪着问:"你是哈尔滨的?"

我觉得她那张柿饼脸丑极了!而且脸上还有雀斑!而且还长着个鹰钩鼻子!也许事实上她并不怎么丑,鼻子也并不带钩,不过尖了一点而已。

但是我觉得她就是丑极了!丑得使我暗暗解恨。脸对脸地瞧着她又反感又来气!

我一个字也没回答她,将双手举过肩,用两肘顶着她的胸。那样子我的胳膊很别扭,但我的两肘必会顶得她肋骨疼。我宁肯自己别扭也要顶得她肋骨疼,替被抛在沈阳站的可爱的苹果脸报复。

她请求道:"你不能把两手放下吗?"

我没好气地说:"你以为我高兴这么举着呀,你给我挤出个空儿来,我就放下。"

"你的胳膊肘正顶着我……"她脸红了。话只说了一半儿,没好意思说完。

我知道正顶着她哪儿。活该!

她分明太吃不消了。费了九牛二虎之力,转过了身去。

这才好,免得让我瞧着她那张丑脸又反感又来气。

我原先靠着像靠海绵沙发一般舒服的肥背也不知哪里去了。一排大概是军装上的那种纽扣硌着我。使我只好违心地朝前紧贴着那个沈阳女红卫兵的背。"识时务者为俊杰。"

车厢内又渐渐静了下来。渐渐响起了鼾声。

我醒来时,天已亮了。

我却和另一个女红卫兵互相搂肩抱臂地在一起。

那个柿饼脸不知何时缩到座位底下去了,头枕着我穿"解放"胶鞋的双脚,仰面朝天,睡得正酣……

第十四章

明媚的阳光渐渐普照车厢,红卫兵们又活跃起来。越接近北京,大家越显兴奋。一首接一首齐声高唱"语录歌"。与沈阳红卫兵之间的敌意,隔夜之间一扫而光,不复存在。

那个枕着我脚酣睡的沈阳女红卫兵,从座位底下爬出来一次,想上厕所。她还真有本领,像个跨栏运动员似的,抓着行李架,踩着座位靠背,跨过无数人头,到了厕所前,拳擂肩撞脚踢了一阵儿,却未能将"堡垒"攻克。又悻悻地从人头上跨回来,又钻入座位底下,又枕着我的脚睡。还将我的脚扳正些,为了枕得舒服。我本不想"优待"于她,无奈双脚没个移处,只好任她枕着。她也着实令我产生了恻隐之心,憋着泡尿,像条雌鳄似的伏在座位底下,倘我不许她枕我的脚,她的头往哪儿放呢?

列车没有开入北京站,到了丰台站就停止不前了。

一位女广播员热情洋溢的声音,向我们广播了一通"欢迎毛主席请来的客人"之类的话,然后要求我们迅速下车。

千辛万苦来到北京,却没在北京站下车,而在丰台站下车!这使每一个人都感到红卫兵的自尊心大大受了刺伤。

"既然我们是毛主席请来的客人,为什么不许我们在北京站下车?"

"前几批红卫兵是在北京站下车的,我们也要在北京站下车!"

"毛主席的红卫兵一律平等!"

"不到北京站,我们不下车! 不到北京站,我们不下车!" 群情激奋,高呼口号。

"我下! 我下! 我下! ……" 那个沈阳的女红卫兵,一边叫嚷着,一边从座位底下爬出来,迫不及待地扑向窗口。

"叛徒!"

"犹大!"

"把她塞到座位底下去!"

"不许她动摇我们的意志!"

她遭到了一片咒骂。于是就有人挡住窗口。

"我下去上厕所!"她急了,那样子像要和挡住窗口的人拼命。

"她真是要上厕所,刚才你们没看见她上厕所没上成吗?"我忍不住替她从旁作证。

挡住窗口的人这才闪开,并帮助她从窗口爬了出去。

她一跳到站台上,就以百米决赛般的速度往厕所跑。半天才从厕所里出来。一从厕所里出来就跟着车上的人喊:"不到北京站,我们不下车! 不到北京站,我们不下车!" 膀胱轻松了,喊得比谁都响亮。

任我们在车上喊口号,没人理我们。广播也不再响了。

忽然列车又开动了,每一节车厢都爆发了欢呼声,以为胜利属于我们了。列车却只开动了一下便停了。车头甩下车厢,单独开走了。

大家终于明白,不到北京站,也得下车了。

几千人下了车,聚集在站台上。等待了将近四个小时,才有几辆临时征用的公共汽车开来,说是要分批送大家进北京城。于是几千人又包围了那几辆公共汽车……

从下午一点多直等至晚八点多,我才挤上接送最后一批人的一辆破旧的公共汽车。它行到半路熄火了。司机上上下下修了很久,没修好,告诉大家说发动机坏了。全车的人就对司机说好话,央求他再修。

看来司机也对那辆破旧的公共汽车恼火透顶,摘下一双沾满了油污的手套摔在发动机盖上,气呼呼地说:"你们都是毛主席大老远请到北京来的客人,如果这辆车还能往前开,我敢撒谎骗你们吗?"

大家听了他的话,觉得是实话。谅他也不敢骗我们,自认霉气,一个个沮丧地下车,分头拦截别的过往车辆。除了小汽车而外,不管什么车,拦住就上。

我随同一伙人拦住了一辆卡车。爬上车后,司机不知应该往哪儿开。

有的说:"开进北京城就行!"

有的说:"开到天安门广场去!"

有的说:"不,开到人民大会堂去!"

好像人民大会堂早已摆了一桌桌美食佳肴,毛主席他老人家和中央"文革"的首长们正期待我们赴宴似的。

司机犹豫了一阵,说:"天安门广场和人民大会堂前是不许停卡车的。我送你们到天坛公园吧,那儿有红卫兵接待站。"

大家说:"好!"

……

到了天坛公园,已至深夜。司机挺热心的,带领我们寻找到了"红卫兵接待站"——公园内的路灯下,一张办公桌,桌后两个披着棉军大衣的首都红卫兵。一男一女。男的站着,女的坐着,正没意思地说话。

他们对我们并不热情。甚至使我们感到极为冷淡。

那个女的首都红卫兵坐着没动。

那个男的首都红卫兵只对我们说了三个字:"跟我走。"

于是我们就都跟他走。那是个很黑的夜晚。我们没看到别的,只看到一株株粗大的松树。若非预先知道,我们谁也不会以为是走在公园里,倒肯定会以为是走在荒郊野外。

一些用崭新的席子围成的空间。二十几米一处,十几处。露天。露地。我们被领到那里,那个男的首都红卫兵说:"到了。"说罢转身而去。

大家面面相觑,大眼瞪小眼。

这一切一切距离我们的想象差得太远太远了啊!

"哎哎哎,你别走哇! 这儿能久住吗?"我们中的一个叫住了那个首都的男红卫兵。

"久住?"他因为被叫住了显得十分不高兴,"哪位中央'文革'的首长批准你们久住了? 有文件吗?"

"住一夜也太简陋点了吧?"

"简陋? 红军爬雪山过草地的时候还没这么良好的条件呢!"

"下雨怎么办?"

"天气预报今夜没雨!"

"万一天气预报不准呢?"

"那你们就经受一次革命洗礼吧!"

"你这个人怎么这样说话呢? 我们毕竟是毛主席他老人家请来的客人,你对我们的态度温和点行不行?"

"毛主席请来的客人? 毛主席给你们每个人寄请柬了吗? 拿出来让我瞧瞧! 中央'文革'下达了文件,要求各地红卫兵派代表分期分批到北京来,你们为什么不听中央'文革'的话?"

"谁不听中央'文革'的话?"

"老子就是代表! 十个里选一个选出来的!"

"我也是!"

大家被那个首都的男红卫兵激怒了,七言八语围攻他。有的捋胳膊挽袖子要揍他。

我们中有一个女红卫兵忽然满腹委屈地哭了。她这一哭,带动几十个女红卫兵都哭起来。

于是大家放声悲歌:

抬头望见北斗星，

心中想念毛泽东，

想念毛泽东……

哀哭和悲歌形成一股怨气，在天坛公园粗壮的老松之间缭绕不散，仿佛闹鬼。

那个首都的男红卫兵有些不知所措了。

他说："战友们，战友们，革命的红卫兵战友们，我的态度不好，我向你们道歉！可这个接待站的条件就是如此，叫我有什么办法呀！"

无人理睬他。哭的继续哭，唱的继续唱。都是没出过远门的，都是第一次到北京。都是又饥又渴，穿得都很单薄，在秋寒中都有些瑟瑟发抖。半夜三更的，没个温暖的归宿。怎能不哭，怎能不唱，怎能不想念毛泽东呢？

毛泽东，毛泽东，

心中的太阳永不落，

白日里想你斗志强，

黑夜里想你指方向……

越哭越委屈，越唱越伤感。我是边流泪边唱。早知落这么个凄苦的下场，我才不来北京呢！我真希望毛主席听到我们的哭声和歌声，从睡眠中醒来，问警卫员："是么子些人在哭嘞？是么子些人在唱嘞？是我的红卫兵小将吧？……"然后乘坐"红旗"轿车来到我们身旁，问饥问渴，问寒问暖，说一番能使我们感到幸福的话，将我们统统接往一个大宾馆……

毛主席当然是听不见的。

一个首都的女红卫兵听到了。因为她匆匆地走来了。

"怎么回事？怎么回事？又哭又唱的！好像都在这里遭受资产阶级反动路线的迫害似的！"

"他们嫌这里的接待条件太简陋。"

两个首都红卫兵商量了一阵儿，那个女的对我们说："战友们，大家别哭啦，大家别唱啦。我们这个接待站，今天刚刚设立。所以，请战友们多多包涵！现在，我们马上去联络，争取尽快转送到别的接待站去！"

说完，他们一起走了。

半个多小时后，她独自回来，向我们说了几处可去的接待站，其中有一处设在地质学院。

"到地质学院去！大家听我的，到地质学院去！大家一定要听我的！"

我们中有一人大声疾呼。那是个戴眼镜的四十来岁的知识分子模样的人。此前谁也没注意他的存在。有不少革命教师跟红卫兵一起进行大串联，他的年龄并未使我们哪一个感到诧异。

群龙无首的情况下，正需要个挺身而出的组织者和代言人。大家便一致推选他为临时"领队"，都表示愿意听他的。

那个首都的女红卫兵又跑开打电话，找车。

一个小时后，我们拥上了一辆带纱窗帘的客车——据说是专接少数民族进京代表的。大家觉得待遇提高，自是都不免有得意之色。

那个首都的女红卫兵在车下向我们摆手告别。

我们终于可以有个好去处，而且待遇提高了，全亏她一人跑来跑去，大家赠她一片感谢之词。

车开出天坛公园，我们的"领队"大声宣布了自己的身份——某中学教师，曾当过何长工的警卫员，故而极力主张我们全体跟他一块儿到地质学院接待站去。

有人发问："何长工是谁？"

立刻有人嘲笑地回答："连何长工是谁都不知道？老红军！长征过

来的老革命！《红旗飘飘》上有他的回忆录！"

"领队"补充道："何老是地质部部长。如果地质学院招待我们不周，我就亲自去找何老，叫何老批评他们！本来我是可以住到何老家的。既然我们无形中成了患难战友，我怎么忍心撇下你们呢？我是当教师的，革命教师是红卫兵的同盟军，你们就如同我自己的学生一样啊！"

他说得十分诚挚。大家又是一片感激之词。

有个看去只有十二三岁，大概刚读到初一的女孩天真地问"领队"，到北京来，是否也同她自己一样，只想亲眼见到毛主席他老人家的光辉形象，亲身接受毛主席他老人家的检阅，争取有机会和毛主席他老人家握一下手，当着毛主席他老人家的面喊一句"毛主席万岁"？

"领队"深沉而庄严地告诉大家：他到北京来，愿望与我们相同，也不完全相同。他还负有特殊的也是一项神圣的使命——替他所参加的那一派群众组织，通过何老的关系，向毛主席他老人家反映当地无产阶级"文化大革命"的真实情况，请求毛主席说一句支持他所参加的那一派群众组织的话。

"我们那里是右派组织翻天，'左'派组织受苦哇！黑云压城城欲摧，血雨腥风扑面来。我们那一派几千名革命群众正处在水深火热之中啊！如果我完不成使命，几千革命群众就会被打成反革命，判刑坐牢啊！那我也绝不回去了，我将一头撞死在革命烈士纪念碑下，不成功，便成仁！甘洒满腔战士血，化作遍地革命花！"

他流下了悲壮的泪。

大家极受感动。我的眼眶湿了。在我心目中，"领队"那典型的四川人的身材，变得高大起来，闪耀着英雄主义的可歌可泣的光彩。

"甘洒满腔战士血，化作遍地革命花！"我暗暗牢记着这两句诗。当年许多人都诗才横溢。辩论也罢，演说也罢，煽动也罢，几乎无诗不开口，开口必有诗。好比京剧名角们的绝唱，不讨戏迷们个"满堂彩"不算绝。正是那些充分表达了顶天立地，视死如归的英雄主义的铿锵诗句，最能感动人心,使人情不自禁地潸然泪下。对红卫兵来说,那是连空气中都饱含着革命英雄主义的时代。正如今天对某些年轻人来说是不听流行歌曲就活不成的时代。我甚至认为,他若完不成使命,便一头撞死在人民英雄纪念碑下的预先打算,比他随口说出的那两句诗更其杰勇豪烈,悲哉壮哉!倘我亦如他,负有几千人交托的神圣使命,必亦有如他一样的牺牲准备。倘完不成使命,必选择如他一样杰勇豪烈,悲哉壮哉的死法!那样的使命简直是一种至高的荣耀。那样的死去简直是一种难得的幸运。只可惜来北京前,没谁交托我什么使命。母亲倒是千叮万嘱要我买一张毛主席和"林副统帅"在一起的像。哈尔滨当时买不到。一个家庭中不见"林副统帅"的第二光辉形象,总是件让人心里不够安宁的事儿。无人过问,便也罢了。有人问罪,说不清楚。就算在北京得豁出头破血流抢着买才能买到,似乎毕竟有点谈不上"使命"感。自己心里一味当"使命"去完成,也毕竟不够神圣,悲不起来壮不起来,杰勇豪烈不起来。没有买到,辜负了母亲一人的叮嘱,似乎也犯不上一头撞死在人民英雄纪念碑下。心里暗觉遗憾。革命英雄主义的光芒,在那英雄辈出的年代,也并非万众都能放射的。

车到地质学院,司机困得连连打哈欠,催促我们快下车。我们刚下了车,接待站里走出一个人,大声斥问司机:"你把他们都拉到这儿干什么?往哪儿安置?"

我们在那人眼里分明不是毛主席的客人,而是什么毫无用处白给谁也不愿要的东西。

司机嘟哝道:"他们吵吵嚷嚷地让我拉他们到这儿来嘛!"

"上车,上车,全上车!"那人像吆喝牲口似的,又吆喝我们上车。

我们处处受到这般冷漠的对待,一个个心中别提有多恼火,都默默地将屈辱的目光投向"领队",谁也不敢乱开口讲话。在人屋檐下,暂且将头低啊!

"领队"上前道:"我是他们的领队,我……"

那人不耐烦地打断他的话:"你也上车,少啰唆!"

"领队"加重语气道:"我当年是何老的警卫员!"

那人听罢,上下打量他一番,似乎有些怀疑地问:"真的?"

"领队"昂然答道:"我跟随了何老五六年,他全家的人都熟悉我!"

那人信了,大声说:"真是踏破铁鞋无觅处,得来全不费工夫! 那你哪儿也别想去了,留在这儿揭发反党分子何长工吧!"回头对接待站里喊:"何长工当年的警卫员送上门啦,把他押起来呀!"

于是呼啦啦拥出几个地质学院的红卫兵,纷纷问:

"谁是? 谁是?"

"在哪儿? 在哪儿?"

我们这才发现,楼墙上贴着大字报。水银灯下,赫然写的是——打倒地质部最大的走资派何长工! "何长工"三字歪歪倒倒,画了鲜红的三个"×"。

我们都替"领队"暗暗叫苦不迭。

那人用手一指他:"这个就是!"

他却还没发现大字标语,以军人的姿态一挺胸:"不错,我就是。"

他们不由分说,将他架入联络站屋里去了。

我们一个个呆若木鸡。

"你们还愣头愣脑的干什么?"

我们赶紧乖乖地上了车。

那人向司机交代几句,车又开了。

这一次我们被送到了地质部博物馆,天已蒙蒙亮。博物馆内,一排排陈列各种矿石的展览橱之间的过道,隔几步铺一块草垫子,没有席。东投西奔折腾了一夜,困得两眼皮往一块儿粘,跟跄到一块草垫子跟前,扑下去,不管它天塌地陷,倒头便睡。

一觉沉睡到下午三点多。醒了先找水龙头。找到水龙头,一口气儿喝了个够。待要洗漱时,却不知装毛巾肥皂牙膏牙刷的小布兜儿昨夜丢在何处了。进入厕所,脱下被臭汗湿透了几番的背心,权当毛巾用,拧大水量,痛痛快快地冲头洗脸。在水槽中捡了几小片别人丢弃的肥皂,裹在背心内猛搓一阵儿,搓掉汗臭味儿,自以为洗干净了,晾在窗框上。

然后就光脊梁穿着肮脏的外衣,徜徉出胡同口逛大街。不敢走远,不敢转弯。怕迷路,逛至西单,便跨过马路,从另一侧往回逛。衣兜里虽揣着五块钱,副食商店却是不进的,唯恐见了好吃的东西,受到诱惑掏出那五块钱花。

饿是饿极了。忍耐着。五点半开晚饭。逛到时间,就可饱饱地吃顿不花钱的饭了。

晚饭是馒头、咸菜、粥。馒头一两一个,小得秀气。每人两个。两个哪够填饱饿了两天两夜的肚子? 幸而粥是不限量的。于是先可劲儿往肚子里灌粥。眼睛盯着粥桶。发现有人一碗粥刚喝了半碗,便端着碗去边喝边排队。喝完了,也差不多排到了。如是学之,又发现有人在这个饭口领了一份儿馒头,转向那个饭口,又可多领一份。也如是学之。见"先进"就学。以后掌握了这些经验,在一个多月的大串联中,从北到南,七省八市,没挨过饿。

吃饱了,一手拿着一个多领的馒头往外走。没料到门口有人把守,说是只许吃,不许往外带。早知如此,两个馒头便吃下去了,也不必可劲儿往肚子里灌粥。颇有些舍不得放入门口的竹筐里,待要转身回到桌旁再吃掉吧,肚子已是撑得很,多一口也咽不下去了。快快地留下两个馒头,懊恼自己往外走时没将馒头揣在衣兜里。

回到博物馆大厅,困乏未解,扑下身去,又纳头便睡。

一觉睡到第二天早晨,排了半个多小时,才洗上把脸。

吃过早饭,在饭厅外的一面镜子中照见了自己,衣裤肮脏褶皱,头发蓬乱。自惭形秽。这等小瘪三模样,怎有脸面在北京的大街上逛? 又怎配接受毛主席他老人家的检阅!

思想斗争了许久,决定花那仅有的五块钱,买毛巾、牙膏、牙刷、肥皂。买齐全了,要赶回来趁太阳好洗衣服,却意外遇见了同次车来的一位同学。他的模样不比我体面多少。

他告诉我他住在一所小学校,昨夜睡在两张拼起来的课桌上。

"二三百人,全睡课桌,铺席子,盖毯子。"他一边对我说,一边揉肩胛骨,"他妈的课桌太窄,一夜我掉在水泥地上三次!"

当我告诉他我住在地质部博物馆内时,他显出十分向往的表情,立刻问我能否帮他"转移"过去。

我当然很乐意有个同学为伴,但却没什么办法帮助他——出入博物馆凭"住宿证"。

他失望极了。

而我却羡慕他有毯子盖。

他提议一块儿去参观军事博物馆。

我嫌太远,怕回来晚了,赶不上吃饭,饿肚子。但又不忍扫他的兴,主张一块儿去天安门。

"傻瓜蛋!反正我们是要经过天安门接受毛主席检阅的,提前去了,检阅那天留下的印象就不深刻了!要保留最深刻的印象!这是将来要记载到中国当代革命史里的大事,说不定历史还需要我们写回忆录呢!"他激烈地反对我的主张。

我细想想,他的话不无道理,便同意了和他一块儿去参观军事博物馆。我红着脸向他提出了一个请求——替我买公共汽车票。因为我兜里的钱所剩无几,还要买毛主席和"林副统帅"在一起的像,舍不得再多花一分。

"傻瓜蛋!你真是个傻瓜蛋!我们是什么人?毛主席请到北京来的客人!乘火车都不花钱,坐公共汽车还花钱吗?笑话!"他大大嘲谑了我一番。

果然如他所说,红卫兵们上下公共汽车,售票员绝不查票。当年的首都仿佛"八国联军"占领时期,又像清兵入关的情形,满大街都是来自天南地北、长城内外、"五湖四海"的红卫兵。各路"诸侯"的战旗飘扬。各派的"毛泽东思想宣传车"如梭往来。广播着"郑重声明""最后通牒""严厉警告""强烈抗议"。全北京也不知安装了几百几千高音喇叭,《东方红》《大海航行靠舵手》等等歌颂毛主席的革命歌曲和毛主席语录、毛主席诗词歌曲白天响彻云霄,夜晚直冲星汉。也许除了毛主席,任何一个国家,任何一个民族,任何一个朝代的君王,大概是都难以忍受如此轰轰烈烈,如此热热闹闹,而甘于寂寞的。

全北京到处的墙壁都刷成了红色,书写着醒目的"最高"或"最新"指示。北京的一条条街道都变成了名副其实的红色街道。北京被一片"红色海洋"所淹没。北京成了全国各地红卫兵的大本营。北京成了全国各地"造反派"的总司令部。

总司令是毛主席。

"掌上千秋史,胸中百万兵。"——据说这是毛主席当年书赠"敬爱的林副统帅"的两句诗,是否确凿,已难考证。反正红卫兵们都相信是,争相传抄。

现在的百万兵当然是指红卫兵。许许多多万里迢迢来到北京的红卫兵,胸前悬挂着心形的"忠"字。小如掌,大如盘。有的制作粗俗,刺人眼目;有的制作精美,绣以银丝金线,简直可视为工艺品。间或有一群群少数民族的红卫兵兄弟姐妹,在宽阔些的人行道上载歌载舞,表达来到北京和即将受到毛主席他老人家检阅的无比幸福无比喜悦之情。

军事博物馆内人山人海。某些人们熟悉的油画和陈列品被取消了。重画的《井冈山会师》,与毛主席握手的已不是朱总司令,而是当年才不过担任连长的林彪。《毛主席去安源》———幅最新完成的油画,告诉人们,"安源大罢工"的真正领导者,并非刘少奇,而是毛主席。

军事博物馆外的大批判专栏,贴满了漫画。别的看过就忘了,有一幅却过目难忘,铭记至今。

画的是刘少奇立在船上,撑篙渡河。彭德怀立在岸上,挥手做惜别

状,并唱:

> 送君送到大河旁,
>
> 君的恩情永不忘,
>
> 风里浪里你撑船,
>
> 我持梭镖望君还……

彭德怀丑而像,刘少奇也丑而像。邓小平那时已上了"百丑图","屈尊第二",仅在刘少奇之后。

许多人都在认认真真地照画。

我和同学也向别人各要了几页笔记本纸,挤上前去照画。那些漫画可非一般水平,笔法娴熟老练,惟妙惟肖,各有千秋,显然是长于此道者们的"佳作"。不过也难肯定,当年"文化大革命"不仅造就了一大批"群众领袖""理论家""雄辩家""演说家"和"诗人",也造就了一大批"漫画家"。漫画更是"大批判"的犀利武器。正因为是武器,才人人都希望自己能够掌握之,运用之。而且,将昔日的国家首脑们肆无忌惮地加以丑化,实在是普通人们非"文化大革命"不可满足之乐趣。

像"送君"一类有情节的漫画,我是照葫芦画瓢也画不下来的。那需要一定的漫画基础。"百丑图"容易画些,但都是笔法高度精简的头像。

从军事博物馆回到地质部博物馆,吃晚饭,将衣服裤子全用肥皂洗得干干净净,搭在馆内陈列矿石标本的展览橱上。只穿着背心裤衩,盘腿独坐一隅,闲得无事,转着头东张西望。

有人不知无意的还是故意的,打碎了一个展览橱的玻璃,于是就有众人齐发一声喊,扑将过去争抢矿石标本,那当然是很好的纪念品。

我也闻声扑将过去,争抢了一块到手。拳头般大小,乌黑,这里那里,布满闪闪发光的物质微粒,不知是含金还是含银,抑或含铜还是含锌。得着了一件很好的纪念品,心中的高兴自不待说。收藏起来,又闲得无聊,又转着头东张西望。

夜里冷得缩成一团,无法睡。把守馆门的老头照例关门前来巡视一番,发现了那打碎玻璃的展览橱,见里面空空如也,连一个标本牌都不存在,大发脾气,训骂道:"我在北京住了快一辈子,还一次也没见着过毛主席他老人家本人呢!你们都是毛主席他老人家的客人,客人就该有个客人的样子!到北京来做贼吗?偷了那些矿石干吗!那都是地质部的一些宝物!地质队寻找到那些标本容易吗?千辛万苦得来的!谁拿了谁乖乖放回去!不放回去从明天早晨起不给你们饭吃!"

无人理睬他,都装睡得死,没听见他训骂。

他训骂了一通,对大家无可奈何,愤愤地在草垫子之间踱来踱去,想要识破一个"贼"。他瞥见我那缩成一团的可怜模样,走到我跟前,瞪着我问:"你拿没拿?"

我说:"没拿,拿了不是人!"

又问:"你赤胳膊裸腿地干什么?"

我说:"衣服裤子都洗了。"

"白天大好的太阳,怎么不洗?"

"白天参观军事博物馆去了。"

他"哼"了一声,脱下他的大衣,扔给了我:"想着还!别拐带跑了,公家的!"

我感激得不知说什么好,连连回答:"保证还,保证还,向毛主席他老人家保证……"

有了这件蓝色的、扎道的、旧的却很暖和的劳动布工作服大衣,我才舒适地入睡。

梦中被一阵哨音惊醒,拥着大衣莫名其妙地坐起来,揉揉惺忪睡眼,见大家全都坐起来了。几名军人不知何时悄悄"光临",一个个神情极为严肃。

我以为那守门的老头为了那些矿石标本的失踪,搬来了解放军侦察员要对我们进行大搜查呢,心中颇为紧张。

一名年轻的小战士说:"亲爱的各位红卫兵小将,现在,由我们的营长,向你们宣布一个你们日夜盼望的消息!"

那营长环视着我们,说:"小将们,你们最最幸福的时刻就要到来了!明天……"看了一眼手表,自己纠正自己道,"现在已经是两点半了,那么应该说是今天,毛主席、林副统帅和中央'文革'以及无产阶级司令部的党和国家领导人,将在天安门城楼上检阅你们了!"

其实他不说,大家听完那小战士的话,也已猜着了。

大家一阵激动,高呼:"毛主席万岁!"

解放军也手举语录跟着高呼。

数呼万岁之后,那营长又说:"为了保证毛主席他老人家的安全,宣布几条纪律:一、除了毛主席语录必带,每人身上再不得带任何东西!"

"吃的东西也不许带吗?"

"吃的东西当然例外。"

"那么也可以带水果啦?"

"可以。"

"水果刀呢?"

"不许带!凡是金属物品,一律不许带!谁带了,一旦查出,严加论处!"

那个小战士说:"大家安静,不要打断营长的话!"

营长接着说:"二、只许喊如下口号:毛主席万岁万万岁!敬祝毛主席万寿无疆万寿无疆!敬祝林副统帅身体健康永远健康!无产阶级'文化大革命'万岁!无产阶级司令部万岁!打倒刘少奇!打倒邓小平!紧跟伟大领袖毛主席将无产阶级'文化大革命'进行到底!……"

他一共照本宣读了二十几条革命口号。他宣读一条,我们用笔在纸上记一条。看来这些革命口号也不是他这位解放军营长规定的,可能是经中央"文革"审阅的。

最后他说:"大家立刻穿衣服,排好队,跟我们到食堂去领吃的。从现在起,我就是你们的带队,你们的一切行动,必须服从我的指挥!"

有人嘟哝了一句:"我们的一切行动,只服从毛主席和中央'文革'的指挥!"

营长严厉地瞪了那人一眼,没说话。

有人大声问:"起码得给我们半个小时的洗脸时间吧?这么多人,排着洗半个小时也不见得够啊!"

那个小战士干脆地回答:"穿好衣服立刻就去领吃的。领完吃的立刻就出发。没有洗脸的时间了!"

又有人嘟哝了一句:"毛主席教导我们:'人是要每天洗脸的,不洗脸就会积满灰尘。'"

营长也回敬了一条毛主席语录:"必须重申党的纪律:(一)个人服从组织;(二)少数服从多数;(三)下级服从上级;(四)全党服从中央。谁破坏了这些纪律,谁就破坏了党的统一。"

于是大家不再有任何异议,匆匆穿好衣服,被分编成组。每组由一名解放军管理。全体服从营长。

营长说:"现在,每人将语录拿在手中,将衣兜裤兜里翻出来!"

大家照办。

管理每组的解放军,逐个检查,没发现谁违纪,便带我们到食堂去。

我的衣服裤子半干半湿,也只好穿在身上。大衣紧裹在外。

食堂工作人员肯定起得比我们更早,已将一份份吃的东西替我们包好——两个面包,一个煮鸡蛋,一截香肠。因为今天是我们最最幸福的日子,所以二两一个的面包取代了一两一个的秀气的小馒头,还有煮鸡蛋,还有香肠。

他们将每份递到我们手中时,各个都说一句:"祝贺你们的幸福!"

看得出来,也听得出来,那是很由衷的祝贺。他们分享着我们的幸福。感觉到这一点,使我们中某些人因起得过早而产生的隐怨消除了。

我得承认,我是"某些人"之一。身上穿着半湿的衣服裤子,隐怨比别人就更大,也就更加洋溢出满脸的幸福。

耳听祝贺,心中细想,他们都是生活在北京的人,接受毛主席检阅这种莫可比拟的幸福,优先轮着的却是我们,而不是他们,还要为我们服务,他们毫无隐怨,我们倒因早起了点就嘟嘟哝哝,未免太不通情达理。赶集还得起个大早呢!这么一想,便心气平和,只觉得确是很幸福了。虽身上穿着湿衣服而心中的幸福感犹存。接受毛主席他老人家的检阅,恐怕这辈子也不会有第二次机会了!除非毛主席发动第二次"文化大革命"。

从食堂里排着队走出来的时候,我看见守门的老头站在博物馆台阶上同时举起两只手默默地向我们招手。

他是不是很羡慕我们呢?

第十五章

　　天很黑。所谓黎明前的黑暗。天很冷。在我的记忆中,北京那一年的冬天似乎来得格外早,幸亏有那件大衣啊! 否则,穿着湿衣服湿裤子的我,有可能在黎明前被冻死。

　　喧嚣了一天的北京,只有昼夜交替之际的这黑暗的时刻,才是宁静的。那是很正常的宁静,又似乎是很不正常的宁静。因为走出胡同口后,我发现马路两旁隔不远就站着一名持枪的解放军。

　　我们排着队,在那位营长的率领下,走向平安里,由平安里插向东四。那条马路两旁,也是隔不远就站着一名持枪的解放军。一支支队伍,红卫兵的队伍,在解放军的率领下,从各条街道走出,与我们汇在一起。我们的队伍越来越壮大,渐渐地,形成了一支前无头后无尾的浩浩荡荡的大军。再往前经过的一些路口,就戒严了。不是将要接受检阅的红卫兵,怕是别想通过了。隔不久,那位营长命令我们分组报一次数,前后左右看看,有没有陌生的面孔——防止阶级敌人混入我们的队伍。据我们组的组长——那名小战士说,他和他们的营长带领红卫兵几次接受过毛主席的检阅了,从未发生过什么问题,受到了中央"文革"的表扬。

　　我们都对他刮目相看起来。

我们跟随大军拐进了东四附近的一条小胡同。现在回想起来,那不是一条小胡同,而是一条长街。大军拥塞满了这条长街,就像隐蔽着似的。大军停止了前进。小战士告诉我们,要在这里等待到天亮。

于是就盼着天亮。心中越盼,天似乎亮得越迟。天终于亮了,那也不过才早晨六点来钟。小战士又告诉我们,十点才开始检阅。他劝我们耐下心来。还要等三个多小时,需要多么大的耐心啊!在我的记忆中,那之前,我的耐心没经受过一次那般持久的考验。那之后,我的耐心也再没经受过一次那般持久的考验。

在需要极度耐心的等待中吃光了所有吃的东西。肠胃饱了。湿衣服被身体烘干了。太阳出来了。人人都觉得暖和了些,便有兴致高唱革命歌曲了。一支接一支地唱。几名解放军都很善于鼓动情绪。领唱,挥舞手臂打拍子,拉歌,将人人的情绪都鼓动得火炭般热!歌声此起彼伏。一曲高过一曲。一阵比一阵唱得来劲儿,唱得亢奋。

街道两旁的居民,出不了院儿,开不了门。一户户的窗口贴着一张张性别不同年龄不同的脸,没够地往外瞧我们。有人渴了,向他们讨水。他们就打开窗子,捧出一杯杯热水,茶水。讨吃的,他们也极慷慨地给予。道谢,他们都说不用谢,招待外地红卫兵,是首都居民的本分。当年红卫兵中有手表的可不多。几名解放军战士也没手表。那位营长倒是戴着块手表。可大家都不愿向他问时间,怕他轻蔑我们的耐心。便隔不多时,敲窗子问一次屋里的首都居民。他们不厌其烦,有问必答。有些老人和孩子,则主动地打开窗子,一次次向我们报时间:

"八点半啦!"

"九点!"

"九点二十五!"

"九点四十五!"

"十点啦!"

于是满街一片欢呼声。

"十点啦！十点啦！"

"我们最最幸福的时刻终于到来了！"

"毛主席万岁！毛主席万万岁啊！"

欢呼过后，队伍还不见动，满街的红卫兵骚乱起来。

解放军努力安抚，说是刚刚接到通知，毛主席他老人家今天身体不适，检阅我们的时间有所推迟。

仿佛一盆凉水泼向众人头上，满街红卫兵的情绪顿时低落。都唯恐毛主席因身体不适，登不上天安门城楼，这一天检阅不成我们。

等啊等啊，至中午十一点半，拥挤在那条长街里的我们的"杂牌军"，在正规军的带领下终于又开始走动。

东四大街(也可能是东单大街)被红卫兵的队伍水泄不通地占领了。三十人一横排，浩浩荡荡，不见头，不见尾，跑一阵停一阵地前进。

能听到《东方红》雄壮的乐曲声了。

天公作美。夜间虽然寒冷，白天竟晴空万里，红日当头。

转上通往天安门的马路，队伍由三十人一横排而六十人一横排了。各路大军总汇合，欢呼"万岁"的声浪从前方黑压压的人头上滚将过来：

"毛主席万岁！"

"毛主席万岁！"

"毛主席万万岁！"

欢呼声仿佛在召唤我们，盖住了解放军统一步伐的口令。队伍乱了。没有队形了。变成一股人流，一阵阵势不可挡地向前汹涌，一阵阵冲到了铜墙铁壁似的，以更汹涌的反力卷荡回来！

终于，我望见天安门了！

终于，我接近天安门了！

天安门城楼空空荡荡。毛主席呢？毛主席为什么不在天安门城楼上啊！

毛主席已然在天安门城楼上检阅一个多小时了。他老人家累了。

他老人家需要去休息休息。

看见了毛主席的，还想再看见。没看见毛主席的，不甘心没看见。天安门前拥挤着成千上万的红卫兵！真是成千上万啊！

"毛主席万岁！"

"毛主席万万岁！"

"我们要见毛主席！"

"我们要见毛主席！"

成千上万的红卫兵喊啊，叫啊，哭啊。那是人类历史上空前的狂热场面！

成千上万的红卫兵汇成的人海，在天安门广场拧出海底谷裂般的漩涡！每个人都像一颗小石子，在巨大的漩涡中打转，不升也不沉。背朝天安门或面朝天安门，全不由己，只有顺着那股漩涡转。

《东方红》乐曲又响起来了！

天安门城楼上出现了人影。中央人民广播电台的两位男女播音员，以无比激动的语调现场直播道："红卫兵小将们，我们伟大的领袖毛主席，我们心中最红最红的红太阳，休息了片刻，现在，与他最亲密的战友，我们最最敬爱的林副统帅，又并肩登上了天安门城楼！他老人家精神昂然，面带微笑，神采奕奕！……"

人海喧啸了。群情鼎沸。"万岁万万岁"的欢呼声在天安门广场上空回荡。

也许我离得太远了，也许天安门城楼太高了，出现在我眼中的毛主席，只是半截身影。沐浴着下午的阳光。他老人家的身影，没我预先想象的那么高大。站在天安门城楼上，在我们的仰视中，甚至可以说显得很小。而站在他身旁的"林副统帅"，简直显得渺小了。毛主席的身材在所有天安门城楼上的人中毕竟最高大，所以我还是一眼就判断出了哪一个是他老人家的身影。并且别的人一登上天安门城楼都各就各位站立不动，都站得很靠后，只能隐约看到些头。所以实际出现在天安门城楼的,成千上万红卫兵能仰望到的,也就只有毛主席和他老人家的"最亲密的战友林副统帅"。

毛主席显然也非常兴奋,一会儿走向东侧,一会儿走向西侧,一会儿伫立在天安门城楼中央国徽之下那个地方。不停地走动,不停地挥手向红卫兵致意。时而挺身远眺,仿佛在注视天安门对面的人民英雄纪念碑;时而俯身低视,仿佛要同仰视他的观礼台上的红卫兵们交流什么感情。"林副统帅"寸步不离地跟随着毛主席。毛主席走向东侧他跟随到东侧。毛主席走向西侧他跟随到西侧。毛主席站住他亦站住。毛主席远眺他亦远眺。毛主席俯身他亦俯身。毛主席挥手,他挥语录。我们能仰望到毛主席的上半身,却只能仰望到他的头和肩。尽管离得远,尽管毛主席站得高,他老人家的身影毕竟显得伟岸,而他"最亲密的战友"却像个侏儒。

忽然,毛主席摘下军帽,在天安门城楼西角又一次俯身,手臂大幅度地挥了一下,又挥一下,并用他那很重的湖南口音高呼:"红卫兵万岁!"

"林副统帅"也摘下了军帽,也来回挥了两下,由于身材矮小,手臂被天安门城楼栏杆所挡,又想像毛主席那样大幅度地挥动,却不能够,仿佛居高临下地捞取什么似的。

他也高呼:"红卫兵万岁!红卫兵万岁!"

成千上万的红卫兵着魔了!万语千言变成了一句话,有拍节地喊叫:

"毛主席,万岁!"

"毛主席,万岁!"

"毛主席,万岁!"

成千上万条手臂,挥动成千上万本宝书。"红雨随心翻作浪","天若有情天亦老"!

中央人民广播电台的播音员又开始播音:"红卫兵小将们,为了毛主席他老人家的健康,请继续往前走,请发扬崇高的革命风格,使后面的小将能够顺利地通过天安门,幸福地见到毛主席他老人家的光辉形象,接受毛主席他老人家的检阅!"

女播音员广播完,男播音员接着广播,话意相同。

一股人流以湍水决堤之势汹涌过来,冲走了广场上累卵积石般的一批,取而代之积石累卵。

我随被冲走的那股人流,一直"流"到电报大楼,才算能够选择方向自己步行了。

人们好像一离开天安门广场,一离开那种人的漩涡,那种如梦如幻的场面,顿时也就个个全部恢复了常态。匆匆地散向四面八方。使人感到被检阅是一个"任务",他们盼望着这一天实际上是盼望着早点完成这个"任务"。完成了这个"任务"他们就可以离开北京去上海,去广州,去福建,去西安,去一切他们想去的城市和地方了。南方的大抵要往北方去。北方的大抵要往南方去。

今天他们如愿以偿,"大功告成"。某些人的心情,与其说幸福,毋宁说轻松。

许许多多红卫兵的鞋被踩掉了。有的两只鞋都被踩掉了,光着双脚从哪里走来的走回哪里去,一个个"赤脚大仙"般招摇过市。有的被踩掉了一只鞋,或者拎在手中,或者仍穿着脚上的一只,怪滑稽的。没遭到这个"损失"的,就瞧他们的笑话,揶揄着他们大寻开心。

我光着双脚回到了地质部博物馆,为自己"损失"了一双半新的"解放"鞋闷闷不乐。更是发愁,因为我要去四川看望我的父亲。父亲很久没往家中写信了。我要亲眼看到他现在的"下场"怎样。倘他在受折磨,我决心留在他身边,陪伴他,给他些慰藉。总不能光着脚出现在父亲面前,使父亲见了我伤心啊!

正愁得没法儿,一个上海的红卫兵,凑过来与我商议,要拿一双新布鞋,换我抢到手的那块矿石。

那是很好的纪念品,但换一双新布鞋还是很合算的。遗憾的是他那双布鞋我穿着太大。我遗憾了半天,他也遗憾了半天。

傍晚,听人说,首都体育场(或者是另一个体育场,记不清了)摆满了鞋,在被检阅中失掉了鞋的可以去认领。

吃过晚饭,光着双脚去了体育场。偌大的足球场地上,一圈一圈摆了几十圈鞋,起码两三千只。还真有不少红卫兵去认领。

天色已暗,我从最外圈绕到最里圈,没寻找到我那双鞋。那是"解放"鞋的时代,两三千只中,半数是"解放"鞋。而且,我的鞋,绝不可能成双成对地摆在一起,哪里辨认得出来呢?

一个毛主席的"小老乡"对我说:"寻么子吗,哪双'孩'合脚,穿去就是了哟! 天下红卫兵一家子嘛,你穿我么我穿他! 都是为了一个共同的目标走到一起来的嘛,莫啥子关系哟!"

受他启发,一只只往脚上穿,试了二十来只,终于两脚都选到了大小般配的,同样的"解放"鞋,很新。旧鞋换新鞋,占了便宜,不敢逗留,怕被后来者一眼认出,忙不迭地就离开了。

乘错了车,又到了天安门广场。检阅早已经完毕,仍有不少人在红墙下干着什么。走近方知,都在用手掌或手指抹红墙上的红粉。抹了,再往笔记本上按下一个个指印或掌印。不消问,那也是一种留取纪念的方式,红墙人手够得到以下的地方,被抹得左一道右一道露出底色,难看极了。

我也挤上去抹。抹了一手红粉才想起身上根本未带笔记本。觉得没趣,又无处洗手,更无手绢(十七岁的我还不懂随身带手绢是一种文明的教养),从地上捡起团肮脏的纸擦擦了事。

又见一群人忽地围拢起来。不免又好奇,又挤进人墙看究竟。原来被围拢的是两位蒙族少女。围拢他们的人认定她们是"草原英雄小姐妹"——两位为救集体的羊群而与暴风雪搏斗了一天一夜的小英雄。纷纷将笔记本和手绢塞给她们,让她们用蒙文签名留念。她们不懂汉话,也不会说汉话,却明白人们的意思,认认真真地用蒙文签名,满足大家的心愿。

人们中有一个大煞风景地说:"她们不是'草原英雄小姐妹',我从《人民画报》上见过'草原英雄小姐妹'的照片,长得跟她俩完全不一样!"

这话引起了众怒。大家认为她们就是"草原英雄小姐妹",他却道不是!扫大家的兴!真是罪该万死!

"是!当定是!"

"你胡说!"

"你别有用心!"

"你是真红卫兵还是冒牌的红卫兵!"

众怒之下,他明智地灰溜溜地赶紧离开了。

谁破坏了群众的某种情绪,谁就成了群众的敌人。即使明知群众在自欺欺人,也千万不要点破。点破了,没有好下场。当年的广大革命群众更多的时候是不但甘于而且乐于自欺欺人的。因为自欺欺人的办法可使没意思没意义的某些事变得有意思有意义。当年的广大革命群众善于寻找到各种他们认为有意思有意义的事做。比如有些革命群众认为,凡是毛主席语录,不论刷写在墙上的或印在纸上的,同时都应该有毛主席他老人家的光辉头像,于是便会组织起来,用硬纸板镂刻了毛主席的各种头像,拎了油漆桶,走街串巷,看到哪堵墙有语录,便"制"上一个毛主席头像。还寄联名公开信与《人民日报》,于是《人民日报》头版的语录栏左上角,从此也有了毛主席头像。于是全国各省市地县的报纸以及各红卫兵组织的战报、传单上,也便都有了毛主席的头像。没有这一类有意义的事层出不穷,革命群众就会渐渐感到"文化大革命"没多大意思了。

我虽然没带笔记本,但又不甘错过机会,灵机一动,脱了外衣,打手势让"草原英雄小姐妹"往我背心上写字,并指指天安门城楼,举起双手跳跃两次,意思是让她们写"毛主席万岁"。

也不知她们到底明白了我的意思没有,反正她们点了点头。

于是我向她们背过身去。

感觉她们写完了,我还有些不放心,问旁边的人:"给我写完了吗?"

"写完了!快躲开,该给我写啦!"那人一把将我推开。

穿好上衣,怀着得到意外收获的喜悦,怕再乘错车,走回了地质部博物馆。

临睡前,脱下背心,光着脊梁,捧着欣赏。

写得很大,很清楚。蒙文字也好看,曲曲弯弯地像花边。离我近的那个上海红卫兵又凑过来,问:"谁给你写的?写的什么?"

我炫耀地说:"'草原英雄小姐妹'写的!毛主席万岁!"

他两眼射出嫉妒的目光,急切地又问:"你在哪儿碰见她们的?让她们写她们就肯写吗?"

我说:"在天安门前,只要是戴红卫兵袖标的,她们就肯给写!"

"你又到天安门去了?我也去,现在就去!路上买几条手绢,让她们全写上!"他说着,站起来就打算走出去。

我说:"老弟,别去啦!你以为人家会在天安门那儿等你呀,早走啦!"

他有点不相信:"真的?"

我说:"骗你干什么呢?我在天安门那儿走着走着,迎面碰上了她们,我瞧着她们,心想,好像在哪儿见过呀!猛然想起来了,这不是'草原英雄小姐妹'吗?就拦住她们,问:'你俩是龙梅和玉荣吧?'她们回答:'是呀,你怎么知道?'我说:《人民日报》上登过你俩的照片啊,给我留个纪念吧!'姐姐说:'行!'妹妹说:'那你可别声张,否则人们该围住我们,都请求我们留纪念啦!'我赶紧撩起衣服,让她们往我背上写字。她们一写完就走了!全北京没有第二个人会得到这样的纪念!"

他听我说完,捧着我的背心,没够地欣赏那些曲曲弯弯的蒙文字,爱不释手。

我十分得意。自己也不明白为什么要编出那么一番谎话骗他。

他低声说:"咱俩商议商议吧!"

我说:"又想用你那双布鞋换! 得了吧,我已经有鞋穿了!"

他用更低的声音悄悄说:"不是换,是买你的!"

"买?"我一怔。

他说:"你要个价吧!"

我想:还要到四川去,穷家富路,钱正是我所十分缺少的东西。遂问:"你想给多少?"

他朝我伸出了一只手。

"五元?"

他点点头。

我一把夺过背心来:"拉倒吧! 光我这背心还是两元多买的呢!"

他说:"可你这背心都快破了!"

我说:"但它的纪念性是无价的!'毛主席万岁'五个字是蒙文写的!是'草原英雄小姐妹'亲笔写的! 你想一元钱一个字就买去呀?'毛主席万岁'五个字就那么不值钱啊? 她们的签名就白送给你啦? 一分钱也不算啦? 十年二十年后,要成立个'文化大革命'纪念馆什么的,我这破背心是有展览意义的!"

他说:"那我承认,那我承认! 还是你要个价吧!"目光盯着我的背心,像个在行的古董商盯着一件稀世古董。

我说:"红卫兵要做遵守'三大纪律八项注意'的模范。咱俩都是红卫兵,买卖要公平。我也不多要你钱,你给十五元吧!"

他犹豫着。

我说:"少于十五元我是绝不卖的! 谁在大串联中不想带回几件有重要纪念意义的东西呢? 我是非常理解你的心情才肯……"我真羞于说出那个"卖"字来,便又坦率又巧妙地这么说下去,"白白送给你吧,我舍不得。我不过是象征性地与你交换,你也应该理解我的心情……"

他仍犹豫着。

我见他犹豫不决，唯恐"交换"不成，便从草垫子下摸出那块矿石，往背心上一压，用不惜血本大牺牲的语气说："十五元，两件难得的纪念品都归你！"

他终于开口了，只吐出一个字："好！"

我用背心包起矿石，往他腿上慷慨地一放。同时向他伸出一只手。

他也立刻从兜里掏出钱包来。他钱包里的钱真不少，不是十元一张的，就是五元一张的。厚厚的一沓，大概有一百多元。我们全家两个月的生活费才一百元。能带这么多钱进行大串联，令人羡慕啊！都说上海人"抠门儿"，我算信了！他有这么多钱，刚才却只想掏五元！早知他是个"百元富翁"，我就狠敲他一笔了！我有些后悔莫及。我若有经验，沉着点，兴许完全没必要再加上那块矿石。或者矿石另议价钱，五元八元的准也能"交换"出手。

他给了我一张十元的票，一张五元的票后，又问："你还有什么有纪念性的东西吗？"

我说："没啦。就这两件，你也可以向许多人大大炫耀了！"

他高兴地笑了，拿走我的背心和矿石，回到他的睡处，放入他的小皮箱，上了锁。

看门的老头来通告大家：无论谁，只能在此住三天了。三天内必须离开，因为毛主席他老人家已经检阅过我们了。这里即将开始接待下一批进京的红卫兵。

我还他大衣。

他说让我继续穿着盖着，走时还他。

那老头是我在大串联中遇到的第一个大好人。如今我也是一个北京人了，无数次路过地质博物馆那条胡同。每次路过，都会想起他。他肯定早已退休了。也许已经去世了。

第十六章

第二天,我挤上了开往成都的列车。

我学习那个沈阳女红卫兵的"先进经验",一上了火车,就一头钻入座位底下。我原以为这是一"绝招",没想到如是者并非我一人。座位底下另是"一重世界",甘为"人下人"的还真不少。并且预先早有所准备,带了水和干粮。红卫兵四海之内皆兄弟。感谢他们的关怀和爱护,我饿了分给我干粮。我渴了施给我水。一路总算没太饿着,也没太渴着。也不敢吃得太饱,喝得太足——怕不断上厕所。在座位底下互相交谈,没话可谈时就睡。

三天四夜后,顺利到达成都。虽然比正常运行时间长了三倍,但一路无凶无险,亦可谓之"顺利"。

出了成都火车站,第一个印象是恐怖——几十个红卫兵,正在车站对面往一堵墙上贴大字报。大字报是用红墨水写的,龙飞蛇舞,洋洋洒洒万余言,十几张,贴满了那堵墙。没心思上前去详看内容,只瞥见了"蓉城惨案"一行标题。贴在墙上的三分之一是无字白纸,不知留待何用,远远地站住看究竟。

只见一个红卫兵,手持一把笤帚,其柄两米多长,笤帚头正在桶里翻来覆去地蘸着,像一位大书法家正在润笔。

另一个红卫兵,将半盆糨糊倒入桶内,用棍子猛搅一阵儿。那持笤帚的,终于要大显身手了,拉开架势,似乎还运足了丹田之气,以帚作笔,高高举将起来,刷刷刷,果然身手不凡,确乎弄墨"骚客",反撇倒书,正横斜挑,一笔写出一个触目惊心的巨字——血!

写罢弃帚,退后几步,拭手自赏。

他的一个伙伴,提起那桶,如往墙上泼水救火般,尽力一泼,满墙顿时"鲜血淋漓"。搅和了糨糊的红墨水,黏黏糊糊,嘀嘀嗒嗒往下淌。

桶也不要了,盆也不要了,笤帚也不要了,他们扬长而去,见者避之唯恐不及。

我被惊呆在那里,觉得"天府之国",似乎处处充满杀机,潜伏着祸及生命的凶兆。

召回胆魂,稳定了心神,茫茫然又往前走。暗想:老子也是顶天立地一个红卫兵,怕个鸟"血"字怎的!

忽然许多人朝一个方向跑去。闻说那里造反派要当众惩办一个"女匪首"。我便联想到在读过的一些书中,国民党称共产党"共匪",称女共产党"女匪"。进而联想到"双枪老太婆",联想到"黄英姑"。莫非四川出了一批武装反革命,为首的又是个女性?

心中好生狐疑,不免要打听个明白。不敢问男人,觉着当地的男人们看上去都有点凶。便问一个卖烤地瓜的年轻媳妇。媳妇虽年轻,在这年月不造反,卖地瓜,足见是个"良家妇女",不属"孙二娘"或"顾大嫂"一类。为讨她几分好,先买了她一个地瓜吃着,然后才搭讪地问。

她告诉我,成都有一派群众组织,被对立派宣布为"匪派",扬言要"剿尽灭绝"。

并善良地劝告我:"小兄弟,千万莫多管闲事!成都兵荒马乱的,你小小年纪,此地可不便久留啊!"

我谢过她的善良劝告,吃着地瓜走开。本想不看那当众惩办"女匪"

的热闹,却按捺不下强烈的好奇心,身不由己地还是跟在众多的人们后边去了。

一个三十多岁的女人,被造反派们五花大绑地押着。一个造反派当众宣读她的罪状:特务、大破鞋、以色相拉拢腐蚀真正的革命"左"派领袖、挑动群众斗群众、散布反中央"文革"的言论⋯⋯总之是十恶不赦,罄竹难书。

当街支着一口大锅,锅内是烧着的沥青。罪状宣读完毕,几个造反派就将她举起,抛入锅中。溅出了许多沥青。

人们站得远远地看。默默地看。

那女人在大锅中扭动着身躯,因被五花大绑,站不起来。像一条大鱼,头尾翘在锅沿外,身躯在沥青中煎着。顷刻"煎"得焦黑。却始终只是挣扎着,不停地扭动身躯,并不发出痛苦的或不屈的叫喊。以为她格外的坚强。听身旁的人议论才知道,是嘴里被塞满了棉花⋯⋯

造反派们撇下她,拥上一辆卡车,卡车"呼"地开走了。

她仍在锅中挣扎,扭动。

忽然一个男人一手扯着一个女孩跑到那口锅前,想必是她的丈夫和两个女儿。丈夫哭。女孩也哭。都跑着哭。却不敢推倒那锅,或扶她从锅中出来。但眼见妻子、母亲在受罪,解救之心毕竟急迫。一个男人两个女孩就双手往锅外捧沥青。看他们那样子,沥青是很烫手的。

一个卖豆汁的中年汉子,远远地将一把铁勺扔过去。那男人就飞快地用铁勺往锅外泼沥青⋯⋯

在所有我亲眼见过的刺激性的场面中,那是最残忍最无人性的一次。后来我听说过许多发生在"文化大革命"中的可怕的事,比如内蒙古对所谓"内人党"的拷打逼供,比如某省的"贫下中农最高法院"——只要他们半票以上举手通过,就可将一个人"就地正法"——而且采取的是砍头的方式,谓之"节约闹革命"。据说当年一颗子弹三角七分钱。如今人民币贬值,肯定不止三角七分钱了吧? "贫下中农最高法院"后来被证实是实有其事,受到了中央"文革"的制止。若细查当年中央"文革"首长们的讲话,会寻找到历史根据的。如果他们当年的讲话材料仍全部被保存无遗的话。又比如将重铅块用细铁丝吊在女人的奶头上……用电影照明灯的强光照射人眼,使人眼花,在什么也看不清的情况下遭受毒打——北京电影制片厂的著名编剧家海默就是如此死去的……但毕竟都是耳闻,而非目睹。

那一次亲眼目睹,我是真的毛骨悚然,魂飞魄散了。

忽然又开来一辆卡车。车上跳下另一派人——"匪派"的人们。他们从沥青锅中救出了他们的"战友",当众替她恢复了名誉,宣告她是他们的"钢铁战士",是当代的"江姐",是他们的骄傲,他们的榜样……

接着高呼一阵口号:

"以牙还牙,以眼还眼,血债要用血来还!"

"头可断,血可流,誓死不屈服!"

"只要生命在,忠于毛主席的红心永不变!"

等等,等等,不一而足。

喊了一阵口号,撒了一阵传单,他们将他们的"钢铁战士"扶上车,悲壮地唱着大型音乐舞蹈史诗《东方红》中的《就义歌》:

> 带镣长街行,
> 告别众乡亲,
> 砍头不要紧,
> 只要主义真,
> 杀了我一个,
> 自有后来人……

卡车缓缓地行驶,歌声久久地回荡……

下午,我在成都气象学校住下了。于今,已记不清是怎么住到那里去的了。

那一天白天很阴。傍晚开始下雨。潇潇细雨,似无晴期。

"秋风秋雨愁煞人。"

住的是教室。水泥地上有草,草上有席。地是潮的,草是潮的,席是潮的。一人一床棉絮。棉絮也是潮的。不知被多少人盖过了,已蹭扯得没个形状,乱糟糟的一团。教室明明有窗,临街的墙壁和屋顶之间,露着一尺天,不知何缘何故。

虽然到了南方,夜间照样很冷。缩头缩脚,全身钻在棉团里续窝,像一只耗子。那教室里悬的不是日光灯,而是灯泡。那一夜,那教室里只有我和一个来自宝鸡的中学红卫兵。他也冷得睡不着,从棉团中扯出我,让我用肩托着他,帮他降下灯泡。我便遵命。电线挺长挺长,用绳扎着。降下来后,离地面半米高。二百度的,散发着一环热。他将他的草和席移近我,灯泡吊在我俩之间,我们都觉着暖和了些。他告诉我,明天人民南路广场要召开斗争李井泉、李大章的万人大会。我问他李井泉是谁? 李大章又是谁? 他显出讥笑我所知太少的样子,说一个是西南最大的"走资派",一个是四川最大的"走资派",邀我同去参加万人大会。我不感兴趣,又不愿扫他的兴,嗯嗯啊啊地答应着,迷迷糊糊地睡了。

我是被他弄醒的。醒来已是第二天上午了,他将两个用传单包着的馒头放在我的席子上,催我快吃,吃完和他一块去人民南路广场。我见外面仍下雨,不愿去。但昨晚已答应了,况且人家先起来,给我带回了早饭,也没个什么理由推脱。匆匆地吃下那两个馒头,下楼去洗了脸,在他的带领下向广场出发。我们到时,广场已坐满了人。大部分是工人和农民。当年,批斗"走资派"是工农兵学商各行各业的首要"革命任务"。工人不参加扣工资("金钱挂帅""物质刺激"早已批臭,没奖金,劳动模范只发奖状。故无奖金可扣。对于工人阶级,扣工资是挺要命的事,故他们不敢不去);农民不参加扣工分,虽然是二季稻待收季节,他们也得去。没专车接他们。他们是起五更早,三四十里五六十里远徒步赶进城的。他们到得最早,大多数坐在批斗台最前边,耐心地等待批斗大会开始。他们显得比工人阶级更有纪律性。因为他们不是"文化大革命"的"领导阶级",而是"依靠对象",是配角。所以他们的纪律性体现着他们传统的良好修养,不喧宾夺主。

大学红卫兵是这次万人批斗大会事前的决策者,现场的组织者。在这种气氛庄严而情形恢宏的时候,往往就轮不到初中和高中红卫兵们表现自己了。东西南北中,各地全一样。中学红卫兵,只有得到大学红卫兵的"恩准",才配有机会有资格也"沾光"表现表现自己。比如推选一两个头儿荣幸地和大学红卫兵领袖们共坐台上,争取一两个上台读批判稿的代表权,喊口号助威……

我和那个来自宝鸡的红卫兵坐得离台很远。看不清台上人的面目,也就无从知道那一天台上有没有荣幸地坐着中学红卫兵。

令我惊奇的是,在四川和成都各大学的宣传车中,竟发现了哈尔滨军事工程学院"红色造反团"的宣传车!早就听说他们的口号是——哪里有"走资派",哪里有我"红色造反团"!哪里阶级斗争、路线斗争最险恶,哪里有我战士以一当十,冲锋陷阵!可万万没想到他们的宣传车会出现在成都,几千里啊!

我指着车对那个宝鸡红卫兵说:"看,我们哈军工的宣传车!"不无自豪感。

不料他回答:"我在宝鸡早见过了,就是这一辆!"

我不信。他却说出了这辆车的牌号。

我认为他信口胡扯。

他便非拽我去看。被他拽到那辆车前,见牌号果如他说的一样。不由人不信他们当真是以一当十、冲锋陷阵的勇猛闯将。我心里暗暗对他们佩服极了。为自己晚出生了几年好不自卑!大学红卫兵才算得上是惊天地泣鬼神叱咤风云的一代"风流人物","指点江山,激扬文字,粪土当年万户侯。"——将来"文化大革命"史上的丰功伟业,可能尽被他们占去了！"问苍茫大地,谁主沉浮?"——他们! 他们!! 他们!!! 而不是我们,我们,我们! 我们中学红卫兵,不过是"文化大革命"中的儿童团! 用句俗话讲——"催巴儿"!

我本来就是勉强被那个宝鸡小子拉来的,这种思想更使我参加这一次万人批斗大会的情绪低落十分。我幻想着,若我也是一位大学红卫兵领袖,此刻坐在批斗台上,一呼百应,千应,万应! 什么李大章、李井泉的,乃至比他们地位更高,功劳更显赫的什么什么人物,都在我面前低下头,弯下腰,口称"有罪,有罪","该死,该死",那是何等的威仪? 怎样的一种自我感觉? 有机会自我表现这么一次,也就不枉为人一世了!

我正兀自在那里想入非非地发呆发痴,猛听批斗台上三声礼炮震天价响。响过,《造反有理歌》续音而起:

> 马克思主义的道理,
>
> 千头万绪,
>
> 归根结底就是一句话,
>
> 造反有理,
>
> 造反有……理!

一个身材很高很瘦的红卫兵,走到台前,上下挥舞长臂,指挥台下万众跟着广播器唱(当年没有录音机,广播器播出的是唱片)。

于是工人也唱,农民也唱。四川口音唱这首歌,尤其是坐在台前的四川农民唱这首歌,咬字不准,腔调不正。"克"听来似乎是"K","绪"听来似乎是"具","造反有理"听来似乎是"炒饭有米"。从头至尾,如唱花鼓。少了理直气壮的战斗性,多了地方曲艺的韵味儿。

全体唱毕,主持者宣布批斗大会开始。

他说道:"三声礼炮,代表红卫兵已经诞生了三个月。我们就是要在庆贺红卫兵诞生的礼炮声中,在'造反有理'的凯歌声中,展开对党内一小撮走资本主义道路当权派的猛烈进攻,摧枯拉朽,绝不留情! 将李大章、李井泉等押上台来!"

于是在一个女大学红卫兵尖锐的"打倒"口号声中,但见一行五六人,个个头戴高高的纸帽,胸挂大大的牌子,接受宣判的罪犯似的被押上了台。离得太远,我想站起看清,究竟哪两个牌子写着"李大章"和"李井泉",那个来自宝鸡的红卫兵使劲扯了我的衣角一下,低声说:"安分坐着,别惹麻烦!"我左右瞥了瞥四周维持秩序的红卫兵纠察队,没敢往起站。

"李大章! 跪下!"

"李井泉! 跪下!"

严厉的怒喝声刚落,五六个被批斗者中有两个人跪下了。

我以为他们便是李大章、李井泉了。

却不是。因为台上仍在怒喝:

"李大章! 跪下!"

"李井泉! 跪下!"

"我没有罪,我不跪。"站着的三个被批斗者中,有一个大声说。不知是李大章还是李井泉。

"对抗无产阶级'文化大革命',绝无好下场!"

"反动派不投降,就叫他灭亡!"

于是那个女大学红卫兵尖锐的嗓音又带头喊了一串"打倒"。

三个站着的"走资派",还是没有一个再跪下。不过都低着头,都弯着腰,居然胆敢不跪,尽管已弯下了腰,已低下头,也算得上是三条"好汉"了。少年人总是佩服"好汉"的,我竟暗暗有点佩服他们了。佩服之余,不无恻隐。

听说首都红卫兵在江青的怂恿下批斗陈毅时,那元帅既不弯腰,也不低头,还要椅子坐,还领批斗他的红卫兵学习《毛主席语录》,说:"下面请小将们翻到语录第二百七十一页,毛主席教导你们——'陈毅是个好同志！'"

由中国人民解放军总政治部编汇的最早的《毛主席语录》，只有二百七十页。

红卫兵认为他在耍笑他们，要问他编造一条毛主席语录的大罪。

他却不动声色："毛主席是说过这句话的嘛。朱老总知道，周总理也知道。你们从今以后，应该牢记这条语录，并且要把它编到《毛主席语录》中去。"

红卫兵当然不相信，但这位元帅正气凛然，却也无人敢动他一根毫毛。

他还说："如果你们不相信，你们可以把毛主席、朱老总和周总理都请得来嘛！我陈毅和毛主席当面对证！毛主席说我撒谎，你们可以将我打翻在地，踏上千万只脚嘛！"

元帅的威仪，一些儿也不丧失。外交部长的风度，令人敬而畏之。俨然仍是答外国记者问时中华人民共和国的全权代表。所以，即使在"文化大革命"中，在红卫兵中，也传为佳话，誉为美谈。

这是当年"威武不能屈"的一例。

还有一例，则可算"机动灵活"的战略战术，符合毛主席在敌强我弱的情况下，避其实力，保存自己的军事思想。主角不是元帅和"老总"，是相声大师侯宝林。

斗他时，他也不肯戴高帽，鞠躬九十度，连连说："我有，我有，不敢劳小将们亲自动手！"遂从怀中取出一项自备纸帽，仅半尺高。自己戴在头上。

红卫兵不依，说他是曲艺界最大的反动权威，应戴最高的纸帽。

他又鞠躬九十度，连连说："别急，别急，急中有错。毛主席教导我们，马克思主义者看问题，不但要看到部分，而且要看到全体。你们看！"

自己用手一拉，那纸帽居然被拉成一米多高。"反动曲艺权威侯宝林"几个字随拉随现。字一个比一个小，如塔倒竖，与帽形构成黑白分明，他还恭恭敬敬、虔虔诚诚地向红卫兵解释："反动是我的罪行，所以要写得最大最大，写得醒目。我侯宝林在小将们面前，是个渺小的人物，所以我的姓名要写得最小最小，写得歪歪倒倒，表明已被小将们批斗得前仰后合，再批斗几次就趴在地上起不来了的意思……"

他巧舌如簧，话说得天衣无缝。红卫兵听了扬扬自得飘飘然，他免遭许多皮肉之苦。革命群众瞧着他在台上那模那样，没有不想笑的，根本严肃不起来。批斗会只好"假戏真做"，或曰"真戏假做"，草草走个过场拉倒。

而那李大章和李井泉，一个不是陈毅，一个不是侯宝林，不能使红卫兵们敬畏，也不能使红卫兵们开心，却倔强得很，岂不是自讨苦吃吗？

我不唯对他们有些恻隐，甚而有些替他们暗暗着急了。

果不出我所料，几个红卫兵跳上台，从腰间解下皮带，开始抽他们。

他们站在那里挨着。不躲，还不跪。

农民们某些时候毕竟是慈悲的。某些时候。不是所有的农民所有的时候都是慈悲的。至于他们什么时候表现出慈悲，没个规律。

反正那一天坐在台前的一些农民是大发慈悲了。

他们举起黢黑的手臂高呼：

"要文斗，不要武斗！"

"要触及灵魂，不要触及皮肉！"

"坚决捍卫《十六条》！"

于是台上一个男红卫兵，用孙敬修老爷爷那种语调，不慌不忙地说："贫下中农同志们，下面，我给大家讲个寓言——《农夫和蛇的故事》……"

台下农民们吼成一片：

"我们不听故事！"

"我们起五更爬半夜不是来听故事的！"

"我们就是不许你们违反《十六条》！"

台上那个男红卫兵充耳不闻,一味只管讲下去:"从前,有个农夫,在冬天看见一条蛇冻僵着。他很可怜它,就将它捡起来,放入怀中。那蛇受了温暖,苏醒了,就在农夫的胸口狠狠咬了一口。农夫中了蛇毒,临死的时候,后悔地说:'我可怜恶的东西,真是自作自受啊。'"

那些农民们虽然大抵没有什么文化,但这个古老的寓言毕竟不像如今备受修养高雅的文化人所欣赏的现代派小说那么深奥,他们听懂了这个寓言是讽刺他们的。

也许那个红卫兵的本意并不是想借寓言来讽刺他们,仅仅是想对他们进行一番阶级斗争的启蒙教育而已。

但农民们愤怒了。农民们一旦愤怒,也是挺可怕的。毛主席在《湖南农民运动考察报告》中曾详尽地描述了他们一旦愤怒起来的"可怕"情形。湖南的农民,四川的农民,都是中国的农民。其愤怒无甚区别。何况"造反"是他们当年最拿手的。红卫兵们的许多"造反"方式还是学的他们当年那一套呢!

他们纷纷跃上台去,揪住那个"启蒙家"狠揍。

他的战友们当然不能眼见他挨揍,袖手旁观。

于是反击。于是台上公演了一幕"武戏"。

"独有英雄驱虎豹,更无豪杰怕熊罴。梅花欢喜漫天雪,冻死苍蝇未足奇!"

那个尖锐的女红卫兵的声音在叫喊。喊声通过广播器传送四方。

更多的农民愤怒了!

更多的农民跃上台去!

他们掀翻了桌子,踢倒了椅子,几个揪住一个红卫兵加以教训。

跪着的两个"走资派",在双方混战中滚到了台下。

李大章和李井泉大声疾呼:

"红卫兵小将们,贫下中农同志们,不要武斗!"

"你们要打,都请打我们!"

没人理他们。

台下的农民为台上的农民呐喊助威：

"贫下中农教训红卫兵有理！"

"让他们回答！谁是虎豹？谁是熊罴？谁是苍蝇？"

"不回答往死里揍！"

"领导阶级"们见贫下中农和红卫兵冲突起来了，茫然不知所措。一方是"小将"，一方是"同盟军"，支援哪一方，进攻哪一方，都将犯立场性的错误。也不知是哪一个工人起的头，他们反复唱这样一首毛主席语录歌：

> 我们应当相信群众，
>
> 我们应当相信党，
>
> 这是两条根本的原理。
>
> 如果怀疑这两条原理，
>
> 那就什么事情也做不成了！

唱了一遍又一遍。那种情况下，不反复唱这首语录歌，他们确实"什么事情也做不成了"！

贫下中农将红卫兵教训够了，纷纷跳下台来。

台上的红卫兵，一个个爬起，站到一块儿，手臂挽着手臂，齐声朗诵：

> 暮色苍茫看劲松，
>
> 乱云飞渡仍从容。
>
> 天生一个仙人洞，
>
> 无限风光在险峰！

一派悲剧英雄的气概。

贫下中农们又愤怒了。他们吆喝着号子:"一、二、一、二、一……二!"轰然一声,将用竹竿搭成的偌大一个台子推倒了……

会场顿时大乱,如同《水浒》中梁山好汉们大闹法场的情形。

"不给他们开这个会了呀!"

"回家!回家!回家割谷子去!"

"咒骂贫下中农,就是咒骂革命!"

农民们发一阵喊,一群群怫怫然四散而去……

工人们觉得光唱"那就什么事情也做不成了"怪没趣的,也便不再唱了,也便纷纷离去……

这当儿开来了红卫兵的大队人马,高擎着一面大红旗——上绣"造反总司令部"六个字。是四川医学院(也可能是成都医学院,记不清了)的红卫兵,闻讯前来解围。

挨揍的多数是哈军工"红色造反团"的人。他们的宣传车也被农民们临散时推翻。

"川医"的红卫兵帮他们搁起宣传车,与他们噙泪拥抱,说些"战友们受委屈了,我们来晚了一步""斗争是曲折的,但最后的胜利终将属于我们""伤在你们身上,疼在我们心上"之类的话。

还赠送他们一块大匾——"红色堡垒"。

红卫兵记者频频摄下一个个感人的镜头,一个个会场遭到严重破坏的镜头,以作历史性的纪念和揭穿事件真相的证明。

我和那个宝鸡红卫兵往回走时,他问:"今天不算白来吧?"

我说:"不算白来。"

"这场面很值得一看。"

"是很值得一看。"

"瞧着吧,李大章、李井泉为此准又多了一条罪状。"

"今天的事儿跟他们无关啊,咱们不是亲眼看到的吗?"

"跟他们无关?咱们看到的是表面现象。毛主席说,凡是发生武斗的地方,幕后必定有'走资派'在进行挑拨!"

"可今天的事儿确实跟他们无关啊!他们不是还竭力制止来着吗?你没听见他们喊,要打,都往他们身上打吗?"

"那是'走资派'们惯用的伎俩!'假的就是假的,伪装应当剥去。正像许多演员,演惯了反面角色,扮演正面角色总是不那么像。'老弟,看来你要好好学习毛主席语录哇!"

我便不吭声了。暗想:我他妈的碰到了一个"活学活用"的标兵!倒显得我好像从没翻过《毛主席语录》似的,竟有点反感他了。但我不想得罪他。他是伴儿,唯一的伴儿,而且怪热心的。在这"兵荒马乱"的城市——那个卖烤地瓜的年轻媳妇的说法,有个伴儿总比没个伴儿强!得罪了他,我们俩横眉竖眼地住在同一间潮湿的教室里,那可就太别扭了。

他是个识趣儿的,看出了我的不悦,又讨好地要请我吃碗醪糟。大概他的想法跟我的想法一样,也唯恐得罪了我。

于是我们就寻找地方去吃醪糟。他身上带的钱还不如我身上带的钱多,结果是我反过来请了他。一人来了两碗。于是我们的关系变得亲密起来。彼此留名,留地址,叮嘱以后要经常通信,仿佛相见恨晚。他叫鲍红卫。

第二天,满市出现了大标语:

"李大章、李井泉挑拨贫下中农殴打红卫兵小将绝没有好下场!"

"李大章、李井泉是昨日武斗的罪魁祸首,罪责难逃!"

证实了鲍红卫的预言。

我无心在成都等待看李大章、李井泉的"下场",惦念着父亲,恨不得立刻就前往乐山。父亲属于"大三线"建筑单位,信封上从没写过具体地址,只写邮政代号。到了乐山,又往哪里去找呢?思来谋去,决定先到邮电局问清具体地址。

邮电局却不肯告诉我,说那是保密单位,正在进行备战军事工程,已实行了军管。我苦苦哀求,大家守口如瓶。只得给父亲拍了一封电报,抱着父亲也许能来见我一面的微茫希望,沮丧地回到了住处。

鲍红卫看出了我有心事,追问,真诚表示不管我忧愁的是什么事儿,都愿替我出主意想办法成全我。

我便告诉了他。

他听后,说:"这你忧愁什么呢?既然电报已经拍了,你已经到了成都,你父亲还能不赶来见你一面吗?"

我说:"就怕他来不成啊!"

他盯着我的脸看了一阵,又问:"你父亲……有什么问题吧?"

我连连摇头:"没有,没有,半点儿没有!正牌工人阶级!"

他也就不再问了。但分明不相信我的话。

第三天,雨还不停,下得人无精打采。

鲍红卫又动员我去参观恶霸地主刘文彩的庄园。我说身体疲乏,路又太远,得乘几个小时的长途汽车,不想去。他就耐心动员我,说机会难得,接受一次忆苦教育,大有必要。

我也认为大有必要。这是一种自觉。倘回到哈尔滨,被人问,去了四川,为什么不去参观刘文彩的庄园,放弃了一次接受忆苦教育的机会?我将如何回答呢?还是去的好。兴许有机会在全校作一次报告呢!

我当年非常渴望能有这样一次机会。

于是我们说去就去。长途公共汽车站人很多,几乎全部是要到大邑县参观刘文彩庄园的!比今天旅游者去参观什么不睹为憾的古迹者多得多!看来人们接受"忆苦"教育的自觉性相当高。行驶别的路线的长途汽车,也都临时改行大邑县,为了满足革命群众的愿望。

好不容易挤上了一辆公共汽车,却不见了鲍红卫。车开了,在车上高叫他的名字,无人应答。心想他是没挤上这辆车。

几个小时后,车到大邑县,站得腰酸腿麻,颠得晕头转向。一下车,就呕吐。吐得翻肠倒胃,瘫软无力,冷汗层出。

想那鲍红卫与我失散了，一定很着急。与没见过世面的我相比，他仿佛是个在"风口浪尖"上闯荡自如的人。他处处表现得有义务照顾我，我也觉得确实很需要他的照顾。尤其在这会儿。就不敢远离车站，眼巴巴地在凄雨中盼着下辆车到来。

下辆车终于到来，不见他的踪影。眼巴巴地盼再下一辆车到来。再下一辆车终于也到来了，仍不见他的踪影。望眼欲穿地盼来了五六辆车，还是不见他的踪影。可谓"望断梧桐树，不见凤凰来"。

车站也没个避雨处，浑身上下早已淋透。他可千万别出什么意外，挺为他担着颗心。一步三回头地离开车站，踩着泥泞走向刘文彩的庄园。迷蒙雨幛之中，那四川恶霸地主的庄园，灰色的门楼，灰色的宅围，宛如隔着历史重现在眼前的墓茔。它远没有我预先想象的那么宏伟。不像我读过的某些西方小说中的贵族阶级的城堡。与之相比较，它简直又小气又土气，首先使我产生的是……鄙视。

中国历史上的地主阶级，对农民的残酷剥削和压迫，比西方历史上的地主阶级有过之而无不及。但可能有一点是不同的，后者即使在荒淫无耻的享乐方面也热衷于追求最新的事物，而前者即使在荒淫无耻的享乐方面也散发着腐朽熏人的臭气。

亲眼看到了"水牢"。担任解说员的是"水牢"的幸存者，一位农民妇女，现任乡干部。

亲眼看到了刘文彩命"狗腿子"淹死农民小孩的那口井。

亲眼看到了刘文彩迫害农民的种种刑具。将农民的口鼻封住，用气筒从肛门往肚子里打气，直至肠胃在腹中胀破而死！这种惨绝人寰的杀人方式，当时千真万确激起了我内心强烈无比的阶级仇恨。

一方面是血和泪，另一方面是穷奢极欲。刘文彩要是仍活着，我会和那些参观者一起，将他用乱石砸成肉酱的。

这次参观，是我在大串联中唯一不后悔的一件事。使十七岁的我，懂得了"解放"对全中国人民意味着什么。

中国共产党及其领导下的中国革命，毕竟是中国历史上空前绝后的伟大革命！这一点，在今天，仍是我不能放弃的观点。永不放弃。

但是，那一次自觉接受的"忆苦"教育，却在我的思想中起到了另一种作用。是对另一种开始渐渐产生动摇和怀疑的思想的强化。产生了另一种自觉。

"这一场无产阶级'文化大革命'，是完全必要的，非常及时的。否则，中国将会变颜色，倒退回资本主义去，将千百万人头落地……"

毛主席是这么说的。

我一边参观，一边不由得想到了毛主席的这一教导。所有那些参观者，可能当时都不由得想到了毛主席这一教导吧？我暗暗反省自己在"文化大革命"中的种种不够积极的表现，觉得自己太有负于"文化大革命"的历史使命，忏悔竟使我心里很难过。恨不得当即对什么人发个重誓，保证今后积极地充满热忱地投身于"文化大革命"，心内才会轻松些。

农民们在附近摆了许多吃食担子，卖茶蛋，卖糍粑，卖醪糟，卖汤圆。我又饥又渴，就去吃，要了几块糍粑，要了两碗醪糟——请过鲍红卫一次，觉得那东西很好吃，掏钱时，才发现衣兜儿空了，一分没有。记得昨天晚上，还点过一次的，在北京与那个上海红卫兵"交换"时的十五元钱没花，加上原先剩的两元多，一共是十七元多，全丢了！在哪儿丢的呢？今天在长途汽车上丢的？不太可能。钱是装在内衣兜的，内衣兜仍扣着！车上人挤人，再高明的扒手，也不可能将手从我领口伸入衣内，偷去了我的钱还将内衣扣给我扣上呀！再说，我也根本不像兜里揣着不少钱，很惹扒手注意的人呀！并且，在大串联中偷一个红卫兵的钱，未免太胆大包天了！是一般的扒手敢想而不敢为的。

但钱毕竟是没有了！无奈只好对卖主赔以尴尬的笑脸，好言奉退。有碗醪糟，我已端起喝了两口。卖主当然不满，嘟嘟哝哝。

我也觉着自己理亏，从头上摘下蓝咔叽布的单帽，羞红了脸问可否顶钱？

卖主翻了我一眼,说:"你都喝了,我不干又能怎么样你?"

我匆匆吃掉那碗醪糟,舍了帽子,狼狈而去。

心中十分怨恨鲍红卫,不是他百般动员我来接受这次"忆苦"教育,哪会丢了钱,致使身上一文不名呢?

无心继续接受"忆苦"教育,垂头丧气地上了一辆往城里返的车。一肚子霉气怨气,准备见了鲍红卫发泄。

回到住处,却不见鲍红卫。他到哪去了呢?独自闷坐至天黑,仍不见他归来。呆呆地注视着墙壁,发现他挂在墙上的手提包不在了。

猛然地想到,偷我钱的正是这个与我"相见恨晚"的鲍红卫吧?

噔噔噔跑下楼,到"接待处"一问,他已离开了。

再问他离开的时间,恍然大悟:原来他昨晚趁我熟睡之机,偷去了我的钱,今天一早就将我骗出去,瞅着我挤上了车,他便赶回来提了他的手提包溜之大吉!

好个狡猾的东西!给我留下几元也算讲点阶级感情呀!

我躲到一个房角痛哭了一场。

当夜我病了,发高烧,说胡话。三四天后,高烧才渐退。

那天早晨,我虽醒了,却闭着眼睛,听到有脚步轻微地走进了我住的那间教室。成都不是北京,来大串联的红卫兵不多。住在气象学校的更有限。自从那个鲍红卫离去后,那间教室里就只有我了,孑然一身,形影相吊。

进来的人走到我跟前,我才缓缓睁开眼睛:一个姑娘双手捧着一碗面条,蹲在我身边。短发,清瘦而文静的脸,戴着一副细框的近视眼镜,身穿一套洗得泛白了的蓝衣服,脚着一双扣襻旧布鞋,鞋尖包着黑皮革,没穿袜子。看样子她比我大三四岁。

我说:"大姐,这几天都是你照顾我吧?"忆起在高烧中我曾靠在一个人怀里,那人喂我药,喂我水,喂我饭。还用热毛巾替我擦过脸,擦过手。想必定是她了。

她听了我的话,垂下头,低声说:"别叫我大姐,我是'走资派'的女儿。"

我听了她的话,一时怔怔地注视着她,竟再不知说什么好。

她说:"张口。"

我说:"我自己端着碗吃吧!"

她说:"碗挺烫的,还是我喂你吃好。"

我像个乖孩子似的,听话地张开了口。

她用筷子挑着面条,一口口喂我。将面条喂我吃完了,又搂着我的肩,使我靠在她怀里,仍替我端着碗,让我喝光了面汤。

之后,她扶我躺下,低头望着我问:"饱了吗? 没饱我再给你到食堂去端一碗来。"

我说:"饱了。"

她问:"真的?"

我说:"真的。"

"你知道你发烧多少度?"

"我都烧糊涂了,哪能知道?"

"连续两天三十九度八啊! 第三天才退了一度多。"

"大姐,我怎么谢你呢?"虽然她是"走资派"的女儿,我心中也不能不对她充满感激之情。

"你又叫我大姐! 被他们听到了会批评你阶级感情不对头!"她说得很严肃。

我说:"我偏叫你大姐……"

她微微笑了一下,但那笑容很快便从脸上消失得无影无踪,又说:"其实你也完全不必感谢我。要感谢,应该感谢他们,是他们吩咐我照顾你的。照顾不周,我罪加一等。"

我问:"他们是谁?"

她回答:"接待站的红卫兵们。"

我又问:"你有什么罪?"

她回答:"我不是告诉你了吗? 我是'走资派'的女儿。我父亲原先是省政府的干部。"

她的声音很低,或者应该说很平静。并听不出有什么自感卑下的意味。也许她已习惯了是一个"走资派"的女儿吧? "文化大革命"中,某些"走资派"的儿女们,内心里是很刚强的。无论现实对他们或她们多么冷酷无情,他们或她们都采取坚韧的态度生活下去。仿佛他们或她们心中保存着一个不泯的信念,一个不死灭的希望。那信念那希望究竟是什么呢? 要知道,按当年的情形看,他们或她们可能"永世不得翻身"的呀! 我难以理解他们或她们。也对他们或她们的坚韧怀着不敢流露丝毫的敬意。

她问我:"你十几岁?"

我说:"十七岁。"

她说:"你和我的弟弟同样年龄。"

我问:"你弟弟也是六六届初三吗?"

一道阴影从她那双忧郁的眼睛里掠过。她点了一下头,说:"我父亲跳楼自杀未成,他受了刺激,疯了。被我母亲送到乡下我外婆家去了。"

我后悔不该问她最后那句话。

她又说:"那么现在我去打盆热水来,给你好好洗次脸吧!"说罢,转身走了。她那神情告诉我,她认为自己已经跟我这个红卫兵交谈得过多了。

我说:"我一会儿起来自己洗!"

她站住了,扭回头,用温良的目光望着我说:"你的身体一定很虚弱,还是让我给你洗!"

我说:"那你得让我叫你大姐!"

她默默地望了我片刻,嘴角浮现一丝苦笑,什么也没再说就走出去了。

一会儿,她端来了一盆热水,双膝跪在我跟前,替我洗脸,洗手。

"你的头发好久没洗了吧?"

"离开哈尔滨,只在北京洗过一次。"

"都有味儿啦!光洗脸不行,我也得给你好好洗次头。"

不管我乐意不乐意,又轻按下我的头,揉了我满头肥皂沫,给我洗起头来。

"瞧这盆水洗得多脏!还得换盆水再洗一遍!"她说着端起那盆水出去了。

她换了一盆热水回来,又替我洗了一遍头。

她用她自己的毛巾认认真真地替我擦干头发、脸和手,面对面地端详了我几秒钟,微笑了,说:"你这红卫兵可完全不像个初三的学生,像个十四五岁的大孩子!"

她端起这第二盆水往外走时,我问:"大姐,你还来看我吗?"

她转过身,又微笑了:"你如果还需要我伺候你,对他们讲一下,他们就会吩咐我再来的。"

我说:"我不是要你来伺候我。我太闷了,要你有空儿来陪我说说话。"

她说:"那可不行。他们不许我跟外地的红卫兵接触,更不许交谈。要不是你这几天病得厉害,他们也绝不会让我来伺候你的。何况我也难得有空儿,现在我马上就得去打扫厕所打扫院子了!"

她深深地看了我一眼(我觉得是深深的),有些匆忙地走了。

我孤独地呆坐了一会儿,觉得身上仍有些发寒,高烧分明还未彻底退去,又躺下了,裹紧棉被,无聊而出神地凝望窗外。

雨停了。天晴了。虽然已是北方秋末冬初的季节了,但成都的晴日,阳光还是和煦明媚的。

天气好转,使我的心情也似乎感到舒畅了一些。被鲍红卫偷走了钱,使我心上的那股无处发泄的急火,因从她那里获得的温良"伺候"抵消了一大半儿。

忽而想到父亲。他早该收到我的电报了。掐指一算，成都——乐山，两地不远，也该有封回电或回信了。再也躺不住，爬起来，晃晃悠悠地下了楼，只觉得双脚轻飘。经这一场高烧，我本不强壮的身体，竟变得弱不禁风。

传达室的信栏内，果然有封电报上写着我的名字。取在手，迫不及待地拆开一看，电文只有三个字——"速返哈。"

我千里迢迢来到成都，就是一个目的，要看到父亲。要了解他的处境。没想到收了父亲这么一封回电！三个字的电文仿佛告诉了我许多父亲的恶况。父亲啊父亲，你怎么这样不理解你这个儿子的心情呢？我的心头像压上了一扇石磨，一边缓缓往回走，一边目光呆滞地注视着电报上的三个严厉而冷漠的字，眼泪止不住涌了出来。

气象学校养了几十箱蜂。下雨那几天，不知放在何处。天晴了，搬了出来，一箱箱摆在路两旁。蜂们爬进爬出，也许是晒太阳，也许是忙什么正经事儿。

我已委屈和难过到了视物不见的地步，竟被一个蜂箱绊倒。那蜂箱上趴着密密的一层蜂，我压死了数以百计的小生命。

它们被激怒了，嗡的一声飞起，对我大举进攻。十几箱蜂全被惹动了。也都嗡的一片片飞起，加入对我的"讨伐"。

我便奔逃。一时发蒙，寻不到个躲处，找不到个藏处。兜着圈子跑而已。它们穷追不舍。奔逃之中，后脖颈儿已是被蜇了。

"快伏下！快伏下别动！"

有人对我大声喊——是那个"伺候"我的"走资派"的女儿。

我没伏下，却往她那里跑。心中只有一个想法：在这危难关头，她定会解救我，化险为夷。

她也扔下扫把，朝我跑来。我们刚跑到一起，她便撩起衣襟，罩住我的头，将我的头严密地包裹在她怀里了。

"别动！"她命令着，将我的双手也放入了她怀里。

"嗡嗡"之声在我们头顶和身体四周盘绕。

声音渐小,我以为蜂们撤退了,刚动一下,又听她说:"叫你别动还动!它们都落在我们身上呢!不过你别怕,它们就会飞走的。"更严地用衣襟包裹我的头。

我的脸偎在她胸脯上。一动不敢动,就像个在母亲怀中吃着吃着奶睡着了的孩子似的。

也不知过了多久,她轻轻放下了衣襟,轻轻推开了我。

我感激地抬起头,见她脸色绯红,默默地扣着她的衣扣。

她扣好衣扣,抻了抻衣襟,说:"你没事儿招惹蜜蜂干什么?"

我说:"我根本没招惹它们。"

她说:"你没招惹它们,它们无缘无故蜇你?"说完将双手交替放在嘴上吮。她的双手被蜇得红肿了好几处。

我哇地哭出了声。

"你看,说你是个大孩子,你就是个大孩子!我也没训斥你呀!"她笑了起来。

我说:"我父亲不许我去看他。可我都离他不远了,不见他一面不死心啊!"一手难为情地抹泪,一手将电报递给她看。

她接过电报,看了一眼,问:"你父亲在乐山工作?"

我点头。

又问:"你到四川来,其实是想见你父亲一面?"

我又点头。

"你很爱他是不?"

"嗯。"

"你也不愿让他替你担心吧?"

"嗯。"

"那你就该听你父亲的话,尽快回哈尔滨去,不要独自一人全国各地'串联'啦!你跟谁'串联'呀?谁又跟你'串联'呀?"

我执拗地说:"反正我见不上我父亲一面,绝不离开成都!"

她说:"乐山武斗搞得很凶啊,已经死了很多人,隔几天就发生一起流血事件,你父亲不许你去是对的!"

我虽然不吭声了,可是心里并没有被她彻底说服。她也从我的样子看出了这一点,左右瞧瞧,见无人注意我们,又说:"你在这等会儿,我去取样东西给你看!"又左右瞧瞧,急急地去了。

我不知她要取样什么东西给我看,顺从地站在那里等着。

等了十几分钟才见她回来,却两手空空。她先从地上捡起扫把,边扫边向我走。走到我身旁时,才从兜里掏出叠折了多重,不易被人看见的纸迅速交给我,说:"拿到你的住处再看。若有人问,千万别告诉他们是我给你的!"说完,自顾向前扫去。

我望着她,一片狐疑。

我回到我住的教室里,插了门,靠墙坐下,展开那些纸一页页看——全是传单,小报。用钢笔匆匆画出的内容,"报告"了近日内发生在乐山的几起武斗事件的"真相",并配有伤亡者的现场照片,令人看了触目惊心。钢笔道还未干。

鲍红卫也对我讲过一些乐山的武斗情况:

有一个开卡车的司机,行驶在途中,被一批造反派拦截住,全体爬上车,迫令那司机送他们去袭击对立派的总部。那司机恰恰就是他们的对立派"死心塌地"的"战士",他不动声色,却学习了电影《列宁在十月》中那个英勇的司机的榜样,不过不是将"敌人"载往相反方向,用刺刀扎轮胎,而是直接将卡车开下了山谷,与一卡车"敌人"同归于尽了⋯⋯

还有一派炸毁了两座什么巨型水罐——大概是发电厂的。热水如山洪骤发,卷走了几顶工人临时住的帐篷,将帐篷里的工人们淹没在热水汪洋中⋯⋯

更有甚者,缴了"军管"部队的武器,组成"红色游击队",要开展游击战争,上山建立革命根据地⋯⋯

我以为鲍红卫道听途说,是在向我卖弄他见闻广,听时并不信。那些传单和小报证实了他的话。几年后我的父亲也向我证实,那些事件确曾发生过。电报也不是父亲回的。他根本没收到我拍给他的电报。是他的一位好心的工友替他给我回了一封电报。

读了那些传单和小报,我心乱如麻。万一我去了乐山,仍见不到父亲,说不定真有可能横死暴毙,白送一条小命。晚上,她又来瞧我,问:"看过那些传单和小报了?"

我说:"看过了。"

她问:"还非要去乐山不可吗?"

我说:"有点不敢去了。"

她说:"这才对。你一定要听你父亲的话,明天就回哈尔滨吧!"

我发愁地说:"我身上一分钱都没有了……"

她说:"这我猜到了。我现在虽然毕业了,可因为我是'走资派'的女儿,迟迟不给我分配工作,在校接受思想改造,以观后效,每月只发我十五元的生活费……"她从兜里掏出了十元钱给我,又说:"收下吧,别不好意思。别嫌少。我也只能给你十元钱。千里迢迢的,你身上总得有几个钱呀!"

"不,你每个月只有十五元,不……"我说什么也不肯接。

她硬将钱塞进了我衣兜里。随即站起来,正色道:"你可别骗我,不回哈尔滨,接着到其他什么地方去!"

我说:"我发誓,绝不骗你!我明天一早就回哈尔滨!"

她欣慰地笑了:"那你把那封电报给我。你走后我替你给你父亲发封电报,使他放心。"

我将父亲的回电交给了她。

她仔细揣起后,注视了我一会儿,又说:"明天我送你。他们不许我擅自迈出校门。我在校门口扫地,可以目送你……"她似乎还想说些什么,但沉默了一会儿,什么话也没再说。

她友善地也是凄苦地又微微对我一笑，匆匆走了。看得出她原先定是很爱笑的。我却一次也没见她由衷欢悦地笑过。她来也匆匆，去也匆匆……

我心中对她产生了深深的依恋之情。

我平生最大的憾事之一是，没有一位姐姐。我从小就羡慕那些有姐姐的孩子。他们有的有好几位姐姐，那是多美好的命运的赐予啊！命运对我太不公平。

"大姐……"

"二姐……"

"三姐……"

"我大姐……"

"我二姐……"

"我三姐……"

叫起来，对外人谈起来，在我都觉得是种莫大的幸福。

我真希望她能成为我的姐姐啊，尽管她是"走资派"的女儿！我不在乎！

这么想着，我竟在心里对已经离去了的她说："好姐姐，哪年哪月，我还能再见到你呢？"

……

第二天一早，我便离开了成都气象学校。在学校大门口，果然看见了她，肩上搭着一个尼龙丝网兜，看去是在扫地，我心中明白，她是在等待我。

我快步走到她跟前，对她说："大姐……我永远会记着，在成都我有一位姐姐……"我的眼睛模糊了。

她说："我也会记着你，一位哈尔滨的小兄弟……"从自己肩上取下网兜，替我搭在肩上。

网兜里有两个大大的圆圆的用纸包着的东西。

"带着路上吃吧……"她将脸侧向了一旁。

我仍站在她面前不离去。

"你走吧……"她低声说,就又开始扫地。

我怕自己会忍不住哭起来,一转身走了。

我走出很远,脚步不由得越走越慢,终于站住,不能一直再往前走,依依地回头望去。

她站在气象学校大门口,双手撑着扫把。校门如同艺术相框,她的身影如同镶在艺术相框中的女神。

她真在久久地目送我!

我朝她招了招手。

她也朝我招了招手。

我的手举得高高的。

她的手只举在胸前……

时至今日,二十年飞逝。历史如烟。往事如梦。每每一与人谈到成都,或一听人谈到成都,便勾我想起了她。

我当时那么不懂事,竟没问她姓名。

我没有姐姐,这确是我平生的憾事之一。

我有过一位姐姐,在成都。在那大串联的日子里,在那"兵荒马乱"的日子里……

仅仅相处了几天,不,几次的姐姐。每次在一起至多不超过十分钟……

然而我认为我有过一位姐姐了。我忘不了她那友善的温良的忧郁的凄苦的微笑。忘不了……

善的事,善的人,纵使在恶的时代,纵使在普遍的人性被严重扭曲的岁月,也是能够深深烙在人的记忆之中的。

因为善尽管会被恶所压制,但它对于人类,毕竟是比恶美好,因而也长久于恶的情感价值。它是人类的永恒的希望。

一九八四年,我曾将我在大串联中的这一段经历,写成一篇小文,分别发表于《中国青年报》和《成都晚报》上。一稿两投,自然不是为了多捞取一小笔稿费,而是希望获得她的一些音讯。

我的希望却落空了。

也许她没看到我的那篇小文?也许她已不在人世了?"文化大革命"中死了很多人,她是一个"走资派"的女儿,谁知以后她又遭到了什么样的厄运呢?

尼龙丝网兜里装的是两个香柚。

一种异香伴随着我挤上了北归的列车……

第十七章

从成都开往北京的列车比从北京开往成都的列车难上得多。一大批一大批的红卫兵继续去北京接受毛主席的检阅。这狂潮并未过去。甚至可以说更加高涨了。尽管北方的气候是一天比一天寒冷了。冬季已至。

我是在车轮转动后才挤到一个窗口往里攀爬的。站在窗口内的一个蛮横粗暴的家伙,怕我爬入车厢使他占有的空间更小,一只手揪住我的头发,拼命往外推我的脑袋,一只手握成拳,使劲擂我扳住车窗底框的双手。

车速加快了。我的身体悬在车窗外,情形很危险。

我哀求那个蛮横粗暴的家伙:"让我爬进来吧,让我爬进来吧,别把我推下去摔死呀!"

他冷笑着说:"死人的事是经常发生的!"仍然推我的头,擂我的手。

有两个女红卫兵并坐在两个人的座位上,她们也许看不惯那家伙的欺人行径,也许担心我掉下去真会被摔死或被车轮碾碎,同时站了起来。

一个啪地给了那家伙一耳光,将他从窗口推开。

一个抓住我双手,费了好大的劲,终于像拖进一只袋子似的将我拖入了车厢。

那家伙臂上也戴着红卫兵袖标。他万万没想到会当众挨一个女红卫兵一耳光！我刚站稳，他就恶狠狠地朝那个打他的女红卫兵大声吼叫："你……你敢打老子?!老子是'顶天立地'造反团的！你向老子赔礼道歉算没事儿，否则……"

"否则怎么样?"那个打他的女红卫兵，轻蔑地眯起眼睛，睥睨着他。

"否则叫你知道老子的厉害!"那家伙吹胡子瞪眼睛，捋胳膊挽袖子，像要大打出手的样。

我低声下气儿地说："是我不好，是我不好，我替她挨你几下打还不成吗?……"

"没你的事儿，你是不是挨打挨惯了呀?"那个将我拖入车厢的女红卫兵按我坐在她们的座位上，也轻蔑地睥睨着那家伙，嘲弄地说："你顶哪个阶级的天?立哪个阶级的地?顶天立地?真是大言不惭!听明白了，我们是首都'联动'的!这车上有我们三百多战友!只要我们发句话，不消我们动手，就有人把你们从窗口扔出去!"

打了那家伙一耳光的女红卫兵接着教训道："不管你是哪个省哪个市哪一派的，回去告诉你们的头儿，今后不许再叫什么'顶天立地'!你们有多少人?是真造反派还是假造反派?就敢狂妄地号称'顶天立地'?我们首都红卫兵还没有一派组织号称'顶天立地'呢!"

她们同时坐在我身边，丝毫不再理睬那家伙。

首都"联动"，当年威震四方，"英名"远扬，已经被传说得带有了神秘色彩。胆小怕事者，遇见了"联动"的人，如鼠见猫。在我心目中，这两位"联动"的女红卫兵，仿佛那"大革命"时期闯荡江湖的"十三妹"，沧桑乱世中行不更名坐不改姓的"女大侠"。我是对她们又敬又畏又感激又羞惭。无能男儿遇到巾帼英雄，怎的不羞惭?我缩肩并腿，惴惴不安，一动也不敢乱动地居中坐下。

那个"顶天立地"的家伙气势顿敛。他自觉没趣儿，哼一声，悻悻然挤开左右的人,忍辱溜开了。

两位"联动"的女红卫兵相视一眼,同时咯咯大笑。

我赶紧识相地站起,使她们坐得宽松些,并怯怯地向她们卑言道谢。

她们都穿着呢质的女式军上衣,草绿色的确良军裤,没有襻带的半高跟皮鞋。那种军装,"文化大革命"前,校级以上军官才有资格穿。"文化大革命"中,某些部队文工团的女演员们演出时偶尔也穿。的确良军装在部队刚实行不久,她们能穿条的确良的而非一般斜纹布的军裤,足见在军队中是大有门路的。

她们都戴着崭新的男式单军帽。头发掖进帽檐儿,一缕不垂。"不爱红装爱武装",这是当年女红卫兵们所热衷追求的"革命时髦"。话又说回来,当年她们心里想爱"红装"也不行,"红装"包括的一切物质内容和精神内容,全属"资产阶级"的一套。

这两位身着"武装"的首都"联动"的红卫兵,尤其显得英姿飒爽,帅劲十足,俏骨傲然,气质非凡。

她们的容貌都很俊秀,魅力各有千秋。她们的肤色很白皙,面洁如玉。特别是她们的双手,十指修长,指端尖尖,嫩葱娇笋一般。如若她们不穿"武装"穿"红装",完全可以在戏剧舞台上扮"花旦"。要是被选去演电影,饰什么书香门第的大家闺秀,一举手一投足,一颦一笑,必会自然而恰到妙处。总之,对于她们,"红装、武装"总相宜。我又暗暗猜想她们可能都是戏剧学院或电影学院的学生,故意冒充"联动"的红卫兵,借以恐吓那个蛮横粗暴的"顶天立地"的家伙。她们刚才对那家伙的轻蔑之色和训讽之词,也可能是她们机智的"即兴表演"吧?这样的猜想使我在她们面前恢复了些许一个男红卫兵应有的自尊。

她们见我站起,听我怯怯地向她们卑言道谢,又相向一眼,咯咯笑将起来。

她们的笑声是无拘无束的,甚至有些故作放纵。周围的人们将各种各样的目光投向她们。她们显然引起了许多人的格外注意。某些人的目光,竟像她们身上涂了一层胶似的,简直是粘在她们身上了。是因为她们的容貌俊秀? 是因为她们的服装与众不同? 是因为她们英姿飒爽帅劲十足? 还是因为她们俏骨傲然气度非凡? 我就不得而知了。她们旁若无人,对投向她们的各种各样的目光,仿佛无察无觉,不屑一顾。

"我替你解危救难,你干吗好像怕我们似的?" 她们中的一个,就是打了"顶天立地"的家伙一耳光者,怜悯地瞧着我问。她那种悲天悯人的语气,那种爱怜心痛的表情,就好像我是被她们从强盗手中救出的一个小儒童!

我说:"我不是怕你们,我是不愿夹在中间挤你们呀!"

那另外一个说:"没事儿,你坐吧! 你不坐,一会儿来个大胖子请求让出点地方,我们怎么好意思不让啊?"

我一想,可也是。若真来个大胖子跟她们挤着坐,对于她们,还莫如和我坐在一块儿宽松呢! 不坐白不坐。坐了,也算以恩报恩。

于是我说:"那你们往一块儿坐,我坐边上吧! 给我让出两寸地方就行!"

"两寸地方? 你自以为你那么小巧玲珑呀?"

"红卫兵小鬼,别在我们面前摆少年绅士的风度啦,还是乖乖地听我们的话,坐在我们中间吧! 我们好一左一右地保护你呀!"

"我们甘当你的'哼哈二将'!"

"保卫一个红卫兵小鬼,我们红卫兵大姐姐义不容辞嘛!"

她们无忌地拿我开心取笑,说着,一人抓住我一只手,像对待一个不愿安分地厮守在母亲身边的孩子,将我拉坐在她们中间。

我任她们开心取笑,羞红着脸,一言不发。怕再说出句什么愚蠢的话,又让她们开心取笑一阵。

"哪来的一股香味啊?"

"真的! 红卫兵小鬼,你带上车了什么特殊的东西吧?"

我说:"是我网兜里的两个柚子发出的香味儿。"

“柚子？你怎么不早说呀？我们正渴着呢！”

“这小白脸儿书生比我们想得周到是吧？我们就忘了弄几个柚子带上车来！”

“小白脸儿书生？你怎么这样叫人家？你瞧他脸红的！”

“嚯，小白脸儿变成小红脸儿啦！文质彬彬，怯怯生生的，他本来就是像个小书生嘛！”

“你还不如说他像个颠沛流落的小秀才呢！”

又是一阵咯咯的放纵的笑声。

我想，也许她们需要我夹坐在她们中间，不唯是怕来个不受她们欢迎的大胖子过分挤占了她们的位置，还因为她们一眼就看出，我是个可以供她们随便取笑开心的“红卫兵小鬼”吧？

我毕竟也是个红卫兵啊！虽然年龄比她们小几岁。难道我的自尊在她们看来就那么无所谓吗？

我内心里最初对她们那份儿感激顿减。同是毛主席的红卫兵，她们究竟凭什么那般自觉优越呢？成都气象学校那个“走资派”的女儿，对待我如同一位可亲可爱的姐姐。而她们对待我简直他妈的像女公子哥儿对待童仆一样谑语无穷！难道她们认为将我拖入车厢，替我教训了那个欺负我的“顶天立地”的家伙，还赐给我坐的地方，就有权爱怎么拿我取笑开心就可以怎么拿我取笑开心吗？

我内心里对她们产生了极大的反感，或者说是极大的反抗情绪更准确。

我又一次站了起来，打算趁早离开她们，挤到别的车厢去。

“哎，你别走哇！怎么，怕我们分吃你的柚子呀？”

“你太小气了吧？我们正口渴，此时不吃，更待何时？放心，小书生，跟我们在一起，保证一路渴不着你也饿不着你！”

她们说着，一个又将我拉坐下去，一个从我手中拽去尼龙丝网兜，拿出两只散发着异香的柚子，又从自己腰链上取下一柄折式小刀，就开始在小桌上切柚子。两只柚子切成了数瓣。

接着她们就不客气地吃起来。

看着她们吃,我心里别提有多惋惜。我本是打定了主意,无论路上渴到什么程度,回到哈尔滨之前也绝不吃。我要将它们带回家,让母亲见识见识柚子是什么样儿的。让母亲和弟弟妹妹们都尝一尝柚子是什么滋味儿的。在家人都吃的时候,我要告诉他们,我在成都遇到了一位多么多么善良的姐姐……

可她们破灭了我的愿望!

不知为什么,我心里终究还是对她们有几分莫名其妙的畏怯。

我敢怒而不敢言。连怒也压制心内,表现却装得很慷慨、很不在乎她们吃。

"别光瞧着我们吃呀!你也吃啊!这是你的嘛,你不吃我们怎么好意思再吃?"

"你不是想在我们面前有机会表现出点少年绅士的风度吗?那你得陪我们吃才对啊!"

她们一边吃,仍一边拿我取笑开心。

我才没请你们吃呢!我想,我一瓣不吃白便宜了她们!那我就是个地地道道的大傻瓜啦!于是我也抓起一瓣吃起来。我尽快地吃。几乎是抢着吃。两口一瓣。为了吃得比她们多几瓣。如果吃得反而比她们少我太憋气。

她们见我那种抢着吃的样子,互相眯起眼睛笑了。因为她们口中都在吃着,才没发出咯咯的笑声。

她们中的一个,咽下去一口,揶揄地说:"你就这么表现少年绅士的风度呀?不行,现在咱们得平均分配,要不全被你一个人扫荡光了!"

还剩四瓣。

我们一人分一瓣。

她说:"我吃得太斯文,肯定吃得比你们俩少。多余这一瓣儿归我啦！"

她"霸占"去了余下那一瓣。

我的两个柚子就如此这般"请"她们吃掉了。她们分吃了我的柚子，回报给我一点儿平等。不再叫我"红卫兵小鬼""小白脸儿""小书生""小秀才"之类了，而叫我"小战友""小老弟"了。

平等是人际关系中的松紧带。拉长时，人与人就怀有敌意。缩短时，人与人就容易接近。

我又渐渐开始觉得她们都是挺亲热的"旅伴"了，并不像我认为的那么放肆辱人。

两个柚子糖分很浓，弄黏了她们的双手。她们各自掏出小手绢翻来覆去地擦，还是黏。也弄黏了我的双手。不过我不像她们那么在乎。

车到新都，要停十几分钟。我自告奋勇，拿了她们的缸子，从窗口爬出去，跑向站台的水龙头接水。跑去接水的人当然不少，我在他们的推推撞撞中，接着了一缸水，飞快地跑回来。她们都将双手伸出窗外，我缓缓替她们倾倒茶缸中的水，使她们能把她们那两双秀美的手洗得干干净净。随后我跑去硬钻入人堆接着了一缸水，又飞快地跑回来，又缓缓替她们倾倒着，使她们能把她们那两条绣花的小手绢也洗个干干净净。开车铃响了，我才将剩下的一点水喝入口中，再从口中吐出来，用手接着洗了洗，慌慌张张地攀上窗口，被她们拖入车内。

我为她们的竭诚服务，又换取了她们对我的一点儿平等。

她们对我怀着一种我自己不明了的似乎有些古怪的兴趣跟我聊天，东一句西一句，问这问那，好像西方世界的两位女记者，采访一个来自土著部落的人。她们对我的兴趣，我猜想大概也属于这类兴趣。别人对我产生兴趣，尤其是她们这么两位英姿飒爽，帅劲十足，俏骨傲然，气质非凡，比我大不了几岁的异性对我产生兴趣，无论是怎样的兴趣吧，总归使我飘飘然。

她们问一句，我恨不得能答十句。她们问东，我顺着东扯到东南。

她们问西,我顺着西扯到西北。

她们问到我父亲是干什么的,我连我爷爷曾在哈尔滨"巴杂市"干过掌鞋的行当也告诉了她们。当然,关于父亲的"历史问题"是只字不提的。那将可能大煞风景。

"我是建筑工人的儿子,彻底的无产阶级后代! 我父亲参加过人民大会堂的施工!"当我不无自豪地对她们这样说时,她们互相传递着一种只有她们自己才能会意的眼色,都抿着嘴儿微笑。微笑而不取笑,我觉得是对我的很大的鼓励,喋喋地尽说尽说。

她们问到我从小学至中学的个人情况,我就津津乐道地讲三年自然灾害时期,我和我的几个同学,怎样怎样结伴到农村去偷菜,怎样怎样被农民逮住,挨打挨骂。

她们听了也都抿嘴儿微笑。那时她们的神情像两位天真的少女,听我这个十七岁的少年自我吹嘘类似《鲁滨孙漂流记》的经历。

"我还吃过野菜,树叶,草籽儿,'毛毛狗'和豆腐渣呢!"我觉得这是很值得对她们大大炫耀一番的。因为我看得出来,她们是没有这些经历的。而我,除了这些自以为特殊的经历,也再无其他什么更令人肃然起敬的经历。

"'毛毛狗'? '毛毛狗'是什么东西?"

"豆腐渣呢? 捣碎的豆腐吗?"

她们十分好奇地问。

原来她们的知识面未见得比我广啊!

我卖弄渊博地告诉她们:"毛毛狗"是柳树发芽时生长出的那种毛茸茸的枣形叶蕾。豆腐渣并非捣碎的豆腐,是豆腐坊做豆腐过滤后剩下的渣滓。

"等柳树发芽了,嫩芽不是比'毛毛狗'会好吃些吗?"

"人们饿慌了,等不及柳树发芽了呀!"

"为什么不吃榆树钱儿呢? 榆树钱儿好吃吧? 电影《牧童投军》中

那个小主角就吃榆树钱儿,不吃柳树芽儿!"

"榆树钱儿当然比柳树芽'毛毛狗'好吃啦!柳树芽又苦又涩,'毛毛狗'更难吃!可榆树钱儿刚一长出来就被人们撸光了呀!"

"不是听说有'人造肉'吗?难道'人造肉'还不及'毛毛狗'什么的充饥吗?"

"'人造肉'?淘米水沉淀后制成。可那发票呀!每人每月二两!"

"豆腐渣应该是喂猪的呀!人吃豆腐渣,猪吃什么?怪不得那几年猪肉少,猪都被饿死了吧?"

"猪?饿死人都不算新鲜事儿了,谁还管猪们吃什么!"

我觉得她们净提些愚不可及的问题,倒好像那几年她们不是生活在我们中国的九百六十多万平方公里土地上似的!

我终于喋喋不休到了山穷水尽,无可再向她们卖弄什么的地步,便赔着小心,谨言慎语地试探着也向她们发问。我总不能向两位"无名氏"讲了许多许多,而对她们却一无所知呀!

"我姓张。"她们中的一个说,"叫张三。"

"张……三?"我不信她会叫这么一个俗名。

她解释道:"不是'一二三'的'三',是'珊',珊瑚的'珊'!"

"噢,噢……"我又倏地红了脸。她怎么可能叫"张三"呢!

"张珊",珊瑚的"珊"。只有这等雅名才配得上她那等人物啊!

"她姓姚,叫姚五!"她指着另一位告诉我。

"姚……五?"我流露出了替另一位惋惜的表情。

"姚五"抿着嘴儿笑。

"你别又以为是'一二三四五'的'五'啊!舞蹈的'舞'。姚舞,你看她身材多苗条!翩翩起舞,这名字听来不是很有动感吗?"

我连忙说:"我没以为是'一二三四五'的'五'。她的名字挺有诗意的!"

姚舞扑哧掩口笑出了声。

我却不明白她笑什么。

张珊说:"我父亲是首都电影院把门儿收票的,她父亲是……"她看了姚舞一眼,令人莫测高深地一笑,"还是让她自己告诉你吧!"

姚舞耸了一下肩,慢言慢语地说:"我父亲嘛,我父亲……在首都电影院门口卖冰棍儿……"瞧她那种吞吞吐吐的样子,好像是因为自己的父亲职业低贱,羞于启齿告人似的。

我说:"那咱们都是劳动人民的子女啦!"

张珊说:"就是,就是。"

姚舞说:"用你的话讲都是无产阶级的后代!"

我觉得我们之间更平等了,理应主动进一步融洽这种平等的关系。

一路之上,我处处为她们"服务":从车窗口爬出去到站台上替她们买吃的啦,挤过几节车厢给她们的"战友"传个什么口信啦,"贡献"自己的肩膀让她们靠着打盹啦……

车到西安之前,她们商议了一阵,决定在西安下车玩几天。并怂恿我也跟随她们一块儿玩几天。

我完全忘了在成都是如何向那位不知名的姐姐般的姑娘保证的了。我只能说我当时是鬼迷心窍了。我毫不犹豫地,简直是受宠若惊地表示愿随同她们到任何地方去。

她们也显出高兴的样子。不难看出,她们愿意有我这么一个小跟班随同着。于是我又挤过几节车厢,将她们的决定,通知了她们的一位"战友"。

车到西安,许多人都下车在站台上活动。我和她们从从容容地下了车,怀着一种喜悦走出了车站。

她们领我住在一处部队招待所。她们两人一个房间。我住在一个班的战士们的营房里。我挺纳闷她们怎么可以在部队招待所住下。

张珊说:"不该你问的,你就别问,只管好好儿替我们办让你办的事就是了!"

姚舞对我似乎比张珊对我亲昵,她说:"我的一个叔叔在这里当招待所所长,你们俩是借我的光!"

在西安的日子里,她们有时带我一块儿出去玩,更多的时候是她们自己出去玩。她们自己出去玩的时候,我也自己出去玩,要么就在营房里蒙头大睡。

那些日子,是我在大串联中最享福的日子。姚舞还送给我一套绒衣绒裤。我说我一回到哈尔滨就寄还给她。她说不用寄还。穿上那套半新的绒衣绒裤,暖和多了,也不觉得西安的天气多么冷了。还可以隔一天洗一次澡,和战士们一齐洗。和战士们吃同样的饭菜,不限量。她们却是另有吃饭的地方的。

我还到理发店去理了个"学生头",一名会理发的小战士愿为我尽这份儿"义务"。我拒绝了。怕他水平太低,使我的头练手艺,理得不成个样子。

我将内衣外衣都洗得干干净净,并且"土法上马",用倒入了开水的茶缸熨了一遍,熨得平平板板的。母亲就是这么熨衣服的。连红卫兵袖标也洗了也熨了。穿上洗得干干净净熨过了的外衣,内有姚舞送给我的挺合身的绒衣绒裤衬着,显得我瘦弱的身材似乎壮了些,显得我整个人都增添了许多神气。

一天早晨,我在去食堂吃饭的路上碰见了她们。

她们惊异地上下打量我。

我已经两天没见到她们了。她们有事儿需要我替她们做时,会打发某一名小战士通告我。没谁通告我,我就不去她们那里干扰她们。我很有自知之明,晓得我应扮什么角色。

她们上上下下打量了我一番之后,姚舞一本正经地说:"这就对了。"我听出了她的话中含有夸奖的意味,很高兴。

张珊也说:"你这样体体面面的,才会更讨人喜欢呀!"

她说的"人",分明是指她们自己而言,这我也听出来了。高兴上加高兴。

姚舞又说:"吃完饭你到我们屋里来一下,我还要送你件东西。"

她们意味深长地互相笑笑,姗姗地到她们吃饭的地方去吃饭。

吃完饭,我就跑向她们的住处。

在她们房间外,我听到了她们的谈话:

"你好像挺喜欢这哈尔滨的小哥儿?"张珊的声音。

"多少有那么一点儿。这哈尔滨的少年郎挺秀气的,是不?"姚舞的声音。

"小白脸儿,羞羞怯怯的,像个小女孩! 值得你喜欢吗?"

"我说多少有那么一点儿! 可能我正是喜欢他那种羞羞怯怯的小女孩味儿吧!"

"你呀,你! 叫我怎么说你呢?"

"那你就对我少说两句呗,别扫我的兴!"

她喜欢我!

姚舞喜欢我!

尽管只"多少有那么一点儿",也太令我惊喜欲狂了! 十七岁的我,还从不知道有哪一位姑娘喜欢过我! 何况是她那么一位姑娘! 喜欢我"一点儿"也够我幸运的啦! 如果我不是亲耳听到她这么说,我哪敢企望哪敢相信? 此前,我对她们中的谁都没存任何非分之想。她们可不是我在从哈尔滨开往北京那次列车上遇着的"苹果脸"! 她们身上好像有打娘胎里带到这个世界来的优越感。这优越感除了她们自己也十分自信的美貌外,显然还产生于某种更为主要的基础。它像看不见的电弧,环罩着她们。谁若想过于对她们表示亲近,肯定会遭到电击的惨重灼伤!

现在我是可以不必担心被灼伤了!

惊喜使我如坠五里雾中!

我屏息敛气,想继续在门外偷听她们再谈论我些什么。

她们却不再说话了。

我镇定了许久才敲门。

"你进来吧小鬼！"是姚舞的声音。在我听来,她的声音是那么温柔。"小鬼"两个字,已不再使我感到是轻蔑的谑称,而包含有谐趣的情味了。

我推开门,见她两腿垂地斜躺在床上,而张珊却在橱镜前梳头。

张珊瞧了我一眼,又瞧了她一眼,对她撇了一下嘴,耸了一下肩,继续梳头。

她一跃而起,对我笑盈盈地说:"你过来小鬼！"

我羞怯地走到了她跟前。是的,在她面前,我是更感到羞怯了。

她注视着我,问:"你脸红什么？"

我讷讷地说:"我脸没红呀！"

"没红？红得像化了妆！"

我无言以对。

张珊说:"精神焕发？"又瞧了我一眼,口气严厉地说,"你刚才在门外偷听我们谈话了吧？"

我慌乱地否认:"没有没有！"

姚舞不再说什么,光笑,拉着我一只手,将我拉到镜前,推了张珊一把:"你走开好不好！"

"好好好,我走开！"张珊也笑了,走到自己床前,坐在床沿,打开一只小皮箱,欣赏里面各式各样的毛主席像章。那都是她一路以各种方式搜集到的。

姚舞拉开衣橱门,从衣架上取下一件空军的皮夹克剪毛领军装,七成新。随后关了衣橱门。

"送给你啦！"她说,"现在就穿上让我看看吧！"

我说:"我不要。你已经给了我一件绒衣一条绒裤了。我再要就……"

她说:"给你,就得要。不许不要！"

我只好接过,心慌意乱地穿上了。

她又斜躺在床上,靠着被子,说:"转过身来呀！"

我顺从地向她转过身去。

"行！不大不小，不肥不瘦，你穿上精神多了！"她的话，像是说的我，也像是说的那件空军上衣。她的目光，像在欣赏我，也像在欣赏那件空军上衣。

张珊却连看也没看我一眼。

她又说："转过身去吧小鬼，自己照照镜子！"

我唯命是从地转过身去，照镜子。

镜子里的我，的确是挺精神的。

她斜躺在那儿问："你觉得自己模样如何？小鬼！"

我窘极了，腼腆地笑着。

"喂，我们可要出去啦，你跟不跟我们一块儿出去呢？"她征求地问张珊。

"对不起，我今天哪儿也不想去！"张珊用懒洋洋的语调回答，仍摆弄她那一小皮箱毛主席像章。既不抬头看我一眼，也不抬头看她一眼。

她无声地笑笑，对我说："那你陪我到华清池去吧！蒋介石当年就是在那儿被张学良杨虎城逮住的，值得去一次的！"说着又一跃而起，穿上衣服，拉着我的手离开了房间，一直走到楼外才放开我的手。

她情绪格外好。

我们从华清池回来，已是傍晚了。来去她都对我倍加友善，对我表示了无尽的亲昵。请我吃烧卖，不断给我买汽水，雪糕。我陶醉地、拘谨地、幸福地接受她的种种友善和亲昵。

我老怀疑这是一场梦。"文化大革命"也是一场梦。大串联也是一场梦。华清池是我梦境中的一个地方。她是我梦境中的一个人。一切一切，都是梦。

张珊不在房间里。

桌上有一张纸，上面写着："我可能回来得很晚。愿你今天玩得好。"

她拿起来看了一眼便放下了。

走廊里静静的。整个二层楼只有这个房间住着她们俩。

她习惯地靠着被子斜躺在床上，两腿垂地，自言自语地说："我有点累了。"

我说："那我走了，你休息吧！要不要我替你关上灯？"

她望着，说："你别走。你过来，到我身边来。"

我轻轻走到了她身边。

她一动不动地斜躺着，目不转睛地仰视着我，喃喃地问："你觉得今天过得好吗？"

我不知为什么，觉得心底涌起一阵感动之情，却只一个字："好。"

她笑了，又说："你闭上眼睛。"

我顺从地闭上了眼睛。

"我不叫你睁开，你不许睁开。"她的声音更加温柔。

我说："你不叫我睁开，我绝不睁开。"

她的手捧住了我的脸。她的手是那么娇润那么绵软！它们抚摸着我的脸，卷弄着我的头发。

我不睁开眼睛！

我觉得自己马上就要晕倒了！

突然她将我扯到了她怀里。她的双臂紧紧地搂抱着我。她的双唇恣意地在我脸上吻着，发疯似的吻着。最后长久长久地吻住我的嘴，像要把我的心、我的血吮入她口中似的。她搂抱得我吻得我几乎喘不过气来了……

我想我当时是晕在她怀里了！

这么猛烈的异性的情感，是十七岁的我当时所承受不住的。

我晕晕眩眩地闭着眼睛任她摆布……

我不知自己在她那种爆发式的猛烈如旋风般的感情狂飙中晕眩了多久，终于她将我推开了。

我仍紧闭着眼睛。

她低声说："你睁开眼睛吧。"

我这才睁开眼睛，见她却闭着眼睛，伸展着双臂，胸脯大起大伏，微微喘息。

她闭着眼睛说："现在你走吧。"

我脚步轻轻地倒退出了房间。

我怀着一种是幸福，又与幸福似乎有极大差别的心情回到了自己的住处。我一躺到自己的铺位上，就用被子蒙住头，默默无声地哭了。我觉得我是幸福得哭了，似乎又不完全是因为幸福才哭。我当时也不能明白……

往后的几天，张珊处处单独行动。

只要张珊不在房间，我和她便哪儿也不去。在那房间里幽会。她从不对我说情话，光是任性地恣意地爱。一忽儿对我爱得缠绵，一忽儿对我爱得猛烈。一忽儿让我闭上眼睛，像熟睡的孩子似的偎在她怀里，听凭她抚摸我的脸颊。一忽儿让我跪在她面前，像西方古典爱情小说里描写的那些王子或骑士似的，将头枕在她双膝上，任凭她的纤手卷动我的头发。我则被她爱得神魂颠倒。一忽儿感动得双泪泉涌，一忽儿幸福得破涕为笑。

我是整个儿沉湎在这"天翻地覆慨而慷"的"大革命"时代的浪漫梦幻中了。愿这样的梦永远地做下去。忘记了家人。仿佛我根本没有家。也不想一想母亲会是多么日夜不安地惦挂着我。

我是真正的"乐不思哈"了。

一次，当她又以她那旋风般猛烈的情欲的狂飙冲击我时，我无法再装作一个熟睡的孩子或扮演温良恭顺的王子骑士之类了。我像一头小公牛似的冲动起来。一种要反过来占有她而不是一味听凭她随心所欲地摆布不休的欲念完全支配了我。

我对她采取了我的笔所羞于如实写出来的粗野的进攻……

我想要从她身上也获得一种极大满足的渴望是那般突然、那般强烈!

她却从她那自我体验的情欲之海中挣脱而起,那么出乎我意料地就恢复了理智!

她啪地打了我一记响亮的耳光!

她柳眉倒竖地狠狠瞪着我。

"你太得寸进尺了!"她大声说,"滚!"

我捂着脸呆了。

"滚出去!"她抬手朝房门一指。

我惊恐地立刻转身离开了房间……

我因自己的"邪恶"而忏悔不及,认为自己太应该挨她一记耳光了……

两个小时以后,张珊来到我的住处找我。

她板着脸道:"你跟我来,我有话对你说。"

我忐忑不安地跟随她走到了一片空地上。

"你今天必须离开西安!"她轻蔑地盯着我的脸,冷冷地说。

我低声问:"为什么?"

"你自己心里明白!"她的语气更冷了,冷得使我感到寒透心底。

我哀求:"你告诉她,我……我想见她……我要当面向她……赔礼道歉……"

她说:"死了这条心吧,她不会再见你的!"

我说:"见不到她一面,我绝不离开此地!"

她说:"你别胡闹,胡闹对你没好处!"说罢,一转身就走。我拦住她,纠缠着她,苦苦哀求她。

她似乎被我打动,给了我一线希望,狡黠地笑道:"她不是告诉过你吗?她父亲是在首都电影院门口卖冰棍的!你若还想见到她,就到北京去找她父亲吧!找到她父亲,还愁再见不到她吗?"

在我发怔的时候,她走远了。

她又站住,扭回头警告我:"你今天必须离开西安! 否则,找到了她父亲也别想再见到她!"

……

晚上,我怀着那唯一的还能再见到她一面的希望,怀着无法饶恕自己的忏悔,挤上了开往北京方向的一次列车……

到了北京,我一有落脚之处,就跑到首都电影院去。

第一天,没有看到有卖冰棍的。

第二天,也没看到有。

第三天,仍没看到有。

我想,能找到张珊的父亲,不是也同样能在北京找到她吗?

遂进入电影院问,把门儿的人中,有没有一个姓张的?

电影院的人告诉我,没有一个姓张的。只有两个把门的人。一个姓赵,一个姓周。

我说:"应该有一个姓张的呀! 她还有个女儿,叫张珊。我们在火车上认识的,她亲口告诉我她父亲在首都电影院把门!"

那人生气了:"没有就是没有! 我骗你干什么? 张三? 还是李四呢!"

我碰了一鼻子灰,却不死心,第二天又去,总算见到了一个卖糖葫芦的。不过不是男的,是女的。六十来岁的一个胖老太婆。

我想:大概是她母亲替她父亲出来卖一天吧? 卖冰棍的卖糖葫芦也不足怪。

我上前礼礼貌貌地问:"大娘,您是不是姓姚啊?"

她白了我一眼,说:"我不姓姚。"

我急忙又说:"我问错了! 你丈夫姓姚吧?"

她又白了我一眼:"我丈夫也不姓姚!"

我说:"大娘,您老别以为我是不良之徒啊! 您有个女儿叫姚舞吧?"

她也生气了:"我根本没女儿! 只有三个儿子! 什么姚五王六的,到有女儿的人家找去！糖……葫芦！……"

姚五王六！

昨天首都电影院那个人的话在我耳边响起了："张三？还是李四呢！"

张三李四,姚五王六……

张珊……张三……

姚舞……姚五……

我恍然大悟！我是太傻了！她们明明从一开始就是骗我玩的,而我却信以为真！

那么她呢？

我恨她！

那不是爱！

她们处处都证明了她们跟我完全不是同一类环境里长大的,可我却视而不见,鬼迷心窍,还对她们说什么"我们都是劳动人民的子女"！

我恨我自己瞎了眼睛！

我回忆起她们对我的无尽的取笑开心,回忆起我甘愿充当的小随仆的角色,回忆起她对我的"爱"……一幕幕,使我不但痛恨自己,而且替自己感到巨大的羞耻！

都是红卫兵,红卫兵竟也可以欺负红卫兵！凭什么?！

都是比我仅大几岁的异性,都是同一类环境中长大的,有的成了"走资派"的女儿,却仍将同情和怜悯无私地给予别人；有的成了红卫兵中的"巾帼英雄",心灵却那么空虚又那么丑恶！为什么呢？

我身上竟还穿着她赏赐给我的衣服！

我下决心要在北京找到她,将她赏赐给我的衣服还给她！并且要当面告诉她,我们东北人,是将狼也叫"张三"的！她们两个没什么区别！我将永远记住她们！

其后的几天,我在北京到处转,只有一个目的——找到她！找到她们!

一天晚上,听说"联动"在冲击公安部,要抢回被抓的"战友"。我冒着寒风去到了公安部。我想她们是也该回到北京了。那种场面也许少不了她们。

解放军在公安部大门内手挽手组成了几道人墙。

"联动"纠集的人虽然不少,但冲击了数次也没冲进去。

天黑。人乱。我没发现她们。

我还穿着那双"失而复得"的解放单胶鞋,冻得脚疼。正欲离去,忽见开来一辆车——一辆去了帆布篷的吉普车。车上站着几个人。其中一个是女的。披着件呢军大衣,好不威风! 看去似她,挤上前细瞧,果然正是她!

"联动"的"战士"们纷嚷着:

"头儿们来了!"

"闪开,头儿们来了!"

她发号施令地说:"今天算一次演习,改日再来冲!"

于是车调转头开走了。

于是"联动"的"战士"们集队散去了。

只剩下我和一些围观者在原地……

我终于又见到了她一面。

那个夜晚,我将她赏赐给我的那件皮夹克式剪毛领空军上衣脱下,挂到了马路旁一棵树的落尽了叶子的秃枝上……

第二天,我离开了北京。

心中只想着两个字:回家……回家! 回家!! 回家!!!

在车上遇到了一个同校的红卫兵。

他将他的大衣借给了我。

有了大衣,我在厕所里脱下她赏赐给我的绒衣绒裤,从厕所的窗子扔了出去。

　　我应该带回家去的,我没能带回家去;我不该带回家去的,我也绝
不带回家去。

　　我的大串联结束了……

第十八章

雪! ……

从车窗望见大地上的雪,我才认为我是真正回到了我的北方。

我这个北方的儿子对雪有着一种对母亲般的亲情。一见雪,我是格外地想家了。离家不过两个月的时间,我却觉得像两年那么长。

哈尔滨——北京——成都——北京——哈尔滨,两个月内,竟没往家里写过一封信。不知母亲是怎样地日日夜夜为我的安危提心吊胆呢!大串联是我的第一次远足旅行。它使我亲眼目睹,全中国确是"天下大乱"了。据说乱是好事,可以暴露阶级敌人,锻炼革命"左"派。我想,十七岁的我,无疑是受到了一次锻炼的。起码我懂得了,鲍红卫之类,是应谨慎提防的。"张珊"和"姚舞"之类,是应不与之交往的。对于乱,哪怕是因自己而引起的乱,也不怎么惊慌了。这一点,差不多是当过红卫兵或虽未当过红卫兵但经历过"文化大革命"的一代人的共性。

"就凭这个阵势还想吓倒人啊?老子'文化大革命'中领教过!"

在以后的一些小小的乱的场面,我常听到我的同龄人们这么说。大有"曾经沧海难为水,除却巫山不是云"的意味。

"文化大革命"、大串联是对我们共和国的一代人的彻底放任的"集训"。形成了他们与八十年代的青年风骨上气质上截然不同的区别。有人将一代红卫兵贬为"狼人"。这观点挺解恨,但并不完全正确。归根结底,他们也是"文化大革命"的受害者。"文化大革命"的许许多多罪恶,倘全栽在他们身上,则无论怎么解释也不能够自圆其说,顺理成章。而他们正是以他们的亲身经历,向历史证明——"文化大革命"不是任何意义上的革命。在全中国对"文化大革命"进行严肃反思的人们之中,一代红卫兵的反思尤为独特。他们的反思具有最属于他们的头脑的深刻。我在一本什么刊物上曾见到过罗丹那著名的雕塑——思想者的摄影,我欣赏了很久。思想者——这才更是一代红卫兵中仍未背弃对我们共和国的深厚感情的一批人的象征。倘剖开他们的胸膛,定会捧出一颗滚烫的心。这心内凝聚着一种使命——制止"文化大革命"的重演!……

当列车驶上松花江大桥,我不由将脸贴着车窗玻璃往外看。那一年松花江封得迟。江心岛沙滩被雪覆盖得洁白无瑕。江水一点儿波浪也没有,像快要凝固了的岩浆一样缓缓地流。絮团似的雪花一接触水面,便消失得无影无踪。

江畔人迹寥寥,显得那么冷清。

我觉得缺少了些什么,就问借给我大衣穿的那个同校的红卫兵:"你看江畔是不是缺少了些什么?"

他便也将脸贴着车窗玻璃往外看,也说:"真的,是缺少了些什么啊!"

于是好多人都将脸贴着车窗玻璃往外看。

"咦?青年宫前的天鹅雕塑咋没啦?"

"江畔的雕塑怎么都没啦?"

原来缺少了的是一尊尊很美好的雕塑。

在我们这些哈尔滨市的红卫兵们离开它两个月的时间内,江畔的雕塑统统被砸毁了,扔到江里去了。

于是你一言我一语大发议论:

"他妈的,准是外地红卫兵干的!"

"未见得,很可能正是我们哈尔滨红卫兵干的!"

"哈尔滨红卫兵可以到外地去砸。为什么外地的红卫兵不能到哈尔滨来砸?以其人之道,还治其人之身嘛!"

"'四旧'可以砸,别见什么砸什么呀!天鹅雕塑算'四旧'吗?"

"那广州的'五羊'算'四旧'吗?不是也砸了个稀巴烂吗?"

"妈的!几个湖北红卫兵,分手时嘱咐我一定在天鹅雕塑前照张相寄给他们,砸了我还照个屁!"

"这就叫'不破不立'嘛!"

列车已经开过江桥了,大家仍七言八语。仿佛只要这些人当时在哈尔滨,是断断不会允许那些很美好的雕塑被砸毁扔到松花江里似的。我想,这些人当时在哈尔滨,那些很美好的雕塑也注定了难逃厄运。说不定他们还亲自动手砸。砸,是"文化大革命"中的一种普遍的情绪。可以谓之"革命"情绪罢。不砸,或者阻止他人砸,倒是会显得"别有用心"了。而任何的东西,只要是美的东西,当年大抵与"革命"格格不入。总能找出极正确的"革命"的理由砸它个稀巴烂!包括花鸟虫鱼。

"哈尔滨站"四个字是早已被"东方红城"取代了。列车在"东方红"乐曲中抵达"东方红城",令人心格外引起一种波动。于我那冲动的原因却很单纯——管它叫"哈尔滨"还是叫"东方红城",总归是到家了!

站台上两面旗帜迎风招展。一面旗帜上写着"八八团",一面旗帜上写着"红色造反团"。两团的仪仗队肃立在站台两侧,之间有一段暂时"和平共处"的神圣距离。列车刚一停稳,两团仪仗队同奏两团团歌。

我们大为诧异,想不明白势不两立的这两大派组织,究竟为何抬举我们这些大串联归来的杂牌军,如此隆重地迎接我们。一个个从车窗探出脑袋,受宠若惊。

却白白浪费了一阵感情。迎接的并非我们,而是两团各自的赴京谈判代表。我们这些杂牌军,与名扬全国的两大派组织的赴京谈判代表同车归来,也够使我们很感到荣幸的了!

两团的谈判代表们当然没跟我们这些杂牌军混在一起。

各包了一节车厢,而且都享受着卧铺的舒适。在北京主持谈判的是周总理。据说两天内谈判了三次。据说他们当着总理的面互相大拍桌子,激怒了总理。总理后来也拍起了桌子。毛远新当时是"八八团"的大头目。而"红色造反团"的头目之一也是他们的赴京谈判代表之一的冯昭逢,则是烈士遗孤。据说还是总理的"义子"。名扬全国势不两立的两大派组织的头目们和赴京谈判代表们非等闲之辈,也就难怪总理得在百忙之中抽出时间亲自为他们主持谈判了。

两团赴京谈判代表踏下他们各自包的车厢,走向两团的仪仗队员们,纷纷与之握手。纷纷说:

"我们胜利了!我们胜利了!"

"敬爱的周总理支持的是我们!"

"总理代表毛主席和党中央肯定了我们斗争的大方向始终是正确的!"

说的差不多都是同样的话。也就无从知道,毛主席和党中央究竟肯定了他们哪一派?谈判的结果究竟圆满不圆满?倘说圆满吧,看他们那种相互敌对的态度丝毫未减,一如从前,分明在北京的谈判桌上并没有达成什么今后团结一致的协议,更没有当着周总理的面握手言和;倘说谈判破裂吧,听他们那些话,又仿佛对谈判的结果都感到十分兴奋。

从车站大楼内拥出了他们各自的团报记者,围向他们各自的代表,一手拿本儿,一手拿笔,提出一串串的问题,飞快地记录着。

"你对今后的斗争形势怎么看?"

"前途是光明的,道路是曲折的。"

"你认为中央'文革'内部存不存在着尖锐的斗争?"

"无可奉告。"

"我们'红色造反团'有同'八八团'实行革命大联合的可能性吗?"

"这个问题应该向他们提出才对！我们'红色造反团'决不同坚持'保皇'派立场的组织实行什么所谓大联合！这是我们永远也不会放弃的斗争原则！如果他们重新选择他们的立场,我们举双手欢迎他们回到真正革命'左'派的阵营中来！"

这一边儿在答记者问,那一边儿则在发表演说：

"我们'八八团'绝不会重新选择我们的立场。因为我们的立场,乃誓将'文化大革命'进行到底的革命立场。除了这唯一的立场,我们别无选择！谁诬蔑我们是'保皇'派,我们就义无反顾地充当铁杆'保皇'派！保卫毛主席！保卫中央'文革'！保卫以毛主席为首的无产阶级司令部！这不是我们'八八团'的耻辱,而是我们'八八团'的莫大光荣！……"

这一边有人以十足的外交家风度含沙射影。那一边有人以杰出的演说家风度慷慨陈词。两边照相机的闪光灯频频闪耀。情形使我们这些车上的杂牌军叹为观止。对两边都打心眼儿里肃然起敬。造反造到坐包厢车进北京,由周总理亲自出面从中调解谈判的份儿上,才算不枉"造反有理"了一次啊！

除了两派赴京谈判代表的两节车厢,其他车厢都没开门。乘务员们似乎早有思想准备,手攥着钥匙把守车厢门口,等两派前来迎接的仪仗队员、记者簇拥着他们各自的代表,热热闹闹地离开站台,才打开车门。

杂牌军们争先恐后往车下跳,往出站口跑,都想要看到两派在站外继续什么名堂,什么热闹。

我也跟着人流跑,挤。

意大利著名电影导演安东尼奥尼在他拍摄的一部影片中,运用了一个情节形象地揭示了人的这种爱凑热闹的心理：年轻的男主人公本是为着追踪一个凶手才进入游乐场的——台上现代派歌手们在如痴如狂地演唱摇滚歌曲。其中一名歌手将电吉他连摔带踏弄得四分五裂,抛向观众,于是观众发了疯似的去夺去抢,人压人,脚踩手,抢夺得乌烟瘴气。

于是主人公在那样一种氛围之下也一时忘了去寻找杀人凶手,也扑上前去夺去抢,抢到了电吉他的上半部,冲出重围撒腿就跑,身后许许多多人拼命追。终于他甩下了追他的人,气喘吁吁地站住了,看着手中那半截电吉他弦把,滴里当啷乱绕着弦,弦上还挂着些碎木片,不明白自己当时为什么要发了疯似的与别人去夺去抢这半点儿用处也没有的破烂东西,他甩手就把它扔了。穷追不舍追到他跟前的一个人立刻弯腰如获至宝地捡起来,可看了看同样觉得真是半点儿用处也没有,也甩手就把它扔了。它绊了一个行人的脚,那行人一脚将它踢到阴沟里去了……

而游乐场中,仍乌烟瘴气,观众仍在发了疯似的抢夺那把电吉他的碎片……

他们只有离开了那游乐场,摆脱了那氛围,才会明白他们是何等可笑何等荒唐……

安东尼奥尼所揭示的这种人的心理,也正是当时我和许多杂牌军们的心理。

我们像股洪水似的一拥出检票口,便一片片地滑倒了。检票口外的车站广场,简直成了溜冰场。无论穿着花样刀鞋还是穿着冰球刀鞋、速滑刀鞋在上面滑冰是绝对没问题的。站前广场冰冻着一条条大标语——这是“东方红城”的红卫兵们的“发明创造”。冬天“闹革命”自有冬天“闹革命”的便利,夹着一卷大字报或大标语,拎着一只水桶满市逛,见哪里适合,找个水龙头接桶水,哗地泼在地上或泼在墙上,将大字报或大标语一贴,一两分钟后就冻住了。而且有着一层冰保护,晶莹透明,仿佛塑料贴面。不到春暖花开季节,谁想去掉是很困难的。除非水管子接在锅炉上,用开水先浇化了冰。

车站广场方砖铺就,纵横开阔,是冰冻大字报或大标语的理想之地。也不知有多少人来冰冻过多少层大字报或大标语了。冰上加雪,雪上加冰,白雪衬黑字,分外醒目。变成了地平面“专栏”。

那一天冰冻在站前广场的大字报的巨幅标题是——看刘汉玉自我

暴露的反革命嘴脸何其猖狂！

刘汉玉？

男性？女性？官？民？哪个单位的？没谁知道。那年月反革命多如牛毛。大概也没谁感兴趣知道。在那年月，一个人的名字，哪怕是一个庸常之辈的名字，也完全可能在一夜之间"黑"遍全市，家喻户晓，妇幼皆知——那是"革命"和"反革命"都极容易大出其名的年月。

"红色造反团"和"八八团"的赴京谈判代表们已经上了两辆大客车，朝两个相反的方向缓缓开去。大客车前是各自的仪仗队开路。他们站在卡车上，继续吹奏各自的团歌。大客车后是两派前来迎接的战友，各自来了上千人，浩浩荡荡地进行声势游行。叫做"灭敌人的威风，长自己的志气"。

拥出检票口的杂牌军，有的分别跟随两支游行队伍瞧热闹去了，有的滑倒了爬起来后没走，站在广场上垂头看大字报。那冰冻在广场上的大字报很长很长，少说两万余字，三四百平方米的面积。

那样一种看大字报的情形在南方城市可见不到，人人都垂着头，边看边往后退。要想从头看起的，就从人墙后绕到前面来。

"对不起，请抬一下脚！"——脚下踩着字呢。

不知道是看大字报的，还会以为人们都在那里默哀呢。

"谁鞋底儿干净？尽个义务！"——有些地方的冰踩脏了，看不见字了。于是就有鞋底儿干净的用鞋底儿擦冰面。于是那些地方的冰面被鞋底儿擦得愈发晶莹透明，字迹看上去如同写在玉石板中。更有热心尽义务的，捧来几大块雪，摔散在地上。冰面经鞋底儿用雪一擦，不但晶莹透明，而且闪闪发光。

那样看大字报，真可以说也是种乐趣。

矗立在广场上的苏联红军烈士纪念碑，被用布从上至下严严密密地罩起来了。像黄山的"梦笔生花"，见"笔"不见"花"。

我脚穿解放胶鞋，下了车没过五分钟脚趾就冻僵了。我思忖我若穿着这样一双单鞋等公共汽车,非把十个脚指头全冻掉不可。

我撒腿往家跑。头上没有棉帽子,西北风像小刀子似的,割我的耳朵割我的脸。捂着耳朵跑一会儿,双手冻疼了,便顾不得两只耳朵,又袖起双手跑一阵。跑得上气儿不接下气儿,却不敢停下来走。并且也不会走了。双脚由僵而木,冻得完全没了知觉,像凭着一双假脚在跑。

紧跑慢跑,跑了近一个小时,抱头鼠窜地跑到了家。

闯入家门,母亲正蹲灶口吹火,见我那样子,以为后边有什么人追赶,陡地变了脸色,一把将我拽在怀中,死死搂抱着,眼盯着家门,防范地预备跟接着闯入家门捉拿我的任何人拼命。

我急忙说:"妈,没人追我。"

母亲这才缓缓将我从怀中推开,突然劈面打了我一耳光,打得我脸上火辣辣的。

母亲打我之后,就转过身去哭了。

我呆呆地站在母亲跟前,一声不吭。

两个月我没给家里写过一封信,哪怕是一封告诉母亲我身在何地的短信都没写过。我知罪。

脚开始疼,像针扎,像火烧。

我讷讷地说:"妈,我的脚……"

母亲朝我转过身来,发现我脚上穿着一双单胶鞋,大吃一惊:"活该!活该!冻掉你的脚才好!"母亲慌慌地将我推进里屋,推坐到炕沿上,慌慌地从我脚上扒下鞋、袜子,慌慌地解开自己的衣襟,将我的脚贴胸搂在她那温暖的怀里。

这时我获得了一种彻底的安全感。

我流泪了。

我无声地哭了。

中国再大,哪儿也不如家好。谁也不如妈亲。

我深深地理解了"儿女是娘身上的肉"这句话。

母亲在从我脚上往下扒鞋时，由于鞋冻在脚上了，由于过分心急，劈了自己的指甲，手指尖不断流血。母亲顾不上包扎，只是将手指尖放在口中吮。

我太困了。双脚被母亲搂在怀里，身子歪倒在炕上，竟那么睡着了。

第十九章

我也不知自己睡了多久,被母亲轻轻唤醒了。睁开眼睛,才发现母亲已替我脱去了衣服,我是睡在温暖的被窝里。

马婶坐在炕沿。

母亲说:"马婶看你来了。"

我便对马婶憨憨地笑。

马婶却急迫地问:"你见着我家国华了吗?"

我莫名其妙地望着母亲。

母亲说:"你没走几天,国华也大串联去了,到现在没回来,和你一样,连封信也不往家写,你马婶天天担虑得吃不下睡不着……"

我说:"我们又不是一块儿的,哪能见着他呀!"

马婶又急迫地问:"你听说铁路上发生什么车祸没有?"

母亲赶紧接着说:"人们都讲铁路上发生了好几起车祸,不知是真是假?"向我直丢眼色。

我并没明白母亲的意思,老老实实地回答:"千真万确!铁路上是发生了好几起车祸。有的列车三四节车厢砸在山洞里,死了不少人呢,差不多全是大串联的红卫兵!不但铁路上,公路上也发生车祸呀!还有因翻了船淹死的红卫……"

"别乱说了！你信口胡诌！"母亲瞪着我，生气地打断我的话。

马婶哇地哭了起来，边哭边说："我家国华肯定是死了呀！要不他怎么连封家信也不写哪！他可不是不懂事的孩子啊！我们马家就这么一个儿子，连个传宗接代的根苗都没有了，这可怎么好呀！我是哪辈子作了孽呀！"

母亲在一旁说些宽心话劝她。

母亲越劝，她哭得越凶。最后搂抱着母亲，在我家放声号啕，引得母亲陪着哭。

我望着搂抱在一块儿哭作一团的两位母亲，为自己说的那番老实话后悔不已，噤若寒蝉地转身面壁，缩入被窝里。

马婶哭了很久才悲伤万分地离去。她离去后母亲将我狠狠数落了一顿……

我的双脚冻伤了，先是红肿，继而生了冻疮，开始溃烂。

我几乎整整一个月没下炕，更没迈出过家门。王文琪被枪毙了，也就再没有哪一个同学到我家来看望我，告诉我一些学校里或社会上的运动情况。他虽然死在无产阶级专政的子弹之下，可我每每想起他的时候，总是念及同学三年他对我的种种友谊。甚至还想到他的坟上去表示一点缅怀之情。可他的尸体是被医院直接从刑场上拉去解剖了的，无坟可供我去凭吊，不免为他也为自己凄凄然。

从母亲口中，倒是片片断断地了解了一些我们这个原先的"四好大院"在我离开的两个月内发生的变化：马叔被单位揪出来了，念过"国高"的人当然是"臭知识分子"无疑。母亲说即使他没念过"国高"也会被革命群众揪出来，因为他的出身原来是地主。张叔也被揪出来了，因为他大小算是个"领导"，尽管不过是区商业局下属一个片的几个小商店的临时负责人。好在他不是党员，够不上"党内走资本主义道路当权派"的档次，所以批斗"走资派"时，他只作个配角陪着低头弯腰而已。孙叔被揪出来是我早已预料到的。当母亲告诉我时我并不觉得奇怪。——国家正式的十九级干部，且在党，不揪出来难道还能放过他？如今统计一下，不消说那些身为处长、局长、厅长、部长和更高级的干部们，就单算小小的芝麻官科长吧，"文化大革命"中没被揪出来过，没被批斗过的又有几个？全国加一块儿准超不过三位数。

而吴叔亦被揪出来了，却是我万万没想到的。他的罪名是"现行反革命"，母亲告诉我时吓了我一大跳。他的"现行反革命"言论，在我听来也无疑是成立的：某天清早，有人从他收破烂的手推车上发现了一堆毛主席石膏宝像碎片。当然要受到严肃的质问：为什么将毛主席的石膏宝像打碎？为什么打碎了又放在收破烂儿的车上，和些个破烂儿混在一起？是不是在他心目中，毛主席他老人家的石膏宝像和破烂是一样的，想要"破烂儿的换钱"？

他说，那根本不是他家的毛主席石膏宝像。头天晚上他的收破烂儿车上还没见有那些严峻的碎片，兴许是谁存心陷害他，往他身上栽赃，才将打碎了的毛主席石膏宝像趁夜间放在他收破烂儿的车上。

人家未免怀疑，未免继续质问。

他又委屈又着急，竟脸红脖子粗地大声吼："我们家从来不买那玩意儿！有那钱我买瓶酒喝！再者收购站也不收石膏，那玩意儿既然碎了，就一分钱也不值！"

这番话还能不构成"现行反革命"罪吗？甭说他一个"吴二爷"或者"吴二驴"的，就是十个二十个，也定他俩五一十打成"现行反革命"！何况他本不属于纯正的无产阶级，乃是个"流氓无产者"，不过沾着无产阶级一点儿边，没什么反动言论，也可能被无产阶级"文化大革命"的铁扫帚不经意间捎带着划拉一下的。他当天就受到了无产阶级的专政，押入了街道"黑帮"队的行列。据传要判刑。

我离家的两个月内，我们这个大院已发生了质的变化。由"四好院"而成"黑帮院"了。院门上光荣的红旗铁牌已被除掉。七户人家四户的户主被揪出来，还不成了"黑帮院"吗？

我们的大院已不成其为院了。木板障子被偷得所剩无几。

都是些乘人之危的家伙夜间干的。就是大白天干，院里的人也不敢提半句抗议。不过那些家伙还顾着街坊的情面，不好意思白天干。好端端的两扇院门也被偷走了一扇。院门障子都是好木板，大概是偷回去做箱子做柜子做写字台了。偷便偷罢，盗则盗罢，还要往我们院里泼泔水堆垃圾。大抵是孩子们所为。但也保不准绝没大人照样干。下水道在胡同口。垃圾站更远。寒冬腊月的，图省力，少走路。仅此而已，倒并不见得存什么坏心眼儿。

有天夜里，我被外面砰砰啪啪的一阵响惊醒，拉亮灯，坐了起来。

母亲也被惊醒，却躺着侧耳听，一动未动。

我问："妈，怎么回事？"

母亲低声说："还用问，准是又有人在扒咱们院的木板障子呗！"

"这也欺人太甚了！我去管管！"我火冒三丈，披上衣服就要下炕。

母亲按住我，训斥道："就你有本事！不许你出屋！大人们都不敢管，你一个毛孩子管得了吗？不管倒兴许好，何日木板障子扒光也就算完了。一管，说不定哪天夜里扒谁家屋顶！"

看母亲那种极胆小极怕事的样子，我只好憋着怒火，悻悻作罢。

母亲天天睡前用盐水给我泡洗一次脚。一个月后，我冻伤的双脚终于好转，可以下炕走动了。

我第一次走出家门，站在院子里，简直认不出我们的院了。另一扇大院门也被偷走了。木板障子被扒光了，连厕所的顶盖和围帘也不见了。满院是污水冻的脏冰，一层覆一层，赤橙黄绿青蓝紫，七色俱全，是从没有了门的大门口呈瀑布状淌进来后结冻的。厕所几乎被垃圾山包围了。

而街坊们，对我们院的人好像还并不怎么歧视似的，见面照旧点头，打招呼，问："吃了吗？""起来了呀？"夜里干着坑害我们院的缺德事，白天却对我们院的人显出极善良的模样，仿佛缺德事根本不是他们干的，是缺德鬼干的。这些人真是虚伪至极！

我到学校去了一次。学校的锅炉因为没有煤烧，早已熄火，每间教室都阴冷阴冷的。那些砸碎了玻璃的教室更甭提。也就没人坚持在学校里闹革命。也就失去了几个月前如火如荼，轰轰烈烈，热热闹闹的"大好形势"。仿佛全校的红卫兵都在冬季转入了神秘的"地下斗争"。我只去了一次，便不再去。

煤，全市缺少煤。煤矿工人也闹革命，缺少煤是理所当然的。因为缺少煤，哈尔滨市，不，"东方红城"在这个冬季格外寒冷。《东方红》的乐曲，每天却仍响彻这座"东方红城"的上空。

当年哈尔滨市的普通居民们买煤买烧柴是凭供应本的。

每户每个月六十斤烧柴，平均每天二斤。每个季度半吨煤，平均每天只能烧一小桶。烧柴是湿的，去掉水分，实际也就是四十多斤五十来斤。买回家，需劈得细细的，架在炉台四周烤干，才能生着火。普通居民们能买到的只有"无烟煤"。名曰"煤"，其实不是煤，是煤矿采煤过程冲出的煤粉，煤粉那么细，不知在煤矿堆积了多少年月。这样的所谓的"煤"，居民是没法儿用来做饭取暖的。倒进炉膛一铲，大半铲漏到炉底。一个小时也难生着一次火。我家的温度并不比学校教室里的温度高多少。而烧柴是月月不够用的。就是那样的"无烟煤"，也得每天按量计划着烧。第一天烧多了，第二天只好少烧。

那个冬季，我为家里做两项重要的事：白天夹着麻袋，腰里别着斧头，到离家很远的一个木材厂去扒树皮。木材厂是禁止扒树皮的，得偷偷地翻墙而入，偷偷地翻墙而出。运气好，每天能带回家十来斤树皮。运气不好，被木材厂的管理人员捉住，不但所扒的树皮白费工夫和力气，麻袋和斧头被没收，连自己也会被扣留整整一天。稍不驯服，则会挨揍。我虽然挨过几次揍，却从未间断去扒树皮。不去扒树皮，我家的炉膛也可能像学校的锅炉一样熄火。晚上则在家里团煤球。每次团上百个鸡蛋那么大的煤球，摆在炉盖四周，埋在温热的炉灰中。第二天早晨拿得起来而不至于粉碎才能烧。亏得我为家里承担着这两项重要的事,我家的炉膛才维持着"无烟煤"的无烟也无焰的可怜巴巴的一点点火。

火柴仍按户供应。食盐凭票。面碱凭票。灯泡坏了是根本买不到的。灯泡厂的工人们说没有玻璃做灯泡。玻璃厂的工人们说没有生产玻璃的原料。每一个生产单位的工人阶级都在闹革命。城市居民日常所需的一切一切,也就像多米诺骨牌似的,因为买不到这个而必然买不到那个,形成循环短缺。

每天全家一吃过晚饭,连碗筷也顾不上刷洗,赶紧就铺展被褥钻入被窝,熄灯睡觉。睡不着便在黑暗中躺着。为的延长灯泡的使用寿命。我家的两只灯泡早已坏了一只。剩下的一只吊在里外屋间的门框上方,里外屋同明同暗。灯丝颤颤巍巍的,似乎随时都会断,永远对接不上。它是我们全家的太阳,它令我们提心吊胆。不仅买不到灯泡,也买不到蜡烛。它一旦坏了,也就意味着我们全家在夜晚失去了唯一的一线光明。

那是"文化大革命"蓬蓬勃勃发展,人民困困难难生活的年月。

那一年的元旦之夜连鞭炮声都没听到。

却从上海传来了"文化大革命"获得"伟大胜利"的喜讯!首先,《人民日报》《红旗》杂志在元旦社论中宣告:……一九六七年,"将是全国全面开展阶级斗争的一年",将是向"党内走资本主义道路的当权派展开总攻击的一年"。

夺权是"文化大革命"的极重要的组成部分。元旦社论是向全国造反派发出的夺权动员令和讯号。

"上海工人革命造反总司令部"等二十多个造反组织首当其冲,在一月二日便成立了"打倒上海市委大会筹委会"。四日,张春桥、姚文元以"中央'文革'领导小组调查员"身份紧急赶回上海,参与策划夺权行动。当天和第二天,便先后夺了上海《文汇报》和《解放日报》的权。张春桥随即召见"工总司"代表,下达指示:"基本问题是把领导权夺过来,把走资本主义道路的当权派揪出来,打倒。"

六日,"上海市委机关革命造反联络站"等造反组织举行了"打倒上海市委大会",批斗了上海市委主要领导人陈丕显、曹荻秋等,夺了上海市委的权。

八日,毛主席充分肯定"一月风暴"。发表"最新指示"——"无产阶级文化大革命,实质上是中国共产党领导下的全国人民,同国民党反动派长期斗争的继续,是无产阶级同资产阶级长期斗争的继续,是一个阶级推翻一个阶级的你死我活的斗争,是一场大革命。""上海革命力量起来,全国就有希望。它不能不影响整个华东,影响全国各省市。"

九日,《人民日报》、中央人民广播电台转载并广播了《告上海市人民书》。

十一日,《人民日报》、中央人民广播电台发表并广播了由中央"文革"起草以中共中央、国务院、中央军委、中央"文革"名义致"上海工人革命造反总司令部"等三十二个"造反派"组织的热情洋溢的贺电。称赞他们向全市发出的夺权的《紧急通告》"好得很""提出的方针和采取的行动,是完全正确的"。号召全国学习上海无产阶级革命造反派的夺权经验。

其后,《红旗》杂志、《人民日报》相继连续发表社论,号召"全国无产阶级革命派联合起来,向党内一小撮走资本主义道路的当权派展开毫不留情的,彻底的,全面的总夺权斗争"。

林彪公开发表讲话:"无论上层、中层、下层都要夺。有的早夺,有的迟夺。""或者上面夺,或者下面夺,或者上下结合夺。""军队要坚决地大力地支持无产阶级造反派的夺权斗争。"

张春桥公开发表讲话:"无产阶级文化大革命自始至终就是夺权。""我们对所有的权都要夺。"

在无产阶级"文化大革命"的夺权斗争的呐喊声、"凯歌"声中,哈尔滨市,不,"东方红城"的人民,死寂沉沉地送走了那一年的元旦,死寂沉沉地迎来了那一年的春节。那是人民的艰难岁月,也是党的艰难岁月。

春节,哈尔滨市,不,"东方红城"的普通百姓,每人仅仅凭供应票才能买到半斤猪肉,半斤鱼,半斤蛋。肉是连皮带骨的冷库里存放多年的冻肉,鱼是从朝鲜进口的什么"明太鱼"———一种索然无味的鱼。

在我的记忆中,那一年的春节根本没有任何节日气氛。初三凌晨,吴叔光着双脚,穿着破绒衣绒裤从街道"黑帮"队逃跑回来了。他先擂自己家的门,吴婶从窗口看见他那种蓬头垢面张皇失措的样子,情知他是逃跑回来的,生怕放他进屋,也犯了"窝藏现行反革命"的罪,吓得不敢给他开门,光是浑身发抖地搂着几个孩子在炕上缩成一堆儿,哭哭啼啼,还在屋里哀求他快回"黑帮"队去,老老实实认罪,争取宽大处理。他进不得自家屋,就转而来擂我家的门,边擂边叫:"梁嫂,梁嫂,你发发慈悲,开门让我进屋躲躲吧,他们是要判我死罪枪毙我啊!我不跑几天后就没命了呀!"

母亲将窗帘撩起一角,见他那样子,立刻放下窗帘,也不敢给他开门。"窝藏现行反革命",这样的罪名哪一家担待得起呀!

"梁嫂,梁嫂,我给你跪下了!"吴叔在门外苦苦大声哀求不止。

母亲在屋里团团转,狠着心不应声。

我将窗帘撩起一角,朝外看了一眼,见他果真双膝跪在我家门口,两脚冻得赤红。

我十分不忍地对母亲说:"妈,他没穿鞋就跑回来了,开门让他进屋暖和暖和吧,暖和一会儿咱们就打发他出去,也算不得是窝藏……"

母亲听了我的话,走到门前,刚要开门,手又从门插上放下了。

"不行!"母亲坚决地说,"只要放他进屋,就是咱们家的罪呀!你把你哥那双棉胶鞋从风窗送给你吴叔吧……你再劝他,趁人家没发现他逃跑,赶快回去,低头认罪,态度好兴许还能判个死缓……"

我没有丝毫理由责怪母亲胆小怕事。放他进屋对我家意味着什么,我比母亲是更清楚的。

我默默从破箱子里翻出哥哥的一双旧棉胶鞋,打开小风窗,叫了一声:"吴叔……"正预备将鞋扔出去,却见几条汉子冲入院内。

"他在那儿哪!"

"守住大门口,小心叫他跑啦!"

几条汉子吆吆喝喝,捋胳膊挽袖子,摩拳擦掌,扑过来要逮他。

他腾地跳起,像一头被猎狗四面围住的野猪,凸瞪着俩眼珠子,挥拳打在一个人脸面上,夺路便逃。那几条汉子发出威胁的叫嚷堵截。他和他们在院内兜着乱跑了一圈,逃往院外去了。几条汉子追向院外。

我拎着那双鞋站在窗前呆若木鸡。

母亲面色如灰,瘫坐地上。

其他几户的大人孩子,受到惊扰,纷纷跑出家门,跑向院外看究竟。

吴婶和几个孩子这时才出家门,哭着喊着呼着叫着跟随而去。

胡同里人声嘈杂,听着仿佛有一伙强盗在打家劫舍似的。

我从呆状中清醒过来,慌慌忙忙地穿好衣服,也跑出家门,跑向院外。

一伙人跑出了胡同口。

我也跑出了胡同口。

我与别人有所不同。别人是看热闹,我不是看热闹。吴家毕竟是我家的近邻。吴叔毕竟平素对我像个叔辈的人。我心里觉着我好像能够解救他似的。当然我是解救不了他的。跟着看热闹的人们跑说到底仍是盲目。

吴叔不知在哪儿捡起了两块砖,一手拿一块,要被逮他的人追上时,便停下来,猛转回身,虎视眈眈,一副拼命架势。几条汉子赤手空拳,不敢冒脑袋开瓢的危险太接近他。

于是他又跑。

看热闹的人越来越多。

他被追赶到了一条死街的尽头。

他无路可逃,窜进了一所小学校。

几条汉子追入了小学校。

我和众多看热闹的人也跑入了小学校,但见吴叔已抓着锅炉烟囱的铁扶手爬上了半空中。

人们围向烟囱仰望他。

几条汉子吼:

"你这个死心塌地的现行反革命!你下来!"

"你不下来就逃脱得了无产阶级专政吗?"

"你已陷入广大革命群众的重重包围啦!你是上天无路,入地无门啦!你不老老实实下来,还要抗拒到底吗?"

他不下来,也不再往上爬。俯视着"广大革命群众",那样子是有些害怕。也难怪他害怕,我虽见他爬上屋顶骂大街,可从没见他爬得那么高。而且烟囱不比屋顶,毕竟有个面积可以走。

他像只壁虎似的将身体紧贴着烟囱,一动不动。

几条汉子又对他的女人和他的孩子们命令:

"还不动员他下来?只要动员他下来了,算你们一功!"

"对!将功折罪嘛!"

"我们保证你们不受他的牵连!"

吴婶跪下了。

母亲一跪下,孩子们也一个个不由自主地跪下了。

"他爸,看在几个孩子的份儿上,你下来……"吴婶仰望着他说,哇哇大哭。

"爸!爸!你下来呀!"

"爸!你慢下呀!我们怕你摔死呀!"

"爸呀!爸呀!"

他的孩子们也哇哇大哭。

一个"革命群众"给那几条汉子出主意,嚷嚷着应该在烟囱下扯起一张网,以防备他跳,自绝于社会主义自绝于人民。

一条汉子没好气地说:"别他妈的乱嚷嚷,这会儿上哪儿找一张网?"

吴叔似乎被他的女人和孩子们的哭喊声打动了,下了几级扶手,见那几条汉子凑在一起,专等着逮他,立刻又往上爬了几级。

另一个"革命群众"出主意,深思熟虑万无一失地说,众人手扯手接着,找一根长竹竿将他打下来。

网找不到,那么长的竹竿也是找不到的。这个比较高妙的主意也同样被几条汉子否决了。

我犹豫一阵儿,对那几条汉子说:"我爬上去劝劝他,兴许能把他劝下来。"

那几条汉子一齐打量着我,为首的一个不信任地问:"他肯听你劝?"

我说:"试试吧,我和他是邻居。"

有人好心地阻止我:"你可千万别爬上去!你爬到他脚下,他一脚把你踹下来,这么高,石头般硬的地,不摔死你,也摔残废了你!"

我说:"他对我倒不至于发狠。"

为首的那汉子说:"你爬上去劝吧,这可是你心甘情愿的,没谁逼你,一切后果与我们无关!"

我说:"当然与你们无关!"

我往上爬。

我一边往上爬,一边大声说些"抗拒到底,死路一条"之类的话。我也只能用那些话"劝"他下来,不能说别的。

他一句不回答我。

我往上爬,他也往上爬。他越爬越高,我也越爬越高。我平素很少登高。奇怪,我竟不觉得害怕。

铁扶手冰手,我的十指被冰得有些木了。想必他的手也早木了。所以他爬的速度不及我快。我渐渐爬到了他脚底下。他那时真是一脚就可以将我从空中踹下来的。他分明连想都没那么想,只是往上爬。

终于他爬到了三十多米高的烟囱的顶端。我也紧跟着爬到了他脚下。

他低头看着我。

我仰脸看着他。

他说："你没戴手套,冻手吧?"还笑了一下,笑得十分古怪。

我问："你呢?"

他说："刚才冻,现在不冻了。"

我说："吴叔,你下去吧!"

他说："下去又怎么样呢?"

我不知他下去,那几条汉子会对他怎么样。

"下去了又怎么样呢?"他似乎更是在问自己。

我说："你看吴婶和孩子们跪着哭得多可怜!"

他说："可怜啊!"

我竟想不出再用什么话劝他了。

他忽然说："我要撒泡尿。"

我说："你站在这么高处怎么撒呀?下去吧,有尿下去撒!"

他说："我憋不住了呢!你把脸转向右边去,风往左边刮,会刮你一脸。"说着,像表演高空节目的杂技演员似的,一手抓扶手,一手解裤子。

我只好将脸向右转。

那几条汉子和"革命群众"看不清他在干什么。待他那泡憋得很冲的尿像阵雨似的自空而降,撒在他们仰起的脸上,他们才四散开去,愤怒地咒骂:

"报复革命群众绝无好下场!"

"火烧现行反革命!油炸现行反革命!"

他在我头上快活地嘿嘿笑了。

我又哀求："吴叔,下去吧!我的双手快冻得抓不住扶手了!"

他说："我不下去。站得高,看得远,放眼全中国,放眼全世界!"

我听他的话不着边际,坚决地说："你不下,我也不下!再过会儿咱俩的手都冻得抓不住扶手了,准一块儿掉下去摔死。"

他说:"老二,你这又是何苦呢!"

我说:"我要感动你下去啊!"

他说:"我早感动了啊! 我知道你是为我好。告诉你妈,我不怪她。"

他这话说得我心里不是滋味,想哭。

他接着说:"我听人讲过一个治精神病的偏方,生吃活鱼脑子。一天吃一条活鱼的脑子。吃完了就服安眠药睡觉。反正活鱼脑子是属阴的,吃不好也吃不坏,叫你妈给你大哥吃吃看呗!"

我说:"好。"

他说:"告诉你妈,我不怪她。"

我说:"告诉。"

他不再说什么,又往上爬。

我喊:"你还往上爬! 爬到天上去呀?"

他说:"能爬到天上去就好了!"说时,上身已爬得超过了烟囱口,高呼一句:"毛主席万岁!"一头扎进了烟囱里!

我觉得烟囱仿佛一阵摇晃,顷刻要坍塌似的。

我不知我是怎么从烟囱上下来的。双脚一踏到地面,就昏晕过去了……

吴婶疯了。

母亲也从那天起变得神情恍惚,时常自言自语:"我是该给他开门的,我是该给他开门的,我是该给他开门的……"

一天晚上,母亲到煤棚去拎煤,刚出家门一两分钟失魂落魄地扑回来,面无人色地说:"吓死我了,吓死我了,我看见了你吴叔的鬼魂,在咱院里游游荡荡的,对我龇牙笑……"

母亲吓得将煤桶扔在院里了。

我不信鬼。尤其不信吴叔死后鬼魂作祟。我无所畏惧地跨出家门,站在院子当中朝各处阴暗角落巡视。

哪里有什么鬼的影子！

清冽的月光洒在院子里，映得院子里的冰如水银一般。西北风吹着我家屋后的秃树枝，发出呜呜的响声，倒是有点像个冤鬼在哭。

"吴琛啊！你死得惨啊！"

女人的呼号猛地从吴家传出，令人毛骨悚然。是疯了的吴婶歇斯底里。过后，一切归于平静，万籁俱寂，似乎连树枝也不发出响声了。

虽然没有鬼，我却感到我们院子里真是鬼气沸沸。

我回到家里，对母亲说："妈，什么鬼魂，那纯粹是迷信。"

母亲却说："我看得清清楚楚！他对我龇牙笑嘛！也不知他那笑是什么意思……"

我的话显然没有驱除笼罩在母亲心头的恐怖。

我又说："吴叔死前让我告诉你，他一点儿也不怪你。"

母亲追问："是吗？他死前真是让你这样告诉我的？"

我说："是。真是让我这样告诉你的。"

母亲便闭上眼睛，双手合十胸前，口中嘟嘟哝哝地虔诚地祷告起来。

我觉着反正没法子向母亲证明世上没鬼，只好由母亲祷告，自己再次走到院子里，拎起煤桶去装煤。

我始终没将吴叔所说的那个偏方告诉母亲。我不相信生吃活鱼脑子可以治好精神病。而且，要在哈尔滨市，不，在"东方红城"的冬季里，一天搞到一条活鱼，是"难于上青天"的。

两天后的晚上，我上厕所，不料也碰见了那个"鬼魂"。

厕所的门虽然已被偷走，我却没发现"鬼魂"蹲在厕所里。

我刚要往厕所里迈脚，"鬼魂"冷不丁地站起来，吓得我大叫一声，全身汗毛遍竖。

"鬼魂"在厕所里对我龇着一排白森森的牙怪笑。

我壮着胆子喝问："你！是人是鬼?！"

"鬼魂"回答："我不是人，我是鬼！"

他站在厕所里不出来，裤子也根本没解开。原来他并非在拉屎，只是蹲在厕所里而已。月光下，一张"鬼脸"乌黑，显得眼珠子发亮。

他又说："我不是人，我是鬼！我一定老老实实接受改造，叫我怎么样我就怎么样，争取改造成人……"

分明不是鬼，是个人。

我喝道："你痛快滚出来，别占着茅坑不拉屎！老子是红卫兵，你再不滚出来，老子对你不客气！……"

"红卫兵饶命！红卫兵饶命！我滚，我滚……"他喋喋地说着，跨出厕所，往院外跑掉了。

以后才弄明白，他是前街的一个疯子。不知因何罪名定为"坏分子"，每天在单位被关厕所内实行禁闭，关疯了。一到晚上，用墨将自己的脸涂黑，寻找厕所"自觉反省"。我们的大院没了门，他便认准了，专上我们院的厕所来蹲着"反省"。他家里的人拿他毫无办法。

"文化大革命"中，被变成"鬼"的人极多。由"鬼"而疯的人也极多。疯子极多，难免使人怀疑"伟大"的无产阶级"文化大革命"有什么不够"伟大"之处，只我们附近的几条街上，就有六七个由"鬼"而疯的人。

于是某天，街道主任来我家通知母亲，必须将我的哥哥送回精神病院去。限期不送，要被"收容"。

母亲问："我家老大不惹事不生非的，也不常出家门，非得送回精神病院吗？"

街道主任为难地说："上边的指示，非送不可呀！"

母亲又问："街道不需要他帮着抄写大字报了？"

街道主任说："需要是需要啊，可上边怎么指示，俺就得怎么执行呀！理解的要执行，不理解的也要执行嘛！"

母亲便不好再说什么了。

我问："要是不送，往哪儿收容？"

街道主任回答："还是想办法送回精神病院好。要是不送，我也不知道具体往哪儿收容。总归不是个好的去处！"

街道主任走后，我和母亲都犯愁。

哥哥却从他那小屋探头说："妈，弟，你们别愁。我回精神病院。我在家里怪没意思的。精神病院里还有人组织学语录，教唱语录歌，跳忠字舞，比在家好。"

哥哥的话，使我和母亲听起来，都觉得他是非常清醒非常明白的。那些日子，尽管全中国继续大乱，我们的家，却在穷困中人人努力地保持着"安定团结"，并且人人努力避免使哥哥受到外界的刺激。所以哥哥的精神状态确实比先前正常了许多。

母亲哭了。母亲发愁，一时间凑不足一笔住院费。我也是。

第二天，我和母亲打开所有的破箱子，挑选出所有能换钱的衣物，包在一块被面里。

我说："这些东西卖不了多少钱，把收音机也卖了吧！"

母亲默默点了一下头，又从墙上取下了挂钟——它是父母结婚时别人送的贺礼。唯一保留下来的，是一件父母的结婚纪念品。

家里穷得连辆自行车也没有。有当时也得卖掉。没辆自行车驮着（并且我也不会骑），我只好分三次，背着捧着，将那一包衣物、旧收音机、旧挂钟卖到了寄卖店。

钱还是不够。母亲便东家西家说尽好话借。借遍了全院和一条胡同的人家，总算将哥哥的住院费借得差不多了。

我亲自跑到精神病院去联系，沮丧而归。精神病院早已住满精神病患者，没有空床位了。我苦苦哀求，就差跪下磕头——没有就是没有。

哥哥还是被"收容"了。那情形好像有一年城市里发起的"打狗运动"。一群臂戴"治安民兵"袖标的人，如狼似虎，在街道主任的带领下，挨家挨户捉拿疯子。捉住了五花大绑，硬推入一辆囚车。一些人家被闹腾得哭天喊地。我们附近那几条街因为疯子多，搅得"鸡飞狗跳鹅飞罢"！

哥哥被捉走时,倒没发疯,只是显得十分害怕,问母亲:"妈,他们要把我带到哪儿去呀?"

母亲两眼噙着泪说:"好儿子,是送你去住院啊!"

哥哥说:"那还绑我?"

绑他的几个人中的一个说:"不绑怕你跑了!"

哥哥说:"我不跑。"

那人说:"不跑也得绑!你是疯子,我们能信你的话?"

哥哥就老老实实地让他们捆绑了,像是拉往刑场执行枪决的犯人似的,被他们推上了囚车。

他们还要抓吴婶。吴婶躲在桌子底下。几个孩子吓得像受了惊的猫崽子满屋上蹿下跳。

全院人替吴婶说情——她被抓走,吴家的几个孩子就成孤儿了。那几个人还算通点人情味儿,放过了吴婶。

囚车开走前,母亲对他们说:"你们可别打我儿子呀!"

一人粗声粗气地回答:"哪个是你儿子!我们不认识他!"

母亲将预先准备下的几盒烟分给他们,说:"刚才抓走的那个。"

那人说:"只要他不犯疯劲儿,我们保证不打他。"

母亲说:"他要是犯了疯劲儿你们也千万别打他呀!"

那人说:"他要是犯了疯劲儿我们可就不敢保证不打他了!"

囚车内忽然有一个疯子怪声怪调地唱起来:

　　大海航行靠舵手,

　　万物生长靠太阳……

囚车在那疯子可怕的歌声中开走……

第二十章

二月中旬,哈尔滨市,不,"东方红城"几所全国闻名的重点大学——军事工程学院、工业大学、建筑工程学院、黑龙江大学、哈尔滨师范学院的学生造反派,与几座大工厂——轴承厂、量具刃具厂、锅炉厂、一机厂的工人阶级造反派联合起来,一举夺取了省市各级各方面的领导大权。继上海"一月风暴"之后,在全国第二个成立了"三结合革命委员会"。《红旗》杂志、《人民日报》同样发表了热烈欢呼式的社论,颂之为"东北新曙光"。以毛主席为首的党中央、政治局、国务院、中央军委、中央"文革"同样向他们发来了贺电。而当时,政治局已名存实亡,完全由中央"文革"把持了。

黑龙江省"三结合革命委员会"主任潘复生——兼黑龙江省军区政委。第一副主任汪家道是省军区司令员。常委中只有一名大学生造反派——哈尔滨师范学院的范正美。他因首创"柳河干校"而在全省乃至全国的大学生造反派中享有威望。毛主席高度赞扬是"文化大革命"中的"新生事物",是一个"伟大的创举"。《红旗》杂志、《人民日报》连篇累牍地发表向全国推广"五七干校"宝贵经验的大块文章。

哈军工"红色造反团"和"八八团"第一次赴京谈判后,起初参加了

"八八团"的毛远新宣布退出"八八团",转而加入"红色造反团"。毛远新同时公开发表在北京毛主席与之谈话的内容：不要站在"文化大革命"的对立面，不要站在保守派一边，要坚定地站在真正的革命造反派一边，要同真正的革命造反派一起向"走资派"进行斗争……

毛远新的反戈一击，对"八八团"是一次最沉重的打击。"八八团"从此一蹶不振。联合在"八八团"麾下的各派组织，分崩离析。不久，在中央"文革"的迫令下，唯一能与"红色造反团"分庭抗礼的"八八团"宣布解散，旌倒兵溃。"东方红城"便属"红色造反团"的一统天下。

因而完全可以说，黑龙江省及"东方红城"的夺权，是"红色造反派"进行的。潘复生是他们树立起来的"革命干部"。

潘复生在"文化大革命"前从外地调来黑龙江省任副省长，"文化大革命"开展起来后便"养病"了，所以他是省委领导中唯一没什么严重"罪行"的人，也没受什么批斗之苦。要成立"三结合革命委员会"的时候，已经夺了权的造反派们才想到他的存在。没有一个"革命干部"，"三结合"则不成其为"三结合"，以毛主席为首的无产阶级司令部便不批准这样的"革命委员会"诞生。所以造反派们像抢新娘一样，急急匆匆地将他推上了"革命委员会"的花轿，吹吹打打地在"文化大革命"的政治天幕上描绘出了一片"灿烂"无比的"东北新曙光"。

夺权的勇士们原以为推出一个潘复生不过是推出一个"傀儡"凑齐"三结合"而已，真正的大权毫无疑问理所当然是会掌握在他们手中的。他们推出了他，给予了他第二次政治生命，他还能不对他们感恩戴德吗？他还能不与他们"心有灵犀一点通"，乖乖地听他们的调遣吗？他敢不看他们的眼色行事吗？在他们理想的"三结合"中，革命委员会主任应该是范正美才对。因为范正美对全国的"文化大革命"有"五七道路"即"柳河干校"这一不可磨灭的"历史贡献"，是毛主席他老人家知名知姓的人物，是在中央"文革"挂了号的人物，也是最能够代表他们利益的人物。

没想到事与愿违——他们并不看重因而才推出来的潘复生倒似乎更受中央"文革"的青睐，居然坐上了"革命委员会"的头把交椅。他们的范大哥仅仅获得了一个常委的席位！而且常委中仅有一名大学生造反派的席位！他们感到被侮辱了，被欺骗了，被愚弄了。他们愤怒了。省"三结合革命委员会"宣布诞生的当天，他们在全市贴出了"炮轰"它的大标语。我清楚地记得其中有几条是：

"万炮齐轰'两结合'的假'革命委员会'！"——意在指出其中大学生造反派的席位受到排挤。

"潘复生攫取造反派的胜利果实绝无好下场！"

"东北新'鼠'光好景绝不会长久！"

"我们要坚决展开第二次夺权斗争！不获全胜，誓不罢休！"

……

"炮轰派"即此形成。

实事求是地说，潘复生被他们从疗养病房中请出来时，对他们不但确是感恩戴德的，而且简直受宠若惊。他原以为自己的政治生命已经结束了呢！造反派们没给他什么厉害的颜色看，允许他继续住在高干病房中"疗养"，他就很觉得是自己的大幸运了。造反派们出现在他面前，他弯腰低头，浑身瑟瑟发抖，不敢拿正眼看他们。当他们告诉他，要"结合"他，他更不敢相信，以为他们前来试探他有没有这份野心，畏畏怯怯地连声表白："我不配，我不配，我不敢痴心妄想……"当他们终于使他相信了这种命运的大转变时，他激动得刷刷流泪，信誓旦旦地向他们保证，从此永远和他们同呼吸共命运，永远和他们并肩战斗在一起，鞠躬尽瘁，死而后已。

大概连他自己也没想到，他不但由"靠边站"而被"结合"，而且成为"革命委员会主任"。

他一坐在"革命委员会"的第一把交椅上，立刻对他们翻脸无情，实施严厉打击的铁腕。他将那些敢于"炮轰"的学生统统打成了"现行反革命"，下令逮捕、通缉，视为要犯悬拿。他自以为是毛主席为首的无产阶级司令部御批的"革命委员会主任"，毫无顾忌，有恃无恐。

公正论之，他肯定希望全省从此太太平平，政局安稳。这是任何一个当了"革命委员会主任"的人都会产生的政治憧憬，也不失为顺乎民心的憧憬。

但"炮轰派"们并未因他的镇压而屈服。他们更加愤怒了。他们要亲眼看到他是怎样再度权倾一日再度被打翻于地的。他们由公开"炮轰"而转入"地下活动"，四方呼吁同情，八方串联盟军，伺机东山再起，死灰复燃。他们对他既蔑视又憎恨。

被昔日的造反派弟兄们称为"范大哥"的范常委，正因仅仅当上了常委而没当上"革命委员会主任"感到失意，对新生的"革命委员会"心怀不满，便借口潘复生镇压为"东北新曙光"浴血奋战立下汗马功劳的造反派战士，退出了"革命委员会"，宣布与这个"鸟尽弓藏，兔死狗烹"的比资产阶级反动路线对革命造反派战士还凶恶的全无半点无产阶级政治良心的"潘家委员会"彻底决裂！

潘复生没有足够的胆量逮捕范正美这样一个人物。不得到中央"文革"的允许，他奈何不了范正美这样一个人物。他恼羞成怒，却又无计可施。实际上，他各方面的威望，也的的确确不能与范正美相提并论。而中央"文革"之所以确定他为"革命委员会主任"，仅仅因为毛主席对"革命委员会"有过一条批示——革命委员会还是要以革命干部为主，老、中、青要以老为主。中央"文革"甚至连潘复生是何许人都不甚了了。所谓以党中央、政治局、国务院、军委名义发来的贺电，不过是中央"文革"炮制而已。

范正美的决裂行动，使踌躇满志，刚刚春风得意起来的潘复生当头遭到一闷棍，打得他晕头转向。他的政治头脑清醒过来之后，立刻采取拉拢手段，表示愿意亲自向中央"文革"上书，替范正美吁请一把"革命委员会"副主任的交椅，与范正美同握权柄，共举大业。然而为时晚矣！

"老造反"范正美打心里就根本瞧不起潘复生。他这个叱咤风云一呼百应的人物,要坐的是省"革命委员会"的头把交椅。副主任满足不了他的政治愿望,也实现不了他的政治野心。他索性一反到底,孤注一掷了。所谓"不成功,便成仁"。他充当起"炮轰派"们的领袖来。

"炮轰派"的中坚力量,大抵都是姓名落地有声的响当当的老造反派。范正美的生死"战友"。他们的的确确是一批从不知什么叫"怕"的造反派。他们在"文化大革命"中冲冲杀杀,所向披靡。一个名不见经传的小小的潘复生居然妄想一举剿灭他们,他们岂能咽下这一口恶气?"范大哥"又重新和他们站在一起了,他们更有何惧哉?他们如虎添翼,士气大振,斗志凶猛,信心倍增,要将这个刚刚诞生的使他们不称心的鸟"革命委会"一口吞下方解心头之恨。他们由地下活动复转入公开斗争,形成了对"东北新曙光"的极大的威胁。

一切在各级"革命委员会"中没有实现政治愿望,感到失意的组织,纷纷集合在"炮轰派"的大旗下,声势日益壮大。新生的"革命委员会"风雨满楼,摇摇欲坠。

"炮轰派"们二次夺权,一举攻占了几所大学和几座大工厂,作为"根据地",召开了数万人的"炮轰誓师大会",成立了"炮轰总司令部"。

潘复生为挽救局面,巩固交椅,以省军区政委名义,下令军队对各级"革命委员会"实行武装捍卫。他也只有这唯一的政治选择了。

被中央"文革"限期迫令解散的"八八团"的头目们,见有机可乘,召集各路旧部,组成了"捍卫'革命三结合'总指挥部",归顺省"革命委员会",愿听"潘主任"指挥调遣。

潘复生正苦于没有群众组织力量的支持,对"捍联总"的成立大加赞赏,亲自参加"捍联总"的成立大会,将当初与"炮轰派"们说过的"同呼吸共命运"的话,又在大会上信誓旦旦地说了一遍——这也是他不得已而为之的政治选择。因为这样一来,他这个刚被任命的"革命委员会主任",实在是太容易被"炮轰派"们又抓住一条与中央"文革"早已定性的"保皇"派组织沆瀣一气,镇压真正革命"左"派的罪名了。但倘不如此,仅靠军队来对付"炮轰派",镇压的罪名更是无法洗清。利用"捍联总"这一群众组织与"炮轰派"较量,毕竟可以混淆视听。

由于潘复生将"炮轰派"们昔日势不两立而且已被瓦解的"保皇"组织扶植了起来,旗鼓相当地与他们重新势不两立,"炮轰派"无不愤怒到咬牙切齿的地步,决心血战到底。

无产阶级"文化大革命"发展到了这一阶段,造反派们完完全全卷入了权力之争的漩涡。无论"炮轰派"还是"捍联总",区别仅仅在于,核心人物都是为了所谓"政权"而斗争,群众则都是为了所谓"正义"而斗争。

"政权"和"正义",是内涵很不相同的两个词。

因为被"正义"所召唤,所驱使,因为斗争的形式发生了根本性的变化,不再是千人万众地斗几个"走资派",而是千人万众与千人万众斗,是"大兵团"与"大兵团"斗,是真真实实的谁存谁亡的斗,就演出一幕幕的确堪称史剧的节目来。本无所谓的"斗"似乎就带有了极庄严的色彩。

"东北新曙光"并没有给"东方红城"哪怕一线什么曙光,"炮轰派"与"捍联总"搅得"东方红城"天昏地暗,人仰马翻。吴叔的死,吴婶的疯,马家独生子的失踪,我的哥哥的被"收容",都并没使我这个红卫兵彻底置身于"文化大革命"之外。我这个昔日同情"八八团"的"保皇"派红卫兵,又同情起"炮轰派"来。

不久我便加入了中学"炮轰派"组织,而且是一个坚定不移的"炮轰派"。

十七岁的我,不,那一年我应该是十八岁了,当然没有什么政治野心,加入"炮轰派"也绝没有什么不可告人的政治目的,谁坐在新生的省"革命委员会"的第一把第二把第三把第四把交椅上,都是与我毫无关系的事儿。像《水浒传》中的梁山泊英雄排座次一样,排上它十万八千把交椅,肯定也是轮不到我的名下。

使我加入"炮轰派"的也并不是什么"正义"感,而是一种悲剧精神。

悲剧精神是人的一种常常自以为高贵的精神。又常常是与可悲的英雄人物们的命运同时存在的。它最容易在渴望显示出高贵品质的罗曼蒂克的青少年的头脑中发生作用。驱使他们大冒傻气,一往无前地去做蠢事,甚至不惜毁灭自己。

"八八团"解散那一天,在体育场召开了万人大会。由哈军工"八八团"的领袖宣读中央"文革"措辞严厉的"最后通牒"。读罢,宣读者泣不成声。

他只说了一句话:"我对不起大家,我请求大家宽恕我。"

于是万人恸哭。哭声直上九霄。

我也哭了,哭得像个受了莫大委屈而又无处申诉的孩子。

万人边哭边唱:

> 远飞的大雁啊,
>
> 请你捎个信儿到北京,
>
> "八八"战士想念毛主席,
>
> 日夜想念毛主席……

那一天我就感受到了一种笼罩会场的悲剧精神。

也许我看过的悲剧英雄主义的文学作品太多了,它们对我的精神人格潜移默化地起到了影响。俄国的十二月党人,意大利的烧炭党人,英国的辉格党人,在渗透着悲剧精神的英雄主义方面都令我无比敬仰。

悲剧精神是失败了的或注定要失败的英雄们的永远不败的精神。

我在"文化大革命"这场史无前例的闹剧中,像条经过训练的狗寻找踪迹一样,嗅到哪里有"悲剧精神"的似乎高贵的气味,就满怀准备自我牺牲的心理投奔向哪里。

"八八团"演变为"捍联总",对所有"八八团"的旧部来说,由受压而开始压人,可能会感到复仇雪耻的痛快,扬眉吐气的骄傲。但对我来说,它正是因此而丧失掉了一种悲剧精神。它便同时也丧失掉了足以让我去为之斗争的号召力。

这好比两个拳击手的较量,我的感情总无法站在获胜者的一方,与之分享胜利的得意。而总是站在被击倒在地的一方,恨不能分担他失败的痛苦。并且我从来就不习惯于在生活的任何方面将自己想象成一个胜利者,总是习惯于将自己想象成一个失败者。失败的痛苦比胜利的骄傲似乎更能丰富我内心的情感。我甚至认为深刻的情感从来都产生于失败的痛苦之中。失败的痛苦本身就意味着是一种深刻的情感。它与深刻的思想是孪生姊妹。没有体验过失败的痛苦所获得的胜利,其骄傲,得意,兴奋和喜悦,都是索然无味的。我绝不相信这样的胜利者会有什么深刻的情感深刻的思想值得论道。

在"捍联总"与"炮轰派"之间,我便当然要加入后者的阵营了。

"捍联总"代表着一种神圣不可侵犯的权力,"炮轰派"代表着一种不屈服的挑战意志。正因为前者是神圣不可侵犯的,是强大得多的,后者的挑战意志才尤其显得勇敢无畏,带有英雄主义的色彩。"炮轰派"的最终失败,几乎可以说是不言而喻的,因而它的英雄主义一开始就闪耀着悲剧精神。勇敢无畏的英雄主义加义无反顾的悲剧精神,简直太投合我的性格了!我甘愿为之去死。觉得那样的死在精神上是很高贵的,无疑算是"死得其所"的。

"炮轰派"占领的几所大学几座工厂被围困了起来。

"捍联总"在其控制和把持的一切权力方面,不但对"炮轰派"实行"专政手段",而且殃及"炮轰派"的家属们。

粮店停止供应"炮轰派"家属粮食。

医院不给"炮轰派"家属看病,不接受他们的家属住院。

小学校不许"炮轰派"的孩子跨入校门。

街道委员会不发给"炮轰派"家属一切购买票证。不给"炮轰派"

的儿女们办结婚手续。不给"炮轰派"的出生婴儿落户口。

"革命委员会"这个"无产阶级的崭新政权"对"炮轰派"采取蒋介石对"共区"的封锁政策。

"捍联总"的广播车每天在"东方红城"驶来驶去,耀武扬威:

> 炮匪一小撮,
>
> 本性不会变,
>
> 日夜在磨刀,
>
> 妄图反夺权,
>
> 我们时刻准备打,
>
> 誓死捍卫新政权……

"捍联总"的战歌,每天响彻"东方红城"。

"炮轰派"则采取"哀兵战略",派出"别动队",在黑夜分批将家属孩子掩护到"根据地",与他们共患难。

于是许许多多市民,渐渐开始同情起"炮轰派"来。"革命委员会"和它的"捍联总"大失人心。

"炮轰派"获得了人心的同情,由"战略防御"转而"战略反攻"。

设在"哈一机"的"炮轰派"总部,常常派出"别动队"为自己的战士及其家属子女们搞粮食、煤、木炭、医药、蔬菜、孩子们的读书文具。因为"哈一机"是制造装甲车和坦克的,"别动队"出击,便有装甲车和坦克开路。

装甲车和坦克开到某一粮店、煤场、菜市或医院,手脚敏捷,身强力壮的"别动队"队员们,彬彬有礼然而气势凛凛地找到头头脑脑,说:"我们为老人、妇女和儿童们的生存向你们借粮食。"或者"借煤""借木柴""借蔬菜""借医药品"……

他们像当年八路军的武工队一样,短枪明面插在腰间,岂敢不借?

胆小的立刻点头哈腰,低眉顺眼地回答:"好说,好说,想借多少都行! 人手够不够? 人手不够我派几个人帮你们装车! ……"

胆大的可能会斗胆问一句:"什么时候还啊? 我对上边总得有个交代呀!"

"什么时候还? 等我们夺取了政权再还!"照例是这样的回答。

并且还煞有介事地写一份"借"据:

今借某某粮店面粉一百袋,大米一百袋,豆油两桶。革命胜利之后,如数归还。

炮轰派别动队

一九六七年 × 月 × 日

还要郑郑重重地盖上"炮轰总司令部"的鲜红大印。

还要嘱咐一句:"别弄丢了,好好保存,等我们掌握了政权,凭着它来找我们!"

当然一百袋,两桶不过是象征数字。

但他们有一点是做得令人尊敬的,不打不骂,很像是"借"的样子。"借"据上写着"借"多少,便搬走多少。绝不贪得无厌。

他们走了,给人们留下的印象还挺好的。有人甚至认为"炮轰派"是一支纪律严明的"铁军" —— "借"东西还留"借"据! "文化大革命"中这样的组织不是怪少见的吗?

"别动队"没有给"炮轰派"的声誉造成什么恶劣的影响。相反,倒是给被"捍联总"攻击为"炮匪"的他们涂上了种种传奇色彩。老百姓喜欢传奇式的人物,即使他们是"匪",老百姓也照样喜欢。传奇色彩竟冲淡了"阶级斗争"的严峻性。"别动队"给"东方红城"带来了许多新故事。老百姓对这类新故事产生浓厚的兴趣,茶余饭后有了谈话的资料。老百姓用老百姓的语言讲述着这些话题,用他们的想象丰富着这些话题,演绎着这些话题。

"炮轰派"有时也使"捍联总"难以预测地冲出各个"根据地",汇聚一起,举行示威。那是挺壮观的情形:装甲车和坦克前头开路,后面压阵。有时出动三四辆,有时出动五六辆。连他们的广播车也焊上了装甲钢板。坦克的乌黑炮筒高昂着、随时准备射出"愤怒的炮弹"似的。装甲车的机关枪口,前后左右不停旋转,虎视眈眈。"捍联总"虽然有省军区发给的优良枪支,但毕竟没有装甲车和坦克。省军区也没有装甲车和坦克。所以当"炮轰派"举行示威,"捍联总"便偃旗息鼓,绝不敢与"炮轰派"发生正面冲突。而老百姓则夹道观望,为其军威大鼓其掌。在百姓的心里,对"文化大革命"已经普遍地产生了相当强烈的逆反。老百姓常常互相说:"左右也是个乱,总归也是个乱,那就让'炮轰派'乱他妈个够吧!他妈的中国乱到不能再乱的那一天,'文化大革命'才能结束!要不是没个结束的!"

我们学校是"捍联总"掌权。只有几十个"炮匪"。我们不敢在学校里暴露身份。我们仍得参加"捍联总"的活动。我们可算是"炮匪"的"地下成员"吧!我们经常对"捍联总"的活动进行点小破坏,比如将他们写在"紧急通知"上的活动时间偷偷更改啦,藏起他们的旗帜啦,盗走他们的公章啦,撕毁他们的大字报大标语啦,割断他们的广播喇叭线啦,以"炮轰派别动队"的名义往他们的头头家里写恐吓信啦……我们做这些事,觉得自己如同革命电影中机智勇敢的共产党地下工作者,觉得是在与"白色恐怖"进行卓越的斗争。

我们认为所做的一切还是不够英雄,无非是抗日战争时期儿童团做的一些事。连"小兵张嘎"为革命所冒的风险我们还没冒过呢!

我们渴望着经历真正的出生入死。

有一天,我们凑在一起商量,英雄所见略同——人人都认为我们应该参加"炮轰派"的"别动队"。

腰间明面插着短枪,站在装甲车的踏板上,抖擞威风,招摇过市,突然出现在什么地方,将一份"借"据啪地拍在一张桌子上,凛凛地说:"以革命的名义!我们借……"

或者凛凛地说:"你们不要再死心塌地追随'捍联总'了!我们'炮轰派'总有一天是要掌握政权的!"

那是何等样的气魄?

这一切光想一想都使我们一个个激动不已!重要的并不在于"总有一天""炮轰派"究竟能不能掌握政权。我们对什么鸟政权一点也不感兴趣!政权掌握在谁手中对我们反正都是一个样。重要的在于,除了当"炮轰派别动队",还有当什么更能使我们显示出自己是些铁血男儿呢?"别动队"——比什么"造反团"之类响亮多了!

于是我们纷纷咬破手指,合写了一份要求加入"炮轰派别动队"的血书,由一人揣身上。当夜,我在家留了一张纸条——妈妈,我和我的战友们到我们的根据地去了。我们要为我们的根据地的存在而浴血奋战!如果我一去不回,您千万不要难过。是七尺男儿生能舍己,作千秋雄鬼死不还家,这乃我和战友们的铿锵誓言!

我悄悄离开家,与我的"炮匪"伙伴们会合在一起,走了两个多小时,走到"哈一机"外,摸过"捍联总"的封锁线,由一个下水道口涉着齐胸深的污水钻入了"哈一机"围墙内。

"炮轰派"的第一"根据地"处于一级战备状态。四辆装甲车三辆坦克成两列停在大门前,仿佛只要一声令下,就破门冲出。数千人头戴柳盔,手持大棒,严阵以待。另有三百余名"别动队"员,荷枪实弹,分乘六七辆卡车,个个脸上是肃穆的敢死神情,如同箭在弦上,引而不发。

原来"炮轰派"的一支"别动队"在执行"特别行动"时,受到"捍联总"袭击,尽数被俘,据"内线"报信,连日来备受拷打,仍囚禁在某大学地下室。

他们要去营救战友。

我们刚钻出下水道,便被发现,押到了一个女头头跟前。

她面容清秀,英姿飒爽,穿一套无领章无帽徽的男式棉军装。

她问:"你们从下水道钻这里来干什么?"

我们齐声回答:"坚决要求参加'别动队'!"

她又问:"你们不是'炮轰派',要求参加'别动队'干什么?"

我们七言八语告诉她,我们是"炮轰派"。

"什么人批准你们加入了'炮轰派'的?"

"没谁批准,我们同情你们,我们自己批准自己是'炮轰派'了!"一个伙伴振振有词地回答。

她微笑了,转身望着她的部下们,大声说:"听清楚了吗? 连这几个中学生也同情我们了! 我们的处境真落到这般田地吗?"

她的部下们却一个也没笑,异口同声回答:"有我无敌! 有敌无我! 浴血奋战! 死而后已!"字字铿锵,显示出坚如磐石的意志。

她又转身望着我们,充满自信地笑道:"你们也听清楚了吗? '炮轰派'并不认为自己可怜呀!"

我们争抢着回答她,正因为"炮轰派"在强权镇压下不屈不挠,我们才由衷地敬佩"炮轰派"! 我们既然投奔"炮轰派"而来,就绝不回去! 我们要和他们战斗在一起,胜利在一起!

我们呈出血书交给她。

她看了一会儿,似乎大受感动,递给另一个人看。

那人看完,传给第三个人。

我们的血书在"炮轰派"的队列中一一传阅。

忽然队列中有人带头高呼口号:"打倒潘复生! 救回我战友!"

大棒擎举如林,数千人连声高呼:"救回我战友! 打倒潘复生! 打倒汪家军! 打倒耗子兵!"

省军区司令员汪家道又是省"革命委员会"副主任,故"炮轰派"称省军区为"汪家军"。

"捍联总"捍卫"东北新曙光","曙"字被"炮轰派"贬为"鼠"字,故"炮轰派"称"捍联总"为"耗子兵"。

我们的棉裤棉衣都被下水道的污水泡湿了。直到我们的一个伙伴冻昏过去,才使他们发现。

她赶快命令一个人:"带这些小鬼到浴池去洗洗澡,再找几套棉衣给他们换上!"

于是我们被带到"哈一机"的职工浴池去洗澡。

等我们洗完热水澡,换上替我们找来的"炮轰派"孩子们的衣服走出浴池,偌大的院子里已空寂无人。

我们奇怪地问人都到哪去了?

带我们洗澡的那个人说:"去营救我们的战友!今天是我们的一次大规模行动,一定要给潘复生一次严厉警告!"

我们质问,为什么不等等我们。

他说:"这不是儿戏,有生命危险!头头命令不许让你们跟去!"

我们正是为了要冒几次生命危险才来投奔他们的,赶上了这样一次机会却没让我们去!我们又遗憾又愤怒,质问是哪个头头的命令?

他严肃地回答:"是潘二嫂的命令!"

"潘二嫂?就是'黑大'那个潘二嫂?"

"就是曾在省'革命委员会'门前为'炮轰派'家属募捐的那个潘二嫂吗?"

"就是刚才跟我们说话的那个女头头吗?"

他告诉我们,正是。

我们见到了"潘二嫂"!而且还跟她说了话!我们一个个都感到荣幸极了!这稍稍弥补了我们因为错过一次出生入死机会的遗憾。

"潘二嫂"在我们心目中是比"阿庆嫂"更加了不起的智勇双全的"炮轰派"女豪杰!

"潘二嫂"是她的绰号。她是黑龙江大学中文系的学生,并没有结婚。何以被她的"炮轰派"战友们称为"二嫂",我们则不得而知了。

一次,"炮轰派"的广播车和"捍联总"的广播车在闹市区相遇。所谓"仇人对面,分外眼红"。但那一次双方展开的是一场文斗,不是武斗。

"捍联总"的广播车内坐的是一名男广播员,手中拿着厚厚的一份广播稿,照稿宣读。"炮轰派"的广播车内坐的是"潘二嫂",手中无稿。

一方是男,一方是女,一方有稿,一方无稿,优势似乎全在"捍联总"一边。

"潘二嫂"虽然无稿,却镇定自若,唇枪舌剑,出口成章,滔滔不绝,遣词用句,尖刻辛辣,应答质问,逻辑清晰,冷嘲热讽,幽默百出,引马恩列斯之经,如数家珍,据古今中外之典,似文在目。持续三个多小时的一场车头抵着车头的辩论,甘拜下风的倒是"捍联总"!里三层外三层站在人行道上看热闹的市民,为"潘二嫂"大鼓其掌。"捍联总"的广播车在掌声中狼狈地退到一个街口,拐弯开走了。

从那一天起,"潘二嫂"三个字不胫而走,不翼而飞,几乎传遍整个"东方红城"。连"捍联总"的许多人提起她都很佩服,不得不承认全市休想找得出一个能辩论得过"潘二嫂"的人!

据说潘复生在省"革命委员会"的常委会议上也曾讲过:

"像'潘二嫂'这样的人才,实在难得!谁能把她争取到我们这一边来,谁就等于为我们的新政权立了一大功!只要她肯弃暗投明,我潘复生保证给她个省'革命委员会'常委当,即使她要当省'革命委员会'副主任,我们也是可以考虑的!"

又据说还真有人拉拢过她,遭她严词拒绝。

她是个死硬到底的"炮轰派"。

后来她时常带领"别动队"在全市各处演讲,为"炮轰派"募捐。

我曾远远地听过一次她的募捐演讲:

"公民们,我是潘二嫂!我在此向你们伸出求援的双手!正义之神在我和你们大家的上空,她此刻默默地注视着我和你们。谁没有妻子儿女?谁没有父亲母亲?'捍联总'对我'炮轰派'实行种种封锁,妄图将我们置于死地而后快！我'炮轰派'战士个个死不足惜,但我'炮轰派'战士的妻子儿女是无辜的,他们的父亲母亲是无辜的！他们无辜的妻子儿女和无辜的父亲母亲陷于饥寒交迫的境地,因为参加了'炮轰派'的工人兄弟们的工资早已被停发了……"

只要"潘二嫂"往那儿一站,一开口演讲,围观的市民,凡是身上带有钱包的,不管你是否认为"炮轰派"有理,你都会不由自主地将手伸进衣兜掏出钱包来！

"潘二嫂"就具有这等本事！她那表情,她那声音,就是能令你感动！她仿佛具有某种魔力似的。

而在她身旁,"别动队"员抬着一个大箩筐,人们纷纷往那箩筐里扔钱,连孩子也不例外。每次她都能募捐到满满一箩筐钱！

"文化大革命"中的中国老百姓,十分的"仗义疏财"。他们普遍比现今要穷得多,却普遍不如现今的人们对金钱看得那么重。这也是"潘二嫂"当年次次募捐成功的条件之一。倘若今天,纵有十个"潘二嫂",为着更加能引起人们高尚情操之目的,只怕是十天半个月也未必能募捐到一箩筐钱！修复万里长城啦,中国儿童基金会啦,支援非洲灾民啦,工资二百来元的人,也是只舍得捐出一角两角的。国库券如不是分配指标从工资中扣除,十有八九的人可能就不买。

一切都今非昔比了。

中国人的头脑不再像"文化大革命"中那么简单了,甚至是变得过分的精明了。因而从前那种"仗义疏财"也是今非昔比了。我有时简直不能不怀疑:这也算是一种"反思"吗？我很迷惑。

当年"炮轰派"中有一种说法——"范大哥"的理论,"潘二嫂"的口才,"冯司令"的组织能力。冯司令者,冯昭逢也。他们被合尊为"三杰"。

我们能不觉得是种荣幸吗？

"潘二嫂"在募捐时,"捍联总"有好几次可以捉拿她,但据说潘复生有指示,对"炮匪三杰",没经省"革命委员会"下令,不得捉拿,更不得加以伤害。

在这一点上,公正论之,潘复生还是挺爱才的。他一直到最后,大概仍怀着几分劝降他们的幻想。当然只能是幻想了。

而"潘二嫂"不许我们这些写了血书投奔"炮轰派"大本营的中学生参加那一天大规模的营救行动,无疑是不忍让我们也去冒一次出生入死的危险。体现着女性的善良。

"文化大革命"期间,在仇恨、恐怖、无谓的似乎有理性实则无理性的种种疯狂行动中,的确也时时有良知和人道的光环闪耀。它说明到底毕竟是人而不是疯子进行的运动,是人在干着疯事。

那个带我们洗澡的人,又带我们到"炮轰派"家属们的住地,分别给我们安排睡觉的地方。"炮轰派"的家属们,十几家几十人合住在各个车间内。各个车间都很冷。

女人们在哭,孩子们在叫——是那些被"捍联总"抓去的人的家属。

我身临其境,对他们的一种巨大的同情和怜悯顿时从心底涌出,觉得是来到了受暴政压迫者中间,产生了一股要与那暴政呐喊着挑战的刚勇豪烈的气概。其实,当年受压迫的又何止"炮轰派"及其家属呢?百分之九十九以上的人,不都是在受着一种暴政的压迫而同时又压迫着别人吗?暴政也并不能说是"东北新曙光",它毕竟代表着力图安定的趋向。暴政是"文化大革命"本身,"捍联总"和"炮轰派"不过都是那暴政的必然产物。在这二者之间,是无所谓正义和非正义无所谓是与非的。

忽然响起了警报声。有人慌慌张张地跑来说:"捍联总"的一支人马,趁大本营实力空虚,发起了进攻。扬言要一举拿下"哈一机"这个"炮轰派"的顽固堡垒。

于是一片紧张。女人们更哭。孩子们更叫。

几十名留守大本营的"炮轰派"战士聚集到了一起。

其中一个大声对女人和孩子们吼:"不要哭!不要叫!你们哭,你们叫,'捍联总'也是不会发慈悲的!有我们几十个人在,就保证你们的安全,绝不会让'捍联总'攻进来的!"

几十名老工人也自觉组织起来,人人寻找到可以当武器的东西,对他们说:"我们跟你们一块去守卫前后大门! 今天拼死一个够本,拼死俩赚一个!""死了,咱们的人会给咱们报仇的! 男的女的,老少爷们儿,王八蛋'捍联总'要是真攻进来了,谁也不许作孬种! 咱们生是'炮轰派'的人,死是'炮轰派'的鬼!"

有个女人也振臂高呼:"姐妹们,咱也要抄家伙,跟王八蛋'捍联总'拼命呀!"

于是女人们,连同一些半大孩子,在这样一种同仇敌忾情绪的互相煽动下,也纷纷寻找应手的武器,预备拼命。

我激动得要哭。何等豪烈的场面! 我所渴望体验的悲剧精神和英雄主义,是整个儿将我主宰了。

我寻找到了一根长铁棍,紧紧地握在手中。

于是人们冲到了院子里。

几盏探照灯开了,院子里亮得如同白昼。

一部分人扑向前后门。一部分人守卫在四面高墙下。

我甚至想象到了"哈一机"被攻占后的惨景:男女老少的尸体横倒竖卧,人人死后手中仍紧握带血的武器。想象到了被母亲死前掩护地压在身下的幼儿,发出惊天地泣鬼神的哇哇哭声。想象到了我自己应该怎么个死法才更英雄更悲壮,临死应该呼喊什么口号。按照我的想象,也可以说按照我的意愿,我应该在其他人全都死光了之后再死。应该面对着无数的一步步包围上来的"捍联总"们,怒目而视,首先毁掉武器。可惜我拿的是一根长铁棍,只有塞进炼铁炉才能毁掉。要拿的是一支枪就好了,就可以做到死了也不将武器留给敌人了。要拿的是一根爆破筒就更其好了! 那就可以做到与敌人同归于尽了。关于武器的这一节想象,虽然英雄得可以壮烈得可以,悲剧味儿也十足,但分明地是只能想象一番,根本无法实现,只得不去细想。呼喊什么口号却是完全可以早作打算的。我想到了雨果小说中那个法国骠骑兵上尉,他在滑铁卢为拿破仑而战死的时候,面对一步步向他包围的英军喊了一句什么来着? 对,只喊了一个字——"屎"! 那当然是很轻蔑的意思啦! 不过"捍联总"们能领悟吗? 他们要是没看过雨果的《九三年》呢? 要是虽然看过了并不记得那么一名英雄的法国骠骑兵上尉呢? 他可不是书中的主人公啊,仅仅是个被雨果一笔带过的无名角色呀! 那就再喊一句"'炮轰派'万岁"吧!

屎——

"炮轰派"万岁——

英雄是足够英雄的了! 壮烈是足够壮烈的了! 似乎总归还缺少点悲剧味儿……

对,对,"毛主席万岁"是不能不喊的! 为毛主席而战而死,毛主席在北京却肯定不知道,还不是悲剧吗? 当然是为毛主席而战而死了! 不是为了毛主席他老人家,我和这么多人又是为了什么图的什么呢?

只喊三句口号。再多一句也不喊了。大概英雄壮烈地死前,也只来得及喊三句口号。第三句不一定要喊完,可以喊到"万"字,便张大着嘴,将"岁"字堵在口中,缓慢地倒下身去。不要向前扑倒,一定要向后仰倒,一定要叉腿而立。倒时一定要伸展开双臂,缓慢地直挺挺地倒下去。尸体要呈"大"字形,倒在被鲜血染红的土地上……

我正徒自想得海阔天空,几辆装甲车和坦克从仓库里开了出来。大本营的装甲车坦克是足够自卫用的。

高墙外,"捍联总"的喇叭在喊叫:"炮匪们听着,我们知道你们现在是演'空城计',赶快打开大门投降吧! 否则我们攻进去,绝没有你们的好下场! ……"

高墙内,"炮轰派"的喇叭也响了:"耗子兵们听着,你们有胆量就进攻吧! 我们众志成城,视死如归!"

前后大门打开了。

"捍联总"们呐喊着冲了上来,但一见出现在门口的是装甲车和坦克,又退了回去。

装甲车向夜空扫射了一阵机枪。

枪声过后,墙内墙外一片寂静。

"捍联总"们悄悄撤走了。

"炮轰派"的装甲车和坦克却一直像把门兽,堵在前后大门口。然而都不敢麻痹。怕"捍联总"们是疑兵之计,再次袭击。只是有些看去就分明不顶事的女人,被劝说着带了所有的孩子们去睡觉。

凌晨时分,"炮轰派"的大部队回"营"了,也救回了他们的战友——十一个活的,六具尸体。四人是被毒打致死。两人是因不堪忍受毒打,跳楼自杀的。

被救回的人中据说包括"炮轰派"总司令冯昭逢。他不但遭到毒打,还遭到假活埋的威胁。埋至胸口,让他承认"炮轰派"是反动组织,以司令的名义宣布解散。他宁死不屈。真的宁死不屈。大概因为他是"炮轰派"的司令,"捍联总"没敢真的就活埋了他,又把他从坑里挖了出来……那天晚上人太多,情况也太混乱,我们竟没能荣幸地见到这位宁死不屈的冯司令。

大本营一片女人的痛哭,一片男人的怒吼,笼罩着复仇的强烈氛围。

头头们当即开会,十几分钟后就做出决定——举行示威游行。

于是许多人又开始忙忙碌碌地赶制担架,做花圈,写挽联,剪黑纱。

九点,几千人的示威游行大军开出了"哈一机"。照例是前面装甲车和坦克开路。装甲车头十字交叉披着黑纱,交叉点是一朵洗衣盆那么大的洁白的纸花。坦克罩着白布。这一次出动四辆装甲车,四辆坦克。不擎红旗。只擎白布挽幛和白布丧幡。颁布了纪律,不喊口号,不唱歌,一切行动听指挥。出于"哀兵战术"的考虑。真正的"哀兵战术"。六具尸体放在担架上,以白布罩之。几十名身强力壮者轮番抬。白布挽幛上写着的一行浓墨大字是——为死难烈士报仇,血债要用血来还!人人胸戴白纸花,臂戴黑纱。大队人马庄严肃穆,沉痛无声,浩浩荡荡地向市内行进。

一进入市区,广播车内就放出了哀乐。队伍随着哀乐的旋律走。交通为之中断,围观者人山人海,似乎倾城出动。

"哀兵战术"是很高明的战术。围观者无不投注以同情的目光。

队伍一直行进到省"革命委员会"楼前,坦克的炮筒缓缓扬起,对准了楼正面。据说那天省"革命委员会"预感到事态发展严峻,正在开会,从窗口望见装甲车和坦克开路的示威队伍出现,一个个惊慌失措地离开了会场,坐进各自的小汽车内仓皇而逃。公务员们一时没个逃处没个躲处,就打开几扇窗子,用竹竿挑出他们的白色工作服摇动不止。

"让潘复生站到窗口来!"

"潘二嫂"凌厉的声音从"炮轰派"的广播车内传了出来。一笔写不出两个"潘",按说他们是一家子。阶级斗争不可调和,正是:大水冲了龙王庙,一家人不认一家人。而潘复生究竟代表哪个阶级,"潘二嫂"又究竟代表哪个阶级,则是今天也说不清道不明的事了。本就是一笔糊涂账,死者尽是冤死鬼。江青最初宣扬"文攻武卫自有理",后来又说:"武斗中死去的人,死了活该,死得比家雀毛还轻!"反正她想怎么说就怎么说,怎么说怎么有理。可悲可怜的是那些冤死鬼,更其可悲可怜的是死者的妻子儿女父亲母亲。在武斗中死去的,大抵是中青年人。

那些挑出"白旗"以示投降的公务员冲着外面喊:

"潘复生早走啦!常委们早走光啦!"

"千万别开炮呀!我家里老婆孩子一大堆呀!"

"炮轰派万岁!炮轰派万万岁啊!"

不开炮,"炮轰派"岂能善罢甘休?

轰!……

轰!……

轰!……

"炮轰派"真正炮轰"东北新曙光"了！

接连六炮——对空放了六发演习弹。

如果省"革命委员会"常委们都在楼内,是否往炮膛内装填真炮弹,就无从知道了。

隔了一阵,又是六炮。

六六三十六炮——自打解放以来,哪一年国庆哈尔滨也没放过礼炮。老百姓们可算听到炮响,见识坦克开炮的情形了！

有一发炮弹击中楼顶的避雷塔！尽管是演习弹,也将避雷塔击倒了。

楼内传出一声声女人恐惧的尖叫……

也巧,姜叔在围观的人群中。他发现了我,将我扯出了"炮轰派"的队伍,说:"你跟我回家去！"

我说:"不,我要和'炮轰派'胜利在一起！失败也失败在一起！"

他说:"你是想要了你妈的命呀！你妈都快为你急疯了你知道不?"

我说:"姜叔你回去告诉我妈,我梁晓声七尺男儿生能舍己,千秋雄鬼死不还家！"

他凶狠地扇了我一耳光。戴着棉帽子,帽耳朵护着脸,脸倒没被他扇疼。不过他使劲太大,扇了我一个趔趄。

"炮轰派"队伍中立刻跨出几条大汉,围住他喝问:"你为什么打我们的人?！""你年纪不轻的一个人,怎么动手打小孩?！"

姜叔用他那带有浓厚山东腔的语调说:"俺是他叔,俺是他叔……"

几条大汉问我:"他真是你叔吗?"

"是亲叔吗?"

姜叔抢着回答:"真是,真是,亲叔,亲叔……"

他们对他喝道:"没问你！"

我说:"是我叔,是亲叔……"我也不知为什么就承认他是我亲叔了。

姜叔又赔着笑脸说:"他昨晚没回家,他妈快急疯了！您几位看,是不是让俺带他回家呢？”

那几个汉子就对我说："你回家吧，再别到我们那里去了！"

姜叔不等人家把话说完，连声道："多谢，多谢！"拽着我的手就将我拖走了。

"慢走！"那几条汉子又喝住了我们，其中一个向我们走来。

姜叔一脸忐忑之色，小心地问："不是你们让我们走的吗？"

那人指着我说："就他这样子，碰上'捍联总'，还能回到家吗？"说着，从我胸前取下了白纸花，从我臂上取下了黑纱，揣入他自己兜里。

……

回到家，见了母亲，吓我一跳。仅隔一夜间，母亲变得几乎使我认不出来了。她头发凌乱，双眼红肿，脸色苍白得毫无血色。母亲她起码老了十岁。

母亲好像也认不出我来了。母亲的眼神儿直勾勾地瞪着我。不打，不骂，不说话，就那么瞪着我。

我不由得低下了头。

母亲瞪了我许久才说："他姜叔，让他走，随他爱上哪儿去就上哪儿去！他不是我的儿子！"

姜叔对我说："还不快向你妈保证，以后哪儿也不去了！"

我低声说："妈：我保证……以后哪儿也不去了……"

母亲却往外推我："你走，你走！你别向我保证！我不是你妈，你也不是我儿子！"不由分说，将我推出了家门外。

姜叔也跟到了外边，训我："你看你把你妈气成什么样！你要是把你妈气疯了，你们一家两个疯子，今后的日子还怎么过？对得起你爸吗？对得起你弟弟妹妹吗？你给我老老实实地站在这儿反省！再敢走，我替你爸管教你！打断你的腿！"

他训了我一通，又进屋去劝母亲。

一会儿，弟弟出来了，手中拿着煤棚的钥匙，怨恨地对我说："妈叫我把你锁在煤棚里！"

我一言不发，乖乖跟在弟弟身后，听任弟弟把我锁进煤棚。

我蹲在煤棚一个不透风的角落思过。

大串联的两个月加上投奔"炮轰派"的一夜，我确是在把母亲一步步往疯路上推呀！

可怜天下母亲心！

可怜"文化大革命"中的母亲们的心！

直到半夜，弟弟才将我从煤棚放出来。

一进屋，母亲就对我喝道："跪下！"

我双膝跪在了母亲面前，不敢抬头。

"你知错不知错？"

"妈，我知错了……"

"真知错假知错？"

"妈，我真知错了……"

"那你就别怪妈了！老三，拿剪刀来！"

咔嚓！咔嚓！咔嚓……

我的头发，被母亲一剪刀一剪刀地剪下，纷纷落地。

"把鞋脱了！"

我脱下了棉胶鞋。

母亲又将我那唯一的一双棉胶鞋的后帮剪掉了，使那双棉胶鞋变成了一双棉拖鞋……

第二天早晨，我趿拉着那双棉拖鞋走到破镜子前一照，见头发被母亲剪成了"鬼头"。我注视着镜中那瘦削的表情木然的少年的脸，心中涌起了真正的悲剧意识……

"炮轰派"们终于使中央"文革"也震怒了。

中央"文革"指示黑龙江省"革命委员会"：凡是反动的东西，你不打，它就不倒——这乃是伟大领袖毛主席的一条语录。

一天深夜,我们全院的人都被枪炮声惊醒了。

吴婶怀抱着最小的孩子,像一只恐惧的母猴,在院子里到处窜,一边歇斯底里地大叫大嚷:"打过来了! 打过来了!"

枪炮声一阵比一阵密。一束束火红的弹道划破夜空。

正是中苏关系紧张到一触即发的年代,全院的人都以为是苏联军队不宣而战了呢! 惊慌的程度不必描绘,可又不知是逃命对,还是守着家对。

整条胡同骚乱起来。

街道主任陪着一位军人出现在院里。

街道主任对众人安抚道:"都别慌,都别怕! 有什么可慌有什么可怕的? 今天夜里攻打'炮轰派'们的老窝! 这是无产阶级'文化大革命'最后胜利的枪炮声! 都到院外去集合,请省军区的李干事给我们讲话!"

院里的人就走向院外,跟着胡同里的人往胡同口走。附近几条街道的人都聚集在我们胡同口的一片开阔地,静听省军区李干事宣布省军区省"革命委员会"的联合通告:一、"炮轰派"是地地道道的反革命组织。二、一切参加过"炮轰派"的人,限三日内,必须向所在单位或街道委员会主动投案自首。三、"炮轰派"的头头,全属地地道道的现行反革命要犯。揭发者有功,捉拿归案者有大功。同情者有罪,包庇窝藏者有大罪,也按现行反革命论处……

枪声炮声直响到"东方红城"出现了"新曙光"才渐渐稀落。

那天夜里有近万人攻打"哈一机""哈师大"等几处"炮轰派"的"据点"。他们由"捍联总"的"敢死队"、工厂里的学徒工、郊区的农民和省军区的战士组成。凡参加攻打的郊区农民,每人发十元钱,也有说发五元钱的。工厂里的学徒工提前转正。

"捍联总"的"敢死队"和省军区的战士们得到什么具体的好处和犒劳,就不知内情了。那是一场真正的战斗。真枪、真炮、真子弹和真手榴弹。预先派出侦察员实地侦察,并由省"革命委员会"常委们和省军区作战处的参谋们制定了详细的作战计划。

"哈一机"在那一天夜里被攻陷了。

"哈师大"在那一天夜里被攻陷了。

所有的"炮轰派"据点在那一天夜里全被攻陷了。

守方有饮弹身亡者。

攻方也有饮弹身亡者。

攻方身亡者追认为烈士,其家属享受烈士家属待遇。

守方身亡者死有余辜,其家属为他们承担"现行反革命家属"的罪名。

有人说那天夜里双方共死了十几人。也有人说不止十几人,而是几十人。究竟死了多少人,无法确知。但双方都死了人是无疑的。

"炮轰派"那天夜里将全部装甲车和坦克都尽数发动了起来,准备全军覆没,决一死战。后来是几个头头们决定,宣布无条件投降。

他们宣布时说:"我们有罪,让我们几个人来承担这一武斗事件的历史罪名吧!让历史的法庭只审判我们吧!"

"炮轰派"们被迫令高举双手排队投降,每人身上都至少挨了一刺刀,女性也不例外……

范正美和冯昭逢在掩护下逃离"东方红城",赴京请罪,替广大"炮轰派"向中央"文革"恳求对广大"炮轰派"群众恕免专政……

"潘二嫂"当天被捕,投入监狱。几日后召开了全市公审大会,以"现行反革命"罪被宣判死缓。

据说她在公审大会上不卑不亢,一切罪名俱认不讳。不失以往辩论风度。宣判后,她慷慨陈词,企图替广大"炮轰派"群众进行申诉,刚说了几句话,便被押了下去……

省市广播电台,广播了一举歼灭"炮轰派"的重大胜利和宣判会的实况录音。省市报发表了重要社论及清查"炮轰派"的通告。

　　我家的收音机已为哥哥卖到了寄卖店去,一直无钱赎回。我是在姜叔家听的广播。没听完,我便跑回自己家,扑在炕上,抱头痛哭了一场。

　　我自然是并没有被清查到头上的。十八岁的我,内心里又是觉得侥幸,又是觉得羞耻。倘我也与许许多多"炮轰派"一起被公审,被宣判,可能我内心的痛苦倒会少些。

　　但果真那样的话,母亲是肯定会疯的。

　　我所渴望追求的英雄主义和悲剧精神,从此深深地埋葬在了我心里。

　　那一次我是哭出了太多太多的眼泪。

　　我还瞒着母亲到"哈一机"去了一次,去凭吊我所渴望追求渴望实现而终于没有追求到没有能实现的英雄主义和悲剧精神。

　　我是什么主义也没有追求到什么精神也没有能实现……

　　"哈一机"的所有楼房的所有窗子都不存在了,遍地是被子弹击碎的玻璃。仍有些孩子在各处寻找子弹头。据说第一天有些孩子竟捡了满满一桶子弹头,卖十元钱。

　　每一个房间的四壁都布满了弹洞。我在一个房间里数了一下,竟有四十三个弹洞之多。

　　……

　　如今这一切是早已成为过去,成为历史了。它成为过去是真的,但它真的成为历史了吗? 它记载在历史的哪一页了呢? 哪一页也没记载着。倒是"文化大革命"千真万确地载入了史册。或许因为它毕竟是伟人所发动的吧? 不能光芒万丈,也足警世千秋。但愿我的这篇"自白",可当为历史的一份"补遗",权作对那些为"文化大革命"而死的人们的悼词,亦权作对我们千百万普普通通的中国人的肤浅的"箴言"……

　　潘复生是已经死了。不知对他下了怎样的一个结论。

　　范正美又在哪里呢?

　　冯昭逢又在哪里呢?

"潘二嫂"又在哪里呢?

倘他们都已不在我们无产阶级的监狱中押着,并没有被定为"文化大革命"的终身罪犯,获得了自由的话,我愿他们都有一个好妻子或好丈夫,都有一个温暖的家庭,正过着他们自己的平平凡凡的日子……

一代天骄,十年浩劫,俱往矣!

算起来他们都是四十多岁的人了。

子曰:四十而不惑。

"数风流人物,还看今朝!"

……

我的鬼头长了发后,天气已暖,我便怀着一颗什么也没追求到什么也没能实现的彻底的失落了一切的心,为着每个月十五元的报酬,扫马路去了……

第二年我就下乡了……

一九八七年二月十五日于北影

图书在版编目（CIP）数据

一个红卫兵的自白 / 梁晓声著 . — 青岛：青岛出版社 , 2014.12
（梁晓声文集 . 长篇小说 ; 13）
ISBN 978-7-5552-1319-2

Ⅰ . ①一… Ⅱ . ①梁… Ⅲ . ①长篇小说 — 中国 — 当代
Ⅳ . ① I247.5

中国版本图书馆 CIP 数据核字（2014）第 283753 号

责任编辑　　刘　迅